AF289785

plaisir
d'amour

FSC
www.fsc.org
MIX
Papier aus ver-
antwortungsvollen
Quellen
Paper from
responsible sources
FSC® C105338

CHERYL KINGSTON

Your SMILE

Wie ein Strahlen in der Dunkelheit

YOUR SMILE: WIE EIN STRAHLEN IN DER DUNKELHEIT
Cheryl Kingston
© 2020 Plaisir d'Amour Verlag, D-64678 Lindenfels
www.plaisirdamour.de
info@plaisirdamourbooks.com
© Covergestaltung: Sabrina Dahlenburg (www.art-for-your-book.de)
ISBN Taschenbuch: 978-3-86495-467-2
ISBN eBook: 978-3-86495-468-9

Glossar

Aegyo: Verhaltensweise bei der eine Frau sich besonders niedlich/süß gibt

Agassi: Fräulein

Aigo: Ach du meine Güte!

Aish: Verflucht!/ Fuck!

Ajumma: ältere/ verheiratete Frau

Aniyo: Nein (höflich/siezende Form)

Annyeong: Hi

Annyeonghaseyo: Hallo (höfliche Form)

Annyeonghaseyo, F.Sound sajin jagga Riley Evans ibnida: Hallo, ich bin Riley Evans, die Fotografin von F.Sound

Bogo sip-eo: Ich vermisse dich./ Ich will dich sehen.

Daebak: krass/ mega cool

Dong ppang: koreanischer Pfannekuchen in Form eines Kothäufchens mit Schokoladenfüllung

Eoseo oseyo: Willkommen.

Gaeguli: Frosch

Gaesaekki: Hurensohn

Gamsahamnida: Dankeschön.

Gwaenchana: Ist alles okay?

Gwaenchaneuseyo: Ist alles okay bei Ihnen?

Habsida sijaghaja: Fangen wir an.

Hajima: Lass das!

Hallyu Star: besonders in Asien bekannter Star (Hallyu steht für die koreanische Welle und beschreibt die weltweit ansteigende Popularität der koreanischen Popkultur)

Hoesik: Treffen von Kollegen nach der Arbeit zum Essen oder Trinken

Hyung: älterer Bruder oder nahestehender älter Freund eines Mannes

Hyungnim: höfliche/ehrfürchtige Art den älteren Bruder oder nahestehenden älteren Freund anzusprechen

(Mann)

Ippeusi: schön/hübsch

Jal ja: Schlaf gut.

Jalhaess-eoyo: Gut gemacht.

Jaljinaess-eo: Wie geht es dir?

Jal meoggessseubnida: Guten Appetit (wörtlich: Ich werde es mir schmecken lassen.)

Jinjja: Dein Ernst?/ Wirklich?

Joesonghamnida: Entschuldigung.

Jug-eul lae: Willst du sterben?

Koachinim: besonders ehrfürchtige Form den Trainer anzusprechen

Kol: Deal (sinninhaltlich: So machen wir es.)

Matseumnida: Das stimmt./Du hast recht.

Mas-issge desuseyo: Guten Appetit (wörtlich: Lass es dir schmecken.)

Ya!: Hey oder auch Ey

Mianhae: Es tut mir leid.

Micheosseo-yo: Sind Sie verrückt?

Mi-so: Lächeln, weiblicher Vorname

Nado: Ich auch. (Umgangssprachlich)

Nado Saranghae: Ich liebe dich auch.

Netizen: K-Pop-Fans, die den Großteil ihrer Freizeit online verbringen und nahezu alles über ihre Lieblings-stars herausfinden

Noraebang: Karaoke

Nuguyeyo: Wer ist das? (höflich/siezende Form)

Omo: Ausruf, der so viel wie „Ach du meine Güte" bedeutet

Oppa: älterer Bruder oder nahestehender älter Freund einer Frau, wird aber auch gerne als Kosewort für den fest Freund genutzt

Oraenmaniya: Lange nicht gesehen

Oraenmanieyo: Lange nicht gesehen (höflich/siezende Form)

Ppoppo: Küsschen oder Kuss

Saengil chukahae: Herzlichen Glückwunsch zum Geburtstag.

Saranghae: Ich liebe dich.

Sasaeng-Fan: ein verrückter Fan, der zu krankhaften Handlungen neigt

Schwarzer Ritter (Heukgisa): Mann, der für eine Frau das alkoholische Getränk bei einer Trinkrunde/-spiel übernimmt

Seollal: koreanisches Neujahr nach dem chinesischen Mondkalender

Sugohasyeossseubnida: Gute Arbeit (wörtlich: Ihr habt hart gearbeitet./Danke für die harte Arbeit.)

Unnie: ältere Schwester oder nahestehende ältere Freundin einer Frau

Varity Show: abwechslungsreiche Realityshow, die von Gastgebern moderiert werden

Wasseo-yo: Du bist hier?

Ye: Ja

Yeppeo: Hübsch

Yeoboseyo: Begrüßung, wenn man einen Anruf entgegennimmt

Für dich, weil du dich dazu entschlossen
hast, die Geschichte von Jae-Joon und
Riley zu lesen.

Playlist

BTS ft. Charli XCX – Dream Glow
Dua Lipa ft. Blackpink – Kiss & Make up
GD x Taeyang – Good Boy
Vandal Rock – Rewind
VIZE ft. Laniia – Stars
Monsta X – Someone's Someone
Monsta X – Shine Forever
Taeyang – Wake Me Up
Steve Aoki ft. Monsta X – Play It Cool
Steve Aoki ft. BTS – MIC Drop
Viction – Nostalgic Night
Lauv ft. BTS – Who
Kim Yeon Ji ft. Sarah – Cry
Gaho – Stay Here
BTS – Heartbeat
iKon – Killing Me
Argon - Stranger
Taeyang – Eyes, Nose, Lips
Stray Kids – Levanter
BTS - Dionysus
EXO – Obsession
Far East Movement x Marshmello ft. Chanyeol &
Tinashe – Freal Luv
SuperM – Jopping
Stray Kids – MIROH
BTS ft. Lauv – Make It Right
Stray Kids – Story That Won't End

Kapitel 1

Riley

Herzklopfen.
Vorfreude.
Aufregung.
Staunen.
Ein Haufen euphorischer Gefühle strömt auf mich ein, als ich den Internationalen Flughafen Incheon in Südkorea verlasse und nach knapp zwanzig Stunden endlich wieder festen Boden unter den Füßen habe. Überwältigt realisiere ich, dass die Sonne dabei ist, aufzugehen, und ein tiefes Gefühl von Glück überkommt mich. Ich bin so glücklich, dass selbst die Tatsache, dass mein Gepäck zwischen Los Angeles und Taipeh verloren gegangen ist, meine Freude nicht mindern kann.

Dieser Sonnenaufgang bedeutet nicht nur Tagesanbruch, sondern symbolisiert auch den Beginn eines neuen Lebensabschnittes für mich. Ich habe Los Angeles, meine Familie, Freunde und meinen Traumjob hinter mir gelassen, um endlich wieder mit Nathaniel zusammen sein zu können.

Als mein Freund mir vor zwei Jahren verkündete, dass seine Firma ihn in die südkoreanische Außenstelle des Unternehmens versetzen wolle und er diese Chance ergreifen würde, brach eine Welt für mich zusammen. Während der drei Jahre Beziehung, die wir bis zu diesem Zeitpunkt bereits geführt hatten, sind wir nie länger als einige Tage voneinander getrennt gewesen, und plötzlich sollten knapp zehntausend Kilometer zwischen uns liegen? Viele prophezeiten uns, dass wir uns schon bald trennen würden, aber das haben wir nicht.

Natürlich ist die Entfernung eine große Belastung gewesen und war letztlich der Grund, weshalb ich mich dazu entschlossen habe, ebenfalls umzuziehen. Sich alle paar Monate und sonst nur über Videochat sehen zu können, ist auf Dauer einfach zu wenig gewesen. Selbst wenn Nate erst vor einem Monat zuletzt in den Staaten gewesen ist, fühlt es sich für mich wie eine Ewigkeit an, dass wir uns das letzte Mal gesehen haben.

Plötzlich aufgeregt schalte ich mein Handy ein und warte darauf, dass es startet. Sobald eine Netzverbindung besteht, öffne ich den Messenger und schreibe Nate, dass ich gut angekommen sei und mich auf den Weg zu unserer Wohnung machen würde. Eigentlich war sein Plan, mich mit dem Auto abzuholen, da ihm jedoch kurzfristig ein wichtiger Termin dazwischengekommen ist, mussten wir am Abend vor meiner Abreise umdisponieren. Ein wenig mulmig ist mir schon bei dem Gedanken, dass ich den Weg nach Nonhyeondong, einem Stadtviertel von Seoul, allein finden muss, aber ich werde diese Hürde meistern. Immerhin muss ich nur den Zug bis Magongnaru und von dort aus die U-Bahn nehmen.

Für einige Augenblicke gönne ich es mir, den Sonnenaufgang zu betrachten, danach mache ich mich auf den Weg zum Zug und merke, dass ich dazu wieder zurück ins Flughafengebäude muss. Der Ticketkauf stellt sich als eine kleine Herausforderung heraus; auch wenn die Ticketautomaten eine englischsprachige Option haben, brauche ich die Hilfe einer netten Angestellten.

»Gamsahamnida«, bedanke ich mich auf Koreanisch und bin stolz darauf, dass sich all die Monate in der Sprachschule nun bezahlt machen. Mir ist das Koreanischlernen schwergefallen, dennoch bin ich der Meinung, dass man die Sprache des Landes, in dem man leben möchte, beherrschen sollte, und habe mich deshalb durchgebissen.

Mit dem Ticket in der Hand und der Wegbeschreibung der Frau im Ohr mache ich mich auf den Weg zum richtigen Gleis. Ein Blick auf mein Handy zeigt mir nicht nur, dass es kurz nach acht ist und der Zug in fünf Minuten kommen wird, sondern auch, dass mein Akku nicht mehr lange durchhalten wird – bei neunzehn Prozent Batteriestatus höchstens zwei Stunden. Ich sollte daher besser sparsam mit ihm umgehen und das Gerät ausschalten. Ohne großartige Probleme steige ich in den Zug und finde sogar einen Sitzplatz.

Während die Landschaft an mir vorbeizieht, überlege ich, was Nathaniel nach seiner Arbeit für uns geplant haben könnte. Ich sollte todmüde sein, das bin ich aber nicht, im Gegenteil, ich fühle mich berauscht und ein wenig aufgedreht. So vergehen Minuten, in denen ich wie ein Schwamm jeden noch so kleinen Eindruck der unbekannten Umgebung in mich sauge. Als es an der Zeit ist, umzusteigen, meistere ich auch diese Hürde und komme eine weitere Dreiviertelstunde später am Ziel an.

Als ich nun vor der U-Bahn-Station auf dem Gehweg stehe, ist der neue Tag zur Gänze hereingebrochen und die Sonne strahlt am wolkenlosen Winterhimmel. Von dem berühmten Feinstaub ist bisher zum Glück nichts zu sehen oder zu spüren, daher atme ich tief ein und lasse die Gegend auf mich wirken. Das wird von nun an also meine neue Heimat sein.

Laut Nate und der Wegbeschreibung, die ich mir zuvor angeschaut habe, dürfte der Weg bis zum Appartementhaus, in dem sich unsere Wohnung befindet, etwa zehn Minuten dauern. Auch wenn ich mich an die ungefähre Richtung erinnere, packe ich mein Handy aus meinem Rucksack und schalte es wieder ein, um mich von einer Navigations-App führen zu lassen. Und tatsächlich, knapp zehn Minuten später stehe ich vor der angegebenen Adresse. Erleichtert, weil sich mittlerweile doch Erschöpfung in mir breitmacht, betrete ich das Gebäude und gehe geradewegs auf die Aufzüge zu.

Bevor ich einen der Knöpfe drücken kann, kündigt das Pingen einer Glocke die Ankunft der Kabine an, und die Türen öffnen sich für einen großen Mann. Innerhalb weniger Sekunden habe ich sein Aussehen erfasst. Das Alter von Asiaten einzuschätzen, fällt mir schwer, ich nehme jedoch an, dass er etwas älter sein könnte als ich. Die Jeans und die weißen Nike Air Max an seinen Füßen deuten zumindest darauf hin, dass er nicht allzu alt sein dürfte. Sein Wintermantel mit Kunstpelzbesatz, die Sonnenbrille und die Strickmütze vervollständigen den Look und unterstreichen meine Vermutung.

»Annyeonghaseyo«, grüße ich ihn mit einer angedeuteten Verbeugung.

»Annyeonghaseyo«, erwidert er mit der gleichen Bewegung und geht an mir vorbei.

Gut gelaunt betrete ich die leere Kabine und tippe auf den Knopf für die zehnte Etage. Bevor sich die Türen schließen, habe ich die Chance, den Fremden noch einige Sekunden von hinten zu betrachten. *Süß*, denke ich und grinse. Außerdem realisiere ich, dass er groß ist. Im Vergleich zu mir, mit meinen knapp ein Meter sechzig, ist das zwar nicht unbedingt schwer, dennoch widerlegt er das Vorurteil, alle Asiaten wären klein. Diese Erkenntnis bringt mich zum Kichern. Wie viele Vorurteile werden sich noch als falsch erweisen? Amüsiert steige ich wenige Augenblicke später in der zehnten Etage aus und suche nach dem Appartement 1004. Bereits von Weitem sehe ich das für uns Amerikaner ungewöhnliche Türschloss. Laut Nathaniel muss ich die Schutzklappe über dem Tastenfeld für den Türcode hochschieben und diesen eingeben. Testend schiebe ich die Klappe hoch und es kommt ein Nummernfeld zum Vorschein. 2-2-0-6 tippe ich das Datum unseres Jahrestages ein und warte darauf, dass sich das Schloss entriegelt. Doch das tut es nicht, stattdessen gibt es einen warnenden Piepton von sich. Verunsichert gebe ich die

Zahlenfolge ein weiteres Mal ein und habe erneut keinen Erfolg. Bevor ich es ein drittes Mal versuche, öffne ich Nates Nachricht, in der er mir alle wichtigen Informationen weitergeleitet hat, und gleiche den Code ab. Nein, ich habe mich nicht vertan, es ist 2-2-0-6. Als Nächstes schaue ich, ob ich mich in der Etage oder in der Tür geirrt habe, aber auch das ist nicht der Fall.

Ratlos scrolle ich unseren Nachrichtenverlauf durch. Meine letzte Mitteilung ist von ihm bisher nicht gelesen worden. Das heißt, er ist immer noch in dem Meeting. Einige Zeit hadere ich mit mir, doch dann entscheide ich mich dazu, ihn anzurufen. Ich wähle seine Nummer und werde direkt auf die Mailbox umgeleitet, daher hinterlasse ich ihm eine Nachricht mit der Bitte, mich zurückzurufen oder mir zumindest den Pin per Kurznachricht zu schicken. Danach lege ich auf und starre das verflixte neumodische Schloss an. Mittlerweile bin ich ein wenig genervt.

Müde betrachte ich mein Hintergrundbild, das uns beide zeigt. Gerade als mein Unmut verpuffen und die Vorfreude auf Nate zurückkehren will, wird der Bildschirm schwarz und das Smartphone lässt sich nicht wieder einschalten. Mist! Die Navigation hierher hat so viel Akku gefressen, dass er nun leer ist. Glücklicherweise bin ich nicht der Typ Frau, der leicht in Panik gerät, trotzdem macht sich ein ungutes Gefühl in meinem Bauch breit. Was soll ich jetzt tun? Mein Ladekabel befindet sich in meinem Koffer und der wiederum in einem anderen Land. Natürlich könnte ich losziehen in der Hoffnung, dass ich ein Geschäft finde, das Ladekabel verkauft, als Nächstes würde sich aber die Frage nach einer Steckdose stellen. *Irgendwo* kann ich mich schließlich nicht an die Buchse hängen. Letztlich bleibt mir also keine Alternative, als hier stehen zu bleiben und auf Nates Rückkehr zu warten.

Es vergehen dreißig Minuten, dann eine Stunde und

eine weitere. Irgendwann verliere ich jegliches Zeitgefühl, dafür fühle ich die Kälte im Flur umso deutlicher. Also entschließe ich mich dazu, in ein Café zu gehen, das ich auf dem Weg hierher gesehen habe, mich dort frisch zu machen und aufzuwärmen, während ich eine Kleinigkeit essen würde. Im Café angekommen, gesellen sich im Laufe des Tages zwei weitere Kaffee zu meinem geplanten Tee und dem Sandwich. Ich ärgere mich über Nate, noch viel mehr ärgere ich mich jedoch über mich selbst. Weshalb musste ich ausgerechnet meine Powerbank vergessen? Wie hilflos und aufgeschmissen man ohne Handy oder Internetzugang ist, realisiere ich gerade in aller Deutlichkeit. Gegen achtzehn Uhr entschließe ich mich dazu, zurück zum Appartement zu gehen und dort weiter auf Nate zu warten. Das würde zumindest das Risiko mindern, dass wir einander verpassen.

Als ich mich neben der Wohnungstür an die Wand hocke und kurz davor bin, die Nerven zu verlieren, erkenne ich, dass der Klumpen in meinem Magen mindestens genauso groß ist wie der Eisblock, zu dem meine Hände und Füße geworden sind. Resignierend lege ich die Stirn auf die Knie und schließe die Augen — warte weiter. Wie lange, weiß ich nicht, doch ich muss eingenickt sein, denn als mich eine männliche Stimme anspricht, schrecke ich hoch.

»Gwaenchaneuseyo?«, fragt die Stimme erneut, ob es mir gut gehe.

Noch bevor ich mir die richtige Antwort zurechtlegen kann, wechselt er ins Englische und wiederholt: »Ist alles okay bei Ihnen?«

Peinlich berührt von der Erkenntnis, wie erbärmlich ich erscheinen muss, nicke ich. »Ja, danke. Ich warte nur ...«

Mein Gegenüber schweigt so lange, dass ich mir nicht sicher bin, ob er mich verstanden hat, doch dann erwidert er in einem klaren Englisch: »Warten Sie auf den Amerikaner?«

Zögernd beantworte ich die Frage: »Er müsste eigentlich jeden Moment von der Arbeit kommen.«

Wieder schweigt er, dieses Mal scheint er offensichtlich mit einer Antwort zu zögern. Gleichzeitig gibt er mir so Zeit, ihn genauer anzusehen. Es ist der Typ, den ich Stunden zuvor bei den Aufzügen getroffen habe.

»Ich bezweifle, dass er wiederkommt. Er und seine Freundin sind gestern ausgezogen«, lautet letztendlich seine Erwiderung.

Es braucht einen Moment, bis ich den Sinn der Worte verstanden habe. »Er ist was?« Ungläubig fahre ich hoch und gerate wegen meiner eingeschlafenen Beine ins Straucheln. Netterweise fängt der Fremde mich auf und hilft mir, das Gleichgewicht wiederzufinden. Die Berührung seiner warmen Hand auf meiner kühlen Haut jagt mir einen Schauer durch den Körper und lässt mich noch deutlicher spüren, dass ich friere. Sobald ich sicher stehe, zieht er seine Hände zurück, und ich habe das Gefühl, ich wäre etwas Lebensnotwendigem beraubt worden.

Statt auf meinen schockierten Ausruf einzugehen, fragt er: »Wie lange warten Sie hier schon? Seit heute Morgen?«

Ertappt senke ich den Blick und versuche, die Bombe zu verarbeiten, die er auf mich abgefeuert hat. Er kann nicht von Nathaniel gesprochen haben, oder?

»Mehr oder weniger«, gebe ich zu und muss, der grotesken Situation zum Trotz oder gerade wegen ihr, lachen. Nervös lecke ich mir über die Lippen. Wie hoch ist die Wahrscheinlichkeit, dass ein zweiter Amerikaner in diesem Gebäude und auf dieser Etage mit nur sechs Wohnungen lebt? »Wie sah er aus?«

Selbst wenn der Fremde mich für verrückt halten sollte, lässt er es sich nicht anmerken und deutet mit seiner

Hand eine Größe an, die Nathaniels entspricht. »So groß, blonde Haare und Brille. Ich habe ihn nur wenige Male gesehen, weil ich selbst noch nicht lange hier wohne, aber er hatte jedes Mal einen Anzug an und einen grünen Aktenkoffer aus ...«

»Krokodilleder in der Hand«, beende ich seinen Satz und lasse mich plötzlich kraftlos zurück auf den Boden sinken. Er muss von Nate sprechen, denn genau diesen hässlichen Krokodillederkoffer hat er sich in Miami gekauft und ist besonders stolz auf ihn gewesen. Dennoch, das alles ergibt keinen Sinn! Wir haben vor weniger als zwei Tagen über meine Abreise und unsere gemeinsame Zukunft gesprochen. Doch auch wenn ich es mir selbst noch nicht eingestehen kann, wird der Fremde die Wahrheit sagen. Das mulmige Bauchgefühl, das seit heute Mittag immer stärker geworden ist, war bereits das erste Vorzeichen dafür, dass etwas ganz und gar nicht stimmt. Wieder lache ich, obwohl mir viel mehr nach Weinen zumute ist. Mein neues Leben in Seoul ist bisher ein absoluter Albtraum!

Jae-Joon

Mir ist die Situation deutlich unangenehm, gleichzeitig habe ich Mitleid mit der jungen Frau und muss mir eingestehen, dass sie mich fasziniert. Wie mir kurz zuvor bewusst geworden ist, habe ich sie vorhin, auf dem Weg zum Training zum ersten Mal gesehen, was mittlerweile knapp zehn Stunden her ist. Dementsprechend fassungslos macht es mich, dass sie scheinbar die ganze Zeit hier gewartet hat. Bei genauerem Hinsehen fällt mir auf, wie erschöpft sie ist. Dennoch erkenne ich eine besondere Art von Schönheit an ihr und finde, dass die zerzausten braunen Strähnen, die sich aus ihrem Haarknoten gelöst haben, sie niedlich erscheinen lassen. Ich schüttle über mich selbst den Kopf, denn meine Gedanken sind im Moment alles andere als angebracht.

»Haben Sie schon versucht, ihn anzurufen?«, frage ich und versuche, das Problem, welches hoffentlich nur ein Missverständnis ist, zu lösen. Irgendetwas lässt mich jedoch ahnen, dass sie soeben herausgefunden hat, dass ihr Freund fremdgeht.

»Ja, aber mein Akku ist seit Stunden leer, und ich hatte bisher keine Möglichkeit, ihn aufzuladen. Ich bin direkt vom Flughafen hierhergekommen und mein Gepäck steckt in Taipeh fest«, erklärt sie und fängt wieder an zu lachen. Gleichzeitig werden plötzlich ihre Augen von einem feuchten Schimmern überzogen. Erneut bin ich fasziniert, denn die Farbe dieser Augen erinnert mich an das kristallklare thailändische Meer, in dem ich vor wenigen Tagen gestanden habe, während ich für die südkoreanische Ausgabe von *Men's Health* geshootet wurde.

»Wollen Sie reinkommen und sich bei einer Tasse Tee aufwärmen? Ich suche in der Zeit nach einem passenden Ladekabel.« Noch bevor ich mir darüber im Klaren bin, was ich ihr gerade Hirnrissiges vorschlage, habe ich die Einladung ausgesprochen und halte ihr meine Hand hin.

Nur kurz zögert sie, ergreift dann aber die von mir angebotene Hand. Die Berührung ihrer eiskalten Finger versetzt mir einen Schock. Wie schrecklich durchgefroren sie sein muss. Welcher Mann behandelt eine Frau so?

»Danke, ich bleibe auch bloß so lange, bis mein Handy wieder funktioniert und ich eine Unterkunft gefunden habe«, verspricht sie.

Ich habe jedoch die Vorahnung, dass das nicht so schnell passieren wird. Dennoch ziehe ich sie mit einem sanften Ruck auf die Beine. Nun, da sie direkt neben mir steht, bemerke ich, wie klein sie ist. Sie hat wahrscheinlich nicht die zarte, zierliche Figur einer Koreanerin, doch selbst in den Wintermantel gepackt, weckt sie mein Interesse. Eine Tatsache, die mich irritiert. Ich habe schon lange keine Frau mehr getroffen, die mich auch nur annähernd interessiert hat. Dafür habe ich in meinem straffen Terminplan sowieso keine Zeit. Davon abgesehen war ich die letzten Jahre über nicht der Typ Mann, der Frauen gegenüber aufgeschlossen gewesen oder dem es leichtgefallen ist, locker mit ihnen umzugehen. Genau genommen halte ich sie höflich auf Abstand. Kaum zu glauben, wenn man bedenkt, dass ich die Fremde gerade aus Mitleid und Sorge um ihre Gesundheit zu mir in die Wohnung eingeladen habe. Vielleicht ist es ihr verzweifelter Blick, der etwas in mir berührt und mich an eine dunkle und schmerzhafte Zeit in meinem Leben erinnert hat. Eine Zeit, während der mir lange niemand die Hand entgegengestreckt hat.

Bevor ich mich in alten Erinnerungen verlieren kann, lasse ich sie los und wende mich meiner eigenen Wohnungstür zu, um uns einzulassen. Ich schalte das Licht ein und gebe ihr den Vortritt, erst dann trete ich selbst ein und schließe hinter uns die Tür. Zum ersten Mal ist es mir peinlich, dass ich es für unnötig gehalten habe, Geld in Möbel zu investieren, und dass ich außer einem einzelnen Hocker beziehungsweise Sitzkissen keine vernünftige Sitzmöglichkeit habe. Bisher hatte ich aber auch noch nie Besuch - von meinem Personal Trainer und meinem Manager mal abgesehen.

»Ich habe leider nicht mehr zu bieten, Sie können sich aber gerne setzen«, murmle ich ein wenig verlegen und deute auf das Plastikstühlchen und die Polster, während ich ihre Mimik beobachte. Zu meiner Erleichterung verzieht sie keine Mine, sondern lässt sich auf eins der Kissen sinken und lehnt sich an die Wand. Sie scheint wirklich müde zu sein, erkenne ich einmal mehr.

»Ist grüner Tee okay?«, frage ich, löse den Blick von

ihr, ziehe meine Jacke und Mütze aus und schmeiße sie auf einen Haufen Kartons, der von meinem Umzug übrig geblieben ist.

»Mir ist alles recht, Hauptsache, es ist warm«, antwortet sie.

Als ich wenige Minuten später mit zwei dampfenden Tassen zurückkomme, lächelt sie mich matt, aber offensichtlich ehrlich an. »Vielen Dank, ich weiß das wirklich zu schätzen. Ich bin übrigens Riley. Riley Evans.«

»Mein Name ist Park Jae-Joon«, antworte ich und schüttle ihre Hand. Zu meiner Erleichterung sind ihre Finger jetzt bereits etwas wärmer. Gleichzeitig löst die Berührung ein Kribbeln in meinen Fingern aus, das einmal mehr dafür sorgt, dass ich irritiert bin.

»Park Tae-Joon?«, wiederholt sie langsam meinen Namen, spricht ihn jedoch nicht richtig aus.

»Jae-Joon«, verbessere ich sie. »Sie können mich aber auch Jay oder JJ nennen.«

»Jay? Hast du amerikanische Wurzeln?«, fragt sie interessiert. »Ich meine natürlich Sie, haben Sie amerikanische Wurzeln?«

Einmal mehr über mich selbst verwundert, antworte ich: »Es ist für mich okay, auf Englisch vertraut miteinander zu reden, und nein, ich bin durch und durch Koreaner. Ich habe … einige Zeit in den USA gelebt.«

»Ah, das erklärt, weshalb dein Englisch so gut ist.«

»Danke.« Ihr Kompliment bringt mich zum Lächeln.

»Ist es dir schwergefallen, Englisch zu lernen? Ich lerne seit knapp einem Jahr Koreanisch und habe das Gefühl, meine Aussprache ist noch keinen Deut besser geworden.«

»Ja, sehr, aber ich habe es immer und immer weiter versucht, nie aufgehört zu sprechen und wurde dann irgendwann dafür belohnt.«

»Matseumnida«, stimmt sie mir zu und wir müssen beide grinsen.

»Deine Aussprache ist doch gar nicht so schlecht.«

»Trotzdem fehlt mir die Übung, daher bin ich noch sehr unsicher, wenn es ums Sprechen geht.« Verhalten gähnt sie hinter vorgehaltener Hand. »Entschuldigung.«

Ich schweige einen Augenblick. Sie trägt immer noch ihre Jacke, dessen ungeachtet sind ihre Lippen blau angelaufen und ihr Gesicht ist blass. Allein daran kann ich deutlich erkennen, wie müde und durchgefroren sie ist. Wäre es komisch, wenn ich ihr vorschlagen würde, eine warme Dusche zu nehmen? Normalerweise würde ich niemals auf die Idee kommen, einer Frau – und schon gar nicht einer Fremden – anzubieten, bei mir zu duschen, aber dies hier ist ein Sonderfall. Allgemein scheint die Begegnung mit Riley auf verrückte Weise etwas Außergewöhnliches zu sein. Ihr zu ermöglichen, sich vernünftig aufzuwärmen, wäre doch nur aufmerksam von mir, oder? »Möchtest du duschen? Wenn du den ganzen Tag draußen warst, bist du sicher durchgefroren.«

Ihr Kopf ruckt zu mir hoch und sie schaut mich mit großen Augen an. »Wäre das wirklich in Ordnung? Ich möchte dir nicht noch mehr Umstände bereiten.«

Ich weiß, dass mein Angebot nicht selbstverständlich ist, dennoch berührt ihre schüchterne Reaktion mein Herz. »Ja, warte, ich hole dir frische Handtücher und Wechselkleidung.«

Zu meinem Entsetzen beginnt sie plötzlich, zu weinen. Selbst wenn ich erahnen kann, dass es eine bloße Stressreaktion ist, bin ich betroffen. Dieser blöde Amerikaner war mir bereits seit unserem ersten Aufeinandertreffen unsympathisch, jetzt weiß ich endlich, weshalb – weil er ein Arschloch ist!

»Tut … tut mir leid, ich bin einfach so dankbar für deine Hilfe«, rechtfertigt sie sich.

»Schon okay, es ist wirklich alles in Ordnung.« Um ihr ein wenig Freiraum zum Beruhigen zu geben, stehe ich auf und hole ihr die versprochenen Handtücher, zusammen mit einem meiner wärmsten Pullover und einer Jogginghose. »Hier. Das Badezimmer ist den Flur raus hinter der ersten Tür links.«

»Danke«, schnieft sie. »Ehrlich, vielen Dank, sobald ich kann, werde ich mich dafür erkenntlich zeigen.«

Ihre Dankbarkeit bringt mich in Verlegenheit. »Das Wasser braucht einige Zeit, bis es heiß ist, danach reicht es für ungefähr zwanzig Minuten.«

Riley nickt und steht auf. »Kann ich irgendwo meine Jacke hinlegen?«, fragt sie und ist bereits dabei, sie auszuziehen. Zum Vorschein kommt ein dünner Strickpullover, der wahrlich nicht warm halten kann. Ein Wunder, dass sie sich noch nicht den Tod geholt hat.

»Die kannst du mir geben«, biete ich an und nehme sie ihr ab.

»Danke.« Offenbar scheint sie noch zu hadern, ob sie mein Angebot wirklich annehmen kann, doch dann lächelt sie verhalten und kündigt an: »Ich werde jetzt duschen gehen.«

Ein wenig unbeholfen bleibe ich ihm Wohnzimmer zurück und sehe dabei zu, wie sie im Badezimmer verschwindet. Es ist ein ungewohntes Gefühl, zu wissen, dass sich gleich eine Frau unter meiner Dusche befinden wird. Nein, es ist generell ungewohnt, jemanden in meiner Wohnung zu haben. Eigentlich hasse ich es, Menschen in meine private Wohlfühlzone zu lassen. Dass Riley hier ist, ist mir zwar fremd, aber erstaunlicherweise nicht unangenehm. Zu meiner Beschämung muss ich sogar zugeben, dass ich mir vorhin kurzzeitig weitere Gedanken über ihre Figur gemacht habe. Sie scheint schlank zu sein, dennoch konnte ich deutlich die Rundungen ihrer Brüste und Hüften erkennen. Etwas, dem ich sonst keine große Beachtung schenke.

Es ist nicht so, dass ich generell blind für Frauen bin oder sie nicht mögen würde, doch im Moment habe ich einfach andere Prioritäten. Das habe ich bis jetzt zumindest angenommen, denn im nächsten Augenblick überlege ich, ob ich Riley etwas zu essen machen soll. Viel geben meine Vorräte zwar nicht her, es wird aber reichen, um sie satt zu bekommen. Vorher suche ich jedoch nach einem Ladekabel für ihr Handy. Da ich nicht weiß, welches Gerät sie hat, lege ich drei verschiedene neben ihre Handtasche, in der Hoffnung, dass eins davon passen wird. Um mich danach beschäftigt zu halten und meine Gedanken nicht wieder in eine unangebrachte Richtung schweifen zu lassen, gehe ich in die Küche und durchforste die Schränke nach etwas Essbaren.

Alles, was ich finde, sind drei Packungen Ramyeon und eine Handvoll tiefgekühlter Mandu. Mein Diätplan erlaubt zwar kein Instantfood, und Trainer Han würde mich extra Übungen dafür machen lassen, wenn er von meiner Planabweichung wüsste, aber das tut er nicht, daher ist es mir egal. Vor allem da ich gerade merke, dass ich am Verhungern bin. Wobei ich genau genommen immer hungrig bin und auch immer etwas essen könnte.

Ich höre, wie die Badezimmertür aufgeht und Riley kurze Zeit darauf das Wohnzimmer betritt.

»Fühlst du dich schon etwas besser?«, frage ich und drehe mich zu ihr um.

»Ja, sehr viel besser, danke! Auch danke für das Ladekabel, Micro-USB hat gepasst.« Deutlich verlegen steht sie im Türrahmen und knetet nervös ihre Hände. Meine Hand wandert zu meiner Brust. Weshalb klopft mein Herz plötzlich so stark? Und warum finde ich, dass sie in den viel zu großen Sachen süß statt albern aussieht?

»Keine Ursache, das Essen ist gleich fertig. Ich hoffe, du magst Ramyeon mit Teigtaschen«, verkünde ich und richte irritiert meinen Blick zurück auf den Topf.

»Klingt perfekt, kann ich dir helfen?«, fragt sie und

macht einen Schritt auf mich zu, was zur Folge hat, dass ein Dufthauch meines Duschgels zu mir herüberweht. Ich erkenne deutlich den Geruch wieder, trotzdem ist er an ihr ein komplett anderer, und das irritiert mich auf unerklärliche Weise. Ich räuspere mich und antworte nach einer gefühlten Ewigkeit: »Nein, setz dich einfach schon mal hin, ich komme gleich.«

Als sie meiner Anweisung folgt, bin ich erleichtert, wegen meiner Reaktion auf sie jedoch gleichzeitig verlegen. Man könnte meinen, sie wäre die erste Frau, der ich im Leben begegnet bin. Über mich selbst grübelnd warte ich darauf, dass die Nudeln gar sind, und bringe danach den Topf ins Wohnzimmer.

»Ich war so frei«, erklärt Riley und hat augenscheinlich meinen Tabletttisch entdeckt, denn er steht ausgeklappt neben ihr.

»Danke.« Ich stelle den Topf ab und sehe ihren leeren Becher. »Möchtest du noch einen Tee oder Wasser?«

»Wasser wäre super, danke.« Lächelnd blickt sie von dem Topf zu mir auf. »Das sieht unglaublich gut aus.«

»Ich hole noch Geschirr und Besteck, danach können wir essen.« Kurz darauf bin ich zurück und sehe, dass Riley ihr Handy in der Hand hält und etwas eintippt. »Hast du eine Antwort bekommen?«

»Nein, ich habe gerade meinen Eltern geschrieben, dass ich gut angekommen bin. Sie sind, im Vergleich zu einer gewissen anderen Person, vor Sorge fast gestorben.«

Unangenehm berührt nicke ich. »Lass uns essen. Vielleicht sieht die Welt danach schon ganz anders aus.«

»Ja, vielleicht«, stimmt sie zu, klingt aber nicht überzeugt. Trotzdem lächelnd nimmt sie die Schüssel mit Ramyeon entgegen und wir verbringen die nächsten Minuten schweigend, was für mich okay ist, da ich beim Essen sowieso nicht gern rede. Nach einiger Zeit merke ich jedoch, dass sich die Stimmung ändert und ihre

Verlegenheit zunimmt. Gleichzeitig wächst meine Besorgnis. Vor allem beschäftigt mich die Frage, wie oder weshalb sie in diese Situation geraten ist. Bisher konnte ich nur erfahren, dass sie zu ihrem Freund – meinem ehemaligen Nachbarn – wollte, der sich aber inzwischen mit einer anderen aus dem Staub gemacht hat.

»Darf ich dich etwas fragen?«, hakt sie nach, sobald ich aufgegessen habe, und schiebt ihre eigene halb volle Schüssel von sich.

»Sicher«, bejahe ich und lehne mich auf meine Hände gestützt nach hinten.

»Ist das hier der Mann, den du meintest?« Riley zeigt mir ein Bild von sich und dem Amerikaner.

Sofort überkommt mich ein merkwürdiges Gefühl. Die beiden als Paar zu sehen … gefällt mir gar nicht.

»Ja, das ist er«, bestätige ich und empfinde Mitleid mit ihr. Während ich aus irgendeinem Grund froh bin, dass die Sache mit ihm mittlerweile beendet zu sein scheint. Als sie dann im nächsten Moment die Augen schließt und tief durchatmet, habe ich jedoch sofort ein schlechtes Gewissen.

»Ich weiß nicht, was ich sagen soll. Noch viel weniger verstehe ich, weshalb er so plötzlich abgehauen ist. Wir haben gemeinsam, über Monate hinweg, meinen Umzug nach Seoul geplant. Wir haben sogar noch vor zwei Tagen darüber gesprochen, was wir heute machen wollen, und dann komme ich hier an und … er ist mit einer anderen durchgebrannt? Himmel, ich habe für ihn alles zurückgelassen – Familie, Freunde, meinen Traumjob. Es war so schwer, alle Visa zu bekommen, und jetzt soll das alles umsonst gewesen sein? Hätte er nicht einfach fair sein und mir vorher sagen können, dass er die Beziehung beenden will und eine neue Freundin hat? Wie lange ist er schon zweigleisig gefahren?«, fragt sie und unterbricht für einen kurzen Moment ihren Monolog.

Da sie tatsächlich eine Antwort zu erwarten scheint,

äußere ich meinen Eindruck. »Genau kann ich dir das nicht sagen. Ich wohne, wie gesagt, erst seit knapp zwei Monaten hier und war während dieser Zeit oft unterwegs, aber sie haben meiner Auffassung nach bereits zusammengelebt, als ich hier eingezogen bin. Zumindest habe ich sie regelmäßig gesehen. Tut mir leid, dass ich dir das sagen muss.«

»Muss es nicht. Tatsächlich tut es mir leid.« Mit einem Schniefen unterdrückt sie ein Schluchzen. »Mir ist das alles unendlich peinlich. Ich nutze deine Freundlichkeit nicht nur aus, sondern belästige dich auch noch mit meinen Problemen. Du musst mich für total erbärmlich und naiv halten.«

»Nein, das tue ich nicht, und es muss dir auch nichts peinlich sein.« Das denke ich wirklich. Die Situation ist merkwürdig, sogar ein wenig verrückt, aber Riley trägt daran keine Schuld, ihr wurde einfach übel mitgespielt. Zum Glück war ich noch nie in ihrer Lage, kann mir aber vorstellen, wie sie sich fühlen muss. Mein Leben war vor einigen Jahren ebenfalls ein einziger Scherbenhaufen.

»Danke.«

»Ich könnte einen Drink vertragen, du auch?«, frage ich und entlocke ihr zu meiner Erleichterung ein kleines Lächeln.

»Ich sollte Nein sagen, aber das wäre gelogen. Du kannst dir nicht vorstellen, wie dringend ich den jetzt nötig habe.«

Ihre Antwort ist genau das, was ich erwartet habe, dessen ungeachtet bin ich mir nicht sicher, wie ich sie einschätzen soll. Ihr Verhalten ist völlig anders als das von koreanischen Frauen. Sie ist wesentlich aufgeschlossener und direkter, gleichzeitig wirkt sie aber auch schüchtern – fast schon unsicher, was jedoch bestimmt nicht daran liegt, dass wir uns erst kennengelernt haben. Dieser Kontrast in ihrem Wesen macht mich so neugierig, dass ich wissen will, wer sie wirklich ist. Was zur Folge hat, dass ich sie gern besser kennenlernen möchte, und das ist Irrsinn. Nicht nur weil ich keine Zeit für so etwas habe, sondern vor allem wegen meiner Lebensumstände. Ich bin ein aufstrebender Star, der kurz vor dem großen Durchbruch steht und dessen Vertrag eine Klausel beinhaltet, die besagt, dass ich noch knapp ein Jahr ein offizielles Datingverbot habe.

»Trinkst du Soju?«, frage ich und verhindere so, dass ich mir weitere Gedanken machen kann.

»Soju klingt gut.«

»Bier habe ich auch da.«

»Wie wäre es dann mit Somaek? Ist die Mischung aus Soju und Bier nicht ein Muss, wenn es um die koreanische Trinkkultur geht?«

»Da hat wohl jemand seine Hausaufgaben gemacht«, necke ich sie und habe sofort das Gefühl, dass die Stimmung sich wieder aufgelockert hat.

Die nächste Stunde mische ich uns Drinks und wir unterhalten uns. Im Nachhinein weiß ich gar nicht mehr, worüber, nur dass es lockere Themen gewesen sind und ich mich erstaunlich wohlgefühlt habe. So wohl, dass wir mittlerweile nebeneinander an die Wand gelehnt sitzen und für den Moment in angenehmes Schweigen verfallen sind. Eigentlich hätte ich sie längst in ein Hotel oder Hostel schicken sollen, aber das habe ich nicht und werde ich auch nicht. Ich will sie nicht gehen lassen. Nachdenklich drehe ich den Kopf zur Seite und betrachte ihr Profil. Aus der Nähe erkenne ich, wie zart und rein ihre Haut ist. Unweigerlich frage ich mich, wie sie sich unter meinen Fingerspitzen anfühlen würde. Mein Blick wandert weiter und als Nächstes fällt mir ihre Nase auf. Sie hat keine Stupsnase, dennoch ist sie fein und irgendwie … süß. Am meisten faszinieren mich aber nach wie vor ihre Augen, denn ich habe noch nie so ein außergewöhnliches Blau gesehen. Riley wendet den Kopf zu mir und blickt mich aus ebendiesen unglaublichen Augen an.

»Was ist?«, fragt sie und schenkt mir ein leicht angetrunkenes Lächeln, das meine Aufmerksamkeit wiederum auf ihren Mund lenkt. Sie hat schön geschwungene und volle Lippen. Ohne es verhindern zu können, denke ich für einen Augenblick darüber nach, sie zu küssen.

»Du solltest hierbleiben«, antworte ich, bevor mein Blick von ihrem Mund zurück zu ihren Augen wandert.

»Warum?« Es ist kein herausforderndes Warum, sondern die ehrliche Frage nach dem Grund.

»Weil ich mir Sorgen machen würde, wenn ich dich jetzt gehen lasse«, gebe ich ungefiltert zu.

»Du hast mich doch gerade erst kennengelernt«, flüstert sie und wir sind einander plötzlich nahe.

»Ich weiß, aber ich kann nichts daran ändern.« Dieses Mal bewege ich mich bewusst ein Stückchen näher zu ihr. Ich bin ihr mittlerweile so nah, dass ich grüne Sprenkel in ihrer Iris erkennen kann, die ihre Augenfarbe Türkis erscheinen lässt. Mehr zu mir selbst als zu ihr meine ich, dass sie hübsch ist. »Yeppeonae …«

Ich bin mir nicht sicher, wer zuerst die letzten Zentimeter zwischen uns überwunden hat, doch im nächsten Moment berühren sich unsere Lippen. In jedem Fall ist es jedoch sie, die zurückschreckt, bevor wir uns richtig küssen können.

»Tut … tut mir leid, das war unangebracht. Ich hätte das nicht tun dürfen«, stottert sie verlegen und will sich von mir abwenden.

Ich weiß, dass ich es nicht tun sollte und bereits angefangen habe, mit dem Feuer zu spielen, als ich sie zu mir in die Wohnung gelassen habe, dennoch kann ich nicht anders und lege meine Hand an ihre Wange. Wie oft habe ich wegen Shootings oder Aufnahmen Frauen anfassen *müssen* und es gehasst? Doch dieses Mal ist es keine Arbeit, sondern ein Bedürfnis, das ich nicht unterdrücken will.

Mein Herz beginnt zu flattern. Es ist lange her, dass ich einer Frau auf diese Weise nähergekommen bin. Mit dem Daumen fahre ich über ihre weiche Unterlippe. Mein Blick wandert zu ihren Augen, kurz sehe ich ein unsicheres Flackern ihn ihnen aufblitzen, doch dann schließen sie sich und Riley reckt mir kaum merklich den Kopf entgegen. Ein letztes Mal denke ich, dass ich diese Grenze nicht überschreiten sollte, kann aber nicht verhindern, dass mein Körper seinem eigenen Willen folgt und mein Mund ihren zu einem anfänglich zarten Kuss berührt. Zuerst ist er vorsichtig testend. Sobald Riley jedoch die Arme um meinen Hals schlingt und ihre Fingerspitzen den Haaransatz in meinem Nacken berühren, lasse ich jegliche Vernunft sausen. Meine Hand legt sich wieder an ihre Wange, gleichzeitig drücke ich mit dem Daumen ihr Kinn nach oben, sodass ich besseren Zugang zu ihrem Mund habe. Sie schmeckt nach einer Mischung aus Bier und Blaubeeren-Soju. Am liebsten würde ich den Kuss intensivieren, aber das tue ich nicht, sondern nehme mir Zeit, hauche weitere zarte Küsse auf ihre Lippen, um sie danach wieder im perfekten Einklang miteinander verschmelzen zu lassen.

Nachdem ich ihr einen letzten Kuss auf den Mundwinkel gehaucht habe, löse ich mich widerwillig von ihr. Auch wenn ich beim Küssen die Führung übernommen habe, möchte ich nicht das Risiko eingehen, sie zu überfordern. Prüfend schaue ich ihr in die Augen. Die vor Erregung geröteten Wangen und der lustvoll verschleierte Blick bringen mich dazu, sie ein weiteres Mal kurz zu küssen. Danach warte ich jedoch ihre Reaktion ab. Bis zu diesem Augenblick ist mir nicht klar gewesen, wie sehr ich mich nach dieser Art von Nähe gesehnt habe.

Rileys verträumter Ausdruck klärt sich ein wenig, und es scheint mir, als würde sie mich zum ersten Mal richtig sehen. Ihre Hände gleiten von meinem Nacken an meine Wangen. Dieses Mal ist sie es, die mit den Fingern meine Lippen nachfährt. Spielerisch gebe ich ihr einen Kuss auf die Fingerspitze und bringe sie damit zum Lächeln. Mein Puls rast vor Erregung, doch dieses süße Lächeln bringt mein Herz für einen Moment zum Stolpern.

Zu meiner Überraschung stützt sich Riley als Nächstes mit ihren Händen auf meine Schultern und schwingt ihr Bein über meine Hüften, sodass sie rittlings auf mir thront. Sofort durchfährt mich eine erwartungsvolle Welle der Lust. Nachdem Riley nun auf mir sitzt, scheint sie plötzlich schüchtern und verlegen zu sein. Nervös leckt sie sich über die Unterlippe und schenkt mir dabei ein scheues Lächeln. Spätestens jetzt hat sie mein Herz berührt. Um ihr die Situation zu erleichtern und sie ein wenig zu ermuntern, lege ich meine Hände um ihre Hüften und ziehe sie enger an mich, sodass sich ihre Brüste gegen meinen Brustkorb drücken und ich sie bequem umarmen kann.

Weitere Augenblicke vergehen, in denen wir einander wortlos anschauen und ich verschiedene Emotionen in ihren Augen lesen kann. Nach einer gefühlten Ewigkeit macht sie dann den ersten Schritt und beugt sich zu mir herunter. Ihr Kuss ist nicht aggressiv, aber dennoch eindeutig fordernd. Für den Moment lasse ich sie den Takt angeben und genieße es, als sie erst an meiner Unterlippe saugt, um sie dann freizulassen und sanft über sie zu lecken. Schnell wird sie mutiger und neckt mich weiter mit ihrer Zunge - spielt mit mir und reizt mich so lange, bis ich nicht anders kann und die Kontrolle übernehme.

Im Takt unserer Münder bewegen sich unsere Körper aneinander, sodass meine Selbstbeherrschung auf eine

harte Probe gestellt wird. Wäre es schlimm, wenn ich
sie verlieren würde, frage ich mich. Will ich mir darüber
im Moment überhaupt Gedanken machen? Immerhin
wird es einen Grund dafür geben, dass wir uns auf diese
Weise und zu diesem Zeitpunkt getroffen haben. Über
das Warum und mögliche Konsequenzen werde ich mir
morgen lang genug den Kopf zerbrechen können. Das
ist das Letzte, woran ich mich erinnere, bevor sich mein
Gehirn ausschaltet.

Kapitel 2

Verschlafen drehe ich mich auf die Seite und kuschle mich an den Körper neben mir. Suchend schiebe ich meine Finger unter Nates T-Shirt und spüre warme Haut und feste, durchtrainierte Muskeln. Für einen Moment genieße ich das Gefühl, doch dann wird mir klar: Das ist nicht Nathaniel! Nate ist alles andere als durchtrainiert! Erschrocken erstarre ich zur Salzsäule und reiße die Augen auf.

»Entspann dich, es ist alles gut. Es ist nichts passiert«, brummt Jae-Joon an meinem Scheitel.

Erst jetzt bemerke ich seinen Arm, der um mich geschlungen ist. Stück für Stück kehren meine Erinnerungen zurück. Meine Ankunft in Seoul, das stundenlange Warten auf Nate … die Erkenntnis, dass ich vergeblich auf ihn warte und er mich für eine andere verlassen hat. Beim Gedanken an diesen Verrat zieht sich mir die Brust zusammen. Ich bin jedoch vielmehr wütend als verletzt oder verzweifelt. Eigentlich sollte ich wegen Nate am Boden zerstört sein und Rotz und Wasser heulen, aber das tue ich … nicht?

Verwirrt hebe ich ein wenig den Kopf und betrachte den Mann, der mich schützend in seinen Armen hält. Jae-Joon, der mir bis gestern fremd gewesen ist, der mich trotzdem mit seiner rücksichtsvollen Art gerettet hat und mit dem ich stundenlang Drinks getrunken und Gespräche geführt habe, die in Küssen geendet haben. Verlegen, aber mit einem Kribbeln im Bauch, berühre ich mit den Fingerspitzen meine Lippen. Wir waren beide betrunken, aber nicht zu betrunken, um nicht Herr unserer Sinne zu sein. Zumindest ich nicht, daher erstaunt es mich, dass ich fast mit ihm geschlafen hätte und es bloß nicht getan habe, weil er die Reißleine gezogen hat. Sollte ich nicht verletzt sein, weil er mich abgewiesen hat? Tatsache ist jedoch, ich fühle mich nicht zurückgestoßen, sondern wertgeschätzt. Gleichzeitig ist mir die Situation peinlich. Hält er mich nach gestern für flatterhaft und leicht zu haben?

»Hör auf, so viel zu grübeln. Wir hatten gestern beide einen anstrengenden Tag, gönn uns noch etwas Schlaf. Danach können wir uns immer noch Gedanken darüber machen, ob das, was zwischen uns passiert ist, ein Fehler gewesen ist … oder nicht«, meint er und ich begegne seinem Blick. Sofort bin ich vom schokoladigen Braun seiner Augen in den Bann gezogen. Wir sehen einander an, und ich warte darauf, dass die Situation doch noch unangenehm wird, aber das tut sie nicht. Daher schließe ich die Augen und entspanne mich. Zu meinem Erstaunen haucht er einen kaum spürbaren Kuss auf meine Stirn und zieht mich ein wenig enger an sich. Diese Geste irritiert mich, löst aber auch die Enge in meiner Brust und bringt stattdessen mein Herz erneut heftig zum Klopfen.

Stunden später wache ich wieder auf und finde mich allein auf der weichen Schlafmatte wieder. Beklemmung überkommt mich und ich spüre sogar einen leichten Stich in der Brust. Wo ist Jae-Joon? Suchend schaue ich mich nach meinem Handy um, erinnere mich aber, dass es immer noch im Wohnzimmer ans Ladekabel angeschlossen ist. Verunsichert richte ich mich auf. Was erwartet mich, wenn ich aufstehe? Wird er kalt zu mir sein und mich rausschmeißen?

»Grübelst du wieder?«

Erschrocken fahre ich herum. Schmunzelnd steht er im Türrahmen und hält eine Tasse in der Hand. Er scheint nicht zu bereuen, dass ich hier bin, im Gegenteil, er wirkt lockerer als noch am Abend zuvor. Oder bilde ich mir das nur ein?

»Ist der für mich?«, frage ich verlegen und nicke in Richtung der Tasse.

»Ich wusste nicht, wie du deinen Kaffee magst, und habe ihn daher so gemacht, wie ich ihn trinke, mit Süßstoff, aber ohne Milch.« Immer noch lächelnd, kommt er zu mir und hockt sich vor mich. Erst dann reicht er mir die Tasse und ich nehme sich dankbar an. »Hast du gut geschlafen?«

»Ja, danke. Ich hoffe, du auch?« Ich spüre deutlich, wie mir Hitze in die Wangen steigt und ich rot werde. Froh darüber, dass ich mich hinter dem Becher verstecken kann, trinke ich einen Schluck. Der Kaffee ist leider viel zu süß, dennoch wärmt er mein Inneres. Vielleicht ist es aber auch Jae-Joons fürsorgliche Geste.

»Ich muss sagen, ich habe schon ewig nicht mehr so gut und lang geschlafen«, antwortet er. »Normalerweise bin ich um diese Zeit schon lange unterwegs.«

»Hoffentlich habe ich deine Pläne nicht durchkreuzt.«

»Zumindest keine, die wirklich wichtig waren und nicht auf später verschoben werden konnten.« Jae-Joon wippt auf seinen Füßen vor und zurück. »Hast du Hunger? Ich war vorhin einkaufen und habe Sandwiches mitgebracht.«

Statt auf seine Frage zu antworten, entgegne ich: »Warum tust du das? Warum kümmerst du dich so sehr um mich? Versteh mich nicht falsch, ich bin dir unendlich dankbar und weiß nicht, wie ich dir das jemals zurückzahlen kann, aber du musst das nicht tun, weißt du?«

»Ich weiß, aber ich habe das Gefühl, zumindest für den Moment die Verantwortung für dich übernehmen zu müssen.«

Dieses Statement macht mich sprachlos, denn es ist definitiv eins. Eins, das mein Herz wieder zum Flattern bringt.

Jae-Joon klatscht in die Hände und holt mich damit in die Realität zurück. »Da wir das nun geklärt haben, lass uns frühstücken, und danach schauen wir, wie es weitergeht. Deine Kleidung liegt übrigens frisch gewaschen im Badezimmer. Eine neue Zahnbürste habe ich dir auch mitgebracht.«

»Danke.« Ich kann wirklich nicht beschreiben, wie gerührt und dankbar ich ihm bin.

»Keine Ursache.« Offenbar gut gelaunt, richtet er sich auf und verlässt das Zimmer - gibt mir dadurch Zeit, mich kurz ein wenig zu sammeln. Ich bin verwirrt, ein wenig überfordert und meine Emotionen spielen verrückt. Am Boden zerstört bin ich jedoch immer noch nicht. Nates Aktion hat mich kalt erwischt, aber ich bin immer noch vielmehr stinkwütend als verletzt. Natürlich tut mein Herz weh, aber es fühlt sich nicht so an, als würde ich sterben müssen. Haben wir uns wegen der Distanz in den letzten zwei Jahren bereits emotional voneinander entfernt? Er sich offenbar schon, aber ich mich anscheinend, ohne es zu realisieren, ebenfalls. Trotzdem, hätte ich nach fünf Jahren Beziehung nicht mehr als diese feige Aktion verdient? Niemals hätte ich erwartet, dass ich meine Entscheidung, alles für Nate aufzugeben, bereuen würde. Ich seufze. Selbstverständlich könnte ich mir jetzt noch stundenlang den Kopf über das Wie und Warum zerbrechen, aber was würde das bringen? Nate hat mich verlassen und betrogen, den Grund dafür kennt allein er. Mir bleibt also nichts anderes übrig, als das Beste aus der Situation zu machen.

Daher stehe ich auf und gehe ins Badezimmer, um mir die Zähne zu putzen und mich anzuziehen. Als ich mich kurz darauf im Spiegel erblicke, bin ich erschrocken darüber, wie zerzaust ich aussehe. Das ist nicht unbedingt der Anblick, den ich Jae-Joon oder überhaupt jemandem bieten wollte. Erneut seufzend entwirre ich mit Mühe mein Haar und kämme es mit den Fingern notdürftig durch, danach fasse ich es zu einem

Knoten zusammen.

Umgezogen und wieder deutlich ansehnlicher, betrete ich anschließend das Wohnzimmer. Bei Tageslicht sieht es noch spartanischer eingerichtet aus als am Abend zuvor, dennoch fühle ich mich wohl, vor allem als ich dann auch noch Jae-Joon an dem winzigen Klapptisch sitzen und Obst für uns klein schneiden sehe. Es ist unfassbar, wie viel Mühe er sich gibt. Mit einem ansteckenden Grinsen auf den Lippen schaut er zu mir auf. Gestern Abend ist es mir nicht aufgefallen, aber heute erkenne ich umso deutlicher, dass er zwar durchaus grüblerisch wirken kann, aber generell eine unglaublich positive Ausstrahlung hat. Eine, die sich augenblicklich auf mich auswirkt und mich ebenfalls zum Lächeln bringt.

»Apfel?«, fragt er und hält mir eine Spalte hin.

»Danke.« Plötzlich wesentlich besser gelaunt, nehme ich das Stück entgegen und setze mich neben ihn. Neugierig, ob sich der Geschmack von dem unterscheidet, den ich bisher kenne, beiße ich ab. Sofort explodiert eine intensive saure Süße in meinem Mund. »Oh, der ist unglaublich lecker!«

»Hier sind noch mehr.« Offensichtlich erfreut, schiebt er den Teller näher zu mir und reicht mir danach eine Packung mit zwei Sandwichhälften. »Magst du Schinken und Ei? Ansonsten hätte ich hier noch Thunfisch oder Käse.«

»Schinken und Ei ist perfekt.« Testend nehme ich einen Bissen von dem Sandwich. Die Mayonnaise schmeckt etwas anders als die, die ich kenne, dennoch ist es lecker. Gestern hatte ich keinen großen Appetit, umso ausgehungerter bin ich an diesem Morgen.

Einige Zeit essen wir schweigend, doch dann ergreift Jae-Joon das Wort. »Hat man dir gestern schon sagen können, wann dein Gepäck ankommt?«

»Nicht konkret, aber wahrscheinlich heute im Laufe

des Tages, spätestens morgen. Ich habe meine Nummer hinterlassen, damit sie mich anrufen, sobald meine Koffer hier aufgetaucht sind.«

»Hm«, brummt er und verdrückt mit drei Bissen die nächste Sandwichecke. »Hast du eigentlich Pläne?«

»Generell oder jetzt im Moment?«

»Beides?«

Ohne es verhindern zu können, lache ich bitter auf. »Eigentlich wollte ich erst mal ankommen, mit Nate das Wochenende verbringen und mich einleben, während ich mir in aller Ruhe einen Job suche. Da habe ich aber auch noch angenommen, dass ich ein Dach über dem Kopf und Zeit habe.« Ich zucke mit den Achseln. »Das habe ich beides nicht mehr. Oberste Priorität ist es also, eine Unterkunft zu finden. Hast du vielleicht einen guten Tipp? Irgendein günstiges Gästehaus?«

»Bleib für den Moment einfach hier«, antwortet er, ohne zu zögern.

»Ich soll hierbleiben?«, frage ich überrascht. Die Wohnung ist nicht groß, es gibt weder ein Gästezimmer noch eine andere Schlafmöglichkeit als sein Bett, was bedeuten würde …

»Ja, aber nicht mit mir zusammen. Ich bin ab Montag für eine Weile beruflich unterwegs«, erklärt er, als hätte er meine Gedanken gelesen.

»Du bist weg?«, frage ich und kann nicht verhindern, dass ich enttäuscht klinge. »Für wie lange?«

»Angesetzt sind zehn Tage, vielleicht bin ich aber auch erst in vierzehn zurück.«

Zwei Wochen sind eine lange Zeit, in der ich viel erreichen kann. Es wäre also toll, wenn ich bleiben könnte, aber gleichzeitig gefällt mir der Gedanke nicht, mich schon wieder von ihm verabschieden zu müssen. »Hast du keine Bedenken, mich alleine in deiner Wohnung zu lassen?«

»Weshalb? Wegen der vielen kostbaren Kunstwerke,

die hier überall an den Wänden hängen?«, fragt er lachend und steckt mich einmal mehr damit an. »Nein, mal im Ernst, du siehst selbst, dass hier nicht wirklich etwas zu holen ist. Außerdem vertraue ich auf mein Gefühl, dass du kein Mensch bist, der die Gutmütigkeit anderer ausnutzt. Davon abgesehen … weiß ich, wie es ist, vor dem Nichts zu stehen. Ich war dankbar, als mir damals ebenfalls jemand geholfen hat.«

Diese Antwort macht mich nachdenklich, ich würde zu gern wissen, was er damit meint. Da er nicht den Anschein macht, weiter ins Detail gehen zu wollen, traue ich mich nicht, nachzuhaken. Stattdessen stellt sich mir eine andere Frage. Abwägend nage ich an meiner Unterlippe. Was macht er wohl beruflich, dass er deswegen so lange weg ist? Wahrscheinlich ist er irgendein Arbeiter, der hart für sein Geld schuften muss. Das würde zumindest erklären, weshalb seine Wohnung so karg eingerichtet ist. Andererseits weiß ich von Nate, dass die Appartements in dem Haus zwar nicht die teuersten in Seoul, aber auch alles andere als günstig sind.

»Denkst du darüber nach, ob du mein Angebot annehmen sollst?«

»Ja, beziehungsweise nein, ich würde es auf jeden Fall gerne annehmen, danke. Gerade frage ich mich jedoch, wohin du so lange musst.«

»Ich bin zuerst in Thailand, danach geht es weiter nach Malaysia und Indonesien«, erklärt er, scheint aber erneut nicht gewillt, seine Ausführung zu erweitern.

Ich sterbe zwar vor Neugier, werde ihn jedoch nicht drängen, mir etwas zu erzählen. »Thailand, aber auch Japan und Singapur würde ich irgendwann gerne mal besuchen«, antworte ich und lasse damit das Thema ruhen. »Gibt es irgendetwas, womit ich dir etwas Gutes tun kann? Ich fühle mich nicht wohl, wenn ich die ganze Zeit deine Hilfe annehme und nichts zurückgeben kann.«

»Ich tue das nicht, weil ich eine Gegenleistung will. Zumindest erwarte ich kein Geld ... oder *irgendetwas* anderes. Falls du das befürchten solltest«, erklärt er und schaut mich prüfend, aber nicht unfreundlich an.

»Oh Gott, so war das nicht gemeint«, stottere ich und bin beschämt. »Ich dachte eher an so was wie putzen, Wäsche waschen, bügeln, einkaufen gehen oder so.«

»Koch für mich. Ich habe seit Ewigkeiten nichts Selbstgekochtes mehr gegessen, und schon gar nicht ein Gericht aus der westlichen Welt.«

»Gerne, hast du einen speziellen Wunsch?«

»Pasta?«, fragt er hoffnungsvoll und wirkt dabei irgendwie ... süß. Ich kenne ihn zwar erst seit wenigen Stunden, habe aber bereits jetzt den Eindruck, dass er es liebt, zu essen.

»Heute Abend?«

»Ich würde mich freuen, werde aber nachher zum Training müssen und nicht vor einundzwanzig Uhr wieder zu Hause sein. Kommst du so lange alleine klar?«

»Ich schätze, die Bewährungsprobe dürfte ich nach gestern bestanden haben«, witzele ich und bin erstaunt, dass ich dazu in der Lage bin. »Wenn du mir sagst, wo ich einkaufen kann, und mir den Code für das Türschloss gibst, werde ich schon zurechtkommen.«

»Gib mir mal dein Handy«, fordert er und ich reiche es ihm. »Ich speichere dir einige Adressen von Lebensmittelgeschäften und Sehenswürdigkeiten ein, und meine Handynummer gebe ich dir für den Notfall auch. Sollte also irgendetwas sein, kannst du mich jederzeit anrufen.«

»Danke.«

Er lässt es auf seinem eigenen Handy anklingeln und reicht mir danach meins zurück. Noch während er meine Nummer einspeichert, klingelt es erneut in seiner

Hand.

»Aish«, flucht er, nimmt dann jedoch den Anruf entgegen. »Yeoboseyo?«

Ich kann weder hören, wer die Person am anderen Ende der Leitung ist, noch was sie sagt, nur, dass es nicht unbedingt ein angenehmes Gespräch ist.

»Aish! Jinjja?«, ruft er aus, was so viel wie *Fuck! Dein Ernst?* bedeutet. Außerdem verstehe ich, wie er dem Anrufer verspricht, sich sofort auf den Weg zu machen. Sein versöhnlicher, fast schon bettelnder Tonfall macht mich skeptisch. Hat er mir womöglich eine wichtige Information vorenthalten?

Jae-Joon beendet das Gespräch und steht auf. »Tut mir leid, ich muss los, sonst bekomme ich ernsthafte Schwierigkeiten.«

»Kein Problem …« Die Alarmglocken in meinem Kopf beginnen, lauter zu werden. Wahrscheinlich sollte ich ihm nicht in den Flur nachlaufen, aber ich kann nicht anders.

Gerade zieht er seine Jacke über, als er meinen Blick einfängt. »Ist irgendetwas? Hast du Angst, alleine zu bleiben?«

»Du hast keine Freundin, Verlobte, Frau oder sonst irgendetwas in dieser Richtung?«, platzt es aus mir heraus.

Er hält beim Schuheanziehen inne und richtet sich zu seiner vollen Größe auf, sodass ich zu ihm aufblicken muss.

»Nein, ich bin Single. Versprochen«, beteuert er und sieht mich dabei so ernst an, dass ich Angst habe, ihn beleidigt zu haben. Doch dann grinst er wieder. »Ich freue mich schon auf dein Essen. Wir sehen uns später.«

Mit diesen Worten greift er nach einer Sporttasche auf dem Boden und ist im nächsten Augenblick verschwunden.

Ein wenig ratlos stehe ich im Flur und werfe einen Blick zurück ins Wohnzimmer. Sein Vertrauen in mich rührt mich, umso dringender will ich ihm eine Freude machen und etwas besonders Leckeres kochen. Was für ein Glück, dass ich eine wahre Meisterin bin, wenn es um Pastasoßen geht.

Jae-Joon

»Ya! Jugeul lae?«, brüllt mir Trainer Han entgegen und fragt mich damit, ob ich sterben will, meint es aber nicht so. Es ist einfach seine Art, seinem Ärger Luft zu machen. »Du bist fünf Stunden zu spät. Glaubst du eigentlich, dein Training ist ein Witz?«

»Ich habe dir doch Bescheid gesagt, dass mir etwas dazwischengekommen ist und ich mich verspäte.«

»Fünf verdammte Stunden! Du hast Glück, dass ich Termine hatte, sonst wäre ich vorbeigekommen und hätte dich eigenhändig hierher geschleift. Du warst sicher gestern Abend noch unterwegs, hast Soju getrunken und dir mit irgendeinem Scheiß den Bauch vollgeschlagen, sodass du nicht aus dem Bett gekommen bist!«, meckert er weiter.

Man könnte meinen, seine Reaktion wäre extrem oder respektlos. Tatsächlich tadelt er mich aber wie ein großer Bruder, der er für mich auch ist, und will nur mein Bestes. Dennoch bin ich nicht so dumm und gebe zu, wie nah er der Wahrheit ist. »Zieh dich um, mach dich warm und komm dann zum Sparring, Seo In-Woo ist heute da, ich will, dass ihr zusammen trainiert. Er ist genauso ein fauler Hund wie du.«

Auch wenn Han Nam-Dos Worte harsch klingen, muss ich ein Lachen unterdrücken. Manchmal erinnert er mich an eine nörgelnde Ajumma – eine nörgelnde alte Frau. Bevor er also noch mehr schimpfen kann, verschwinde ich in der Umkleide.

Drei Stunden später liege ich keuchend auf dem Boden und ringe nach Atem. Das Training ist heute besonders hart, allerdings bezweifle ich, dass es weniger hart ausgefallen wäre, wenn ich pünktlich hier gewesen wäre. Mit einem Japsen richte ich mich auf und nehme einen großen Schluck Wasser aus der Flasche, die mir In-Woo reicht. Zu meiner Befriedigung sieht er genauso geschafft aus wie ich.

»Was hast du gemacht, dass er so sauer ist?«, fragt er und lässt sich neben mir auf der Trainingsmatte nieder.

»Ich bin zu spät gekommen – fünf Stunden.«

Fassungslos lacht er auf. »Willst du sterben?«

»Das war auch seine Begrüßung«, gebe ich zu und lege mich zurück auf den Boden.

»Stellt euch nicht wie Memmen an, weiter geht's!«, Trainer Han steht plötzlich wie aus dem Nichts vor uns und starrt uns mit seinem Teufelsblick nieder. Manchmal frage ich mich, ob er weiß, wie gruselig er sein kann – wahrscheinlich schon.

Sowohl mir als auch In-Woo ist im Moment nicht danach, Gewichte zu stemmen, gleichzeitig wissen wir aber, dass wir nur noch härter rangenommen werden, wenn wir uns nicht sofort in Bewegung setzen. Ächzend rapple ich mich hoch und helfe meinem Trainingspartner auf.

»Du bist zuerst dran«, befiehlt der Coach und deutet auf mich. »Starten wir mit fünfundzwanzig Kilo auf jeder Seite, drei Sätzen und zehn Wiederholungen, danach wechselt ihr.«

Ohne mit der Wimper zu zucken, lasse ich mich auf der Bank nieder und beginne mit dem ersten Satz. Als ich das Gewicht zum dreißigsten Mal hochdrücke, brennen meine Muskeln. Dementsprechend froh bin ich, dass mir in den nächsten Minuten zumindest eine kleine Pause vergönnt sein wird.

Mit geschlossenen Augen lehne ich mich an die Wand und atme tief durch. Das harte Training hat mich und meinen Geist so sehr in Anspruch genommen, dass ich erst jetzt einen Augenblick Zeit finde, um an Riley zu denken. Wie kann es überhaupt sein, dass sie sich nach dieser kurzen Zeit bereits in meinem Kopf eingenistet hat und ich mir sogar Sorgen mache, ob sie sich allein zurechtfindet? Als ich ihr sagte, dass ich das Gefühl habe, Verantwortung für sie übernehmen zu müssen, haben mich meine Worte ebenso überrascht wie sie, dennoch ist es das gewesen, was ich in dem Moment empfunden habe.

Die Stunden, die wir gemeinsam verbracht haben, waren etwas Besonderes für mich, selbst wenn wir nicht miteinander geschlafen haben – oder vielleicht gerade deshalb. Möglicherweise hätte sie mich irgendwann ausgebremst, eventuell auch nicht. Aber das spielt keine Rolle, denn mir erschien es, als würde ich ihren alkoholisierten und emotional angeschlagenen Zustand ausnutzen, wenn ich Sex mit ihr haben würde. Natürlich mag ich Sex, tatsächlich habe ich sogar schon so lange keinen mehr gehabt, dass ich mich an das letzte Mal nicht mehr erinnern kann, allerdings fehlt er mir wesentlich weniger als diese zwischenmenschliche Nähe, die man empfindet, wenn man gefühlsmäßig verbunden ist. Die vergangenen sechs Jahre musste ich so hart ums Überleben kämpfen und hatte einen so vollen Terminkalender, dass ich es nicht zulassen durfte, mich einsam zu fühlen. Denn Gefühle zuzulassen bedeutet, angreifbar und verletzlich zu sein. Vor allem, wenn man den falschen Menschen Vertrauen schenkt. Ich hoffe also, ich irre mich kein zweites Mal und Riley ist so ehrlich, wie ich sie bisher einschätze.

»Komm in die Puschen, du bist dran! Ausruhen kannst du dich später«, brüllt Trainer Han und ich schrecke aus den Gedanken darüber, welche Gefühle und Erinnerungen Riley in mir wieder hervorgeholt hat, hoch.

Ich weiß nicht, wie ich die folgende nächste halbe Stunde überleben soll, doch irgendwie schaffe ich es.

»Und jetzt mit einhundert Kilo!«

»Hajima«, stöhne ich.

»Was soll ich nicht tun?«, fragt Trainer Han und erhöht das Gewicht der Langhantel.

»Hajima!«, bitte ich ihn ein zweites Mal, doch er hat kein Erbarmen und hebt die Hantel aus dem Ständer, sodass mir nichts anderes übrig bleibt, als sie zu stemmen. Meine Muskeln zittern, und der Schmerz in meinen Armen ist so groß, dass ich es nur mit Mühe schaffe, das Gewicht hochzudrücken.

»Eins. Zwei«, zählt er und nimmt mir die Hantel erst ab, nachdem ich sie fünfmal gestemmt habe. »Gut, jetzt noch eine Stunde laufen, danach könnt ihr euch dehnen und unter die Dusche gehen.«

Unfähig, mich zu regen, bleibe ich auf der Bank liegen und keuche. Mir dröhnt der Puls in den Ohren und ich habe das Gefühl, mich übergeben zu müssen.

»Was? Hast du mir vielleicht etwas zu sagen?«

»Ani«, verneine ich japsend seine Frage und sehe zu, dass ich zu den Laufbändern komme. Ich bin versucht, einen einfachen Modus mit konstantem, langsamem Tempo zu wählen, weiß aber, dass die Wahrscheinlichkeit hoch ist, dass der Coach meine Laufzeit verlängern wird, wenn ich nicht im Intervall laufe. Irgendwie schaffe ich auch diese Qual, sodass ich bereits im Cooldown bin, als Nam Min-Ho, einer der Angestellten und mein Freund, zu mir kommt, um mich zu begrüßen.

»Hyung, lange nicht gesehen! Alles gut bei dir? Ich habe gehört, Trainer Han hat dich und In-Woo heute besonders hart rangenommen?«

»Hart rangenommen ist eine Untertreibung«, stöhne ich und wische mir mit dem Saum meines T-Shirts den

Schweiß von der Stirn. Es ist wohlbemerkt bereits das zweite Shirt, das ich komplett durchgeschwitzt habe. »Und wie ist es bei dir? Wie war der Urlaub?«

»Gut, viel merke ich davon allerdings nicht mehr. Lee Yoo-Na hat gestern gekündigt und heute war direkt die Hölle los. Scheint, als hätten viele für das neue Kalenderjahr gute Vorsätze gefasst und sich vorgenommen, durch Sport etwas Gutes für den Körper zu tun.«

»Lee Yoo-Na hat gekündigt?«, frage ich. Viel zu tun hatte ich mit ihr nicht, da sie hauptsächlich am Empfang gearbeitet hat, dennoch überrascht mich ihre plötzliche Kündigung.

»Sie hat sich einen reichen Mann geangelt, der nicht will, dass sie hier arbeitet.«

»Ah«, antworte ich.

»Ich weiß, ich hätte sie auch nicht so eingeschätzt«, spricht Min-Ho meinen Gedanken aus. »Ich hoffe, wir finden schnell jemanden, der ins Team passt.«

Sofort kommt mir eine Idee; sobald ich nachher geduscht habe, muss ich mit Nam-Doo sprechen. Min-Ho und ich unterhalten uns eine Weile, doch dann muss er zurück an die Arbeit und ich beende mein Lauftraining. Während ich mich dehne, wäge ich ab, ob es eine gute Idee ist, ihm Riley für den Job am Empfang vorzuschlagen. Am meisten mache ich mir Sorgen darum, dass ihr Koreanisch nicht ausreichend ist. Andererseits bin ich der Meinung, dass sich ihre Sprachkenntnisse viel schneller verbessern werden, wenn sie dazu gezwungen ist, zu sprechen. Davon abgesehen weiß ich, dass sowohl Min-Ho als auch Trainer Han Englisch beherrschen und sie nicht sich selbst überlassen würden, wenn sie Hilfe bräuchte.

»Bist du auch so fertig?«, fragt In-Woo und lässt sich neben mir auf der Trainingsmatte nieder, um sich ebenfalls zu dehnen.

»Frag nicht«, antworte ich und bemerke, dass der Gedanke daran, Riley möglicherweise bei ihrer Jobsuche helfen zu können, mich euphorisiert und ich mich nicht mehr ganz so beschissen fühle. »Ich dachte, du wärst schon weg.«

»Weg? Du weißt, dass man nicht einfach geht, wenn der Coach etwas befiehlt«, meint er lachend. »Wie du siehst, hatten wir heute nicht nur ein Höllentraining - hier ist die Hölle los! Ich hatte Glück, überhaupt noch ein Laufband zu bekommen.«

Da ich es gewohnt bin, beim Training die Umwelt auszublenden, fällt mir erst jetzt auf, dass es wirklich überdurchschnittlich voll ist. »Du hast recht.«

»Hast du nachher Pläne?«

»Du meinst, außer ins Bett zu fallen und wie ein Stein zu schlafen?«, frage ich ausweichend. Gleichzeitig beginnt mein Herz, wieder schneller zu schlagen. Unglaublich, aber zum ersten Mal freue ich mich darauf, nach Hause zu kommen. Ich freue mich auf Riley und ich freue mich auf das Essen. Nach diesem Höllentraining habe ich es mir verdient, selbst wenn der Coach anderer Meinung sein wird.

»Genau.«

»Nicht wirklich, ab übermorgen bin ich wieder unterwegs und habe daher nicht wirklich Lust, noch etwas zu machen.«

»Ah, die Asientour. Wo legst du überall auf?«

»In jeweils zwei Clubs in Thailand, Malaysia und Indonesien.«

»Schade, dass ich dieses Mal nicht mitkann, andererseits bin ich froh, endlich eine Rolle in einem Drama bekommen zu haben, die mich mehr als fünf Minuten pro Folge zeigt«, antwortet In-Woo. Er ist nicht bei jeder meiner Touren als unterstützender Liveact dabei gewesen, jedoch bei den meisten meiner Auftritte als DJ.

»Mach dir nichts draus, in Thailand und Indonesien

bin ich sowieso alleine, da ich nur auflegen soll.« Wir unterhalten uns eine Weile, bevor ich mich verabschiede und unter die Dusche gehe.

Frisch geduscht und trotz Erschöpfung gut gelaunt, verlasse ich die Umkleide, mache mich auf die Suche nach Trainer Han und finde ihn letztendlich in seinem Büro.

»Hyungnim?«, spreche ihn besonders höflich, aber auch vertraut an.

»Was? Willst du dich entschuldigen und versprechen, dass du dich nie wieder verspätest?«, fragt er, denn er weiß, dass ich ihn immer nur dann Hyungnim nennen, wenn ich ein schlechtes Gewissen habe oder etwas von ihm will.

»Auch, aber eigentlich wollte ich wissen, ob du schon einen Ersatz für Lee Yoo-Na gefunden hast.«

»Warum? Bist du nicht ausgelastet genug und willst mir deine Hilfe anbieten?«, witzelt er und weiß genau, wie straff mein Zeitplan in den nächsten Wochen und Monaten getaktet ist.

»Nein, aber ich kenne vielleicht ein Mädchen, das sie ersetzen kann.« Plötzlich bin ich verlegen; ich weiß, dass Nam-Doo nicht lange brauchen wird, um die richtigen Schlüsse zu ziehen.

»Du kennst ein Mädchen?«, stellt er als Erstes fest und reißt bei der Erkenntnis, was das bedeutet, die Augen auf. »Aigo! Dass ich das noch erleben darf. Ein Mädchen ist der Grund, weshalb du so spät aufgetaucht bist?«

»Ja, aber es ist nicht so, wie du denkst«, erkläre ich sofort. »Zumindest nicht ganz.«

Plötzlich interessiert, lehnt er sich in seinem Schreibtischstuhl zurück und schaut mich an, sodass meine Verlegenheit weiter zunimmt. »Du magst sie. Ist sie berühmt?«

»Nein.«

»Wie habt ihr euch kennengelernt?«

Ich wäge ab, wie viel ich erzählen soll, entschließe mich letztlich aber dazu, offen zu ihm zu sein. Denn sollte aus meinem Interesse an Riley mehr werden, werde ich seine Hilfe brauchen.

»Ich weiß, dass der Augenblick denkbar ungünstig ist, aber so ist es nun mal …«, schließe ich meine Erklärung über unser Aufeinandertreffen ab und zucke mit den Achseln.

»Junge, Junge, du machst keine halben Sachen. Schlimm genug, dass du während deines Datingverbots Interesse an einer Frau entwickelt hast, jetzt ist es auch noch eine Amerikanerin. Du weißt, dass die Konsequenzen möglicherweise schwerwiegend sein können? Ich habe nichts gegen westliche Frauen, aber viele andere sind noch nicht so weit.«

»Ich weiß, aber was soll ich machen?«, frage ich. »Vielleicht ist das Ganze auch nicht der Rede wert. Ich weiß es noch nicht, aber ich will zumindest schauen, wie es sich weiterentwickelt.«

Nam-Doo und ich kennen uns mittlerweile seit vier Jahren. Er war derjenige, der mir aus meinem Tief geholfen hat. Daher weiß er, wie hart und einsam die letzten Jahre für mich gewesen sind.

Resignierend seufzt er. »Du Bengel weißt, dass du immer auf mich zählen kannst, oder?«

»Heißt das, ich kann sie vorbeischicken und du schaust sie dir an?«

»Wenn sie wirklich in einer Notlage ist, kann sie ab Montag hier anfangen, sofern sie will. Wir sollten aber so lange wie möglich geheim halten, dass ihr euch nahesteht.« Nachdenklich legt er den Kopf auf die Seite und fragt mich: »Weiß sie, wer du bist? Ist sie vielleicht ein durchgeknallter Fan?«

»Nein, weiß sie nicht, und nein, das glaube ich nicht. Ich habe ihren Ex kennengelernt, der bis vor Kurzem mein Nachbar war.«

Verstehend nickt er mit dem Kopf. »Wann willst du es ihr sagen? Früher oder später wird sie es herausfinden.«

»Bald. Sie soll es von mir erfahren.«

»Du hast nicht nur Interesse an ihr, du magst sie bereits«, ist seine simple Feststellung, und ich muss mir eingestehen, dass er recht hat. »Fahr nach Hause, verbring ein wenig Zeit mit ihr und lass morgen das Training sausen. Sorg aber im Gegenzug dafür, dass du während der Tour doppelt so hart trainierst.«

Dieses Zugeständnis überrascht mich. Ich wusste, dass mein Freund mir den Rücken freihalten, jedoch nicht, dass er so viel Verständnis zeigen würde. »Danke.«

»Und keine Angst, ich gebe auf sie acht, während du weg bist. Ich bin gespannt, welches Mädchen dir so sehr unter die Haut gegangen ist, dass du es sogar in Kauf genommen hast, meinen Ärger auf dich zu ziehen«, witzelt er, und wir wissen beide, dass er wirklich verärgert über mich gewesen ist. »Und jetzt verschwinde, bevor ich es mir anders überlege.«

Ohne es zu wollen, grinse ich und meine im Gehen: »Du wirst sie mögen, sie ist sehr hübsch und süß.«

Kapitel 3

Riley

Mein erster richtiger Tag in Korea verläuft anders, als ich geplant habe. Eigentlich hätte ich mit Nate unterwegs sein und die Stadt, in der ich von nun an leben werde, kennenlernen sollen. Stattdessen sitze ich allein im Hangang Park, schaue auf den Han River und hänge meinen Gedanken nach. Jetzt im Winter hat die Landschaft nicht ganz so viel von dem Zauber, den ich bisher auf Fotos oder in Dramen gesehen habe. Trotzdem mag ich den Anblick.

Der kalte Januarwind weht mir um die Ohren und bringt mich zum Frösteln. Daher schlinge ich den dicken Schal, den ich mir unterwegs gekauft habe, enger um den Körper. Nun, nachdem ich ausgeschlafen und ausgenüchtert bin, sieht die Welt - vor allem meine emotionale - ein wenig anders aus. Vielleicht habe ich auch jetzt erst realisiert, dass der Mann, mit dem ich die letzten fünf Jahre zusammen gewesen bin, mich ohne ein Wort oder eine Erklärung sitzen gelassen hat. Ich fühle mich immer noch nicht so, als würde ich sterben müssen, dennoch ist der Schmerz in meiner Brust so heftig, dass ich kaum atmen kann und mir stetig Tränen über die Wangen laufen.

Natürlich habe ich verstanden, dass Nathaniel nicht mehr mit mir zusammen sein will, aber ich verstehe den Grund nicht. Noch viel weniger kann ich begreifen, dass ihm die Beziehung nicht genug bedeutet hat, um einen klaren und fairen Schlussstrich zu ziehen. Stattdessen hat er zugelassen, dass ich mein Leben für ihn aufgegeben habe. Die Erkenntnis, dass ich vollkommen umsonst meinen Traumjob als Fotografin weggeworfen habe und nun vor dem Nichts stehe, ist ein weiterer

Schlag ins Gesicht. Ich will Nate so vieles sagen und fragen, ihm die hässlichsten Dinge an dem Kopf schmeißen und ihn so lange beschimpfen, bis ich mich besser fühle. Stattdessen schreibe ich ihm nur ein einziges Wort: *Warum?* Was wird er antworten? Wird er überhaupt etwas zurückschreiben oder wird er sich weiterhin tot stellen und vom Erdboden verschluckt bleiben? Ich weiß, wo er arbeitet. Würde ich ihn also wirklich finden wollen, wäre ich in der Lage dazu. Aber will ich mir diese Blöße geben? Generell ist die große Frage: Was will ich? Soll ich Seoul als Erfahrung sehen und schauen, wie es mir hier gefällt, oder soll ich den nächsten Flieger zurück nach Hause nehmen, mich bei meinen Eltern in meinem alten Kinderzimmer verkriechen und Schnulzen gucken, während ich becherweise Eis esse und dabei heule? Nein, das will ich nicht! Denn selbst wenn mein Herz realisiert hat, dass es gebrochen ist, beginnt es höherzuschlagen, sobald ich an meinen Retter denke.

Gewiss bin ich in den vergangenen fünf Jahren Männern begegnet, die ich attraktiv fand, habe aber nie einen weiteren Gedanken an sie verschwendet. Doch nun bin ich Single und die Situation ist damit eine andere. Daher ist es doch okay, dass ich an Jae-Joon denke, ihn geküsst und sogar fast mit ihm geschlafen habe?

Für einen kurzen Augenblick halte ich inne. War es eventuell nur eine Trotzreaktion beziehungsweise meiner emotionalen Verwirrung geschuldet? Im ersten Moment vielleicht, aber letztlich nicht, immerhin fühle ich mich wirklich von ihm angezogen – aufgrund seines liebevollen und verständnisvollen Verhaltens inzwischen sogar noch mehr. Ich würde Jae-Joon gern besser kennenlernen. Vor allem möchte ich aber dem fremden Land und seiner aufregenden Hauptstadt eine Chance geben. Ich habe einfach viel zu hart daran gearbeitet, die Sprache zu lernen und das Visum zu bekommen, um direkt wieder in die Staaten zurückzukehren. Ich kann, nachdem meine Aufenthaltserlaubnis nächstes Jahr abgelaufen ist, immer noch zurück ... oder eben auch nicht.

Ich gönne mir eine weitere halbe Stunde, in der ich weine, Nate verfluche und – mich selbst bemitleidend – über mein Leben sinniere, doch dann entschließe ich mich dazu, das Beste aus der Situation zu machen. Es wird eine Weile dauern, die plötzliche Trennung zu verarbeiten. Da Nate mir aber auf seine ganz eigene miese Art unmissverständlich klargemacht hat, dass ich von ihm nichts mehr zu erwarten habe, wird das Loslassen hoffentlich leichter sein. Zumal es eine Tatsache ist, dass wir uns in den letzten zwei Jahren voneinander entfernt und entfremdet haben, das habe ich inzwischen eingesehen. Ich schätze sogar, mein Entschluss, ihm nachzuziehen, war der Wunsch und der Versuch, wieder zu unserem alten Wir zurückzufinden. Aber das erkenne ich erst jetzt. Gedankenverloren schaue ich den Wolken beim Wandern über den Himmel zu und realisiere erst nach einiger Zeit, dass sie dabei sind, sich zusammenzuziehen, was darauf schließen lässt, dass es bald beginnen wird zu regnen. Da ich mittlerweile sowieso halb erfroren bin, entschließe ich mich dazu, mit der Bahn zurück nach Nonhyeon-dong zu fahren, dort die Gegend besser kennenzulernen und dann einkaufen zu gehen.

Zu meiner Erleichterung stelle ich später fest, dass Jae-Joon mir die Adresse eines Supermarkts gegeben hat, der internationale Produkte im Sortiment hat, sodass ich wenig aus der alten Heimat vermissen werde. Dennoch ist es eine große Herausforderung, überhaupt etwas von dem zu finden, was ich brauche. Dementsprechend lange irre ich durch den Laden, gleichzeitig ist es für mich aber wie eine aufregende Erkundungstour. Da ich mich immer noch schwer damit tue, Hangul zu lesen, ist es nahezu unmöglich, herauszufinden, was sich in den einzelnen Packungen befindet. Besonders die passierten Tomaten stellen ein Problem dar, doch mit etwas Hilfe habe ich irgendwann alles für meine Bolognese zusammen. Berauscht von den vielen neuen Eindrücken und Produkten streife ich danach durch die Gänge und füge meinem Einkaufswagen weitere Dinge hinzu, sodass sich zu einer Flasche Cola, Bier und Soju am Ende auch noch Chips, Reiscracker, Kekse und Schokolade gesellen. Besonders auf die Reiscracker mit frittierten Algen freue ich mich, da sie inzwischen zu meinen Lieblingssnacks gehören, aber in den USA furchtbar überteuert gewesen sind.

Gut gelaunt schiebe ich meine Einkäufe zur Kasse und bezahle. Kurz darauf bereue ich, nicht bedacht zu haben, dass ich die Tüten bis zu Jae-Joon tragen muss und mir nicht, wie in L.A., ein Auto zur Verfügung steht. Das einzig Positive daran ist, dass mir vor lauter Anstrengung auf dem fünfzehnminütigen Fußmarsch zur Wohnung nicht kalt wird.

Vor Jae-Joons Wohnungstür halte ich inne und blicke zur Nachbarwohnung. Tue ich Nate unrecht und es war doch alles nur ein Missverständnis? Lange hadere ich mit mir, irgendwann versuche ich es dann aber doch noch mal mit dem Code an der Nachbarstür. Mein Bauchgefühl sagt mir zwar, dass ich kein Glück haben werde, doch so habe ich danach zumindest meinen inneren Seelenfrieden. Dass mich eine neue Welle der Trauer, Wut und Enttäuschung überkommen könnte, habe ich dabei nicht bedacht. Der giftige warnende Ton des Türschlosses löst jedoch genau diese aus. Über mich selbst verärgert, gehe ich zurück zu der Tür, vor der ich meine Einkäufe stehen gelassen habe, und haue als Nächstes deren Code ins Tastenfeld. Zum Glück bekomme ich zu dieser Wohnung sofort Zutritt.

Plötzlich erschöpft, bringe ich die Tüten in die Küche,

verstaue alles in dem fast leeren Kühlschrank und gehe
dann ins Wohnzimmer. Ich weiß wirklich nicht, weshalb mein Gastgeber so spärlich möbliert ist. Am Geld
wird es nicht liegen, denn als ich mich heute Vormittag
in Ruhe in seinen Räumlichkeiten umgeschaut habe, ist
mir aufgefallen, dass er ein Arbeitszimmer voll technischem Schnickschnack hat, zu dem auch ein Computer
und ein DJ-Pult gehören. Was ist also der Grund, weshalb er weder ein Sofa noch einen Esstisch oder einen
Fernseher besitzt? Liegt es daran, dass er, wie es
scheint, oft viele Tage am Stück weg ist und - wie er
sagt - noch nicht lange dort wohnt? Wenn ja, kann ich
es zumindest ein wenig verstehen. Trotzdem macht es
mich traurig, dass es sich für ihn wahrscheinlich gar
nicht richtig wie ein Zuhause oder Nach-Hause-
Kommen anfühlt.

Mein Blick fällt auf ein Regal mit verschiedenen Spielzeugfiguren. Einige davon erkenne ich, da mein jüngerer Bruder die Animeserie liebt, aus der sie stammen.
Ich schaue mich weiter um. Es ist erstaunlich, wie viel
ich entdecken kann, obwohl der Raum eigentlich leer
ist. Als Nächstes fasse ich einen Stapel CDs in Auge.
Neugierig, welchen Musikgeschmack er hat, gehe ich zu
dem Sideboard und nehme die Hüllen in die Hand.
Viele Alben hat er nicht, sein klarer Favorit scheint
jedoch *Narius* zu sein. Kurz entschlossen, dem Künstler
eine Chance zu geben, suche ich nach einer Musikanlage oder einem CD-Player. Tatsächlich entdecke ich
hinter einem Berg Kartons eine Hi-Fi-Anlage. Bereits
einige Sekunden später habe ich sie angeschaltet und
eine der CDs eingelegt. Zu meiner Zufriedenheit
durchdringt kurz darauf Elektromusik mit einem eindringlichen Beat das Wohnzimmer. Den Musiktest hat
Jae-Joon somit schon mal bestanden. Sofort gut gelaunt, lasse ich die Musik laufen und mache mich daran,
die Bolognese zuzubereiten. Sie muss zwar nicht zwin-

gend lange kochen, ich finde sie jedoch besser, wenn sie eine Weile auf dem Herd gestanden hat und vor sich hin simmern konnte.

Mich zum Beat der Tracks bewegend, schaue ich mich um, ob ich noch irgendetwas machen kann, während die Soße köchelt. Aber es gibt nichts zu tun, noch nicht mal Abwasch steht in der Spüle herum, was darauf schließen lässt, dass Jae-Joon entweder superpingelig ist, was Ordnung und Sauberkeit betrifft, oder er so selten zu Hause ist, dass er gar nicht erst die Chance bekommt, Unordnung und Schmutz zu machen. Daher verlasse ich die Küche und gehe zurück ins Wohnzimmer, um – in der Hoffnung auf ein Jobangebot - meine Mails am Handy zu checken. Gerade habe ich die Mail meines Bruders beantwortet, als das Lied wechselt, und zum ersten Mal ertönt neben verschiedenen Männerstimmen auch die einer Frau. Ich bin begeistert, wie gut mir die Musik gefällt, und habe sogar Lust bekommen, das Seouler Nachtleben und die Clubbingszene kennenzulernen. Ob Jae-Joon sie mir zeigen würde?

Ich stocke in meinen Überlegungen. Ich sollte ihn nicht darum bitten, er tut schon genug für mich und hat sicher keine Lust, als Nächstes den Touristenführer für mich zu spielen. Vielleicht aber doch? Ich kann ihn einfach nicht einschätzen. Er hat mir zwar erklärt, dass er das Gefühl habe, Verantwortung für mich übernehmen zu müssen, jedoch nicht, weshalb. Sagen koreanische Männer so was nicht immer nur in Dramen, wenn es um Frauen geht, die sie interessieren und mit denen sie eine Beziehung eingehen wollen? Aber das kann nicht sein Beweggrund sein, nicht nach meinem bemitleidenswerten Auftritt und schon gar nicht nach dieser kurzen Zeit, oder? Andererseits, was könnte sonst seine Motivation sein? Sex ist es offenbar nicht und Geld ebenso wenig. Ist er wirklich einfach nur nett und ich mache mir völlig umsonst Gedanken beziehungsweise bilde mir auf seine Hilfsbereitschaft etwas ein? Ich seufze. Mein Leben ist ein einziges Chaos!

Plötzlich piepst die Tür und gibt die gleichen Töne von sich, wie sie es getan hat, als ich sie zuvor entsperrt habe. Sofort werde ich nervös. Wie wird es sein, wenn Jae-Joon nach Hause kommt? Aus irgendeinem Grund habe ich Angst, dass er seine Meinung in der Zwischenzeit geändert haben könnte und mich doch noch vor die Tür setzt. Meine Zweifel erweisen sich aber als unbegründet. Ich werde von einem Mann begrüßt, der mich so ehrlich und gut gelaunt anlächelt, dass mir nichts anderes übrig bleibt, als sein Lächeln zu erwidern.

»Du bist zurück«, stelle ich überflüssigerweise fest.

»Ja, ich habe mich extra beeilt.« Im Türrahmen hält er inne. »Oh, du hast Musik angemacht.«

Verlegen schaue ich zu ihm auf. »Ich hoffe, das war okay.«

»Klar, es wundert mich bloß, dass es ausgerechnet diese CD ist«, meint er.

»Du scheinst ein großer Fan von *Narius* zu sein, daher wollte ich wissen, was du für einen Musikgeschmack hast.«

Sein Lächeln wird breiter und mir fallen Grübchen auf, die ich bisher nicht bemerkt habe. »Und, wie ist mein Geschmack?«

»Sehr gut. Ich stehe sowieso auf Electro, aber diese Tracks sind echt gut. Ich habe nur immer noch nicht herausgefunden, ob es ein Solokünstler oder eine Gruppe ist.«

»Ein DJ, der für das Album mit einer Gruppe junger Künstler und einer Newcomerin zusammengearbeitet hat.«

»Aaaah! Also ist er so was wie der asiatische David Guetta.«

»So weit würde ich zwar nicht gehen, aber die Beschreibung gefällt mir.« Lachend geht er an mir vorbei. »Lass mich eben meine Trainingssachen in die Waschmaschine packen, danach hast du meine volle Aufmerksamkeit.«

Mein Blick fällt auf die Tasche, die er in der Hand hält. »Warst du die ganze Zeit trainieren?«, frage ich und stehe auf, um ihm zu folgen.

»Die meiste Zeit zumindest«, gibt er zu, und ich erkenne, wie müde er aussieht. Sofort habe ich ein schlechtes Gewissen, immerhin ist er wegen mir die halbe Nacht wach geblieben.

»Dann hast du hoffentlich Hunger. Ich muss nur noch die Spaghetti kochen, aber danach können wir essen.«

»Ich sterbe vor Hunger«, stöhnt er und meint es offenbar ernst.

»Wenn das so ist, sollte ich mich beeilen«, kündige ich mit einem Grinsen an und bin froh, dass die anfängliche Unsicherheit von mir abgefallen ist.

Gerade als ich Wasser für die Nudeln aufgesetzt habe und die Soße noch mal umrühre, kommt Jae-Joon zu mir in die Küche und ist mir plötzlich so nah, dass ich die Hitze seines Körpers an meinem Rücken spüren kann. Dass dies jedoch von seiner Seite aus unterbewusst geschieht, erkenne ich daran, wie er über meine Schulter und in den Topf lugt.

»Riecht unglaublich gut. Was ist das für eine Soße?«

»Eine Bolognesesoße nach dem Geheimrezept meiner Familie«, antworte ich und fühle mich ein wenig kurzatmig.

»Du kannst dir nicht vorstellen, wie schwer es ist, eine gute italienische Pasta im Restaurant zu bekommen. Hattest du Probleme beim Einkaufen oder generell irgendwelche Schwierigkeiten?«

Sein ehrlich besorgter Ton bringt mich dazu, mich umzudrehen und zu ihm aufzuschauen. Sofort steigt mir sein Duft in die Nase, eine Mischung aus ihm und seinem Duschgel. Augenblicklich sind meine Sinne kurzzeitig total benebelt, und ich denke, wie verrückt es ist, dass ich seinen Geruch bereits wiedererkenne. Zu meinem Missfallen nimmt er im nächsten Moment Abstand und schaut mich abwartend an.

»Ich … ich hatte einen guten Tag«, stottere ich und drehe mich plötzlich verlegen zurück zum Herd. Zum Glück beginnt das Wasser zu kochen, sodass ich es salzen und die Nudeln hinzugeben kann.

»Das erleichtert mich, ich hatte ein wenig Sorge, dass du dich vielleicht verlaufen haben könntest«, erklärt er und holt nebenbei Teller aus dem Schrank, wobei sein Körper aus Versehen meinen streift. Wieder läuft ein kribbelnder Schauer über meinen Rücken. Was zum Teufel ist das?

»Wenn du willst, kannst du dich schon mal setzen. Du bist sicher müde«, antworte ich, statt auf seine Aussage einzugehen, und fühle mich gleichzeitig undankbar. Doch seine Nähe macht mich so nervös, dass ich nicht klar denken kann.

Nach kurzem Zögern stimmt er zu. »Okay, dann warte ich im Wohnzimmer.«

Plötzlich habe ich Angst, ihn vor den Kopf gestoßen zu haben, und ärgere mich über mich selbst. Einige Minuten später sind die Nudeln gar und ich richte uns zwei Teller an, wobei Jae-Joons Portion doppelt so groß ausfällt wie meine, da ich mir vorstellen kann, dass er nach dem stundenlangen Training ausgehungert ist. Beim Gedanken daran ploppt eine Frage in meinem Kopf auf: Warum muss er das tun? Wer außer einem Profisportler würde sich das freiwillig antun? Ist er einer? Grübelnd trage ich die Teller ins Wohnzimmer und stelle sie auf dem kleinen Tisch ab.

»Magst du geriebenen Parmesan?«, frage ich und hole die Packung hervor, die ich mir unter den Arm geklemmt habe.

»Je mehr, desto besser«, antwortet er, und ich kann regelrecht sehen, wie ihm das Wasser im Mund zusammenläuft. Tatsächlich habe ich noch nie jemanden gesehen, der so einen großen Appetit hat und solch eine Vorfreude auf Essen zeigt.

»Sag Stopp.« Das tut er auch, jedoch erst, als seine Spaghetti unter einem weißen Berg von Käse begraben sind. Was mich zugegebenermaßen amüsiert, ich mag nämlich auch viel Parmesan.

»Masissge desuseyo!«, wünsche ich ihm einen guten Appetit.

»Jal meoggessseubnida!«, bedankt er sich bei mir und sagt damit etwas, das so viel bedeutet wie: *Ich werde es mir schmecken lassen.*

Allgemein habe ich gelernt, dass einige Redewendungen anders als unsere sind. Wenn man jedoch einmal durchblickt, ergeben sie Sinn.

Voller Genuss mischt er den Parmesan unter die Nudeln und inhaliert danach die erste große Gabel. Vollkommen fasziniert starre ich ihn an. Ich habe immer angenommen, die Clips im Internet beziehungsweise die Szenen in Dramen wären übertrieben, aber er ist wirklich ein *Food Fighter* – eine jener Personen, die immer Appetit haben und Unmengen an Essen verputzen können.

»Das ist so gut!«, stöhnt er und schaufelt sich die nächste Gabel in den Mund.

Wie gut, dass ich die ganze Packung Nudeln gekocht habe, denke ich, und erinnere mich dann wieder daran, dass er stundenlang trainiert hat. »Darf ich dich etwas fragen?«

»Sicher«, antwortet er zwischen zwei Bissen und lässt sich von mir nicht beim Essen beirren.

»Bist du Profisportler? Anders kann ich mir nicht erklären, weshalb man fast den ganzen Tag beim Sport verbringen sollte.«

Meine Frage scheint ihn nun doch vom Weiteressen abzuhalten, denn er stellt den Teller auf dem Tisch ab und schaut mich scheinbar unentschlossen an. Bin ich ihm zu nahegetreten?

»Tatsächlich habe ich mir die ganze Zeit den Kopf darüber zerbrochen, wie ich dieses Thema wohl ansprechen könnte«, gibt er zu und macht mich mit dieser Aussage nervös. Weshalb sollte es ihm so schwerfallen, über seinen Beruf zu sprechen? »Ich war Profischwimmer, aber nach einem Unfall vor einigen Jahren bin ich das nicht mehr.«

»Das tut mir leid.« Das tut es wirklich. Ich wollte keinen wunden Punkt bei ihm treffen. Kein Wunder, dass er nicht gerne über seinen Job spricht.

»Danke.« Deutlich unsicher nimmt er einen Schluck Wasser, lässt seinen Blick unruhig durch den Raum schweifen und blickt mir erst dann in die Augen. »Ich hätte niemals erwartet, dass es so schwer ist, jemandem zu erklären, was ich mache.«

»Solange du kein Auftragskiller bist, ist alles gut«, witzele ich und merke, dass ich ebenfalls nervös werde. Was wird er mir offenbaren?

»Sagt dir der Begriff *Hallyu Star* etwas?«, platzt er dann endlich heraus. »Ich schätze, diese Beschreibung trifft am ehesten auf mich zu, auch wenn ich mich selbst nicht als solchen bezeichnen würde.«

»Hallo-Was?«

»*Hallyu Star. Hallyu* steht für die koreanische Welle«, erklärt er, und ich nehme schon an, dass es irgendetwas mit einer politischen Bewegung zu tun hat, aber dann führt er seine Erklärung weiter aus und zerstreut meine Bedenken – zumindest in dieser Hinsicht. »Die koreanische Welle beschreibt die weltweit ansteigende Popularität der koreanischen Popkultur.«

»Popkultur?«, frage ich immer noch verwirrt und brauche einen Moment, um den Sinn seiner Worte zu verstehen, doch dann fügen sich die Teile des Puzzles zusammen. »Das DJ-Pult und die CDs … *Du* bist *Narius?*«

»Ja«, gibt er zu, »und ab Montag bin ich für zwei Wochen auf Tour.«

»Okay, damit habe ich definitiv nicht gerechnet.« Habe ich ehrlich nicht. Tatsächlich weiß ich nicht, was ich überhaupt sagen oder wie ich reagieren soll.

»Wenn wir gerade schon bei dem Thema sind, sollten wir vielleicht noch über die eine oder andere Sache reden, die du früher oder später ebenfalls erfahren würdest.«

»Und die wäre?« Mir schwirrt der Kopf.

»Ich trainiere so viel, weil ich nach meiner Tour einen Werbespot drehen werde und dafür in Topform sein muss. Außerdem bin ich Teil der Hauptbesetzung in einer Variety-Show und mit einem Produzenten für ein RomCom-Drama im Gespräch.«

»Oh, wow! Ich weiß ehrlich nicht, was ich sagen soll«, gebe ich meine Gedanken laut zu. Ich muss sogar ungläubig auflachen. »Kennst du das Drama *I Picked up a Star on the Road?* Wer hätte gedacht, dass mir etwas passieren würde, das den Titel *A Star Picked me up from the Road* verdient! Versteh mich nicht falsch, ich mache mich nicht lustig über dich, aber ich … ich … Na ja, wer hätte gedacht, dass ich jemandem begegne, der sich vollkommen selbstverständlich meiner annimmt und mir dann auch noch offenbart, dass er ein Superstar ist? Hast du keine Angst, dass ich eine Psychokuh sein oder die Presse von dem hier«, ich zeige erst auf ihn und dann auf mich selbst, »etwas mitbekommen könnte?«

Durch Nates Umzug habe ich mich viel mit der koreanischen Sprache beziehungsweise der Kultur auseinandergesetzt, und so zwangsläufig Musik und Dramen lieben gelernt. Und gleichzeitig erfahren, wie eigen, teilweise sogar krankhaft besitzergreifend die Menschen mit ihren Stars sind. Sie sind für sie keine Personen mit Privatleben, sondern eine Art öffentliches Eigentum. Es reicht aus, dass ein Idol mit einer Person des anderen Geschlechts bei einem Kaffee sitzend gesehen wird, und schon ist es ein *Datingskandal* - ein Skandal, der oft dazu führt, dass Fans ihrem Star den Rücken kehren.

»Normalerweise bin ich immer auf der Hut, achte darauf, dass ich in keine Skandale verwickelt werde, und ich zeige auch sonst in der Öffentlichkeit kein Interesse an Co-Stars oder Kolleginnen«, meint er, klingt dabei aber nicht defensiv. »Nur bei dir habe ich eine Ausnahme gemacht. Als ich dich draußen sitzen sah und erkannt habe, wie verzweifelt und hilflos du bist, konnte ich dich nicht einfach dir selbst überlassen. Falls du mich jetzt fragst, was das zu bedeuten hat, dann kann ich dir nur antworten: Ich weiß es selbst nicht, aber ich bin auch nicht gewillt, mein Interesse an dir zu ignorieren.«

Jae-Joon

Mir schlägt das Herz bis zum Hals. Ich bin mir darüber im Klaren, dass ich Riley mit meiner Beichte, berühmt zu sein, überfallen haben könnte. Ebenso mit dem Geständnis, dass ich begonnen habe, Interesse an ihr zu entwickeln. Aber nun liegen alle Karten auf dem Tisch und von meiner Seite sind keine bösen Überraschungen mehr zu erwarten. Ausgenommen der Tatsache, dass ich bis nächstes Jahr einer offiziellen Datingsperre unterliege, aber ihr das zu sagen, wäre für den Moment zu viel des Guten. Ich trinke noch einen Schluck Wasser und schaue dann wieder zu Riley. Im Augenblick fühle ich mich zwar unbehaglich, aber ich denke, dass sie mit meinem Status klarkommen und letztlich auch keine große Sache daraus machen wird. Oder?

»Ich würde lügen, wenn ich sage, dass ich nicht überrascht, total verwirrt und auch ein wenig überfordert bin, aber am meisten bin ich dankbar für dein Vertrauen. Ich weiß deine Hilfe nun noch mehr zu schätzen«, sagt sie langsam.

»Deshalb habe ich es dir aber nicht erzählt.«

»Das nehme ich auch nicht an, ich wollte es dich nur wissen lassen«, erklärt sie und sucht meinen Blick. »Und wegen dem, was zwischen uns passiert ist … Ich weiß ebenso wenig, was das ist oder wo es hinführt, ich weiß nur, dass ich es weder bereue noch aus Trotz oder emotionaler Schwäche zugelassen habe. Alles andere wird sich mit der Zeit zeigen. Ich bin gerade in einer schwierigen Situation und muss mich und mein Leben zuerst wieder ordnen.«

»Das ist mir bewusst, aber ich hätte gerne eine Chance und würde mich freuen, wenn du morgen auf ein Date mit mir gehst. Während ich weg bin, kannst du dir dann Gedanken darüber machen, ob du nach meiner Rückkehr ein zweites Date mit mir haben möchtest oder nicht.« Ich bin selbst von meinem Mut überrascht, fühle mich jedoch plötzlich erleichtert. Rileys Blick nach zu urteilen, scheint sie nicht abgeneigt zu sein.

»Können wir denn ein … Date haben?«, fragt sie und bestätigt damit meine Vermutung.

»Es ist nicht so, dass mich jeder überall erkennt, und wenn wir uns unauffällig kleiden, wird es sicher gehen. Ich kenne ein paar schöne Stellen, die ich dir gerne zeigen würde.«

»Das würde mich freuen«, stimmt sie zu und klingt trotz ihrer Zurückhaltung ehrlich. Und das macht mich so glücklich, wie ich seit Langem nicht mehr war.

»Und jetzt iss weiter, bevor du verhungerst«, meint sie zu meiner Überraschung mit einem Augenzwinkern, das die Stimmung wieder locker werden lässt und mir zu verstehen gibt, dass wir zwar auf einem unsicheren und unbekannten, aber dennoch aufregenden Weg sind. Nun, nachdem ich meine Beichte hinter mir habe, schmeckt die Pasta gleich viel besser.

»Mir fällt gerade ein, dass ich eine gute Neuigkeit für dich habe. Du hast bisher keinen Job, oder?«, frage ich zwischen zwei Bissen.

»Nein, aber ich wäre für jeden Tipp dankbar.«

»Falls du möchtest, kannst du in dem Fitnessstudio anfangen, in dem ich trainiere. Eine der Mitarbeiterinnen hat plötzlich gekündigt, weshalb aktuell personeller Notstand herrscht.«

Interessiert stellt sie ihren Teller auf dem Tisch ab und schaut mich erwartungsvoll an. »Klingt gut. Was wären meine Aufgaben?«

»Hauptsächlich würdest du am Empfang sein, den Mitgliedern beim Ein- und Auschecken helfen. Proteinshakes mixen, Wasser und Handtücher verteilen und schauen, ob bei den Mitgliedern auch sonst alles in Ordnung ist. Im Grunde nichts Schwieriges und auch nichts, wofür du in der Lage sein müsstest, tiefergehende Gespräche zu führen. Gleichzeitig wäre dies aber eine gute Chance, um deine Sprachkenntnisse schnell weiterzuentwickeln. Solltest du dir bei irgendetwas unsicher sein oder dich nicht verständigen können, gäbe es für den Notfall den Cheftrainer Han Nam-Doo und meinen Freund Nam Min-Ho. Beide sprechen Englisch.«

»Und wo ist der Haken?«

»Du sollst bereits am Montag anfangen. Wir müssen jedoch so tun, als würden wir uns nicht kennen – zumindest vor anderen - und du musst auch so tun, als würdest du *andere* nicht erkennen.«

»Als würde ich andere nicht erkennen?«, fragt sie verwirrt.

»Das Studio ist ein VIP-Club.« Da ich sehe, dass diese Erklärung nicht ausreichend ist, füge ich hinzu: »Sechzig Prozent der Studiomitglieder sind berühmt, die anderen vierzig Prozent sind Beamte oder Topverdiener. Nur ein ganz kleiner Teil davon sind ganz normale Personen, die sich den Luxus und die damit verbundenen Annehmlichkeiten unseres Studios leisten wollen und können.«

»Ich nehme an, ich werde dann auch darauf achten müssen, dass keine Bilder oder Videos gemacht werden beziehungsweise irgendetwas anderes passiert, was als belästigend empfunden werden könnte?«

»Ganz genau. Generell kann jedes Mitglied die gleichen Leistungen erwarten, niemand wird besonders behandelt, außer bei den privaten Trainingsstunden natürlich.«

»Und ich kann den Job ganz sicher haben?« Rileys ungläubige Freude löst Befriedigung in mir aus. Ich bin froh, dass ich ihr einmal mehr helfen kann. Gleichzeitig gibt es mir ein beruhigendes Gefühl, zu wissen, dass sie nicht nur einen Job hat, was eine Sorge weniger für sie bedeutet, sondern bei Nam-Doo und seinem Team auch in guten Händen sein wird.

»Wenn du möchtest, ja. In der Regel macht das Studio um zehn zu, wir können morgen Abend vorbeifahren, du kannst Trainer Han kennenlernen und die Details mit ihm besprechen.«

»Wir?«, fragt sie, und ich weiß nicht, worauf sie hinauswill.

»Ja, wir. Ab Montag bin ich weg, morgen ist also die einzige Gelegenheit, um zusammen hinzufahren. Aber falls du das oder den Job nicht möchtest, wäre das auch okay.«

»Nein, nein, so war das nicht gemeint. Ich habe bloß das Gefühl, dass ich deine knappe Freizeit verschwende.« Ehrlich betroffen blickt sie auf ihre Hände nieder.

Es ist lange her, dass jemand Rücksicht auf mich genommen hat, umso mehr bedeutet es mir, dass sie es tut. Allgemein bin ich froh über ihre Reaktion. Sie scheint nicht von meinem Status beeindruckt zu sein, eher scheint das Gegenteil der Fall zu sein. Ich vermute, sie könnte ihn als mögliches Problem sehen. Um ihre Besorgnis zu zerstreuen, sage ich: »Mach dir darum keine Gedanken. Ich tue nichts, was ich nicht auch wirklich will. Tatsächlich habe ich es dir sogar zu verdanken, dass ich morgen einen Tag vom Training frei habe.«

»Du lässt wegen mir das Training sausen?«

»Jein, der Coach war der Meinung, ich hätte es verdient, einen Tag mit dir zu verbringen. Es ist eine Ewigkeit her, dass ich wirklich Freizeit hatte und etwas unternommen habe.«

»Dein Leben muss wirklich hart sein«, stellt sie fest und klingt dabei sowohl interessiert als auch besorgt.

»Das ist es, aber bisher hat es mich nicht gestört.«

»Und jetzt tut es das?«, fragt sie weiter.

Ich überlege, was ich antworten soll. »Ich mag mein Leben, wie es ist, ich mag es, auf Tour zu gehen, genau wie in der Show zu sein und in Dramen mitzuspielen. Das Einzige, was mich stört, ist, dass ich mich nicht immer frei bewegen kann. Ehrlich gesagt sehe ich mich selbst nicht als Star, daher bin ich immer wieder überrascht, wenn Leute Fotos oder Autogramme von mir wollen.«

»Du wirkst auf mich auch gar nicht wie ein Star. Du scheinst so bodenständig und mit einem Minimum an Annehmlichkeiten zufrieden zu sein«, meint sie und schaut sich im Raum um.

»Nach meinem Unfall damals habe ich gemerkt, wie schnell man am Ende einer Karriere sein kann. Daher weiß ich es umso mehr zu schätzen, dass ich eine zweite Chance auf Erfolg bekommen habe.« Ich spreche nicht gern über meine Vergangenheit, das werde ich jetzt auch nicht tun, aber ich habe das Gefühl, dass ich mit Riley irgendwann über sie reden werde. »Und wegen meiner spärlichen Einrichtung … ich bin meist nur zum Schlafen zu Hause und koche kaum bis nie für mich selbst, daher habe ich bisher keine Zeit und Energie in die Einrichtung gesteckt.«

»Das kann ich nachvollziehen, trotzdem würde mir persönlich ein Sofa fehlen. Ich liebe es, abends auf dem Sofa zu liegen und zu lesen oder fernzusehen.«

»Im Moment vermisse ich am meisten einen vernünftigen Esstisch.« Vielleicht sollte ich mir zumindest die wichtigsten Sachen kaufen, überlege ich.

Beim Essen führen wir ein lockeres Gespräch, während dem ich ein wenig über meine anstehende Tour erzähle und von Riley erfahre, dass sie Fotografin für ein Lifestylemagazin gewesen ist. Dass sie dieses Leben für ihren Ex geopfert hat, beeindruckt mich, vor allem macht es mich nachdenklich. Wie sehr muss sie ihn geliebt haben? Ob überhaupt eine Chance für mich besteht? Falls ja, wird sie Zeit benötigen, um sich auf mich einlassen zu können.

Als ich sehe, wie Riley verhalten gähnt, ist es an der Zeit, ihr vorzuschlagen, dass wir vorerst getrennt schlafen sollten. »Ich habe in einem der Kartons noch eine Schlafmatte. Daher würde ich vorschlagen, dass ich es mir hier bequem mache, während du im Schlafzimmer bleibst.« Ich kann sehen, dass Riley mir widersprechen will, weil sie mit Sicherheit glaubt, das Angebot nicht annehmen zu können. Letztlich nickt sie jedoch nur und lächelt mich dankbar an. »Vielen Dank.«

»Keine Ursache.«

»Wann willst du morgen los?«, fragt sie und gähnt erneut.

»Ich schlage vor, wir schlafen in aller Ruhe aus, frühstücken und machen uns auf den Weg, sobald uns danach ist.«

»Verrätst du mir, wohin es gehen wird?«

»Das werde ich spontan entscheiden. Gibt es irgendwelche Orte, die du unbedingt besuchen willst?«

»Ich würde gerne zum N Seoul Tower, in den ganzen Dramen sah es dort immer so romantisch aus.« Sie hält kurz inne und plappert dann weiter. »Nicht, dass der Tag romantisch werden soll. Ich meine, na ja, du weißt sicher, was ich meine. Aber davon abgesehen werden dort sicher zu viele Menschen sein und damit ein Besuch nicht infrage kommen.«

Auch wenn sie es nicht sagt, merke ich, dass sie enttäuscht ist, und das enttäuscht wiederum mich. Wäre ich ein ganz normaler Mann, würde ich mir um nichts Gedanken machen müssen, außer wie ich ihr einen schönen Tag bereiten kann.

»Viele Menschen sind nicht unbedingt verkehrt, aber der Namsan Tower ist vielleicht wirklich nicht der geeignetste Ort für einen Besuch. Wir könnten zur Insa-Dong Street oder nach Gangnam, wobei Gangnam bei Nacht interessanter wäre.«

»Weißt du was? Ich lasse mich einfach überraschen. Ich bin mir sicher, morgen wird auf jeden Fall toll werden. Und damit wir morgen möglichst viel erleben können, werde ich jetzt ins Bettchen gehen. Gute Nacht, schlaf gut.«

»Jal ja«, wünsche ich ihr ebenfalls und bleibe allein im Wohnzimmer zurück. Da ich es hasse, Abwasch stehen zu lassen, gehe ich in die Küche und spüle ab. Zu meiner Überraschung ist sonst nichts zu tun. Riley scheint genauso ordentlich zu sein wie ich. Gut gelaunt wische ich über die Arbeitsfläche und mache mich dann auf die Suche nach meiner zweiten Schlafmatte. Kurz darauf habe ich meine Schlafstätte vor dem Fenster errichtet und liege unter der Decke. Ich habe mich schon lange nicht mehr so sehr auf etwas gefreut, dass ich zu aufgeregt bin, um zur Ruhe zu kommen. Wegen meiner Arbeit habe ich in der Vergangenheit lernen müssen, im-

mer und überall innerhalb von Sekunden einzuschlafen.
Dieses Mal will es nicht auf Anhieb klappen, irgend-
wann drifte ich dann aber mit einem Lächeln auf den
Lippen in den Schlaf.

Kapitel 4

Ich kann immer noch nicht fassen, dass Jae-Joon ein Star ist. Natürlich ist mir aufgefallen, wie gut er aussieht, aber das sagt meiner Meinung nach nichts aus, weder über seinen Beruf noch über seine Persönlichkeit. Im Gegenteil, dieses Gesamtpaket irritiert mich, er scheint viel zu … perfekt zu sein. Kurzzeitig habe ich überlegt, ihn zu googeln, um mehr über ihn zu erfahren, es dann aber gelassen. Man kann oft nicht glauben, was die Medien berichten, daher sollte ich ihn selbst fragen, wenn ich etwas über ihn wissen will. Alles andere würde sich falsch anfühlen. Was ich jedoch wirklich gern sehen möchte, ist, wie er beim Arbeiten wirkt. Egal ob als DJ, Schauspieler oder Reality-Show-Star, wobei es hier nicht Reality- sondern Variety-Show heißt, wie ich jüngst gelernt habe.

Verstohlen schaue ich zu ihm hinüber. Wir kommen gerade vom Flughafen und haben mein verschollenes Gepäck abgeholt. Zum Glück ist es wieder aufgetaucht und befindet sich inzwischen im Kofferraum des Autos. Ich kann es kaum erwarten, meine eigenen Klamotten wieder anziehen zu können. Ich habe mir gestern zwar Ersatzkleidung gekauft, aber das ist nicht dasselbe.

»Sollen wir irgendwo traditionell koreanisch frühstücken gehen?«, fragt Jae-Joon und erwischt mich dabei, wie ich ihn anschaue.

Zuerst will ich ihn fragen, ob das überhaupt möglich sei, halte mich dann aber zurück. Er wird am besten wissen, wie er unerkannt bleibt. Tatsächlich wirkt er heute anders als während der letzten anderthalb Tage. Seine Wangen überzieht ein leichter Dreitagebart, eine Brille im Clubmaster-Stil sitzt auf seiner Nase, und er trägt Kleidung, die ich irgendwo zwischen Gammelklamotten und einem Modemagazin entsprungen einordnen würde. Auf jeden Fall sieht die dunkle Jogginghose in Kombination mit dem dicken, cremefarbenen Strickpullover und dem Parka von vorgestern verdammt gut aus. »Was steht zur Auswahl?«

»In der Nähe von mir gibt es ein gutes Sundae-Restaurant. Die Besitzerin ist eine alte Dame, sie und ihre Gäste interessieren sich nicht sonderlich für mich.«

»Eisbecher?«, frage ich und bin irritiert. »Ich liebe Eis, aber nicht unbedingt zum Frühstück.«

»Ah, ich meine natürlich nicht diesen Sundae, sondern spreche von koreanischer Blutwurst. Es gibt aber auch andere Sachen. Tteokbokki, Reisbrei, Eintöpfe oder klassisches Frühstück mit Reis und Beilagen.«

»Ich weiß nicht, ob Sundae meinem Geschmack entspricht, aber ich werde sicher etwas finden. Wenn du magst, können wir gerne dorthin.«

»Dann lass uns erst frühstücken und anschließend deine Koffer wegbringen. Hast du zufällig dickere Sachen eingepackt? Falls ja, würde ich vorschlagen, du ziehst dich nachher wärmer an, dann frierst du während unserer Sightseeingtour nicht so schnell.«

Ich bin gerührt von seiner Rücksichtnahme und kann nicht verhindern, dass ich an Nate denken muss. Wann hat er aufgehört, Rücksicht auf mich zu nehmen? Hat er das überhaupt jemals getan? »Ja, mein Wintermantel und meine gefütterten Stiefel sind in dem schwarzen Koffer. Ich habe das Wetter hier in Seoul leider unterschätzt. Als ich von Los Angeles losgeflogen bin, waren es zwanzig Grad.«

»Ja, den Klimaunterschied unterschätzt man schnell. Während meiner Südostasien-Tour werden es im Durchschnitt über siebenundzwanzig Grad sein. Ich mag die Sonne, aber das liegt bereits über meiner Wohlfühlgrenze.«

»Für mich gilt: je wärmer, desto besser. Aber das liegt daran, dass ich schnell friere und es hasse.«

»Sofern du Meeresfrüchte magst, solltest du nachher Abalonen-Reisbrei oder einen Eintopf essen.«

»Das klingt alles gut. Ich werde mich später einfach spontan entscheiden.«

Am Ende nehme ich einen Eintopf mit Meeresfrüchten. Da es aber zur koreanischen Esskultur gehört, dass jeder von jedem Gericht isst, probiere ich auch Jae-Joons Sundaesuppe und die diversen Side Dishes, die er für uns bestellt hat. Ob mir die frittierten Mandu mit Shrimps oder die gedämpften mit Fleisch besser schmecken, kann ich gar nicht sagen. Die Blutwurst war hingegen zwar nicht schlecht, aber nichts, was ich unbedingt wieder essen muss. Der Eintopf wiederum war genau das Richtige, um von innen aufgewärmt zu werden. Ich könnte mich sogar an diese Art von Frühstück gewöhnen, und das, obwohl ich eher der Müsli- oder Bageltyp bin.

***

»Können wir los?«, fragt Jae-Joon und blickt, an die Wohnzimmertür gelehnt, von seinem Handy auf.

»Ja.« Verlegen halte ich den dicken Wollschal in der Hand, den ich gestern für ihn mitgenommen habe, als ich den für mich gekauft habe. »Hier, der ist für dich. Die Wolle war so schön warm und weich, dass ich dir auch einen mitbringen wollte.«

Er braucht so lange, um mir den Schal abzunehmen, dass ich bezweifle, dass er ihm gefällt. Doch dann überzieht ein so unglaublich süßes Strahlen sein Gesicht, dass mir die Knie weich zu werden drohen.

»Vielen Dank! Woher wusstest du, dass Rot meine Lieblingsfarbe ist?«

»Wusste ich nicht, aber ich habe vermutet, dass die

Farbe toll an dir aussehen würde.«

»Und tut sie es?«, fragt er, während er sich den dicken, flauschigen Strickschal um den Hals wickelt.

»Sehr«, bestätige ich und freue mich, dass ihm mein Geschenk zu gefallen scheint. Gleichzeitig bin ich verlegen, weshalb, das weiß ich selbst nicht und versuche deshalb, dieses wirre Gefühl zu ignorieren. »Wollen wir los?«

»Ja, aber vorher sollten wir dir eine Maske gegen den Feinstaub besorgen. Oder hast du schon eine?«

»Bisher nicht. Ist denn die Luftverschmutzung mittlerweile besorgniserregend?«, frage ich.

»Nicht so schlimm, dass es wirklich gefährlich ist, aber inzwischen ist sie doch so hoch, dass wir Masken tragen sollten. Was im Grunde für unser Vorhaben, nicht erkannt zu werden, nur von Vorteil ist«, erklärt er mit einem Augenzwinkern und zeigt mir seine eigene schwarze Maske.

Wie es scheint, hat er ein etwas aufwendigeres Modell mit Ausatemventil und eingenähtem Kohlefilter. Da diese meines Wissens nach nicht nur länger nutzbar sind, sondern auch Gerüche filtern, sollte ich mir ebenfalls so eine zulegen. Die Feinstaubbelastung ist allgemein eine Sache, die mich beschäftigt hat. Weshalb ich mir also nicht bereits so eine gekauft habe, weiß ich selbst nicht. Immerhin habe ich im Vorfeld ausführlich recherchiert.

»Weißt du, wo wir solche kaufen können?«

»Ja, ich kenne einen Laden in Insa-dong, wo sie welche mit ausgefallenen Designs verkaufen. Dort wirst du sicher eine finden, die dir gefällt. Danach können wir in Ruhe die Stadt erkunden.«

Tatsächlich behält er recht und ich entdecke eine hübsche Maske mit schwarzem Spitzenbesatz.

»Danke, aber du hättest sie mir nicht kaufen müssen, nicht nachdem du auch schon das Essen bezahlt hast«, beteuere ich und bin von seinem zuvorkommenden Verhalten überwältigt.

»Nimm sie als Dankeschön für den Schal«, erklärt er und hilft mir dabei, die Maske richtig anzuziehen. »Sitzt, schützt und sieht gut an dir aus.«

»Danke«, sage ich durch die Maske und muss mich erst an das neue Gefühl gewöhnen. Zu meiner Überraschung setzt Jae-Joon mir anschließend auch meine Mütze wieder auf und zieht sie mir über die Ohren. Sein Blick ist dabei so eindringlich und liebevoll, dass mein Herz zu flattern beginnt. Tatsächlich erinnert mich dieser Moment an unseren ersten Kuss. Ich habe genau das gleiche Kribbeln gespürt und mich genauso von ihm angezogen gefühlt wie in diesem Moment. Was wäre, wenn wir nicht hier, sondern bei ihm zu Hause oder an einem anderen, ruhigeren Ort wären? Mein Kopf und auch der größte Teil meines Herzens sind noch nicht dazu bereit, mich auf ihn einzulassen oder mit ihm zu schlafen. Dennoch kann ich nicht leugnen, dass ich mich zu ihm hingezogen fühle und echtes Interesse für ihn in mir aufkeimt. Andererseits, wie kann er nicht mein Herz berühren, wenn er mich so behandelt, als wäre ich etwas Besonderes? Noch während sich meine Gedanken im Kreis drehen, lässt er mich los und ich bin … enttäuscht? Wie kann es sein, dass ich wegen ihm innerlich so aufgewühlt bin?

»Wo möchtest du als Erstes hin?«

»Wir sind auf der Insa-dong Street, oder?«, frage ich und schaue mich um. Es ist erstaunlich leer in dem berühmten Stadtteil, es scheint uns auch niemand großartig zu beachten. Eher im Gegenteil, denn die wenigen Menschen, die ich entdecken kann, tragen ebenfalls eine Maske und konzentrieren sich auf sich selbst und ihre Einkäufe.

»Genau. Ich dachte, es könnte dir hier gefallen. Ich weiß zwar, dass du genau genommen keine Touristin bist, aber es gibt viel zu sehen. Ich bin selbst immer wieder gerne hier.«

»Bist du eigentlich aus Seoul?«

»Nein, ich bin in Daegu geboren und erst einige Zeit nach meinem Aufenthalt in den USA nach Seoul gekommen. Ich muss selbst immer noch viel entdecken. Für den Anfang werde ich dir aber genügend schöne Orte zeigen können.«

»Ich freue mich darauf.«

Die nächsten Stunden verbringen wir damit, durch die vielen verschiedenen Geschäfte und Souvenirshops zu ziehen. Wir kaufen Zeug, das wir mit großer Wahrscheinlichkeit niemals nutzen werden, und schlagen uns die Bäuche mit Streetfood voll. Besonders lustig, aber auch lecker fand ich das Must-have-Food Dong ppang oder besser gesagt: Pancakes in Form eines Kothäufchens, die mit Schokoladencreme gefüllt sind. Bis obenhin vollgefuttert klettere ich mit Jae-Joon eine Art Berg hoch. Ich würde mich nicht unbedingt als unsportlich beschreiben, doch die Steigung und die Wurzeln, die unregelmäßig aus dem Boden ragen, erschweren mir den Aufstieg.

»Warte, ich helfe dir.« Jae-Joon, der bisher hinter mir gegangen ist – so wie ich ihn inzwischen einschätze, um mich notfalls aufzufangen –, geht an mir vorbei und reicht mir seine Hand.

»Danke.« Beschwingt nehme ich sie an. Statt mich sofort wieder loszulassen, sobald wir oben angekommen sind, gehen wir Hand in Hand weiter. Seine Finger sind angenehm warm, dennoch lösen sie einen Schauer in meinem Körper aus.

»Keine Angst, es ist nicht mehr weit, aber wir sollten uns beeilen, damit wir vor Sonnenuntergang noch ankommen.«

»Wo überhaupt?«, frage ich und gerate ins Straucheln, werde aber sofort von ihm aufgefangen. Zum ersten

Mal spürte ich, wie stark er ist, und nehme ihn einmal mehr als Mann wahr, von dem ich mich angezogen fühle.

»Lass dich überraschen, wir sind gleich da.«

Natürlich ahne ich, was mich erwarten könnte. Wie fantastisch die Aussicht von dem Plateau aus jedoch wirklich ist, hätte ich mir niemals träumen lassen.

»Woher kennst du diesen Ort?«, frage ich und bin verzaubert von dem Blick über Seoul, der mir geboten wird.

»Trainer Han jagt uns im Sommer gerne den Weg hoch und runter. Es ist sicher kein unbekannter Fleck, aber los ist hier tatsächlich nie etwas.« Er lässt meine Hand los und zieht den Rucksack ab, den er kurz zuvor aus dem Auto geholt hat.

Zu meiner Überraschung zieht er zwei Decken und eine Thermoskanne heraus. Das hat er also in der Küche getrieben, während ich mir vorhin wärmere Sachen angezogen habe, erkenne ich. Unwillkürlich öffnet sich mein Herz ein wenig mehr für ihn. Er hat sich so unglaublich viel Mühe für unser Date gegeben, und das, obwohl er die ganze Zeit Angst haben musste, erkannt zu werden.

Die eine Decke breitet er für uns auf dem Boden aus, und die andere legt er mir um die Schultern, sobald ich mich niedergelassen habe. Nachdem er sich ebenfalls gesetzt hat, rutsche ich, ohne zu zögern, an seine Seite und schlinge die Decke um uns beide. Wortlos reicht er mir den Deckel der Thermoskanne und schüttet mir von der dampfenden Flüssigkeit ein. Sofort steigt mir der Duft von grünem Tee in die Nase. Schweigend teilen wir uns den Becher und schauen der Sonne beim Wandern zu.

»Lass uns ein Spiel spielen«, fordere ich Jae-Joon nach einer Weile auf.

»Was für eins?«

»Eins, das uns hilft, einander besser kennenzulernen. Ich weiß gar nicht genau, wie es heißt, aber ich denke, Fragenpingpong würde es ganz gut treffen.«

»Okay, das klingt interessant. Willst du beginnen?«

»Gerne.« Kurz überlege ich, was ich ihn fragen könnte, und entscheide mich für etwas Oberflächliches – zumindest für den Anfang. »Wie alt bist du?«

»Nach koreanischem Alter siebenunddreißig, was die internationale Rechnung betrifft aber erst fünfunddreißig. Was ist mit dir? Oder zählt das bereits als Gegenfrage?«

»Nein, zählt es nicht. Ich denke, es wäre interessant, wenn wir immer beide die Fragen beantworten, die wir uns gegenseitig stellen. Mich interessiert nämlich direkt eine Sache: Wie berechnet man das koreanische Alter?«

»Zuerst einmal solltest du wissen, dass die Zeit der Schwangerschaft zum Alter gezählt wird und einem Jahr entspricht. Als Nächstes muss bedacht werden, nach welchem Kalender gerechnet wird, dem chinesischen oder gregorianischen Kalender. Um es einfach zu halten, erkläre ich es nach dem gregorianischen Kalender, weil ich mich ebenfalls an ihm orientiere. Wenn du also im neuen Kalenderjahr bereits Geburtstag hattest, wird auf dein Alter ein Jahr draufgerechnet, hattest du noch keinen, dann zwei. Das hängt, wie gesagt, damit zusammen, dass bei uns das erste Lebensjahr bereits im Mutterleib stattfindet. Daher feiern wir auch nicht den ersten Geburtstag, sondern die 100-Tage-Feier.«

»Ah, ich verstehe, dann bin ich neunundzwanzig beziehungsweise einunddreißig«, stelle ich fest. »Irgendwie erschreckend, zu hören, dass ich in Korea die Dreißig bereits überschritten habe.«

Schlau genug, nicht darauf einzugehen, fragt er: »Okay, wenn wir schon beim Thema Geburtstag sind, wann ist deiner?«

»Am sechzehnten Juni, und deiner?«

»Ich habe am sechsundzwanzigsten Oktober Geburtstag.«

»Gut, jetzt wo wir unser Alter und unsere Geburtstage wissen, lassen wir die Fragen ein wenig interessanter werden. Wenn du dich in fünf Worten beschreiben solltest, welche wären das?«

»Diese Frage wurde mir schon öfter gestellt und ich hasse sie«, antwortet er mit einem Lachen in der Stimme. »Ich denke, ehrgeizig, optimistisch, loyal, stur und immer hungrig treffen es ganz gut.«

Seine Antwort bringt mich zum Grinsen. »Dass du optimistisch und immer hungrig bist, kann ich, glaube ich, bereits bestätigen. Ich würde mich als impulsiv, ungeduldig, grüblerisch, romantisch, aber vor allem zerstreut beschreiben«, erwidere ich ehrlich und weiß, dass einige meiner Eigenschaften nicht unbedingt positiv aufzufassen sind. Besonders meine Zerstreutheit nervt mich. Ohne sie hätte ich zum Beispiel meine Powerbank nicht bei meinen Eltern vergessen und ich hätte dieses bescheuerte Akkuproblem nach meiner Ankunft in Seoul nicht gehabt.

»Ich bin gespannt, ob ich diese Züge mit der Zeit bei dir wiedererkennen werde.«

»Hoffentlich nicht«, witzele ich und freue mich, dass er es wohl ernst meint, wenn er sagt, dass er mehr Facetten an mir entdecken will. »Du bist mit deiner Frage dran.«

»Okay, was sind drei Dinge, die du wirklich hasst? Ich hasse es, wenn Menschen zu spät kommen. Egal, ob zu einem geschäftlichen Termin oder zu einer Verabredung mit Freunden. Mindestens genauso schrecklich ist es, wenn ich Hunger habe und nicht zum Essen komme oder wegen einer Diät erst gar nicht etwas essen darf, das meinen Hunger richtig stillt. Die dritte Sache ist aber wohl am schlimmsten.« Er scheint einen Moment nachzudenken. »Es bringt mich regelmäßig an meine Grenzen, wenn jemand in meine Komfortzone und mein Privatleben eindringt. Generell mag ich es nicht, wenn ich von zu vielen fremden Menschen umgeben bin. Ironisch, wenn man bedenkt, welchen Job ich gewählt habe, oder?«

»Finde ich nicht. Wer hat es schon gerne, wenn im Privatleben herumgeschnüffelt wird?« Ich verstehe wirklich, dass das öffentliche Interesse belastend für ihn ist. Gleichzeitig frage ich mich ein weiteres Mal, weshalb er ausgerechnet mich so schnell in sein Leben gelassen hat. »Ich hasse Feigheit, Unehrlichkeit und Rücksichtslosigkeit. Wenn ich mich einmal hintergangen fühle, bin ich nachtragend und kann nur schwer verzeihen und wieder vertrauen. Noch mehr hasse ich es, wenn ich das Gefühl habe, die Kontrolle über mich und mein Leben zu verlieren. Ich hätte am liebsten für alles einen Plan und neige deshalb manchmal zur Kontrollsucht. Ich hasse es wirklich, wirklich sehr, wenn etwas nicht so läuft, wie ich es mir vorgestellt habe. Zu guter Letzt … ich hasse Spinnen. Egal in welcher Form, Farbe oder Größe, ich habe so schreckliche Angst vor Spinnen, dass ich beim Anblick einer Tarantel sogar schon mal in Ohnmacht gefallen bin. Deshalb erzähl mir bitte nichts von der *Nephila clavata*. Ich weiß, dass die Spinne handtellergroß und giftig ist.«

»Keine Sorge, das hatte ich nicht vor, ich nutze die Schwächen anderer nicht aus. Tatsächlich kann ich dich beruhigen, während der Zeit, in der ich in der Wohnung lebe, habe ich bisher keine einzige Spinne gesehen.«

»Versprochen?«, frage ich und ignoriere das mulmige Gefühl in meinem Bauch.

»Ja. Für solche Notfälle habe ich aber einen sehr starken Staubsauger«, beruhigt er mich, und es fühlt sich an, als würde er mich ernst nehmen. Nate hingegen hat meine Angst immer belächelt …

Ich verdränge den Gedanken an meinen Ex ein weiteres Mal und sehe stattdessen dabei zu, wie die Sonne endgültig untergeht.

»Hast du einen peinlichen Spitznamen?«, frage ich.

»*Gaeguri* … Mein Spitzname während der Schulzeit war Frosch. Als Jugendlicher hatte ich zu lange Arme und Beine für meinen Körper, war deshalb motorisch unkoordiniert und sah schlaksig aus. Das hat sich erst gegen Ende meiner Pubertät und mit meinem Schwimmtraining für das Schulteam geändert.«

»Ganz schön gemein«, stelle ich fest und bin mir sicher, dass diese Zeit Narben bei ihm hinterlassen hat. »Aber sieh es positiv, aus dem Frosch ist mittlerweile ein Prinz geworden.«

»Ist das so?«, fragt er und ich kann im Licht des Mondes ein Lächeln seine Lippen umspielen sehen.

»Ja, du bist ein Prinz und ein barmherziger Ritter, der mich aus der Not gerettet hat.«

»Das klingt gut und macht den verhassten Namen tatsächlich erträglich. Mein späterer Spitzname ist übrigens Narius gewesen. Ich war ein Überflieger im Schwimmen, deshalb haben sie mich Wassergott genannt.«

»Ich habe mich schon gefragt, wie es zu diesem Namen gekommen ist. Ich finde es gut, dass du ihn als Künstlernamen übernommen hast.«

»Es freut mich, dass er dir gefällt. Aber jetzt verrate mir deinen Spitznamen.«

»Rübchen«, gebe ich seufzend zu und winde mich innerlich.

»Rübchen?«, fragt er und scheint die Bedeutung nicht zu verstehen.

»Die Verniedlichung von Rübe. Frag nicht, wie meine Mutter auf diesen Namen gekommen ist, aber seit ich denken kann, bin ich für sie Rübchen. Wenigstens sagt sie den Namen nicht in der Gegenwart von Fremden«, seufze ich.

»Was wäre, wenn ich dich so nennen würde?«, will er wissen und spricht das Wort mit einem leichten Akzent aus, was mich wiederum zum Lachen bringt.

»Tu das bitte nicht.«

»Du hast recht, ich sollte mir selbst etwas einfallen lassen.«

»Du willst mir einen Spitznamen geben?«, frage ich erstaunt.

»Soll ich nicht?«

»Ich weiß nicht«, gebe ich ehrlich unentschlossen zu.

»Keine Angst, es wird nichts wie Rübchen sein«, erwidert er und muss sich offensichtlich ein lautes Lachen verkneifen.

»Heißt das, ich soll mir auch einen für dich überlegen?«

»Wie wäre es mit Oppa?«, fragt er.

Ich höre immer noch ein leichtes Lachen aus seiner Stimme heraus, merke aber auch, dass er es zumindest teilweise ernst meint. Selbst wenn es nicht unbedingt unüblich ist, dass eine Frau einen ihr nahestehenden Mann *Oppa* nennt, bin ich verlegen. Ich bin mir nämlich sicher, dass Jae-Joon nicht das Wort *Bruder* meint, sondern auf die romantische Verwendung des Wortes abzielt, die eine Frau für ihren festen Freund benutzt.

»Jae-Joon Oppa?«, frage ich und finde es zu meinem Erstaunen gar nicht so fremd, ihn so zu nennen, daher wiederhole ich es. »Oppa …«

Jae-Joon

Zu hören, wie Riley mich Oppa nennt, löst ein befriedigendes Gefühl in mir aus. Sie ist nicht die Erste, die mich so bezeichnet, aber sie ist die erste, von der ich mir wünsche, dass sie es tut. Genau genommen gibt es nur eine Frau, der ich so nahestehe, dass ich es ohne Probleme akzeptieren kann, dass sie mich so vertraut anspricht - Hyeri. Hyeri ist, genau wie ich, seit drei Jahren festes Mitglied der Variety-Show *My Life as a Celebrity*, deren Inhalt es ist, Stars regelmäßig für zwölf bis vierundzwanzig Stunden in ihrem Alltag zu begleiten. Anfänglich habe ich es gehasst und mich nur zu der Teilnahme breitschlagen lassen, weil meine Agentur Druck auf mich ausgeübt hat. Mittlerweile habe ich mich jedoch daran gewöhnt und eine freundschaftliche Beziehung zu den anderen vier Gastgebern aufgebaut. Dass der Produzent sich außerdem darauf eingelassen hat, nicht mehr bei mir zu Hause zu filmen, erleichtert mir ebenfalls die Zusammenarbeit.

»Okay, eine letzte Frage, bevor wir uns auf den Weg ins Fitnessstudio machen und ich dir Trainer Han vorstelle. Was machst du, um wieder gute Laune zu bekommen, wenn du einen richtig miesen Tag hattest?« Ich weiß nicht, wie ich auf genau diese Frage komme, habe jedoch das Gefühl, dass die Antwort hilfreich sein könnte.

»Das ist gar nicht so leicht zu beantworten, weil es immer auf den Grad meiner schlechten Laune ankommt. Wenn ich so richtig mies drauf bin, hilft tatsächlich nur noch Schlaf. Wenn der Tag einfach nur anstrengend und nervig gewesen ist, reicht ein Drink oder die Ablenkung durch Freunde, eine gute Serie oder ein packendes Buch. Mein anderes Allheilmittel ist Schokolade. Du kannst nicht glauben, wie glücklich ich war, als ich gesehen habe, dass es bei euch Hershey's gibt.«

»Ich darf erst gar keine Schokolade oder Snacks zu Hause haben, denn ich kenne kein Stopp und würde alles auf einmal aufessen. Es gibt wirklich kaum etwas, das mich glücklicher macht als leckeres Essen«, erkläre ich und füge in Gedanken hinzu: *Bisher.* Tatsächlich kann ich mir vorstellen, dass allein ein Lächeln von Riley meine Laune sofort anheben könnte.

»Dann bist du wesentlich einfacher aufzumuntern als ich.« Ich sehe dabei zu, wie Riley auf die glitzernden Lichter der Stadt hinabschaut. »Was soll ich für dich kochen, wenn du von deiner Tour nach Hause kommst?«

Diese Frage überrascht mich und lässt mich wünschen, schnell zurück zu sein beziehungsweise erst gar nicht wegzumüssen. »Ich mag klassische amerikanische Gerichte. Während meiner Zeit in Florida war ich oft bei einem Trainingspartner zu Hause. Seine Mutter konnte unglaublich gut kochen.«

»Ah, also magst du Hausmannskost«, stellt sie fest.

»Wenn du damit viel Fleisch, noch mehr Soße und cremiges Kartoffelpüree meinst, dann ja.« Allein der Gedanke an die Sonntagsessen bei meinem Freund Owen macht mich wieder hungrig.

»Was für ein Glück du hast. Ich bin laut meiner Familie eine begnadete Köchin. Wobei ich glaube, dass meine Mutter das nur behauptet, weil sie so an den Festtagen das Kochen auf mich abwälzen kann«, erklärt Riley, und ich spüre, wie sehr sie ihre Familie liebt.

»Können bei euch viele Frauen kochen?«, frage ich ehrlich interessiert. Ich habe nämlich das Gefühl, dass die koreanischen Frauen aus meiner Generation es nicht mehr können, sondern von ihren Müttern versorgt werden. Nicht viel anders als auch wir Singlemänner. Was mich daran denken lässt, was für eine gute Köchin meine eigene Mutter gewesen ist und wie viel Spaß es gemacht hat, wenn sie mir ihre Geheimrezepte beibrachte. Früher habe ich gern gekocht, doch heute löst es schmerzliche Erinnerungen an bessere Zeiten aus.

»Ich glaube, das kann man nicht wirklich pauschalisieren. Einige ja, einige nein. Ich bin in der Hinsicht traditionell veranlagt. Ich liebe es, die Personen, die ich liebe, zu umsorgen, außerdem kann ich beim Kochen prima abschalten.«

»Kann ich also darauf hoffen, dass du häufiger für mich kochen willst?«, frage ich herausfordernd.

»Ich schätze, für deine Hilfe bin ich dir noch einige Essen schuldig«, witzelt sie, scheint aber nicht abgeneigt zu sein, es zu tun.

»Ich finde, das klingt nur fair«, antworte ich ebenso scherzend. Mein Handy vibriert in meiner Hosentasche, und ich hole es hervor, um zu schauen, wer mir geschrieben hat. »Nam-Doo fragt, ob wir zu ihm nach Hause kommen wollen. Im Studio ist heute so viel los, dass Min-Ho später schließen wird. Damit wir uns pünktlich um zehn treffen können, schlägt Nam-Doo vor, den Treffpunkt zu ihm zu verlegen.«

»Klar, kein Problem.«

Ich tippe eine schnelle Antwort und werde postwendend darüber informiert, dass seine Frau erwarten wird, dass wir mit ihnen zu Abend essen. »Ich hoffe, du hast Hunger. Shi-Ah hat Samgyetang, also Ginseng-Hühnersuppe mit Reis, gekocht.«

»Oh, das klingt toll. Der Eintopf heute Morgen war unglaublich lecker und genau das Richtige bei dem kalten Wetter.«

Ich werfe Riley einen Seitenblick zu und merke, dass ihr inzwischen kalt zu sein scheint. Verärgert darüber, dass ich so sehr auf die Fragen und ihre Antworten fixiert gewesen bin, dass es mir erst jetzt auffällt, stehe ich auf und reiche ihr meine Hand. »Wir sollten los. Bis wir zurück am Auto und bei Nam-Doo sind, wird es zehn sein.«

»Okay.« Riley lässt sich von mir aufhelfen. »Danke.«

Schnell packe ich die Kanne und die Decken in meinen Rucksack und mache mich dann zusammen mit Riley auf den Weg nach unten. Da es nahezu stockdunkel ist, gehe ich vor und leuchte uns mit einer Taschenlampe den Weg. Da es bergab immer einfacher als bergauf ist, sind wir innerhalb von einigen Minuten am Auto angekommen.

»Ich hätte niemals gedacht, dass es an einem so schönen Ort menschenleer bleiben würde. Glaubst du wirklich, es weiß niemand von der tollen Aussicht?«

»Offenbar nicht viele. Wir kommen, außer im Winter, mindestens einmal die Woche zum Training her, und bis auf ein oder zwei Ajummas habe ich hier nie jemanden gesehen. Wahrscheinlich ist den meisten der Aufstieg zu anstrengend.«

»Verstehe ich gar nicht, bis auf einige Wurzeln sind wir gut hochgekommen. Aber warum beschwere ich mich eigentlich? Ich möchte diese Aussicht mit niemandem teilen.«

»Auch nicht mit mir?«, scherze ich und bin auf ihre Antwort gespannt.

»Außer mit dir natürlich. Wann immer ich noch mal hier sein werde, es wird immer der Platz sein, an dem wir …« Riley bricht ab und scheint ihren Satz nicht beenden zu wollen.

»Der Platz sein, an dem wir was?«, frage ich herausfordernd.

»An dem wir ein nahezu perfektes Date hatten«, gibt sie nach einigen Augenblicken leise zu.

»Nahezu? Was würde den heutigen Abend denn perfekt machen?«

»Das verrate ich dir nicht, immerhin ist der Abend noch nicht zu Ende«, meint sie plötzlich mutig, und ich fühle mich herausgefordert, es herauszufinden. Für den Moment lasse ich es jedoch auf sich beruhen.

Sobald wir im Auto sitzen, stelle ich die Heizung auf Maximum und hoffe, dass es Riley schnell warm wird. Auch wenn ich wissen will, was unser heutiges Date für sie perfekt machen würde, gehe ich wieder zu harmloseren Fragen über. So erfahre ich, dass ihr Lieblingsfilm – wie kann es für eine Romantikerin anders sein – *Wie ein einziger Tag* ist, während ich ihr gestehe, dass ich kaum bis gar kein Fernsehen schaue. Außerdem weiß ich nun, dass ihre Lieblingsfarbe Türkis ist, sie eine Pflaumenallergie und einen jüngeren Bruder hat. Ebenso, dass ihre Lieblingsjahreszeit der Sommer ist und sie den Geruch von Regen liebt.

Je länger wir unterwegs sind, desto mehr bemerke ich, dass Riley wegen irgendetwas besorgt zu sein scheint. »Alles okay?«

»Ja«, antwortet sie, seufzt dann jedoch. »Nein, ehrlich gesagt mache ich mir einige Gedanken. Was hast du Trainer Han über mich – über uns – erzählt?«

»Die Wahrheit.« Zum ersten Mal kommt mir in den Sinn, dass ich möglicherweise zu viel verraten haben könnte, als ich ihm berichtete, wie wir uns kennengelernt haben und auch, dass wir zwar keinen Sex hatten, aber uns dennoch nähergekommen sind. »Ich habe ihm gesagt, dass dir von deinem Ex übel mitgespielt wurde und du deshalb dringend einen Job brauchst. Zu sehr ins Detail gegangen bin ich nicht. Und was die Beziehung zwischen dir und mir betrifft, da habe ich mit offenen Karten gespielt. Er kennt mich lange genug, um zu wissen, dass ich nicht für irgendjemanden um einen Gefallen bitten würde. Womit er leicht erraten konnte, dass ich Interesse an dir haben. Daher weiß er auch, dass du aktuell bei mir wohnst, und dass, außer einem Kuss, nichts zwischen uns passiert ist.«

»Okay.«

Ich werfe ihr einen Seitenblick zu, um zu schauen, ob sie sauer ist, kann im Dunkel ihr Gesicht jedoch nicht erkennen. »Bist du deshalb wütend?«

»Nein«, sie seufzt, »du hast immerhin nichts gesagt, was nicht der Wahrheit entspricht. Gleichzeitig ist mir die Situation ein wenig … unangenehm. Ich will nicht, dass ich für flatterhaft gehalten werde oder für eine Person, die dich ausnutzt.«

Niemals hätte ich erwartet, dass diese Gedanken in ihrem Kopf herumschwirren. »Hast du Angst, dass ich so von dir denke?«

»Manchmal«, gibt sie ehrlich zu.

»Ich halte dich für vieles, aber ganz sicher nicht für flatterhaft oder hinterhältig. Tatsächlich hast du bei mir allein deshalb Pluspunkte gesammelt, weil du bodenständig bist und dich von meinem Starstatus nicht beeinflussen lässt, und das wirst du auch bei Nam-Doo. Denn leider sehen die meisten mich bloß als Berühmtheit und nicht als einen Menschen, der ebenfalls ein Privatleben, Sorgen und Probleme hat, wie andere auch.«

»Ich bin froh, dass ich die Chance habe, dich als Mann kennenzulernen«, meint sie und fügt dann zögernd hinzu: »Trotzdem würde ich gerne mehr über dich und deine Arbeit erfahren. Wäre es für dich in Ordnung, wenn ich mir deine Show oder eins deiner Dramen ansehe?«

Ihr Interesse freut mich, denn es scheint wirklich nur Interesse und keine Sensationslust zu sein. »Ich persönlich hasse es, mich im Fernsehen oder auch auf Fotos zu sehen, wenn du das aber gerne möchtest, kannst du das natürlich tun. Ich habe nichts zu verbergen und es gibt auch keine Skandale über mich zu entdecken.«

»Wenn ich etwas Persönliches über dich wissen möchte, werde ich dich fragen. Mich interessiert allerdings, wie du im Fernsehen wirkst. So, wie ich dich bisher kennengelernt habe, kann ich mir einfach nicht vorstellen, dass du tatsächlich berühmt bist. Was keine Beleidigung oder so sein soll.«

»Keine Angst, das nehme ich als Kompliment.« Das ist es wirklich, denn es ist leider eine Tatsache, dass sich in den letzten Jahren nur wenige Leute die Mühe gemacht haben, mich als Mensch, nicht nur als Star, wahrzunehmen. »Wir sind gleich da, lass uns später weiterreden. Oder hast du noch Bedenken und brauchst noch einen Moment?«

»Nein. Mittlerweile bin ich ehrlich auf deinen Trainer gespannt, er muss ein guter Freund sein, wenn du ihm so sehr vertraust.«

»Er ist wie ein älterer Bruder für mich, uns verbindet mehr als nur das Personal-Trainer-Klient-Verhältnis.«

Ich fahre mit dem Wagen in die Tiefgarage und stelle ihn auf einem der Gästeparkplätze ab. Fast zeitgleich trifft auch Nam-Doo zu Hause ein, sodass ich ihm Riley bereits vor dem Fahrstuhl vorstelle und sie die ersten Floskeln miteinander wechseln. Da Riley und ich bisher ausschließlich Englisch geredet haben, ist es das erste Mal, dass ich erlebe, wie sie Koreanisch spricht. Ihre Aussprache ist erstaunlich sauber, auch ihr Sprachverständnis ist wesentlich größer, als ich es erwartet habe. Sie schafft es, sowohl nahezu problemlos die Details bezüglich der Arbeit und des morgigen Tags mit Nam-Doo zu besprechen, als auch aktiv an den Gesprächen mit Cha Shi-Ah beim Essen teilzunehmen.

Inzwischen sind wir wieder bei mir zu Hause. Während Riley bereits auf der Rückfahrt kurz eingenickt ist und mittlerweile in meinem Bett liegt und tief und fest schläft, stehe ich im Türrahmen und beobachte sie nachdenklich. Ich habe den Tag mit ihr unglaublich genossen und mich schon lange nicht mehr so gut, so lebendig und frei gefühlt. Allerdings merke ich auch, wie es in meiner Brust eng wird. Geistesabwesend streiche ich über die schmerzende Stelle. Ich kann mich nicht daran erinnern, dass ich jemals etwas wie Abschiedsschmerz empfunden habe oder es mir so zuwider war, auf Tour zu gehen. Tatsächlich will ich unbedingt zu Hause bleiben, denn noch nie ist mir eine Abreise so schwergefallen. Es ist nicht nur so, dass ich nicht von ihr wegwill, sondern es ist vielmehr die Sorge, dass sie weg sein könnte, wenn ich wieder nach Hause komme. Natürlich ist das, was ich für sie empfinde, keine Liebe, eher etwas wie Faszination und Interesse, dennoch habe ich bereits jetzt Angst, sie zu verlieren.

Mein Handy leuchtet auf und kündigt eine Nachricht von Nam-Doo an. Er schreibt, dass er Riley mag. Außerdem, dass er mich um fünf abholen und zum Flughafen bringen wird. Ich bedanke mich bei ihm und bitte ihn gleichzeitig noch mal darum, auf Riley achtzugeben und mich in Bezug auf sie auf dem Laufenden zu halten. Natürlich habe ich mitbekommen, dass er sie auf dem Weg zur Arbeit einsammeln wird, sobald er auf dem Rückweg vom Airport ist, trotzdem mache ich mir aus einem unerfindlichen Grund Sorgen, dass sie weitere schwere Tage haben könnte. Zum ersten Mal hasse ich es, keinen Bürojob mit geregelten Arbeitszeiten zu haben.

Kapitel 5

Riley

»Wie schaut es aus? Kommst du später mit zum Noraebang und auf ein paar Drinks?«, fragt Min-Ho und sieht mich über den Tresen hinweg erwartungsvoll an.

Es freut mich zwar, dass ich bereits nach meinem zweiten Arbeitstag in die After-Work-Aktivitäten miteinbezogen werde, kann mir aber nicht vorstellen, dass ich zwei Abende nacheinander etwas trinken gehen kann. Ich habe nichts gegen Alkohol und vertrage auch einiges, doch die koreanische Trinkkultur hat mich gestern bei meinem Willkommensessen in die Knie gezwungen. Ich habe nicht so viel getrunken, dass ich besinnungslos gewesen bin, aber doch so viel, dass ich ein Taxi nach Hause nehmen musste und heute früh das Gefühl hatte, vor Kopfschmerzen sterben zu müssen. Andererseits wäre Noraebang sicher lustig – ich habe zwar bisher noch nie Karaoke gesungen, reizen würde es mich allerdings schon.

»Steh nicht so blöd in der Gegend herum, im Hantelbereich warten mindestens zwei Kunden, die Hilfestellung benötigen.« Wie aus dem Nichts ist Trainer Han neben uns erschienen und haut Min-Ho sein Klemmbrett fordernd auf den Oberarm.

»Ye, Kochinim!«, ruft Min-Ho aus und salutiert, woraufhin er sich einen zweiten Hieb mit dem Brett einfängt.

»Dieser Bengel!« Kopfschüttelnd, aber dennoch grinsend, kommt er zu mir hinter den Tresen. »Alles gut?«

»Bisher ist noch nicht viel los gewesen. Ich musste ein paar Shakes mixen und Sonderwünsche erfüllen, aber ansonsten ist nichts passiert.«

»Ich meinte eigentlich deinen Kopf.« Trainer Han gibt Proteinpulver und Milch in den Mixer und bereitet sich ebenfalls einen Shake zu.

»Ah«, antworte ich verstehend. Gleichzeitig bestätigt er mit dieser Frage meine Vermutung, dass er Jae-Joon erzählt hat, dass ich mit ihm und den Kollegen am Abend zuvor Trinken gewesen bin. Jae-Joon hat mir nämlich heute Morgen eine Nachricht geschickt und in ihr beschrieben, welches Medikament gut gegen einen Somaek-Kater wirkt und wo er es bei sich zu Hause aufbewahrt.

Ich empfinde seine Bemühungen um mein Wohlergehen als schön – Jae-Joon tut mir gut! Er ist fast viertausend Kilometer von mir entfernt, aber es fühlt sich nicht so an. Wie auch, wenn er mir immer wieder Nachrichten, Fotos und Videos schickt? Besonders der Clip, den er während seines ersten Sets für mich aufgenommen hat, konnte mich begeistern. Wobei ich ihn genau genommen erst vorhin angesehen habe, da ich bei Ankunft der Datei bereits im Soju-Himmel geschwebt habe.

Mein Mobiltelefon vibriert in meiner Hosentasche und kündigt eine neue Nachricht an. Sofort erhöht sich mein Puls. Vielleicht ist es Jae-Joon. »Mittlerweile wieder gut, danke.«

»Gut.« Mein Chef schüttet den Shake in seine Trinkflasche und reinigt dann den Standmixer. »Was wirst du ihm antworten?«

Irritiert schaue ich ihn an, weil ich annehme, dass er von Jae-Joon redet, doch dann wird mir klar, dass er sich auf Min-Ho bezogen haben wird. »Ich hätte zwar Lust, zum Noraebang zu gehen, und bin superdankbar, dass alle so nett zu mir sind, aber einen weiteren Abend mit Drinks werde ich wohl nicht vertragen.«

»Solltest du dich dem Team anschließen, sag mir Bescheid, dann werde ich ebenfalls mitkommen.« Eine kurze Pause entsteht. »Ich habe noch nie erlebt, dass er so besorgt um jemanden gewesen ist.«

Mit so einer Aussage habe ich nicht gerechnet. Weder mit ihrem Inhalt noch damit, dass Nam-Doo so offen über Jae-Joon sprechen würde, denn dieses Mal tut er es, das steht außer Frage. Dementsprechend perplex und sprachlos bin ich. Bevor ich weiter darüber nachdenken kann, kommt eine Gruppe von Frauen zu mir und möchte Proteinshakes haben, sodass der Coach sich verabschiedet und eine prüfende Runde im Trainingsbereich dreht. Ein zweites Mal an diesem Tag wird mir die Antwort auf eine unerwartete Frage erspart.

Grübelnd nehme ich die Wünsche der Damen entgegen und arbeite ihre Bestellungen ab. Der Job macht mir erstaunlich viel Spaß und die Kollegen sind nett, trotzdem bin ich in manchen Situationen unsicher, vor allem, wenn es darum geht, jemanden nicht vor den Kopf zu stoßen oder einen Fauxpas zu begehen.

Als ich eine halbe Stunde später eine ruhige Minute habe, hole ich mein Handy hervor und lese die eingegangene Nachricht.

Freut mich, dass es dir besser geht. Ich bin gerade aufgestanden und werde mich auf den Weg zum Training machen. Hoffentlich ist das Fitnessstudio des Hotels gut ausgestattet oder hat zumindest eine vernünftige Poollandschaft. Wie ist es bei dir auf der Arbeit? Waren bisher alle nett zu dir?

Ich schaue auf die Uhr. Mittlerweile ist es zwölf Uhr; dafür, dass er mit Sicherheit erst in den frühen Morgenstunden ins Bett gekommen sein wird, ist er früh wach. Unweigerlich mache ich mir Gedanken um sein Wohlbefinden, nicht nur sein körperliches, sondern auch sein psychisches. In den wenigen Tagen, seit ich ihn kenne, stand er, außer an dem Sonntag, immer unter Strom, und auch das, was ich sonst so mitbekomme, lässt mich den Eindruck gewinnen, dass Freizeit und Ruhe rar bei ihm sind.

Gut, das Team ist sehr nett, das Willkommensessen hat mir geholfen, mich dem Team näher zu fühlen. Min-Ho fragte bereits, ob ich nachher mit ihnen zum Noraebang mitkomme. Lust hätte ich schon, bin aber noch unentschlossen. Wie haltet ihr so viel Action, aber vor allem die Drinks nach einem langen Tag aus? Ohne deine Medizin heute Morgen würde ich immer noch leiden. Übrigens danke dafür!, antworte ich und füge hinzu: *Überanstreng dich nicht! Und hab später einen tollen Gig, ich bin ehrlich gesagt traurig, dass ich nicht ebenfalls da sein kann. Das Video von gestern Abend war beeindruckend!*

Zu meiner Überraschung erscheint Jae-Joons Antwort, bevor ich das Handy wegstecken kann.

Dann begleite mich das nächste Mal. Auch von ihm folgt noch eine zweite Nachricht. *Welcher war der magischste Moment in deinem Leben?*, lautet seine Frage. Sie lässt mich annehmen, dass wir unser Pingpongspiel fortsetzen.

Da ich leider wieder an die Arbeit muss, teile ich ihm mit, dass ich in meiner Pause zurückschreiben werde, und gebe gleichzeitig die Frage an ihn zurück.

Während ich meinen Kontrollgang durch die Umkleidekabinen und die Sanitäranlagen mache, grüble ich über meinen magischsten Moment nach. Es gab in meinem Leben einige von ihnen. Manche davon werde ich jedoch nicht mit Jae-Joon teilen, zum Beispiel die Erinnerung an meinen ersten Kuss mit Nate, der an einem See gewesen ist. Aber wie unsere Familienhündin Harley ihre Welpen vor acht Jahren zur Welt gebracht hat, ist eine Erzählung wert. Ich habe noch nie etwas so Schönes und Faszinierendes erlebt wie damals die Geburt der sechs Winzlinge. Ich vermisse die alte Lady und Lucky, den einzigen Rabauken, den wir aus dem Wurf behalten haben, sehr. Der wohl magischste Moment war aber, als ich bei einem Wintermärchen-Shooting assistiert und die Chance bekommen habe, ebenfalls eine Szene zu arrangieren und zu fotografieren. Meine Fotos kamen bei dem Redakteur so gut an, dass er mich danach für ein kleines Projekt engagiert hat und mir so ermöglichte, den sogenannten Fuß in die Tür zu bekommen. Ich schätze, dieser eine Augenblick, der mein Leben für immer verändert hat, verdient es, als mein magischster Moment beschrieben zu werden.

Die Erinnerung bringt mich zum Lächeln, gleichzeitig schmerzt mein Herz. Ich habe meine Karriere bei einem der größten Lifestylemagazine für eine gemeinsame Zukunft mit Nate aufgegeben und bin nun allein. Wie sehr Max mich doch bekniet hat, nicht zu kündigen.

Wieso habe ich also darauf beharrt? Hätte eine Auszeit es nicht auch getan? Mittlerweile hat er meine Stelle natürlich neu besetzt. Woher ich das weiß? Weil ich meinen Stolz heruntergeschluckt und ihm eine ehrliche Antwort gegeben habe, als er mich fragte, ob ich gut angekommen sei. Er war betroffen und wütend über Nates Aktion, musste mir jedoch klarmachen, dass ich nicht zurückkann. Zumindest hat er mir versprochen, an mich zu denken, wenn eine Stelle frei wird.

Meine Gedanken kreisen weiter, und ich erinnere mich an die Lüge, die ich meiner Familie aufgetischt habe, um sie in dem Glauben zu lassen, alles wäre toll. Für sie waren meine Pläne, auszuwandern, schwer zu akzeptieren. Wäre ihnen bewusst, wie meine aktuelle Lage wirklich ist, würden sie mich sofort zurückholen. Natürlich habe ich kurz überlegt, in den nächsten Flieger Richtung L.A. zu steigen, aber das hätte sich für mich wie Aufgeben angefühlt.

Außerdem habe ich schon immer die Meinung vertreten, dass nichts ohne Grund geschieht. Ohne dieses ganze Desaster hätte ich zumindest Jae-Joon nicht kennengelernt und würde nicht mit dem Gedanken spielen, einen Star zu daten. Streng genommen habe ich das jedoch bereits am Sonntag getan.

Der Tag, den wir gemeinsam verbracht haben, war schön - sehr, sehr schön - und hat mir geholfen, Nate und die Erinnerungen an ihn loszulassen. Es tut immer noch weh, ich verstehe nach wie vor nicht, was falsch gelaufen ist und bin unglaublich wütend, aber ich habe eingesehen, dass ein Wir in dem Fall nicht sein sollte, und diese Erkenntnis hilft mir ungemein. Allein zu wissen, dass es jemanden gibt, der nicht nur bereit ist, ein Risiko für mich einzugehen, sondern der mir auch ehrliches Interesse, Zuneigung und Fürsorge entgegenbringt, tut meinem wunden Herzen gut. Wenn ich also an unser erstes Date denke, würde ich es als nahezu perfekt beschreiben.

Weshalb nur nahezu, obwohl wir einen Tag voller Spaß und interessanter Gespräche verbracht haben, der von der tollen Aussicht auf dem Plateau gekrönt wurde? Weil es Momente gab, in denen seine Zurückhaltung mich irritiert hat. Natürlich vermittelt er mir, dass er an mir interessiert ist, aber warum haben sich seine Berührungen nach Samstagmorgen auf das Halten meiner Hand beschränkt? Wollte er mir Zeit lassen? Ist er schüchtern oder ist es der kulturelle Unterschied und die damit verbundene anfängliche zurückhaltende Einstellung zu Körperlichkeit?

Alle Erklärungen erscheinen mir logisch, gleichzeitig ist es … irritierend! Zumindest nach dem, was zwischen ihm und mir in der ersten Nacht passiert ist. Ich bin froh, dass wir nicht miteinander geschlafen haben, selbst wenn ich es nicht bereut hätte. Dennoch habe ich mir während unseres Dates einen Kuss - weitere Küsse gewünscht. Keine, die zu mehr als dem geführt hätten, aber eben welche, die … nun ja.

Ich schüttle den Kopf und merke, wie sehr mich die Situation verwirrt. Auch die Tatsache, dass er gestern Morgen bereits weg war, als ich aufgewacht bin, hat mich ein wenig enttäuscht. Selbst wenn das Post-it am Kühlschrank mit der Nachricht *Hab einen schönen ersten Arbeitstag und pass auf dich auf!* süß war.

Während der nächsten Stunde habe ich plötzlich so viel damit zu tun, Handtücher auszutauschen, Kunden ein- und auszuchecken, Shakes zu mixen und Small Talk zu halten, dass ich weder dazu komme, Jae-Joon zurückzuschreiben, noch seine Antwort zu lesen. Irgendwann steht dann auch noch Min-Ho wieder neben mir und fragt erneut, ob ich sie zum Noraebang begleite.

»Noraebang ja, aber bitte keine Drinks. Ich weiß ehrlich gesagt nicht, wie du nach gestern wieder so fit sein kannst.« Das weiß ich wirklich nicht. Nur, dass er noch vor mir betrunken gewesen ist, aber heute wesentlich energiegeladener wirkt als ich.

»Beim Noraebang trinken wir meistens nicht so viel. Falls doch, bin ich dein *schwarzer Ritter* für den Abend.«

»Schwarzer Ritter?«, frage ich und bin mir nicht sicher, ob ich die Worte richtig übersetzt habe.

»Ja, schwarzer Ritter. So nennt man jemanden, der für eine andere Person den Drink übernimmt.«

»Ah!«

»Wie lange lernst du schon Koreanisch?«

»Ungefähr seit einem Jahr«, antworte ich. Tatsächlich bin ich selbst überrascht, wie gut mein Verständnis und auch meine Aussprache schon sind. Sogar meine anfänglichen Sprachhemmungen habe ich verloren, denn ich werde auf nette Weise verbessert und unterstützt, wenn ich Fehler mache oder Probleme habe, die richtigen Worte zu finden.

»Du sprichst wirklich sehr gut.«

»Danke. In Bezug aufs Sprechen bin ich auch wesentlich sicherer, als wenn es um Verhaltensweisen geht. Manchmal habe ich Angst, etwas falsch zu machen oder unhöflich zu sein.«

»Bisher machst du alles super. Also, was ist nun? No-raebang und Drinks? *Kol?*«, fragt er und trommelt spielerisch mit seinen Zeigefingern in der Luft herum.

»*Kol*«, stimme ich ihm zu und weiß immer noch nicht, ob es eine gute Idee ist. Andererseits ist es nicht verkehrt, wenn ich mich mit den Kollegen weiter anfreunde, ich kann mich nicht nur an Jae-Joon klammern. Neben Min-Ho und Trainer Han besteht das Team aus sieben anderen Männern und drei Frauen. Im Vergleich zu mir haben jedoch alle eine Trainerposition, sodass ich seit gestern mit niemandem mehr ein längeres Gespräch führen konnte. Genau genommen habe ich auch noch nicht alle kennengelernt, bloß die, die mit mir Schicht und um zwanzig Uhr Feierabend hatten.

So-Ra, die fast alle Kurse im Studio leitet, kommt aus dem Trainingsraum und wirft uns einen prüfenden Blick zu. Sofort fühle ich mich verunsichert. Bisher war sie nett, dennoch habe ich im Moment das Gefühl, als würde es ihr nicht gefallen, dass Min-Ho und ich uns so intensiv unterhalten. Ob zwischen den beiden etwas ist?

»So-Ra, Ji-Sub und Si-Won haben mit uns um acht Schluss, die anderen kommen dann wahrscheinlich nach, sobald Trainer Han den Laden schließt.«

»Klingt gut.«

Tatsächlich wird es ein lustiger Abend. Beim Noraebang läuft es genauso ab, wie ich es aus verschiedenen Dramen kenne. Man befindet sich in einem Raum mit Sitzbänken, Tischen und einem Beamer und sucht sich allein oder als Gruppe Lieder aus, zu denen gesungen und performt wird. Zu meiner eigenen Verwunderung wähle ich gemeinsam mit So-Ra und Na-Eun *Kiss and Make Up* von *Dua Lipa & BLACKPINK*. Glücklicherweise kenne ich den Text in- und auswendig, was daran liegt, dass ich dieses Lied besonders gern während Shootings gehört habe. Mein persönliches Highlight sind jedoch Trainer Han und Min-Ho, die *Good Boy* von *GD x Taeyang* zum Besten geben. Tatsächlich rocken sie die Performance so sehr, dass ich vermute, heute ist nicht ihr erstes Mal.

Generell ist das Team eine coole Truppe, die unglaublich locker und lustig ist, sodass nach kurzer Zeit meine Hemmungen verschwunden sind und ich mich amüsiere. So sehr, dass ich erst weit nach Mitternacht im Bett liege und dazu komme, Jae-Joons Nachricht zu lesen.

Ich kann mich noch gut an diesen einen prägenden Moment erinnern, der mein Leben verändert hat. Wie du weißt, war Gaeguri für eine gefühlte Ewigkeit mein Spitzname. Er hat mich so lange begleitet, dass ich von mir selbst geglaubt habe, dass ich ein komisches Kind bin. Irgendwann hat meine Mutter mich zum Schwimmunterricht geschickt. Anfänglich habe ich mich geweigert, ich wollte nicht, dass man mich dort ebenfalls hänselt. Doch dann war ich im Wasser. Bis zu diesem Zeitpunkt war ich noch nie geschwommen, irgendetwas in mir muss jedoch wirklich einem Frosch entsprechen, denn ich bin einfach so durch das Schwimmbecken geglitten. Das war der Moment, in dem nicht nur der Schwimmlehrer, sondern auch ich erkannt habe, dass ich kein komisches Kind und stattdessen ein Naturtalent bin. Dieser Augenblick wurde nur ein Mal getoppt, und das war, als ich bei meinem ersten Wettkampf direkt den zweiten Platz belegt habe. Ich bin auf deinen Moment gespannt. Falls du übrigens meine Meinung wissen möchtest, geh mit ihnen aus, Noraebang mit Min-Ho ist immer ein Erlebnis. Bis vor einigen Jahren wollte er noch Idol werden und war Trainee bei einem Plattenlabel, leider hat man sein Talent nicht anerkannt. Na ja, ich bin jetzt jedenfalls fertig mit meinem Krafttraining und werde noch schwimmen gehen.

Beim Lesen von Jae-Joons magischen Momenten schießen mir Tränen in die Augen. Sowohl der junge Jae-Joon, der so verunsichert von dem Mobbing seiner Mitschüler gewesen ist, dass er sich selbst nichts zugetraut hat, tut mir leid, als auch der Erwachsene, der wegen eines schlimmen Unfalls nicht mehr in der Lage ist, das auszuüben, was ihm spürbar unendlich viel bedeutet hat. Ich kann nachvollziehen, wie er sich fühlt, immerhin lebe ich meinen eigenen Traum ebenfalls nicht mehr. Im Vergleich zu ihm jedoch aus Dummheit.

Einige Augenblicke hadere ich mit mir und überlege, ob ich ihm einen anderen perfekten Moment beschreiben soll, entscheide mich aber dagegen. Es ist schließlich kein Geheimnis, dass ich für Nate alles aufgegeben habe. Neben meiner Antwort schreibe ich ihm außerdem, dass es beim Noraebang lustig war und ich hoffe, dass er ebenfalls einmal mitkommen wird.

Danach folgt meine Gegenfrage: *Wenn du einen Wunsch frei hättest, wie würde er lauten?* Da es mittlerweile kurz vor eins ist und Jae-Joon sicher mitten in seinem Set ist, lege ich mein Handy beiseite und versuche einzuschlafen. Ich merke jedoch, dass das so schnell nicht möglich sein wird, dafür ist mir sein perfekter Moment zu sehr unter die Haut gegangen.

Außerdem realisiere ich zu meiner eigenen Überraschung, dass ich mich danach sehne, mit ihm zu reden, seine Stimme und sein Lachen zu hören. Aufgewühlt starre ich also an die Decke und lasse meine Gedanken kreisen. Selbst wenn sie wirr sind, kann ich eine klare Tendenz aus ihnen herausfiltern. Es könnte zwar übereilt wirken, wenn man bedenkt, dass ich gerade aus einer jahrelangen Beziehung herauskomme, dennoch möchte ich Jae-Joon und mir eine Chance geben.

Mein Handy piept und ich schrecke hoch. Sofort schnellt mein Puls in die Höhe, und als ich dann seine Antwort lese, bleibt mir für eine Sekunde das Herz stehen, um dann noch aufgeregter zu klopfen.

Bei dir sein.

Der Beat droppt und erreicht seinen Höhepunkt, die Lasershow um mich explodiert und die Menge rastet aus. Der Abend in Bangkok – mein zweiter Auftritt – ist bisher der absolute Wahnsinn. Ich übertreibe nicht, wenn ich sage, dass während keiner meiner Touren die Stimmung so extrem aufgeheizt gewesen ist wie heute. Leider bin ich selbst nicht mit vollem Herzen dabei. Natürlich habe ich Spaß und genieße den Moment, der Beat fährt mir durch den Körper und ich bewege mich zu ihm, und dennoch wäre ich lieber woanders. Ich bin kein großer Noraebang-Fan und bekomme bei dem Gedanken, dass Riley gerade mit dem Team dort ist, schlechte Laune. Nicht weil ich es ihr missgönne, Spaß zu haben, oder nicht damit klarkomme, dass sie mit anderen unterwegs ist. Sondern weil Nam-Doo mir ein Video zugesendet hat, das Riley und zwei der Trainerinnen dabei zeigt, wie sie *Kiss and Make Up* performen. Man kann es nicht beschreiben, so perfekt geben sie den Song zum Besten.

Ich kenne So-Ra und Na-Eun seit Jahren, ich weiß, wie sportlich und beweglich sie sind, aber aus der Entfernung mitzubekommen, wie unglaublich sexy auch Riley tanzen kann, hinterlässt gemischte Gefühle in mir. Eins ist definitiv Begeisterung, das zweite fühlt sich jedoch sehr stark nach Eifersucht an. Die Runde ist klein, neben den drei Frauen sind nur Nam-Doo, Min-Ho und zwei der anderen Trainer dabei, dennoch finde ich es gar nicht gut, dass sie Rileys Performance gesehen haben. Ihnen ist sicher nicht entgangen, dass sie die nahezu perfekte Mischung aus süß und sexy ist.

Genau genommen weiß ich, dass sie Min-Ho aufgefallen ist, immerhin hat er mir ja brühwarm erzählt, dass seine neue amerikanische Kollegin nett, interessant und ausgesprochen hübsch sei. Diese Tatsache kotzt mich an und verunsichert mich. Ich nehme zwar nicht an, dass Riley sprunghaft ist, trotzdem nervt es mich, dass mein Freund Interesse an ihr zeigt. Ebenso stört es mich, dass ich noch keine Antwort von ihr bekommen habe, dabei war ich bisher weder ein ungeduldiger noch ein besonders neugieriger Mensch. In meine Unsicherheit mischt sich plötzlich Sorge. Ich habe mir nie Gedanken darüber gemacht, wie eine Frau nachts sicher nach Hause kommt, wegen Riley zerbreche ich mir jedoch regelrecht den Kopf deshalb. Ich habe sogar Nam-Doo dazu genötigt, ebenfalls zum Noraebang zu gehen. Was Shi-Ah mir definitiv nicht danken wird, immerhin schließt er sich nur wegen meiner Bitte, ein Auge auf Riley zu haben, der Gruppe an, statt zu ihr nach Hause zu fahren.

Gefrustet springe ich zum Beat des Tracks, heize der Menge weiter ein und versuche, meine Sorgen abzuschütteln, erreiche allerdings nur, dass mir der Schweiß in Strömen über den Rücken läuft. Mehr zufällig als weil ich damit rechne, eine Mitteilung von Riley vorzufinden, schaue ich in einem *ruhigen* Moment auf mein Handy. Zu meiner Überraschung hat sie vor einigen Minuten geantwortet. Gespannt lese ich ihre Nachricht. Ihre Antwort fasziniert mich auf mehrere Weisen und hinterlässt zeitgleich einen bitteren Beigeschmack. Sie muss eine unglaublich talentierte, ehrgeizige und engagierte Fotografin sein. Sie hatte definitiv Glück, als sie die Chance bekam, sich zu beweisen, trotzdem kommt man ohne Können weder in meiner noch in ihrer Branche weit. Gleichzeitig beeindruckt es mich, dass sie bereit war, diesen Traum für die Liebe aufzugeben. Aber genau diese Bereitschaft macht mich auch nachdenklich. Sie war laut ihrer Aussage fünf Jahre mit dem Kerl zusammen und entschlossen, alles für ihn zu tun. Was ist, wenn er sie zurückwill? Oder anders: Ist es ihr überhaupt möglich, sich auf ein echtes Kennenlernen mit mir einzulassen? Wird sie in der Lage dazu sein, für mich irgendwann annähernd etwas Ähnliches zu empfinden? Natürlich weiß ich selbst noch nicht, wohin das mit uns führt, aber das Überwinden dieser Unsicherheit würde einige meiner Probleme beseitigen.

Ich lasse den Beat ein weiteres Mal droppen und richte meine Aufmerksamkeit danach zurück auf ihre Nachricht. Erst jetzt entdecke ich, dass sie mir ebenfalls eine Frage gestellt hat: *Wenn du einen Wunsch frei hättest, wie würde er lauten?* Bevor ich genauer darüber nachdenken kann, tippen meine Finger das, was mein Herz ihnen befiehlt. *Bei dir sein.* Das will ich wirklich.

Mir wird angezeigt, dass sie eine Antwort eintippt, ich muss jedoch das Handy weglegen und mich auf den Gig konzentrieren. Die nächsten Stunden durchzuziehen, wird eine Qual für mich sein. Ich höre, wie mir das Blut in den Ohren rauscht, und hasse es, dass ich ihr meinen Wunsch in der denkbar ungünstigsten Situation offenbart habe. Wie wird ihre Reaktion sein? Denkt sie ähnlich oder bin ich zu offensiv und erwarte zu viel? Während ich in den folgenden Minuten versuche, mich auf die Arbeit zu konzentrieren, wird der Drang, einfach alles hinzuschmeißen und mir einen ruhigen Ort zu suchen, immer größer. Tatsächlich halte ich es nur eine Viertelstunde aus, nicht auf mein Handy zu schauen, und nutze die nächste Gelegenheit, die sich mir bietet, um meine Nachrichten erneut zu checken.

Ein zweites Date. Diese drei Worte leuchten mir auf dem Display entgegen. Sofort fällt jegliche Last von mir ab und ein zufriedenes Lächeln überzieht meine Lippen. Endlich kann ich mich entspannen und den Abend genauso ausgelassen genießen wie die Menschen, die extra zu meinem Gig gekommen sind. Spontan schiebe ich ein Lied in die Line und mische es ab. *Stars* von *VIZE feat. Laniia* passt ausgezeichnet, um den Moment zu feiern. Ich lasse mich zum Beat gehen und die Menge tobt mit mir. Ab diesem Augenblick vergeht die Zeit wie im Flug und ich kann meinen Job voller Freude zu Ende bringen.

Es ist fünf, als ich den Club verlasse und mich auf den Weg zurück ins Hotel mache. Mein Flug von Bangkok nach Jakarta geht um elf Uhr, was bedeutet, dass ich spätestens um neun ausgecheckt haben muss. Lege ich mich für zwei Stunden hin oder nutze ich die Zeit bis ich mich fertig machen muss anderweitig?

»Guter Auftritt«, lobt mein Manager Jeremy und steigt nach mir in den Minibus, den der Veranstalter für mich und mein dreiköpfiges Team bereitgestellt hat.

»Danke«, erwidere ich geistesabwesend und schaue auf mein Handy. Was soll ich antworten? Ich kann nicht beschreiben, wie glücklich es mich macht, dass Riley uns offenbar eine Chance geben will, einander besser kennenzulernen. Daher schicke ich ihr statt großer Worte letztlich das Video zu *Stars* und das Versprechen, dass unser zweites Date perfekt werden wird. Gleichzeitig geistert mir immer noch die Frage im Kopf herum, was das erste wirklich perfekt gemacht hätte. Als ich sie an dem Abend fragte, wollte sie es nicht verraten, also versuche ich heute noch mal mein Glück. *Was hätte unser Date für dich perfekt gemacht?*

»Hörst du mir überhaupt zu?«, meint Jeremy und scheint belustigt zu sein.

»Was hast du gesagt?«

»Ich habe angekündigt, dass ich dich spätestens um acht wecke, weil wir um kurz nach neun Uhr von unserem Fahrer abgeholt werden.«

»Okay.«

»Die meisten deiner Sachen sind schon gepackt, den Rest erledige ich morgen, während du dich fertigmachst.«

»Danke«, antworte ich gähnend und schließe für einen Moment die Augen. Selbst wenn mein Körper erschöpft ist, feiert mein Geist weiter. Normalerweise nutze ich jede Sekunde, die ich an Schlaf kommen kann, dieses Mal werde ich jedoch verzichten und stattdessen einiges für meine Rückkehr nach Hause organisieren. Angefangen damit, dass ich online Möbel kaufe, die meine Wohnung gemütlicher machen und Riley dabei helfen sollen, sich weiterhin wohlzufühlen und nicht ausziehen zu wollen.

Auf meinem Hotelzimmer angekommen, gönne ich mir zuerst eine ausgiebige Dusche und danach eine eiskalte Cola, die ich auf dem Sofa genieße, während ich in die Welt des Onlineshoppings eintauche. Als Erstes bestelle ich ein Sofa für das Wohnzimmer, zusammen mit einem Lowboard für einen neuen Fernseher, der später ebenfalls im virtuellen Einkaufskorb landen wird. Als Nächstes schaue ich mir verschiedene Esstische an. Nach einer gefühlten Ewigkeit entscheide ich mich für einen simplen Holztisch mit dunkler Lasur und passenden Stühlen. Nun, nachdem ich meine Bestellungen aufgegeben und die Bestätigung bekommen habe, dass die Sachen bis Ende der Woche geliefert werden, frage ich mich, weshalb ich so lange damit gewartet habe. Okay, ein Sofa ist meiner Meinung nach immer noch nichts, was ich unbedingt benötige, ebenso wenig einen Fernseher, aber beim Essen bequem zu sitzen, ist mir wichtig. Im Anschluss an meinen Onlineshoppingmarathon schreibe ich an Nam-Doo eine Nachricht mit der Bitte, dass er die Lieferung entgegennimmt und den Aufbau beaufsichtigt. Fairerweise biete ich ihm an, mir diese Zeit als private Trainingsstunden zu berechnen. Wir sind zwar wie Brüder, mittlerweile habe ich jedoch das Gefühl, als würde ich unsere enge Beziehung ein wenig zu sehr ausnutzen.

Ein Blick auf die Uhr verrät mir, dass es kurz vor sieben ist. Ich könnte mich für eine Stunde hinlegen, weiß jedoch, dass ich danach noch müder sein werde als jetzt, daher entschließe ich mich kurzerhand dafür, mein tägliches Schwimmtraining vorzuziehen. Während ich also mein Pensum von tausend Meter Freistil und jeweils einhundert Meter Schmetterlings- und Rückenschwimmen absolviere, zerbreche ich mir den Kopf darüber, was für ein Date ich für Riley und mich planen soll. Ich habe es ihr gegenüber nicht zugegeben, aber dass ich am Sonntag nicht erkannt wurde, war nur Glück.

Ein Glück, das wir dem schlechten Wetter zu verdanken hatten. Nun, nachdem die Verträge für die Miniserie unterzeichnet sind und ich die nächsten Wochen wieder häufiger von der Kamera für *My Life as a Celebrity* begleitet werde, wird sich das schwieriger gestalten. Wenn Riley und ich mit den anderen als Gruppe unterwegs sind, wird es kein großes Problem sein, sollte man uns aber nur zu zweit sehen, könnte dies ein Grund für einen Datingskandal sein. Wäre meine letzte Beziehung nicht schon so lange her oder hätte ich mehr Datingerfahrungen, würden mir wahrscheinlich leichter Mittel und Wege einfallen, um im Geheimen zu daten. Natürlich kommen mir massig Aktivitäten in den Sinn, die ich mit Riley unternehmen könnte, nur keine, die mich unerkannt bleiben lassen würden. Das Aquarium werden zu viele Menschen besuchen, im Freizeitpark werden noch mehr sein, ebenso in Restaurants, Bars, Kino oder Theater. Dennoch ist meine Freude auf Riley zu groß, um frustriert zu sein. Ich will dieses Date mit ihr so sehr, dass mir auf jeden Fall etwas einfallen wird!

Die Zeit vergeht, und meine Gedanken werden klarer, umso ausgepowerter mein Körper ist, sodass sich eine Idee in meinem Kopf formt, die ich bis zur Perfektion vollendet habe, bis ich frisch geduscht und angezogen zurück auf meinem Zimmer bin. Mittlerweile bin ich zwar komplett ausgelaugt, aber das Wissen, dass ich den ultimativen Plan für mein Date mit Riley habe, euphorisiert mich so sehr, dass ich gut gelaunt und immer noch wach bin, als Jeremy zum Wecken kommt.

»Du bist schon fertig?«, fragt er überrascht und reicht mir einen Becher mit Kaffee.

»Ich habe mein Schwimmtraining vorgezogen und hole den Schlaf später im Flieger nach.«

»Du hast sogar schon deine Koffer fertig gepackt«, bemerkt er und scheint erleichtert. »Lass uns auschecken und uns auf den Weg zum Flughafen machen, dann können wir dort in Ruhe frühstücken.«

»Klingt gut.« Das tut es wirklich, die Alternative wären nämlich irgendwelche Sandwiches, die Jeremy in allerletzter Minute für uns besorgt und die mich weder satt machen noch zu meinem Trainingsplan passen. Letztlich enden wir jedoch genau dort - bei Sandwiches. Auf dem Weg zum Flughafen gab es einen schlimmen Unfall, sodass wir über eine Stunde im Stau gestanden und es nur knapp zum Check-in geschafft haben.

Mittlerweile schlecht gelaunt stehe ich im Flugzeug und sortiere mich, während mein Team mal wieder plötzlich verschollen ist. Ich hasse es, wenn sie jedes Mal kurz vor dem Boarding verschwunden sind. Seufzend hole ich mein Handy hervor. Es dauert zwar noch einige Minuten bis zum Start, dennoch schalte ich es gewohnheitsmäßig in den Flugmodus, sobald ich auf meinem Platz sitze. Gerade als ich ein letztes Mal meine Mitteilungen und Mails checke, ploppt eine Benachrichtigung auf. Sofort weiß ich, dass es Riley ist.

Ein Kuss, schreibt sie, zusammen mit einem animierten Häschensticker, der schüchtern von einem Bein auf das andere wechselt und errötet. Ungläubig starre ich auf das Display und kann mein Glück kaum fassen. Es gab während unseres Dates einige Momente, in denen ich sie gern geküsst hätte, es aber nicht getan, weil da eine gewisse Hemmschwelle oder Angst vor Zurückweisung gewesen ist, die mich daran gehindert hat, aktiv zu werden.

Dann stehen die Chancen gut, dass unser nächstes Date perfekt wird!, schreibe ich mit einem zwinkernden Smiley zurück. *Ich sitze jetzt im Flieger nach Jakarta. Melde mich, sobald ich angekommen bin. Hab einen schönen Tag.*

Wie ein Idiot vor mich hin grinsend, schalte ich das Gerät aus, schnalle mich an und ziehe die angebotene Schlafmaske an. Ich bin unglaublich dankbar dafür, dass Riley so direkt ist und mich nicht im Dunkeln tappen lässt. Vor allem hilft es mir dabei, abzuschalten. Nur am Rande bekomme ich noch mit, wie sich mein Team ebenfalls setzt und wir einige Minuten später abheben. Danach drifte ich in den Schlaf, während mein letzter Gedanke Riley und unserem Wiedersehen gilt.

Kapitel 6

Riley

»Der Film ist unglaublich, du musst ihn unbedingt sehen!«, schwärmt Min-Ho, während er auf seinen nächsten Termin wartet.

»Mal schauen, Actionfilme sind nicht unbedingt nach meinem Geschmack«, antworte ich und hoffe, dass er nicht vorschlägt, sich den Film noch mal, gemeinsam mit mir, im Kino anzusehen. Mein Kollege ist süß und nett, aber eben nicht der Mann, der mein Herz zum Höherschlagen bringt. Es ist schwer, ihn immer wieder möglichst indirekt abzuweisen, immerhin will ich das Arbeitsklima nicht gefährden. Andererseits bin ich mir gar nicht sicher, ob er vielleicht nicht doch nur höflich ist. Ich werde nämlich nach wie vor das Gefühl nicht los, dass irgendetwas zwischen ihm und So-Ra sein könnte. Gespielt beschäftigt gehe ich die Liste mit den heutigen Terminen zum gefühlt hundertsten Mal durch.

»Hyung, oraenmaniya!«, empfängt Min-Ho plötzlich einen Kunden.

Interessiert, wen er so vertraut mit *Bruder, lange nicht gesehen!* begrüßt, blicke ich auf. Sofort explodieren tausend Schmetterlinge in meinem Bauch. Es ist schwer, mir nicht anmerken zu lassen, wie sehr ich mich freue, Jae-Joon nach zehn Tagen endlich wiederzusehen. Tatsächlich bin ich sogar neidisch, als sie sich brüderlich umarmen und einige Floskeln miteinander wechseln. Aufgeregt warte ich darauf, dass Min-Ho uns einander vorstellt, immerhin kennen wir uns offiziell ja noch gar nicht.

»Das ist Riley Evans, unsere neue Kollegin aus Los Angeles. Sie hat Yoo-Na im Team ersetzt«, stellt Min-Ho mich vor und deutet dann auf Jae-Joon. »Das ist

Park Jae-Joon, einer meiner engsten Freunde und eins der wenigen Mitglieder, das jeden Tag zum Training kommt. Ihr werdet euch also noch öfter sehen.«

Der Gedanken, dass wir uns tatsächlich noch viel öfter sehen, da wir zusammenwohnen, lässt mich grinsen.

»Freut mich, Sie kennenzulernen«, begrüßt Jae-Joon mich und reicht mir seine Hand.

Ich erwidere seinen Gruß und schließe meine Finger um seine. Sofort fühle ich, wie die Funken zwischen uns fliegen.

Während seiner Abwesenheit habe ich mich gut in Seoul eingelebt und mich mit den Kollegen angefreundet. Was mir zeigt, dass Jae-Joon für mich zwar ein Rettungsanker ist, ich aber auch ohne ihn klarkomme. Ich bin nicht emotional von ihm abhängig, trotzdem freue ich mich unglaublich, ihn wiederzusehen. Ich habe ihn in den letzten Tagen schrecklich vermisst. Das, was ich nach dieser kurzen Zeit für ihn empfinde, verwirrt mich und macht mir ein wenig Angst; dessen ungeachtet kann ich nicht verhindern, dass sich mein Herz immer mehr für ihn öffnet. Andererseits, wie kann ich mich nicht für ihn öffnen, nachdem er sich selbst auf Tour so sehr um mich bemüht hat? Seine Mitteilungen, Fotos und Videos sind wie eine Droge für mich geworden, jede Nachricht von ihm hat mich süchtiger nach ihm gemacht. Es bedeutet mir unglaublich viel, dass er mich aus der Ferne an seinem Leben hat teilhaben lassen und ebenso an meinem Alltag Interesse hatte.

Wenn ich so über die letzten zehn Tage nachdenke, kann ich gar nicht genau sagen, ab welchem Zeitpunkt ich begonnen habe, ihn immer mehr zu mögen. War es, als ich am Freitag nach einem langen Tag nach Hause gekommen bin und Essen vom Lieferservice für mich auf dem nagelneuen Esstisch stand? Oder als ich den Zettel mit der Nachricht: *Erhol dich von deinem Arbeitstag* auf dem superbequemen und schicken neuen Sofa entdeckt habe? Ich weiß zwar, dass es Möbel für seine Wohnung sind, dennoch ist mir klar, dass ich ihn dazu motiviert habe, sich wohnlich einzurichten. Von all dem jedoch abgesehen, hat mit großer Sicherheit auch das stundenlange Telefonat, das wir während seines ersten Nachmittags in Jakarta geführt haben, dazu beigetragen.

Ich kann mich genau daran erinnern, was ich ihn gefragt habe: *Wenn du eine Superkraft haben könntest, welche wäre es und warum?*

Er hat daraufhin sehr ernst erwidert: *Ich hätte gerne die Kraft, die Zeit umzukehren, dann könnte ich den Unfall verhindern, der meiner Mutter das Leben genommen und meins zerstört hat.*

Dieser eine Satz hat mir das Herz gebrochen und mich ihm gleichzeitig unglaublich nahegebracht. Denn ohne, dass ich ihn um eine weitere Erklärung gebeten habe, begann er von dem Tag zu erzählen, der sein Leben auf so schlimme Weise für immer verändert hat. Allein der Gedanke daran, dass seine Mutter, sein Vater und er auf dem Weg zu dem ersten Familienessen nach zwei Jahren waren und dabei in einen Verkehrsunfall geraten sind, lässt mich hart schlucken. Doch das Wissen, dass seine Mutter noch am Unfallort gestorben ist, während Jae-Joon selbst an Arm und Schulter schwer verletzt wurde, führt dazu, dass ich gegen aufsteigende Tränen ankämpfen muss. Er ist zwar nicht weiter ins Detail gegangen, aber ich vermute, dass Jae-Joon an diesem Tag noch viel mehr verloren hat. Weshalb ich das annehme? Weil er zwar sagte, dass sein Vater überlebt habe und unverletzt geblieben sei, aber ansonsten nicht auf ihn eingehen wollte.

Als Nächstes erinnere ich mich an meine eigene Antwort zurück: *Gedankenlesen. Manchmal würde ich gerne einen Schalter umlegen und hören können, was du denkst ... über mich.* Ich kann immer noch spüren, wie heftig mein

Herz dabei gepocht hat. Ich habe nicht bewusst nach einem Kompliment oder einem Geständnis gefischt, allerdings hat es mich unglaublich erleichtert, als er locker reagiert und gefragt hat: *Weshalb? Habe ich dir nicht schon deutlich genug gemacht, dass ich es hier kaum aushalte und am liebsten bei dir wäre?*

Ja, ich schätze, das war der entscheidende Moment, der mir bestätigt hat, dass ich unbedingt ein weiteres Date mit ihm haben will.

Jae-Joon lässt meine Hand los und verschwindet zu meiner Enttäuschung mit Min-Ho in den Trainingsbereich. Aber das Kribbeln in meinem Körper hört nicht auf. Im Gegenteil, denn ich muss sofort an sein Versprechen denken, unser zweites Date perfekt zu machen. Was bedeutet, dass wir uns endlich wieder küssen werden. Natürlich weiß ich noch nicht, was das zwischen Jae-Joon und mir ist, dennoch freue ich mich darauf, ihn weiter kennenzulernen und neue Facetten an ihm zu entdecken.

Unauffällig beobachte ich Jae-Joon dabei, wie er mit Min-Ho und einem anderen Mann, dessen Name ich vergessen habe, bei den Gewichten steht. Erst als ein Studiomitglied zum Check-in kommt, muss ich für einige Zeit meinen Blick abwenden. Danach finden meine Augen jedoch sofort wieder den Weg zu ihm zurück.

Unerwartet vibriert mein Handy in meiner Hosentasche, und ich weiß, dass er es ist, der mir geschrieben hat, immerhin hält er seines in der Hand. *Ich wollte dich unbedingt sehen und bin deshalb direkt hergekommen. Wer hätte gedacht, dass es so schwer ist, mich jetzt von dir fernhalten zu müssen?* Ich beiße mir auf die Unterlippe und kann nur mit Mühe ein glückliches Lächeln unterdrücken. Gleichzeitig sehe ich, dass er immer noch tippt. *Du bist noch hübscher, als ich dich in Erinnerung habe.*

Danach steckt er das Gerät weg und setzt sich auf die

Hantelbank. Unsere Blicke treffen sich für zwei Sekunden, nicht lang genug, um anderen aufzufallen, aber ausreichend lange, um aus dem Kribbeln einen Schwarm Schmetterlinge in meinem Bauch entstehen zu lassen. Total untypisch für mich, macht mich sein Kompliment so verlegen, dass ich nicht weiß, was ich antworten soll, komme am Ende aber auch nicht mehr dazu, da die Arbeit meine volle Konzentration verlangt. Aktuell sind besonders die Abendstunden zwischen achtzehn und zweiundzwanzig Uhr stressig. Erst bei meinem Servicerundgang kann ich mich Jae-Joon wieder nähern. Unauffällig berühre ich seine Hand, als ich ihm und einem anderen Clubmitglied ein frisches Handtuch bringe. Sofort fühle ich erneut dieses Knistern. Dass er ähnlich empfindet, erkenne ich an dem intensiven Seitenblick, den er mir zuwirft.

»Hey, Riley. Wir wollen Jae-Joons erfolgreiche Tour feiern, willst du mit? Wenn du kommst, wird So-Ra sicher einfacher zu überzeugen sein, sich uns ebenfalls anzuschließen.« Min-Ho schaut mich erwartungsvoll an und bringt mich dadurch in Verlegenheit. Jae-Joon wird bemerkt haben, dass wir uns gut verstehen. Ich hoffe, dass er die Situation nicht missversteht. Unsicher linse ich zu ihm hinüber.

»Die ersten zwei Runden Drinks gehen auf mich«, ermutigt er mich, zuzusagen, und grinst.

Sein Grinsen bringt mich und meine Hormone aus dem Konzept. Trotzdem kann ich nicht verhindern, dass ich ein wenig enttäuscht bin. Mir ist nicht nach Ausgehen zumute, und ich habe angenommen, dass er und ich den Abend allein verbringen werden. Bin ich vielleicht doch die Einzige, die sich nach Zweisamkeit sehnt?

»Kol«, erwidere ich letztlich und lächle die Männer an.

»Kol!«, ruft Min-Ho. »Kannst du So-Ra fragen?«

»Mache ich«, verspreche ich und gehe mit gemischten

Gefühlen wieder an die Arbeit.

Am Ende ist es Trainer Han, der uns – glücklicherweise – einen Strich durch die Rechnung macht und Min-Ho dazu verdonnert, das Studio später zu schließen. Da So-Ra bereits vorher abgesagt hat und letztlich nur noch Jae-Joon, der Typ, dessen Namen ich immer noch nicht weiß, und ich übrig bleiben, schlägt Jae-Joon vor, die Drinks auf einen Abend zu verschieben, an dem mehr vom Team Zeit haben und er Schlaf nachgeholt hat.

»Komm nachher zum Copyshop eine Straße weiter, ich warte davor auf dich«, meint Jae-Joon leise, als er zu mir an den Empfang kommt und sich auschecken lässt. Bevor ich antworten kann, ist er verschwunden.

Augenblicklich habe ich bessere Laune. Im Gegensatz zu den anderen habe ich in einer halben Stunde Feierabend, dennoch bedeutet es mir viel, dass Jae-Joon extra auf mich warten will. Dementsprechend kann ich nach Arbeitsende nicht schnell genug aus dem Studio wegkommen.

Als ich mich dem Copyshop und Jae-Joons davor parkendem Auto nähere, erkenne ich bereits von Weitem, dass zwar keine Reporter bei ihm stehen, ihn dafür aber eine Gruppe junger Frauen erkannt hat und aus einiger Entfernung Bilder mit ihren Handys von ihm machen. Zum ersten Mal wird mir deutlich bewusst, dass er eine Berühmtheit ist. Möglicherweise sollte mich diese Erkenntnis wachrütteln und abschrecken, weil eine Beziehung mit ihm nicht einfach wäre, tatsächlich bin ich aber stolz auf ihn. Ich bin stolz und froh, dass er nach seinem schlimmen Unfall eine zweite Chance im Leben bekommen hat und glücklich zu sein scheint. Natürlich wird eine Beziehung mit ihm niemals normal verlaufen, allerdings werde ich mich nicht gegen ihn entscheiden, weil er ist, wer er ist. Vor allem nicht, weil er bereit ist, ein großes Risiko für uns einzugehen. Trotzdem ein wenig wehmütig, dass wir nicht gemeinsam nach Hause fahren können, hole ich mein Handy aus der Tasche und rufe ihn an, während ich mich auf den Weg zur Bushaltestelle mache.

»Wo bist du?«, fragt er besorgt. »Ist irgendetwas?«

»Nein, alles gut, aber du wurdest von Fans erkannt. Es wäre zu riskant, jetzt zu dir ins Auto zu steigen. Ich bin auf dem Weg zum Bus, lass uns einfach zu Hause treffen.«

Für einen Moment ist es still in der Leitung, doch zu meiner Überraschung entschuldigt er sich dann: »Es tut mir leid, dass ich dich nicht mitnehmen kann. Du hattest einen langen Tag und bist sicher müde.«

»Mach dir um mich keine Gedanken, die Anbindung nach Nonhyeon-dong ist gut, ich bin spätestens in einer halben Stunde zurück. Es tut mir viel mehr leid, dass du umsonst auf mich gewartet hast, du bist immerhin gerade erst von deiner langen Tour zurück.«

Wieder schweigt er, dann höre ich ihn schwer seufzen. Er muss wirklich niedergeschlagen sein. »Muss es nicht.«

Zum zweiten Mal an diesem Tag beiße ich mir auf die Unterlippe, um ein Lachen zu unterdrücken. Wer hätte gedacht, dass er so süß klingt, wenn er enttäuscht ist. Nicht, dass ich mich über seine Enttäuschung freue, aber er ist einfach … süß.

»Tröstet es dich, wenn ich dir sage, dass im Kühlschrank mariniertes Hähnchen und alles für eine leckere Gemüsepfanne wartet?«, frage ich lockend und muss dann grinsen. Spätestens die Aussicht auf Essen sollte ihn besser stimmen.

»Du hast dir die Mühe gemacht und Vorbereitungen fürs Abendessen getroffen?«, fragt er überrascht.

»Natürlich, ich wusste doch, dass du heute nach Hause kommen würdest.« Wir wissen beide, dass die Tatsache, dass ich mich genauso um sein Wohlergehen sorge wie er sich um meins, eine Menge über unsere Beziehung aussagt.

»Danke«, ist seine simple Antwort und drückt dennoch mehr als Dankbarkeit aus - Freude, Rührung, Verbundenheit.

»Der Bus kommt gerade, wir sehen uns gleich«, erwidere ich und bin mit den Gefühlen überfordert, die in diesem Moment weiter in mir keimen.

»Pass auf dich auf«, höre ich ihn noch sagen, bevor ich auflege und in den Bus steige.

Ich weiß nicht, weshalb, doch plötzlich bin ich aufgeregt. Wie wird es sein, wenn wir nachher allein und unbeobachtet sind? Wir wissen, dass wir uns voneinander angezogen fühlen, doch wer wird die Initiative ergreifen und sich dem anderen zuerst nähern? Mir fällt es definitiv schwer, wenn es darum geht, den ersten Schritt zu machen. Bleibt also zu hoffen, dass er der Offensive von uns beiden ist und sich bisher nur zurückgehalten hat. Zu meinem Missfallen nimmt meine Aufregung mit jeder Minute zu, während ich mich der Wohnung nähere, sodass ich ein einziges Nervenbündel bin, als ich zu Hause ankomme. Sobald mir aber der Geruch von gebratenem Fleisch in die Nase steigt, fällt ein großer Teil der Anspannung von mir ab und ich bin stattdessen gerührt. Eigentlich wollte ich für uns kochen, doch nun steht Jae-Joon am Herd und schwenkt das marinierte Hähnchen zusammen mit dem Gemüse ein letztes Mal in der Pfanne, bevor er sie von der Heizplatte zieht.

»Du bist zurück«, begrüßt er mich, als ich die Küche betrete. Da er mir immer noch den Rücken zugewandt hat, kann ich ihn für einige Sekunden unbemerkt beobachten, und ich versuche dabei, die Schmetterlinge in meinem Bauch zu zähmen.

»Tut mir leid, dass du vorhin umsonst gewartet hast«, wiederhole ich das Erste, was mir einfällt, und trete von einem Bein auf das andere. Wie gern würde ich einfach zu ihm gehen und ihn umarmen.

»Die Hauptsache ist, dass du jetzt endlich zu Hause bist«, antwortet er und dreht sich zu mir um. »Mit mir zusammen.«

Ich weiß nicht, wie es plötzlich dazu kommt, ob es seine Worte, sein von Grübchen begleitetes Lächeln oder die Tatsache ist, dass ich ihn vermisst habe, doch in der nächsten Sekunde habe ich meine Hemmungen und die Distanz zwischen uns überwunden und finde mich in einer Umarmung mit ihm wieder. Zu meiner Erleichterung schließt er sofort die Arme um mich und umhüllt mich so mit dem warmen Duft seines Körpers. In diesem Moment merke ich, wie sehr er mir gefehlt hat.

»Ich bin froh, dass du zurück bist«, murmele ich an seiner Brust und höre seinem Herzen dabei zu, wie es genauso wild pocht wie mein eigenes.

»Ich habe noch nie jemanden so sehr vermisst wie dich. Nicht nach so einer kurzen Zeit.« Auch ohne ihm ins Gesicht zu sehen, kann ich erkennen, wie schwer ihm dieses Geständnis fällt und wie verletzlich er sich dadurch macht.

Einige Momente gönnen wir uns, die Nähe des anderen zu genießen, doch dann hören wir das Klicken des Reiskochers, der ankündigt, dass wir bald essen können. Widerwillig löse ich mich von ihm und bin plötzlich wieder verlegen.

»Der Reis scheint fertig zu sein. Du kannst dir nicht vorstellen, wie hungrig ich bin. Die letzten vier Tage waren so stressig, dass ich immer erst abends zum Essen gekommen bin«, plappere ich nervös drauflos und bin sehr an dem Lieferserviceflyer interessiert, der auf der Arbeitsfläche neben dem Herd liegt.

»Weshalb bist du auf einmal so aufgeregt?«, fragt Jae-Joon mich und ich schrecke aufgrund der unerwarteten

Frage zusammen. »Fühlst du dich in meiner Nähe unwohl?«

Der besorgte Klang seiner Stimme bringt mich dazu, ihn anzusehen.

»Nein, überhaupt nicht! Das ist es nicht«, antworte ich und mache eine Pause. Wie direkt soll ich sein? »Du machst mich einfach nervös.«

»Weshalb?«, fragt er und scheint es wirklich nicht zu wissen.

»Weil … weil …« Mein Blick huscht immer wieder in die Ferne und zurück zu ihm. Mein Mund wird trocken und ich lecke mir fahrig über die Lippen. Frustriert und peinlich berührt schlage ich letztlich die Hände vors Gesicht. Warum kann ich ihm nicht einfach sagen, dass ich aufgeregt darauf warte, endlich von ihm geküsst zu werden?

Zu meiner Überraschung legen sich seine Hände zärtlich, aber bestimmt, über meine und ziehen sie von meinem Gesicht, sodass ich ihn anschauen muss. Unsere Blicke begegnen sich. Während er mir forschend in die Augen schaut, spüre ich, wie mir Hitze in die Wangen schießt. Weshalb bin ich bei ihm so schüchtern? Ich bin zwar nicht der offensive Typ Frau, aber auch noch nie so nervös wegen eines Mannes gewesen. Wieder senke ich für einige Sekunden meinen Blick.

Bis zu diesem Moment haben seine Hände meine gehalten, doch nun lässt er sie los und legt stattdessen eine an meine Wangen. Ich fühle, wie sich die Fingerspitzen seiner anderen Hand in die Haare an meinem Hinterkopf schieben. Sofort durchfährt mich ein wohliger Schauer, und ich hebe mein Kinn, sodass ich automatisch seinem Gesicht entgegenkomme. Unsere Blicke treffen sich wieder. Er schaut mich weiter forschend an, scheint aber verstanden zu haben, was ich wirklich will, und wartet nur noch auf eine Bestätigung. Zögernd hebe ich meine Hände, lege sie auf seinen Brustkorb und fahre mit ihnen hoch zu seinem Nacken, um ihn kurz darauf zu umschlingen.

Das reicht Jae-Joon wohl als Bestätigung, denn er zieht mich noch etwas näher an seine Brust und streicht dann unendlich zart mit seinem Mund über meinen - mir dabei immer noch fest in die Augen blickend. Auf das erste Streichen folgt ein zweites, danach legen sich seine Lippen fest über meine und saugen neckend an ihnen. Mit einem Flattern schließen sich meine Augenlider und ich gebe mich dem Kuss hin - erwidere ihn genauso sehnsüchtig, wie ich ihn empfange. Automatisch neige ich meinen Kopf zur Seite und ermögliche es ihm so, den Kuss zu intensivieren. Die Bewegungen seines Mundes werden verlangender, drängender und bringen meine Knie dazu, weich zu werden. Himmel, kann dieser Mann küssen! Gleichzeitig merke ich, dass er sich immer noch zurückhält, daher bin ich am Ende diejenige, die neckend mit der Zunge über seine Unterlippe fährt.

Plötzlich, als wären auch die letzten Dämme bei ihm gebrochen, wirbelt er mich herum und ich finde mich gegen die Arbeitsplatte gedrückt wieder. Nun bin nicht mehr ich es, die ihn neckt, sondern er ist derjenige, der mir die Sinne raubt. Immer wieder jagt seine Zungenspitze meine, um sie herausfordernd zu umspielen, während sich unsere Münder im perfekten Einklang aufeinander und miteinander bewegen. Irgendwann, nach einer gefühlten, wunderbaren Ewigkeit, lösen wir unsere Lippen voneinander und Jae-Joon legt schwer atmend seine Stirn an meine. Mit einem glücklichen Lächeln hebe ich meinen Kopf an und gebe ihm zwei weitere kurze Küsse, danach lasse ich mich zufrieden an seine Brust ziehen.

»Besser?«, fragt er mit den Lippen an meiner Schläfe, während er mich in seinen Armen wiegt.

»Ja«, antworte ich und spüre tatsächlich keine Anspannung oder Verlegenheit mehr – bloß pures Glück und prickelnde Erregung. Wenn bereits seine Küsse so leidenschaftlich und perfekt sind, wie wird es sein, wenn wir einen Schritt weiter gehen?

»Gut, dann können wir ja jetzt essen.« Grinsend drückt er mir einen letzten liebevollen Kuss auf die Lippen und lässt mich dann los. »Ich bin am Verhungern.«

»Ich auch.«

Endlich ist das Eis zwischen uns gebrochen und wir können uns beim Essen vollkommen ungezwungen über seine Tour und meine erste Zeit in Seoul unterhalten. Irgendwann wechseln wir vom Esstisch aufs Sofa und liegen Arm in Arm auf den weichen Polstern.

»Danke, dass du das Sofa bestellt hast. Es ist unglaublich bequem.«

»Ein bisschen Eigennutz war auch dabei«, witzelt er und bringt mich zum Lachen.

Geistesabwesend streichle ich mit der Hand über seine Brust. »Wie verhältst du dich, wenn dir eine Frau wirklich gefällt?«

»Du meinst, außer dass ich sie, so gut es geht, mit Aufmerksamkeit überhäufe, immer bei ihr sein will und unsicher werde, wenn ich nicht weiß, was in ihr vorgeht?«, fragt er sanft und sagt mir damit ein weiteres Mal sehr direkt, wie groß sein Interesse an mir ist.

»Genau«, erwidere ich und fahre damit fort, mit der Hand über seine Brust zu streicheln.

»Das kann ich dir ehrlich gesagt gar nicht so genau beantworten. Es ist eine Ewigkeit her, dass mir eine Frau wirklich gefallen hat. Tatsächlich bin ich in Bezug auf dich über mich selbst verwundert. Ich öffne mich sonst nicht so schnell – in keinerlei Hinsicht.«

»Also bin ich etwas Besonderes für dich?«, frage ich mehr neckend, als dass ich es ernst meine.

»Ja, das bist du für mich.«

Wieder flattern tausend Schmetterlinge in meinem Bauch. Glücklich sehe ich zu ihm auf und begegne seinem zärtlichen Blick, der seine Worte nochmals bestätigt.

»Du auch für mich. Ich erwähne Nate jetzt nicht, um dich zu verletzen, aber ich hätte niemals erwartet, dass ich mich nach dem Ende der Beziehung so schnell für einen anderen Mann öffnen könnte. Ich habe während deiner Abwesenheit lange über dich und auch über ein Uns nachgedacht – und mich gefragt, ob meine Gefühle für dich aus der Situation heraus resultieren oder ob ich wirklich begonnen habe, etwas für dich zu empfinden. Und ich habe festgestellt, dass ich dich nicht als Rettungsanker *brauche*, dich aber unbedingt als solchen in meinem Leben haben *will*. Macht das Sinn? Verstehst du, was ich meine?«, frage ich und habe ein wenig Angst, dass er mein Geständnis negativ auffassen könnte. »Diese Erkenntnis ist für mich selbst noch so neu, dass ich sie gar nicht richtig in Worte fassen kann.«

»Ich glaube, ich verstehe sehr gut, was du meinst. Natürlich habe ich darauf gehofft, aber bis zu diesem Moment nicht wirklich daran glauben können, dass du ähnlich empfindest wie ich.«

Für einen kurzen Augenblick hadere ich erneut, weiß aber, dass in Korea - insbesondere im Bezug aufs Dating – einige Dinge anders gehandhabt werden. Man kommt zusammen und schaut dann, wie sich die Beziehung entwickelt, sodass es, zumindest für Jae-Joon, nicht übereilt wäre, vorzuschlagen, es miteinander zu versuchen. Auch mein Herz sagt, dass ich mit ihm zusammen sein und mich voll und ganz auf ihn einlassen will. »Also ist heute unser Tag eins?«

»Ja, heute ist unser Tag eins«, bestätigt er und klingt äußerst zufrieden.

Ich kann nicht beschreiben, wie glücklich ich in diesem Moment bin. Riley empfindet nicht nur genauso wie ich, sondern will auch, dass wir es miteinander versuchen. Nach den intensiven Gesprächen, die wir in den letzten Tagen geführt haben, und dem Wahnsinnskuss eben, konnte ich zwar ahnen, dass sie dabei ist, sich für mich zu öffnen, dennoch bin ich bis zuletzt unsicher gewesen. Zumal mir deutlich bewusst ist, dass sie gerade erst aus einer langen Beziehung kommt. Andererseits zeigt mir ihr gesamtes Verhalten, dass sie weder leichtfertig noch flatterhaft ist. Davon abgesehen hat sie erzählt, dass sie seit zwei Jahren eine Fernbeziehung geführt hat, was eine Menge Zeit ist, in der man sich voneinander entfernen kann. Um unseren Gefühlen eine bessere Basis zum Wachsen zu ermöglichen, setze ich mein momentanes Lieblingsspiel fort: »Was erwartest du in einer Beziehung?«

»Außer von dir weiterhin auf Händen getragen und wie eine Prinzessin behandelt zu werden?«, fragt sie gespielt ernst, kann jedoch ihr Lachen nicht lange unterdrücken. Es tut gut, sie vollkommen ungehemmt zu sehen, denn für mich ist es das Allerwichtigste, dass sie sich mit mir zusammen wohlfühlt und keine Angst hat, über irgendetwas mit mir zu reden. »Nein, ganz im Ernst, ich erwarte Ehrlichkeit, Vertrauen, Loyalität und Respekt. Ohne diese vier Grundeigenschaften denke ich nicht, dass ich noch mal auf Dauer eine Beziehung führen kann.«

Ich streiche mit den Fingern über ihren Oberarm und lasse ihre Worte einen Moment auf mich wirken. »Ich würde noch einen fünften Punkt hinzufügen: Kommunikation. Es ist wichtig, dass man über alles offen reden kann und einander zuhört. Es wird wahrscheinlich nicht immer klappen, aber man sollte sich zumindest bemühen. Außerdem ist es mir wichtig, so viel Zeit wie möglich miteinander zu verbringen. Ich weiß, dass das unter den gegebenen Umständen nicht einfach ist, aber ich versuche, meine Beziehung an die erste Stelle zu setzen.«

»Das heißt, du würdest einen Abend mit mir einem mit deinen Freunden vorziehen?«, fragt sie überrascht, was mich schließen lässt, dass sie bei ihrem Ex zumindest in der letzten Zeit nicht an erster Stelle gestanden hat, vielleicht sogar vernachlässigt wurde.

»Bis zu einem gewissen Maß, ja. Manchmal werde ich trotzdem mit den Jungs oder meinem Team ausgehen und dich warten lassen.«

»Was absolut okay ist und mich nicht denken lässt, dass ich dir plötzlich weniger wichtig wäre. Jeder soll seine Unabhängigkeit und Freiheit behalten, genau deshalb sind mir Vertrauen und Ehrlichkeit so wichtig.«

»Ich weiß, was du meinst, und denke, dass wir da ähnliche Ansichten haben.«

»Gut.« Riley kuschelt sich enger an meine Seite, und ich gehe dazu über, mit den Fingern durch ihr Haar zu gleiten. Ihre nächsten Worte bringen mich zum Grinsen. »Was macht eine Frau für dich attraktiv?«

»Solltest du nicht viel eher fragen, was ich an dir attraktiv finde?«, necke ich sie und ziehe spielerisch an einer ihrer Haarsträhnen.

»Was findest du an mir attraktiv?«, fragt sie ein wenig verlegen.

»Ich mag dein Haar, es hat eine schöne natürliche Farbe und fühlt sich seidig zwischen meinen Fingerspitzen an. Auch dein Gesicht, deine Nase, aber vor allem dein Mund gefallen mir. Deine Lippen sind voll und haben die perfekte Form, um von mir geküsst zu werden.« Meine Finger unterstreichen meine Worte, indem sie die genannten Partien nachfahren. Ja, ihr Mund hat es mir besonders angetan. Allein durch die

Arbeit habe ich bereits viele Frauen küssen müssen, doch keine hat mir so sehr den Atem geraubt wie sie. »Und dann wären da noch deine Augen. Sie sind so blau, dass sie teilweise türkis wirken. Ich habe noch nie so strahlende Augen gesehen. Aber das sind alles nur Äußerlichkeiten. Dein Wesen, dein Verhalten und dein Charakter wirken ebenso anziehend auf mich. Wusstest du, dass du eine direkte und offene Art hast und gleichzeitig unglaublich unschuldig und schüchtern wirkst?«

Scheinbar überrascht schaut sie zu mir auf. »So wirke ich auf dich und es stört dich nicht? Besonders die Direktheit nicht? Ich dachte immer, ihr Männer mögt lieber zurückhaltende Frauen.«

»Ich weiß, wo ich bei dir stehe, das mag ich und das macht es mir leichter, dir zu vertrauen. Beziehungen sind generell nicht einfach, aber bei mir hängt noch so viel mehr dran.« Ich stocke und mir wird bewusst, dass ich ihr ein wichtiges Detail verheimlicht habe. Plötzlich überkommt mich Angst. Was ist, wenn sie einen Rückzieher macht, sobald ich ihr von der Vertragsklausel erzählt habe? »Ich muss dir noch etwas sagen.«

»Was denn?« Alarmiert setzt sie sich auf und sieht mich besorgt an.

Es fällt mir schwer, dennoch bringe ich es sofort auf den Punkt: »Ich unterliege noch für etwas mehr als einem Jahr einer offiziellen Datingsperre. Sollte ich innerhalb der Zeit in einen Skandal verwickelt werden, der nachweislich wahr und von mir verschuldet ist, könnte es hässlich für mich werden.«

»Was willst du mir damit sagen?«

Ich kann deutlich erkennen, wie ihre Besorgnis zunimmt, daher spreche ich umso widerwilliger weiter: »Wir müssen während der nächsten Monate verheimlichen, dass wir zusammen sind, und aufpassen, dass wir nicht erwischt werden.«

Riley schaut mich wortlos an, atmet dann tief durch

und überrascht mich erneut. »So etwas in der Art habe ich bereits vermutet, zwar nicht, dass es so lange sein würde, allerdings dass das mit uns keine normale Beziehung werden wird.« Sie greift nach meiner Hand und verschränkt unsere Finger miteinander. Ich bin zwar immer noch nervös, habe jedoch sofort ein besseres Gefühl. »Mir ist klar, dass es nicht einfach sein und die Heimlichtuerei in manchen Situationen wehtun wird. Aber es ist kein Grund, um uns keine Chance zu geben. Du bist immerhin derjenige, der am meisten zu verlieren hat. Dich schreckt es nicht ab, warum sollte es mich also von dir fernhalten?«

»Danke«, ist das Einzige, was ich antworten kann, und ich erkenne einmal mehr, dass Riley etwas Besonderes ist.

»Wenn du wirklich dankbar bist, dann küss mich noch mal.«

Ihre plötzliche offensive Art bringt uns beide zum Lächeln und sorgt dafür, dass die innerliche Spannung von mir abfällt. Ohne zu zögern, greife ich nach ihrer Taille und ziehe sie dichter an mich. Sie ist mir nun so nah, dass sich unsere Nasenspitzen berühren und ich jede einzelne Gefühlsregung in ihren Augen erkennen kann. Eine weitere Sache, die ich an ihr zu schätzen weiß: Sie spielt mir nichts vor, sondern zeigt mir gegenüber ungefiltert ihre Emotionen. In diesem Moment erkenne ich in ihren Augen Zuneigung, Freude und Aufregung. Flatternd schließen sich ihre Augenlider und bedeuten mir so, dass ich sie küssen soll. Was ich nur zu gern tue.

Wenn ich gedacht habe, dass der letzte Kuss bereits atemberaubend war und nicht mehr zu toppen wäre, dann habe ich mich geirrt. Wir wissen mittlerweile, wie wir aufeinander reagieren und was der andere mag, sodass unsere Lippen sofort miteinander verschmelzen. Unsere Münder bewegen sich zärtlich im perfekten

Einklang, unsere Zungen necken sich und werden immer fordernder, immer leidenschaftlicher. Verdammt, ich habe bereits vorhin in der Küche fast die Kontrolle über mich verloren, doch ihr nun auf dem Sofa so nahe zu sein, lässt meine Selbstbeherrschung noch mehr an einem seidenen Faden hängen. Bevor dieser jedoch reißen kann, ist Riley diejenige, die sich von mir löst und ihren Kopf zurück auf meine Brust legt.

»Ich hoffe, dass das mit uns klappt«, meint sie leise.

»Das wünsche ich mir auch, sehr sogar.«

Grinsend betrachte ich das Bild, das Riley mir gerade geschickt hat und das sie dabei zeigt, wie sie mit Mehl bestäubt in meiner Küche steht und Bananenbrot für mich backt. Auch wenn wir aktuell noch zusammenwohnen, sehen wir uns nicht so oft und viel, wie ich es mir wünsche – mein Terminplan ist einfach zu voll -, dennoch würde ich sagen, dass es gut zwischen uns läuft. Eigentlich sogar sehr gut. Jede Minute, die ich mit ihr verbringe, ist aufregend und spannend. Sie ist es, auf die ich mich freue, wenn ich nach Hause komme, und die den Tag über meine Gedanken dominiert. Das ist vielleicht auch der Grund, weshalb ich ihrem anstehenden Umzug mit gemischten Gefühlen entgegensehe. Ich weiß, dass es Quatsch ist, immerhin zieht sie nur eine Tür weiter. Nicht in die Wohnung ihres Ex, dafür in die andere Wohnung genau neben meiner. Was perfekt und absolutes Glück ist, da wir uns die Zwischenebene der Brandschutztreppe teilen und notfalls über sie unbeobachtet in das Appartement des jeweils anderen gelangen können.

Danke, dass du immer dafür sorgst, dass ich zu Hause etwas Leckeres zu essen bekomme, tippe ich und setze hinzu: *Mach nicht mehr zu lange, du brauchst deinen Schlaf. Bei mir wird es spät.*

Mittlerweile bin ich seit fünf Tagen zurück in Seoul

und der Alltagswahnsinn hat mich eingeholt. Gerade sitze ich im Studio von *My Life as a Celebrity* und warte auf die anderen Mitglieder der Sendung. Da wir alle einen engen Terminplan haben, kommt es nicht selten vor, dass wir uns - wie heute - erst kurz vor Mitternacht zum Studiodreh treffen können. Aufgebaut ist jede Folge so, dass jeweils zwei von uns im Wechsel einen bis zwei Tage lang mit der Kamera begleitet werden und wir uns später mit dem ganzen Cast das Material anschauen und es kommentieren. Diese Woche waren Hyeri und ich an der Reihe, sodass ich der heutigen Episode mit gemischten Gefühlen entgegenblicke, weil ich nicht weiß, was von dem Gefilmten zusammengeschnitten wurde. Oder vielmehr, ob etwas aufgenommen wurde, was die Aufmerksamkeit auf Riley lenken könnte. Eigentlich ist es Schwachsinn, denn während ihrer Arbeitszeit ignorieren Riley und ich einander weitestgehend.

Die Studiotür öffnet sich und Hyeri kommt zusammen mit David und In-Na herein. Bei Davids Anblick fällt mir wieder ein, dass er mütterlicherseits kanadische Wurzeln hat. Soviel ich weiß, ist er sogar in Kanada groß geworden und dort zur Schule gegangen. Zumindest so lange, bis seine Familie sich dazu entschlossen hat, in die koreanische Heimatstadt seines Vaters zu ziehen. Heute ist mein Kollege ein berühmter Comedian und in unserer Truppe die Stimmungskanone. Generell sind wir eine interessante Gruppe. In-Na ist eine ehemalige Miss Korea und bereits auf der Pariser Fashion Week gelaufen. Mittlerweile moderiert sie eine Datingshow und ist mit einer eigenen Modekollektion erfolgreich. Hyeri ist eine erfolgreiche Schauspielerin und das letzte Mitglied unserer Truppe, Daebak, war Rapper einer der erfolgreichsten K-Pop-Gruppen und ist nun Soloartist. Umschwärmt von den Frauen ist er einer der Hauptgründe, weshalb unser Format so beliebt bei den Zuschauern ist.

Wie ich von den anderen erfahre, hatte sein Flug Verspätung, was die Ursache dafür ist, dass wir frühestens gegen ein Uhr mit dem Filmen beginnen können. Ich bin normalerweise der Letzte, der kein Verständnis oder keine Geduld hat, heute merke ich jedoch, dass ich nicht nur müde, sondern zunehmend genervt bin. Bevor es Riley in meinem Leben gab, habe ich nie gemerkt, wie wenig Privatleben und Freizeit ich habe, im Moment nehme ich diese Tatsache hingegen so ziemlich in jeder Minute des Tages wahr.

Daebaks Flug hatte Verspätung, er ist gerade erst auf dem Weg zum Studio. Vor fünf werde ich wahrscheinlich nicht nach Hause kommen, schreibe ich Riley, während ich David mit halbem Ohr dabei zuhöre, wie er von seinen Plänen für einen seiner nächsten Auftritte erzählt.

Nicht schlimm, fahr später vorsichtig. Ich gucke jetzt noch ein wenig fern und gehe dann ins Bett.

Was schaust du dir an?

Dreimal darfst du raten, antwortet sie und schickt einen zwinkernden Smiley hinterher.

Sofort muss ich grinsen. Ich hasse es, mich selbst im Fernsehen zu sehen, gestern haben wir jedoch auf Rileys Bitten hin angefangen, *My Life as a Celebrity* zu schauen. Zuerst war es mir unangenehm, weil ich ihre Reaktion auf mein Mitwirken nicht abschätzen konnte und manche Szenen zu Unterhaltungszwecken extra so geschnitten werden, dass sie mich in besonders lustigen beziehungsweise peinlichen Situationen zeigen. Nach einiger Zeit habe ich mich aber dabei erwischt, wie ich mich amüsiere. Riley hatte ehrliche Freude am Schauen, und allein ihr Lächeln löste Gefühle in mir aus, die ich so nicht kenne, die mich aber unweigerlich glücklich machen. In diesem Moment fällt mir der perfekte Spitzname für Riley ein - *Mi-So.* Denn Riley *ist* mein Lächeln.

»Oppa?«, spricht Hyeri mich plötzlich an und ich zucke ertappt zusammen. Als ich zu ihr hinüberblicke, macht sie jedoch nicht den Anschein, als hätte sie gesehen, mit wem ich schreibe beziehungsweise was. »Weshalb grinst du so?«

»Ich habe einen lustigen Webtoon gefunden«, erkläre ich ausweichend. Gelogen ist es nicht, bevor Riley mir geschrieben hat, habe ich wirklich einen neuen Onlinecomic gelesen, der genau meinen Humor trifft.

»Toll! Wie heißt er?«, fragt sie weiter und lehnt sich zu mir herüber, um auf mein Display zu schauen.

Sofort steigt mir der Duft ihres Parfüms in die Nase, was mich komischerweise total irritiert, tatsächlich sogar stört. »S(e)oul Ghost Hunter«, fällt mir zum Glück der Name des Comics ein. Gleichzeitig bin ich froh, dass ich meinen Messenger geschlossen habe, sodass nur noch der Startbildschirm zu sehen ist. Am liebsten würde ich Riley noch mal antworten, kann aber nicht riskieren, dass Hyeri etwas davon mitbekommt. Deshalb sperre ich das Gerät und stecke es in die Hosentasche.

Ich lasse mich von Hyeri in ein Gespräch verwickeln und komme nicht drumherum, sie mit Riley zu vergleichen. Hyeri ist größer und schlanker als sie, ihr Gesicht symmetrischer, was es nahezu perfekt macht und dem koreanischen Schönheitsideal entsprechen lässt. Wahrscheinlich ist meine Kollegin für viele Männer eine der schönsten Frauen auf der Welt, für mich persönlich jedoch nicht.

»Was steht bei dir im Moment an?«, fragt sie.

»Neben der Show aktuell ein Werbespot und eine Mini-Serie. Der Dreh wird direkt nach Seollal starten.«

»Ich habe bis kurz nach den Neujahrsfeiertagen Pause und überlege, ob ich vielleicht in dein Fitnessstudio wechseln soll. Kann ich dich beim nächsten Mal begleiten?«

»Klar«, antworte ich, ohne großartig nachzudenken, und gerate sofort danach ins Stocken. Riley wird es sicher nicht toll finden, wenn ich Hyeri mitbringe.

»Danke. Hast du Pläne für Seollal?«, fragt sie weiter und zeigt damit heute überdurchschnittlich viel Interesse an mir.

»Ich habe Neujahr die letzten Jahre mit Freunden verbracht, dieses Jahr wird es nicht anders sein.« In Wirklichkeit habe ich die letzten Neujahrsfeiertage allein zu Hause gesessen. Natürlich hat Nam-Doo mich eingeladen, mit seinen Verwandten zu feiern, seit ich aber keine eigene Familie mehr habe, kam es mir aus irgendeinem Grund falsch vor, mit einer anderen zu feiern. Dieses Jahr gibt es jedoch Riley in meinem Leben, sodass ich nicht einsam sein werde und Pläne für uns gemacht habe. Ich will die drei Tage, die wir beide über Neujahr freihaben, nutzen, um so viel Zeit wie möglich miteinander zu verbringen. Nach Seollal werden die Dreharbeiten zur Mini-Serie starten, die bis Anfang April dauern sollen, und direkt im Anschluss daran habe ich mit Min-Ho und In-Woo einen Trip in die USA zum *Coachella* – einem der größten Music and Art Festivals - geplant. Natürlich habe ich Riley angeboten, die Reise mit den Jungs abzusagen und stattdessen mit ihr Urlaub zu machen, immerhin werden diese knapp zwei Wochen meine letzte Freizeit vor meinem nächsten Dreh sein, aber sie hat abgelehnt. Ich kann verstehen, dass sie es nicht möchte und dennoch bin ich enttäuscht.

»Das klingt nett«, antwortet Hyeri und hätte mit Sicherheit noch mehr zu dem Thema gesagt, wenn in diesem Moment nicht Daebak den Raum betreten und sich für die Verspätung entschuldigt hätte.

Auch wenn jede Episode unserer Serie eine Gesamtlänge von neunzig Minuten hat, verbringen wir die nächsten anderthalb Stunden allein damit, Hyeri dabei zuzuschauen, wie sie zuerst sehr umständlich ihre Wohnung putzt, danach einkaufen geht, um dann für sich und einige ihrer Freundinnen zu kochen. Was bis dahin zwar unterhaltsam, aber nicht großartig spannend oder lustig ist, ändert sich, sobald die vier Frauen ein Spiel beginnen, bei dem sie verschiedene Aufgaben bekommen, die anhand einer gezogenen Karte festgelegt werden. Unser aller Highlight ist *Stuffing Marshmallows,* nicht nur, weil es zum Brüllen komisch ist, dabei zuzuschauen, wie sie sich so viele Marshmallows wie möglich in den Mund stopfen, sondern auch, weil wir davon beeindruckt sind, dass Hyeri ganze zehn schafft, während die anderen bereits bei sieben beziehungsweise acht scheitern. Sobald jedoch mein Tag angeteasert wird, vergeht mir das Lachen, und Nervosität überkommt mich. Hat die Kamera Riley erwischt?

Die erste halbe Stunde verläuft ruhig. Ich werde dabei gefilmt, wie ich das Studio betrete, bei Min-Ho einchecke und zusammen mit meinem Freund und Schauspielkollegen Seo In-Woo das Training beginne. Offenbar kommt Han Nam-Doo mit seiner direkten, harten, aber lustigen Art gut an. Zumindest werden hauptsächlich Szenen gezeigt, in denen er In-Woo und mich pusht oder besonders hart rannimmt.

»Dir geht es wohl zu gut, du hast immer noch zu viel Fett am Bauch!«, hören wir Trainer Han auf dem Bildschirm meckern und sehen dabei zu, wie er mir an die Hüfte greift und es schafft, einen letzten Rest Speck zu finden.

Ich kann mich noch daran erinnern, wie peinlich mir die Körperfettmessung vor laufender Kamera gewesen ist. Nicht weil ich mich dafür schäme, dass ich bis zum Werbespotdreh noch drei Kilo abnehmen muss, sondern weil ich es hasse, meinen Oberkörper mit den Narben auf meiner Schulter und dem Arm in der Öffentlichkeit zu zeigen. Zu Hause habe ich damit kein

Problem, ich schlafe sogar nur in Boxershorts mit Riley in einem Bett, aber das ist eine andere Situation. Natürlich weiß ich, dass es zu meinem Job gehört, auch mal oberkörperfrei vor der Kamera zu stehen, ebenso wie von vielen Menschen umgeben zu sein, trotzdem hasse ich es.

»Omo! Omo! Omo!«, ruft Hyeri. »Warum wussten wir nicht, dass du so durchtrainiert bist?«

»Oh ja!«, meint In-Na lachend und fächelt sich übertrieben Luft zu.

Die für mich unendlich peinliche Situation wird zur Belustigung aller davon gekrönt, dass im Hintergrund eine Frau gefilmt wird, die beim Anblick meines nackten Körpers erst in ihrer Bewegung stockt und dann aus Versehen ihre Minihantel fallen lässt.

»Wäre ich eine Frau, wäre mir die Hantel sicher auch runtergefallen«, witzelt David und springt ebenfalls auf den Zug auf.

»Daebak«, ruft dann auch noch Daebak und meint damit nicht sich selbst, sondern drückt mit dem Wort etwas wie mega, krass beziehungsweise beeindruckend aus.

Tatsächlich weiß ich aber, dass er noch wesentlich besser in Form ist als ich. Er ist zwar kein Mitglied, das regelmäßig im Studio trainiert, nimmt dafür aber Privatstunden bei Trainer Han in Anspruch und war schon oft bei unserem Training auf dem Plateau dabei. Dass er in Wahrheit jedoch nicht mich meint, sondern Riley, die seit einigen Sekunden auf dem Bildschirm zu sehen ist, erkenne ich erst, als er als Nächstes fragt: »Wer ist das?«

Zuerst will ich tun, als hätte ich seine Frage überhört, das wäre jedoch viel zu auffällig, daher antworte ich: »Eine neue Mitarbeiterin.«

»Vielleicht sollte ich bald mal für eine Privatstunde bei euch im Studio vorbeikommen«, witzelt er daraufhin.

Ich weiß nicht, ob er es ernst meint, nur dass es mir nicht passt.

»Sie ist wirklich hübsch«, bestätigt In-Na, was etwas zu bedeuten haben muss, da sie extrem sparsam mit Komplimenten ist.

»Woher kommt sie?«, fragt David als Nächster.

»Ich weiß es nicht, aber sie spricht Koreanisch, soweit ich es mitbekommen habe«, antworte ich möglichst neutral und sehe dabei zu, wie sie im Hintergrund mit Nam-Doo redet. Weshalb habe ich nicht bemerkt, dass sie so lange im Aufnahmewinkel der Kamera stand? Wahrscheinlich, weil ich krampfhaft versucht habe, sie zu ignorieren. Was ich, den Aufnahmen zufolge, zum Glück gut hinbekommen habe.

Riley aber jetzt auf dem Bildschirm zu sehen, macht mir deutlich, wie andere sie jeden Tag wahrnehmen. Sie trägt enge Sport-Tights und ein T-Shirt in einem etwas helleren Blau als das des Studiologos. Selbst aus der Entfernung, die der Kameramann zu ihr hatte, erkennt man die übernatürlich schöne Farbe ihrer blauen Augen. Im Moment fasziniert mich jedoch ihr Haar, das zu einem hohen Pferdeschwanz zusammengebunden ist und dessen Spitze bis zwischen ihre Schulterblätter reicht. Ich komme einfach nicht umhin, daran zu denken, wie ich ihren Kopf an dem Zopf nach hinten ziehen würde, um sie zu küssen. Allein der Gedanke lässt das Blut in meinen Adern rauschen und erinnert mich an die letzten Nächte, in denen ich vor Erregung gelitten habe. Riley und ich schlafen zwar zusammen, aber eben nicht miteinander. Die Zärtlichkeiten zwischen uns beschränken sich auf unzählige heiße, süße, leidenschaftliche, sinnesraubende Küsse. An sich ist es okay, dass wir nicht weiter intim miteinander geworden sind, weil das mit uns mehr als nur etwas Körperliches ist, dennoch sehne ich mich danach, ihre nackte Haut unter meinen Fingern zu spüren und ihren gesamten Körper zu erkunden.

»Habt ihr diese Augen gesehen?«, ruft Daebak und spult die Aufnahme bis zu Rileys Auftauchen zurück.

»Das sind sicher Kontaktlinsen, niemand hat so eine Augenfarbe«, äußert sich nun Hyeri und ich werfe ihr einen Seitenblick zu. Auch wenn sie süß und gut gelaunt klingt, sind ihre Worte erstaunlich harsch.

Allgemein sind die Reaktionen meiner Kollegen jedoch gut, und damit wesentlich besser, als ich erwartet habe. Allerdings bin ich froh, als ich wieder im Mittelpunkt des Geschehens stehe und beim Machen von Squads gezeigt werde. Mit einer Langhantel auf den Schultern werde ich von Trainer Han und seinem auf meinen Rücken schlagenden Handtuch angetrieben. Zu meiner Erleichterung wird Riley nicht noch mal gezeigt, stattdessen werden Tausende von Menschen Zeuge davon, wie meine Sporthose auf der Beinpresse reißt, sodass ich der Kamera einen Teil meiner Boxershorts präsentiere. Dieser Anblick wird letztlich zwar zensiert, dessen ungeachtet werde ich in dieser Folge nicht unbedingt gut wegkommen. Andererseits sollte ich es positiv sehen, denn genau solche Szenen sind es, die das Publikum von uns erwartet und die die Show so erfolgreich machen.

»Sugohasyeossseubnida«, loben wir einander für die gute Arbeit und verlassen um kurz nach vier in der Früh endlich das Aufnahmestudio.

»Oppa!«, ruft Hyeri mir hinterher, als ich gerade in mein Auto steigen will, und veranlasst mich dazu, innezuhalten. »Wann können wir zusammen ins Fitnessstudio gehen?«

Innerlich winde ich mich, weil ich sie nicht abweisen und sie vor den Kopf stoßen will. Mit ihr gemeinsam zu trainieren, ist im Moment allerdings das Letzte, worauf ich Lust habe. »Ich habe um vierzehn Uhr meine nächste Trainingsstunde, Dienstag bin ich ab zehn da, genau wie Mittwoch. Komm einfach, wenn es dir passt. Sollte ich nicht da sein, wird sich jemand anderes gut um dich kümmern.«

»Bist du genervt?«, fragt Hyeri, schiebt schmollend die Lippe hervor und konkretisiert ihre Frage: »Von mir?«

Innerlich rolle ich mit den Augen. Ich hasse es, wenn Frauen ein übertriebenes aegyo – süßes - Verhalten nutzen, um möglichst niedlich zu sein. Viele Frau wenden es an und noch mehr Männer lieben es, dennoch ist es mir in diesem Moment zuwider. »Nein. Ich habe sechs Stunden Training und einige Stunden Arbeit hinter mir, ich bin einfach nur müde.«

Als Nächstes dreht sie ihren Kopf zur Seite und scheint zu überlegen, ob ich die Wahrheit sage. Was ich tue - zum Teil zumindest.

»Okay. Ich melde mich bei dir, komm gut nach Hause«, erwidert sie fröhlich und geht zu ihrem eigenen Wagen.

Erleichtert, dass sie mich in keine Diskussion verwickelt hat, mache ich mich auf den Heimweg. Die ganze Zeit über beschäftigt mich jedoch etwas an Hyeris Verhalten. Als ich aber selbst nach meiner dreiviertelstündigen Fahrt nicht weiß, was es ist, beschließe ich, die Sache auf sich beruhen zu lassen, und freue mich lieber darauf, dass ich Riley gleich noch kurz sehen werde.

Zu Hause angekommen, finde ich Riley immer noch auf dem Sofa liegend vor, augenscheinlich ist sie vor dem Fernseher eingeschlafen. Lächelnd hebe ich sie vorsichtig hoch und trage sie ins Schlafzimmer. Es befriedigt mich, zu fühlen, wie sie sich vertrauensvoll an meine Brust kuschelt, bevor ich sie sanft ins Bett lege und mich danach ausziehe. Sobald ich dann ebenfalls im Bett liege, scheint Riley magisch von mir angezogen zu werden, denn sie rutscht automatisch zu mir und schmiegt sich an mich.

»Ich habe dich vermisst«, flüstert sie im Halbschlaf

und ist sofort wieder eingeschlafen.

Erschöpft, aber unglaublich glücklich, schließe ich die Augen. »Ich habe dich auch vermisst.«

Selbst wenn unsere gemeinsame Zeit rar ist, bedeutet sie mir unendlich viel und macht genau deshalb jeden Moment, den wir miteinander verbringen, besonders für mich. Sobald die Dreharbeiten zu der Mini-Serie angefangen haben, werden wir uns noch weniger sehen, an manchen Tagen sogar gar nicht. Ich weiß, dass es mich belasten wird und ich Riley vermissen werde, ich weiß aber auch, dass ich sie lieber vermisse, als sie gar nicht in meinem Leben zu haben.

Kapitel 7

Riley

Soll ich dich zur Arbeit bringen?«, fragt Jae-Joon verschlafen und tritt hinter mich, sodass er mich umarmen und mir einen Kuss auf die Wange geben kann.

Unsere Blicke treffen sich im Badezimmerspiegel, und ich merke einmal mehr, wie viel er und unsere junge Beziehung mir bereits bedeuten. Niemals hätte ich erwartet, dass ich nach dem hässlichen Ende mit Nate und so kurzer Zeit so unglaublich glücklich sein könnte. Bei Jae-Joon habe ich das Gefühl, mich fallen lassen zu können, weil er mich immer auffangen wird.

»Du hast erst um vierzehn Uhr deinen Termin, bleib zu Hause und schlaf noch etwas. Ich weiß, dass du erst vor drei Stunden zurückgekommen bist«, antworte ich und trage eine dicke Schicht Mascara auf, während ich die Wärme seiner Umarmung genieße. »Außerdem wird Min-Ho die von dir versprochenen Drinks einfordern, sodass es für dich heute Abend sicher wieder spät wird.«

»Ich weiß«, seufzt er. »Kommst du mit?«

»Das mache ich davon abhängig, wer sich anschließt. Wenn ich die einzige Frau wäre, würde ich verzichten und euch Männer alleine losziehen lassen.«

»Okay.« Während ich mich weiter schminke, steht Jae-Joon immer noch hinter mir und macht keinerlei Anstalten, mich loszulassen. Tatsächlich habe ich das Gefühl, er würde noch etwas sagen wollen.

»Hat Min-Ho dich schon mal gefragt, ob ihr zu zweit ausgehen wollt?«, fragt er schließlich.

Ah, daher weht der Wind. »Nein, hat er nicht. In meiner ersten Woche habe ich zeitweise vermutet, dass er

Interesse an mir haben könnte, und das hat er vielleicht auch, aber nicht an mir als Frau, eher an mir als Freundin, die aus einem fremden Land und einer Kultur kommt, die ihn fasziniert. Eigentlich werde ich sogar das Gefühl nicht los, dass er auf So-Ra steht. Warum fragst du? Hat er dir gegenüber etwas erwähnt?«

»Als ich auf Tour war, hat er mir geschrieben, dass er eine neue Kollegin hat, die interessant ist und gut aussieht.«

»Machst du dir Sorgen wegen ihm?«, hake ich nach und drehe mich in seiner Umarmung um, sodass ich ihm in die Augen sehen kann.

»Dass du ihn mir vorziehen könntest? Nein, aber ich merke jetzt zum ersten Mal, was es bedeutet, eifersüchtig zu sein. Mit ihm wäre alles viel einfacher für dich.«

Ich glaube ihm, dass er nicht an mir zweifelt, dennoch erstaunt es mich, wie aufgewühlt er zu sein scheint. »Einfach ist nicht das, was ich will. Bevor wir entschieden haben, es miteinander zu versuchen, wussten wir, worauf wir uns einlassen. Auch, dass es eben nicht leicht sein wird.«

»Du hast recht«, bestätigt er und sieht dabei so süß aus, dass ich nicht anders kann, als ihm meine Arme um den Hals zu legen und ihn für einen zarten Kuss zu mir herunterzuziehen.

Wie schwer die Heimlichtuerei allerdings wirklich ist, und dass man manche Gefühle nicht unterdrücken kann, selbst wenn es der Kopf besser weiß, werde ich im Laufe des Tages noch auf schmerzhafte Weise lernen müssen.

Alles fängt damit an, dass Jae-Joon zwar pünktlich zu seinem Trainingstermin kommt, jedoch nicht allein, sondern in Begleitung von Hyeri. Ich weiß, dass sie seine Kollegin bei der Variety-Show ist und erkenne sie daher sofort. Dass sie in Wirklichkeit noch hübscher, aber vor allem größer und schlanker ist als im Fernsehen, verpasst meiner Laune den ersten Dämpfer. Der zweite folgt, sobald die beiden zu mir an die Anmeldung kommen und ich die Vertrautheit zwischen ihnen sehen und auch spüren kann. Hyeri hängt regelrecht an seinem Arm, und er lässt es zu, während er mich wie eine Fremde behandelt. Im Grunde verhält er sich mir gegenüber nicht anders als sonst in der Öffentlichkeit, dennoch tut es weh, ihn so intim mit einer anderen Frau zu erleben. Für einen kurzen Moment treffen sich unsere Blicke, und ich erkenne, wie er sich stumm bei mir entschuldigt. Die Situation wird dadurch jedoch nicht besser.

»Sie ist heute mein Gast und will sich das Studio für einen möglichen Wechsel anschauen. Die Details für das Probetraining sind mit Trainer Han abgesprochen«, verkündet er mir gegenüber, was mich ärgert. Wenn er genug Zeit hatte, um mit dem Chef zu sprechen, warum lässt er es dann zu, dass mich ihr gemeinsames Auftauchen kalt erwischt? Hätte er mir nicht ebenfalls Bescheid geben können?

»Dann wünsche ich einen schönen Aufenthalt«, antworte ich gespielt fröhlich und reiche ihnen mit einem hoffentlich überzeugenden Lächeln frische Handtücher.

»Danke.« Jae-Joon nimmt sie mir ab und streichelt mir kurz und unauffällig mit dem Zeigefinger über den Handrücken. Offensichtlich ist ihm bewusst, dass er uns in eine beschissene Lage gebracht hat. Daher besänftigt mich seine wortlose Entschuldigung zumindest ein wenig.

Sobald die beiden für einige Zeit außer Sichtweite sind, versuche ich, mich zu beruhigen und mich nicht darüber zu ärgern, dass sie zusammen hierhergekommen sind. Immerhin weiß ich, dass sie Kollegen sind. Was ist also dabei, wenn er sie mitbringt, damit sie sich unser Fitnessstudio anschauen kann? Als Nächstes regt mich jedoch auf, dass sie jede Gelegenheit nutzt, die sie in den folgenden Stunden bekommt, um ihn zu berühren. Für meinen Geschmack verhält sie sich aufdringlich und distanzlos. Dabei bin ich bisher der festen Überzeugung gewesen, dass koreanische Frauen zurückhaltend wären, vor allem in der Öffentlichkeit. Hyeris dauernde Suche nach der Nähe *meines* Freundes macht mich wütend. Nicht unbedingt auf sie, da sie nicht weiß, dass Jae-Joon mit mir zusammen ist, aber auf ihn. Warum weist er sie nicht in die Schranken? Hat er nicht vor einiger Zeit noch gesagt, dass er es hasst, von Fremden angefasst zu werden?

Zum ersten Mal bekomme ich einen Vorgeschmack darauf, wie hart es ist, eine Beziehung im Geheimen zu führen. Unter normalen Umständen würde ich zwar auch keine Szene machen, ihr aber zumindest klar zu verstehen geben können, zu wem er gehört. Gestern wollte ich es mir nicht eingestehen, hatte aber bereits beim Schauen der Show den Eindruck, dass Hyeri Interesse an Jae-Joon hat. War vielleicht sogar mal etwas zwischen ihnen? Ohne es zu wollen, betrachte ich die beiden, wie sie inzwischen auf einer der Sportmatten liegen und Sit-ups machen. Sie sehen gut zusammen aus – wie das typische Celebrity-Paar. Neid lodert in mir auf. Sie sieht selbst nach zwei Stunden Schwitzen immer noch absolut perfekt aus. Genau genommen scheint es so, als hätte sie überhaupt nicht geschwitzt und würde auch sonst keinen Hauch von Anstrengung verspüren. Je länger ich dabei zusehen muss, wie sie in der Öffentlichkeit problemlos Zeit miteinander verbringen können, desto schlechter wird meine Laune. Dementsprechend frustriert bin ich, als ich meinen Rundgang durchs Studio mache, um zu sehen, ob jedes Mitglied wunschlos glücklich ist.

»Wir wollen nach Feierabend auf ein paar Drinks gehen, willst du mitkommen?«, höre ich Min-Ho fragen.

Ich ahne zwar, wen er soeben zu *unserer* Abendplanung eingeladen hat, drehe mich aber dennoch um und werde Zeuge, wie Hyeri das Angebot begeistert annimmt. Ich kann nicht verhindern, dass meine Laune unter den Gefrierpunkt wandert und ich sogar noch verletzter bin als zuvor. Was finden alle so toll an ihr, dass ich kaum Beachtung finde? Ich rufe mir erneut in Erinnerung, dass Jae-Joon sich mir gegenüber nicht anders verhält als sonst im Studio. Gerade tut es aber wirklich weh, wie Luft behandelt zu werden, während eine andere Frau seine volle Aufmerksamkeit bekommt. Genau genommen nicht nur seine, sondern auch Min-Hos und Trainer Hans.

Als hätte zumindest einer gemerkt, was in mir vorgeht, dreht Nam-Do den Kopf zu mir und ertappt mich dabei, wie ich zu ihnen hinüberschaue. Einige Sekunden lang mustert er mich. Was seine Musterung zu bedeuten hat, weiß ich nicht, nur, dass er ein feines Gespür für meine Laune zu haben scheint und merkt, wie gereizt ich innerlich bin.

Als Hyeri dann auch noch zu lachen beginnt, habe ich das Gefühl, schreien zu müssen. Bevor ich das tue oder sogar explodiere, trete ich den Rückzug an. Sie hat die Aufmerksamkeit von drei Männern, ist mit Sicherheit wunschlos glücklich und braucht bestimmt kein beschissenes frisches Handtuch. Zumal ich davon ausgehe, dass jeder von ihnen – mein Freund inklusive – sofort springen würde, wenn sie um etwas bittet.

»Oppa!«, höre ich sie aus der Ferne rufen und weiß, ohne hinzusehen, dass sie Jae-Joon dabei anhimmelnd anblickt. Am liebsten würde ich vor Wut kotzen, und dafür hasse ich mich. Aber viel mehr hasse ich es, wie verletzt und hilflos ich mich fühle.

Die nächste Stunde zieht sich und ein pochender Schmerz macht sich zunehmend in meinem Kopf breit. Eigentlich möchte ich mir Hyeri nach Feierabend nicht antun. Ihr die Menschen, die mir mittlerweile ans Herz gewachsen sind, zu überlassen, passt mir aber noch weniger. An sich weiß ich zwar, dass meine Eifersucht lächerlich ist und ich Hyeri unter anderen Umständen vielleicht mögen würde, dennoch kann ich nichts gegen meine Gefühle tun und sie allein aus Prinzip nicht leiden.

»Alles okay?« Wie immer ist Trainer Han wie aus dem Nichts erschienen und steht plötzlich neben mir, während er mich durchdringend ansieht.

»Kopfschmerzen«, erwidere ich und bin mir darüber im Klaren, dass er weiß, mich plagen nicht nur Kopfschmerzen.

»Mach dir keine Sorgen«, versucht er, mich zu trösten, und holt zwei Flaschen Wasser aus dem Kühlschrank hinter der Theke. Eine davon gibt er mir.

»Danke«, sage ich und meine damit nicht nur die Flasche. Auch wenn ich weiß, dass ich es nicht tun sollte, wandert mein Blick wieder zu Jae-Joon und Hyeri. Mittlerweile laufen sie gemeinsam auf zwei nebeneinanderstehenden Laufbändern und scheinen sich prächtig miteinander zu unterhalten. Unbewusst quetsche ich die Flasche in meiner Hand zusammen und bringe sie dadurch zum Quietschen.

»Es geht nicht anders«, erklärt Trainer Han ruhig und scheint tatsächlich zu verstehen, was ich empfinde.

»Ich weiß.« Das weiß ich wirklich, dessen ungeachtet kann ich nicht verhindern, dass ich mich schlecht fühle.

»Im Moment ist nicht viel los, geh nach draußen, schnapp ein bisschen frische Luft und gönn dir eine Pause, sonst werden dir auch die Kollegen anmerken, dass etwas nicht stimmt.«

»Tut mir leid«, entschuldige ich mich und bin plötzlich kurz vorm Weinen. Normalerweise bin ich weder unsicher noch weinerlich, doch die unerwartete Trennung von Nate hat mich innerlich vermutlich so sehr verunsichert, dass ich meine Ängste auf meine neue Beziehung mit Jae-Joon projiziere. Was unfair ist, weil ich weiß, dass er sich nicht nur die Zeit mit mir vertreibt … oder?

Auf einmal kann ich keine Sekunde länger im Gebäude bleiben und schnappe mir überstürzt meine Jacke. Erst als ich mich draußen, einen Block weiter, auf eine Bank fallen lasse, habe ich das Gefühl, wieder zu Sinnen zu kommen. Mit etwas Abstand kann ich die Situation klarer und objektiver betrachten. Tief durchatmend hole ich mein Handy hervor und will mich auf Instagram ablenken, entdecke dann aber eine Nachricht, die Jae-Joon mir bereits vor Stunden geschickt hat und die ich bisher nicht gesehen habe.

Meine Kollegin Hyeri hat gefragt, ob ich ihr unser Fitnessstudio zeigen kann. Sie will mich später zum Training begleiten. Du wirst sicher nicht begeistert sein, das ist auch in Ordnung, aber ich kann ihre Bitte nicht ablehnen. Es tut mir leid, wenn ich dich damit verletzen sollte.

Sofort fühle ich mich schuldig und eine einzelne Träne rollt mir über die Wange. Weshalb habe ich an Jae-Joon gezweifelt und warum tut mir die Situation trotzdem so weh? Gleichzeitig erkenne ich, was es bedeutet, in einer Beziehung mit einem Star zu sein, und ahne, dass es niemals besser werden wird - zumindest nicht, solange wir es geheim halten müssen. Dennoch hilft Jae-Joons Nachricht mir, neue Kraft zu schöpfen und Vertrauen zu ihm zu fassen. Außerdem habe ich heute Morgen noch zu ihm gesagt, dass ich mir darüber im Klaren bin, dass ein Wir nicht leicht sein wird. Daher ist es übertrieben, nach kaum mehr als zehn Stunden so extrem eifersüchtig zu reagieren. Immerhin wird die Situation für ihn nicht viel einfacher sein.

Ich gönne mir weitere zehn Minuten, um wieder herunterzukommen, und gehe danach langsam zur Arbeit zurück. Jedoch nicht, ohne für das Team frische Früchte an einem der Straßenstände zu kaufen. Im Studio angekommen, stelle ich zu meiner Erleichterung fest, dass Hyeri gegangen ist. Diese Freude hält aber nicht lange an. Min-Ho kommt nach einiger Zeit zu mir und fragt mich erneut, ob es dabei bleibt, dass ich nach meiner Schicht mit ihm und den anderen etwas trinken gehe. Über diese Frage hätte ich mich gefreut, wenn er nicht zeitgleich erwähnt hätte, dass Hyeri kurz nach Hause gefahren sei, um sich zurechtzumachen, und später nachkommen würde. Was ist so toll an ihr, dass Min-Ho, der tagtäglich Berühmtheiten trainiert, so sehr von ihr schwärmt und scheinbar sogar So-Ra vergessen hat? Erst jetzt fällt mir auf, dass sie sich heute während der Arbeit auffällig rar gemacht hat. Mittlerweile steht sie nämlich immer öfter mit mir und Min-Ho am Empfang, um zu quatschen, statt in ihrem Kursraum zu bleiben und auf den Beginn der nächsten Stunde zu warten. Fühlt sie sich ebenfalls durch Hyeri bedroht? Ich gehe nämlich stark davon aus, dass sie Interesse an Min-Ho hat.

»Wohin gehen wir?«

»Weiß noch nicht, Hyeri wollte uns einen Geheimtipp zeigen und uns die Adresse schicken, damit wir uns alle dort treffen können.«

»Aha«, gebe ich wenig begeistert zurück und sehe aus dem Augenwinkel, dass Jae-Joon auf uns zukommt.

»Könnte ich bitte einen Eiweißshake bekommen?«, fragt er und sieht mich durchdringend an.

Ich bin mir sicher, dass er gemerkt hat, dass ich schlechte Laune habe. »Welche Sorte?«, frage ich und weiß jetzt schon, dass er Cookies & Cream wählen wird.

»Cookies & Cream, bitte«, erwidert er tatsächlich. Was mich befriedigt und darin bestätigt, dass uns etwas verbindet.

Während ich den Shake zubereite, unterhalten sich die

beiden Männer – wie könnte es anders sein – über Hye-ri.

»Und? Glaubst du, sie wird zu uns wechseln?«, fragt Min-Ho.

»Sie war auf jeden Fall begeistert«, antwortet Jae-Joon und wirft mir einen Seitenblick zu. Sollte sie tatsächlich Mitglied bei uns werden, ahne ich bereits, dass die Arbeit für mich die Hölle sein wird.

»Ich bin gespannt. Na ja, ich muss jetzt zu meinem nächsten Termin. Wir sehen uns später«, verabschiedet sich mein Kollege und lässt uns allein.

»Ist alles okay zwischen uns?«, fragt Jae-Joon leise.

Ich seufze. »Ja.«

»Aber du bist sauer?«

Ja, das bin ich, aber ich weiß, dass es unfair ist, ihn dafür verantwortlich zu machen, daher antworte ich: »Es ist keine schöne Situation.«

»Es tut mir leid«, entschuldigt er sich.

Sofort kribbelt es in meiner Nase, und ich spüre, wie mir Tränen in die Augen steigen. Niemals hätte ich gedacht, dass mich das alles so sehr belasten würde. »Lass uns zu Hause darüber reden«, gebe ich zurück und spüle den Shaker aus, allein um mich abzulenken und ihn nicht ansehen zu müssen.

»Ich will nicht, dass das zwischen uns steht.«

Ich merke, dass meine Emotionen mich übermannen wollen und ich kurz davor bin, meinem Frust freien Lauf zu lassen.

»Hör auf«, bitte ich ihn, meine damit nicht nur, dass er hier, auf der Arbeit und vor so vielen Menschen, das Thema ruhen lassen soll, sondern auch, dass er nicht zulassen soll, dass eine andere Frau ihm so nahe ist.

Jae-Joon öffnet den Mund, will sich wahrscheinlich ein zweites Mal entschuldigen oder irgendetwas Beschwichtigendes sagen, klappt ihn dann jedoch zu und nimmt stattdessen einen Schluck von seinem Shake.

Zum ersten Mal bin ich dankbar, dass abends viel los ist und sich als Nächstes ein Schwung Mitglieder auschecken lässt, was Jae-Joon zum Rückzug zwingt.

Eigentlich habe ich nicht erwartet, dass der Abend noch schlimmer werden könnte, aber es gibt das Sprichwort *Schlimmer geht immer* nicht umsonst.

Wir sind soeben bei der Adresse angekommen, die Hyeri Jae-Jon geschickt hat, und es ist natürlich kein gemütlicher Laden, der von einer Ajumma betrieben wird und in dem wir Soju und Snacks bekommen, sondern eine luxuriöse Rooftop-Bar, wo stattdessen schweineteure Cocktails und Canapés serviert werden. Gerade bin ich wirklich froh darüber, dass ich heute Morgen ein modisches Strickkleid und meine liebsten hochhackigen Overkneestiefel angezogen habe. Neben Hyeri in ihrem engen schwarzen Rock und der verspielten, aber sexy Bluse, fühle ich mich jedoch nicht nur underdressed, sondern fast schon schäbig. Meine Konkurrentin sieht hingegen perfekt aus, so perfekt, als wäre sie einem Modemagazin entsprungen. Sie hat ein raffiniertes Make-up aufgetragen und ihre Haare fallen ihr in weichen langen Locken über die Schultern. Es ist also kein Wunder, dass sie die ganze Aufmerksamkeit auf sich zieht.

Tatsächlich würde ich sogar so weit gehen und sagen, dass ich mich wie das fünfte Rad am Wagen fühle, und das, obwohl wir sechs Personen sind. Hyeri dominiert die Gespräche, sodass ich nicht zu Wort komme. Genau genommen findet sowieso keine Konversation statt, sondern alle hängen nur an ihren Lippen. Gleichzeitig werde ich geschickt durch die von Hyeri bestimmte Sitzplatzierung von meinen Kollegen und Jae-Joon abgeschottet, weshalb ich noch nicht mal die Chance habe, seinen Blick zu treffen. Dementsprechend frustriert trinke ich bereits meinen zweiten Cocktail und merke, dass ich schon angetrunken bin. Im Grunde ist es mir aber egal, denn wenigstens das Kribbeln des Alkohols wärmt mein Innerstes.

Ich betrachte die Situation und fühle mich, als würde ich wie eine Fremde von außen zuschauen. Würde es jemandem auffallen, wenn ich aufstehen und einfach gehen würde? Zumindest fällt es keinem auf, als ich mich auf den Weg zu den Sanitäranlagen mache. Ich realisiere dafür, dass ich inzwischen schon wesentlich angetrunkener bin, als ich vermutet habe. In meinem Kopf dreht sich alles und ich bin wackelig auf den Beinen. Erst als ich bei den Waschräumen ankomme und mir das Gesicht mit kaltem Wasser bespritze, geht es mir wieder besser. Dennoch setze ich mich auf eines der Sofas im Vorraum der Toilette und atme tief durch. Was spielt meine Anwesenheit bei diesem Treffen für eine Rolle? Keine! Ich quäle mich nur selbst, wenn ich bleibe. Es wird mich zwar ebenso quälen, allein zu Hause zu sitzen, aber wenigstens müsste ich dann nicht zusehen, wie mein Freund sich mit einer anderen amüsiert, während ich blöd daneben sitze.

Resignierend seufze ich. Mittlerweile bin ich nicht mal mehr sauer, sondern nur noch erschöpft. Wahrscheinlich wäre es am besten, wenn ich einfach ein Taxi nehmen und den Rückzug antreten würde. Mein Handy vibriert in meiner Tasche und mein Herz beginnt hoffnungsvoll zu pochen. Macht Jae-Joon sich vielleicht Sorgen und will wissen, ob es mir gut geht?

Tatsächlich trifft mich seine Nachricht wie ein Schlag ins Gesicht. *Hyeri ging es plötzlich nicht gut, sie hat mich gebeten, sie nach Hause zu fahren. Ich konnte nicht ablehnen, da nur ich mit dem Auto da bin und nicht getrunken habe. Um diese Uhrzeit ein Taxi zu bekommen, würde zu lange dauern. Zieh mit den anderen weiter. Ich hole dich ab, sobald ich Hyeri abgesetzt habe.*

Kümmere dich nicht um mich. Ich finde den Heimweg auch ohne dich, tippe ich und kann nicht verhindern, dass ich schnippisch klinge. Denn diese Schnippischkeit ist gerade das Einzige, was mich davon abhält, loszuheulen.

»Da bist du ja«, begrüßt Min-Ho mich, als ich mich nach weiteren fünfzehn Minuten endlich gefangen habe und zu unserem Tisch zurückkomme. »Hyeri ging es plötzlich nicht gut. Jae-Joon bringt sie nach Hause. Sollen wir weiterziehen? Wir wollen gerne auf ein paar echte Drinks gehen.«

»Nein danke, ich bin für heute bedient«, antworte ich und kann nicht verhindern, dass ich auch auf Min-Ho sauer werde. Wenn diese Bar nicht nach seinem Geschmack ist, weshalb zum Teufel hat er das nicht früher gesagt? Warum hat er sich wegen dieser blöden Kuh verstellt und getan, als würde er Spaß haben?

»Kommst du alleine nach Hause?«, fragt Si-Won besorgt und ich bin auf ihn ebenfalls wütend. Wieso war ich für alle wie Luft, als Hyeri noch da war, und werde jetzt so behandelt, als wäre ihnen mein Wohlergehen wichtig?

»Ja, ich habe nicht viel getrunken und nehme mir ein Taxi.« Bevor irgendwer noch etwas sagen kann und ich die Selbstbeherrschung verliere, greife ich nach meinen Sachen und verlasse die Bar. Scheinbar meint jemand, dass ich ein wenig Glück verdient habe, denn bereits einige Minuten später sitze ich in einem Taxi und fahre nach Hause.

Kaum habe ich die Wohnung betreten und die Tür hinter mir geschlossen, brechen die Dämme in mir, und ich beginne, hemmungslos zu schluchzen. Ohne darüber nachzudenken, hole ich meine Decke aus dem Schlafzimmer und verkrümele mich mit ihr auf den dunklen Balkon. Ich weiß, dass Jae-Joon bald zurück sein wird, und bin noch nicht für eine Konfrontation mit ihm bereit. In die dicke Bettdecke gehüllt, kuschle ich mich in den kalten Liegestuhl und betrachte den

Himmel. Die Nacht ist so klar, dass ich sogar die Sterne funkeln sehen kann. Normalerweise würde ich den Moment genießen, gerade sind meine Gedanken jedoch ein einziges Chaos, sodass ich nicht klar denken und gar nicht aufhören kann, zu weinen. Dennoch werden meine Schluchzer nach einiger Zeit zu stummen Tränen.

Irgendwann höre ich, wie Jae-Joon nach Hause kommt und in der Wohnung nach mir sucht. Dass ich zurück bin, wird er an meinen Stiefeln in der Diele gesehen haben. Es dauert nicht lange und die Tür öffnet sich. Ein dünner Streifen Licht fällt durch den Türspalt auf den Balkon, als er zu mir in die kalte Nacht tritt. »Hier bist du, ich habe mir Sorgen um dich gemacht.«

»Wie du siehst, habe ich auch ohne dich zurückgefunden«, antworte ich und schlucke die Tränen herunter, weiß aber, dass er allein wegen meiner verstopften Nase hört, dass ich weine.

»Es tut mir leid«, flüstert er und hockt sich neben mich.

Zögernd will er nach meiner Hand greifen, doch ich entziehe sie ihm. Wie kann ich seine Hand halten, während er nach dem ekelhaft penetranten Parfüm einer anderen riecht? Mein Vertrauen in ihn ist groß genug, um zu wissen, dass er mich nicht betrügen würde, dennoch kann ich seine Anwesenheit gerade nicht ertragen.

Ein frischer Schwall Tränen rinnt über meine Wangen und ich antworte schluchzend: »Ich weiß, trotzdem … dich mit Hyeri zusammen zu sehen - von allen wie Luft behandelt zu werden - war heute zu viel für mich.«

»Du weißt, dass ich dir nicht wehtun wollte, oder?«, fragt er und hört sich so unendlich traurig und schuldig an, dass ich mich ebenfalls schuldig fühle, weil ich nicht auf ihn zugehen kann.

Mein Kopf weiß, dass Jae-Joon sich so verhalten hat, um unsere Beziehung zu verheimlichen, gleichzeitig will mein Herz es nicht verstehen, dass ich dabei unweigerlich verletzt werden musste.

»Ja, aber selbst, wenn du es nicht wolltest, heißt es nicht, dass es weniger wehtut«, stoße ich zittrig aus und beiße mir auf die Unterlippe, um nicht erneut loszuschluchzen. Ich bin mir darüber im Klaren, dass ich ihn mit meinem Verhalten ebenfalls verletze, aber die Situation überfordert mich so sehr, dass ich nicht anders kann, als ihn für den Moment von mir zu stoßen. »Lassen wir den Tag sacken und reden morgen.«

Es vergehen einige Augenblicke, doch dann steht er wortlos auf und geht zurück in die Wohnung. Ich höre, wie er ins Badezimmer geht, um zu duschen, und kann sofort ein wenig freier atmen. In dem Bewusstsein, dass er nach einer fremden Frau riecht, hätte ich niemals zu ihm ins Bett steigen können. Auch wenn ich mir sicher bin, dass zwischen ihnen nichts gelaufen ist, frage ich mich, wie es sein kann, dass mich sogar ihr Parfüm bis nach Hause verfolgt.

Oder ist vielleicht doch etwas vorgefallen? Nein, das hätte er mir gesagt, oder? Ja, das hätte er!, beruhige ich mich selbst nachdrücklich. Aber was ist mit der Vergangenheit? Meine Gedanken kreisen weiter. Waren sie mal zusammen und sind deshalb so vertraut miteinander? Mir wird bewusst, dass er viel über Nate und mich weiß, ich aber nichts über ihn und seine Beziehungen. Andererseits, will ich wissen, wen er mal geliebt hat? Was ist, wenn er wirklich mit Hyeri oder mit einer anderen verdammt sexy Frau zusammen gewesen ist? Würde ich dann nicht unweigerlich noch mehr Selbstzweifel bekommen, selbst wenn ich keinen Grund dafür habe? Je länger ich draußen sitze und grüble, desto schlimmer werden meine Ängste. Meine Gedanken sind ein einziges Chaos und ich fühle mich schrecklich, zeitgleich wird der Ruf meines Herzens lauter. Der Wunsch - die Sehnsucht - nach Jae-Joons Nähe wird unglaublich groß, und ich erkenne, dass ich, selbst wenn ich innerlich so aufgewühlt und immer noch verletzt bin, bei ihm sein will. Ich brauche seine Nähe, um aus ihr die Zuversicht zu gewinnen, dass zwischen uns alles gut werden wird.

Als hätte er gespürt, dass ich ihn brauche, steht er plötzlich wieder neben mir. Das Licht aus dem Flur fällt so auf sein Gesicht, dass ich das tiefe Bedauern und die Trauer in seinem Blick erkennen kann. Sofort schnürt es mir erneut die Kehle zu. Er leidet zwar anders als ich unter der Situation, trotzdem leidet er ebenso sehr. Wortlos streckt er die Hand nach mir aus, und dieses Mal bin ich bereit, zu ihm zu kommen. Seine Finger schließen sich warm und fest um meine Hand und wir gehen schweigend ins Schlafzimmer. Ich bin dankbar, dass er gewillt gewesen ist, noch mal einen Schritt auf mich zu zu machen und gleichzeitig zu akzeptieren, dass ich im Moment nicht über die Geschehnisse des Tages reden kann.

Sobald wir im Bett liegen, deckt er uns zu, nimmt mich in den Arm, streichelt mir beruhigend über den Rücken, flüstert sinnlose, aber tröstende Worte in mein Ohr und lässt es zu, dass ich an seiner Brust weine. Die heilende Wirkung von Tränen und seiner Nähe setzt endlich ein, und ich weiß, dass wir spätestens morgen die erste schwierige Hürde in unserer Beziehung überstanden und hinter uns gelassen haben werden.

Jae-Joon

Riley ist vor einer halben Stunde endlich eingeschlafen, mir ist hingegen nicht nach schlafen, dafür bin ich zu aufgewühlt. Wobei aufgewühlt das falsche Wort ist. Ich fühle mich beschissen – wie ein mieses Arschloch, das seine Freundin absichtlich den ganzen Tag links liegen gelassen und wie Dreck behandelt hat. Natürlich war mir klar, dass es Riley verletzen könnte, mich mit Hyeri zusammen zu sehen. Wie sehr ich ihr tatsächlich damit wehtun würde, habe ich jedoch nicht geahnt. Auch nicht, dass es mich innerlich zerreißen würde, sie wegen mir leiden und letztlich sogar weinen zu sehen. Ich mache mir Vorwürfe, dass ich die Situation habe eskalieren lassen und Hyeri nicht sofort abgewiesen habe. Andererseits, wann hätte ich ihr, verständlich und ohne sie bloßzustellen, erklären sollen, dass ihre Suche nach meiner Nähe anderen einen falschen Eindruck vermitteln und mich in Schwierigkeiten bringen könnte? Jetzt habe ich meine Datingsperre und meinen engen Terminplan als Vorwand genommen, um ihr begreiflich zu machen, dass ich es mir im Moment nicht leisten kann, außerhalb der Dreharbeiten und der Sendung so vertraut mit ihr gesehen zu werden. Sie schien Verständnis dafür zu haben.

Tatsächlich bin ich mir aber nicht sicher, ob sie auch verstanden hat, dass es meine Art war, um ihr auf eine indirekte, nette und nicht verletzende Weise zu sagen, dass ich kein Interesse an ihr als Frau habe. Die Beziehung zu Riley passt zwar genau genommen auch nicht in meinen bisherigen Lebensplan, aber für sie bin ich bereit, alles zu tun, weil ich sie in meinem Leben haben will. Deshalb kann mich auch kaum etwas davon abhalten, mit ihr zusammen zu sein – von den ganzen beschissenen Umständen mal abgesehen. Umstände, die mich daran hindern, offiziell bekannt zu geben, dass ich in einer Beziehung bin.

Ich seufze. Ohne diese Sperre wäre so vieles einfacher. Hyeri hätte erst gar nicht meine Nähe gesucht, und meine Freunde wären niemals auf die Idee gekommen, mich dazu zu drängen, sie nach Hause zu bringen. Aber was noch viel wichtiger ist, ich müsste jetzt keine Angst haben, dass Riley die Heimlichtuerei zu viel werden könnte und sie sich deshalb früher oder später von mir trennt.

Plötzlich muss ich schwer schlucken und realisiere, wie sehr mich die Geschehnisse des Tages belasten. Zu lächeln, auch wenn mir nicht danach war, ist unglaublich anstrengend gewesen. Hyeris offensive Art, so viel Zeit mit ihr verbringen zu müssen und ununterbrochen von ihr berührt zu werden, war mir schrecklich unangenehm. Tatsächlich ärgere ich mich über sie. Ich habe mich ihr immer wieder entzogen und zumindest nonverbal klargemacht, dass ich nicht angefasst werden will, dennoch hat Hyeri sich davon nicht beirren lassen. Oder war ich aus Angst davor, eine Szene hervorzurufen, nicht deutlich genug? Hat Riley dadurch vielleicht den Eindruck gewonnen, mir würde es gefallen, Hyeris Aufmerksamkeit zu bekommen? Natürlich ist mir aufgefallen, wie Riley zunehmend darum gekämpft hat, die Fassung zu wahren, auch dass ihr die Situation irgendwann zu viel geworden ist und Nam-Doo sie deshalb zum Durchatmen an die Luft geschickt hat.

Mein Ärger auf mich und meine Freunde steigert sich weiter. Ich kann verstehen, dass Hyeri faszinierend wirkt, allein weil sie erfolgreicher und berühmter als die meisten Stars aus dem Studio ist und laut einem Magazin sogar zu den schönsten Frauen in Korea gehört. Nichtsdestoweniger kann ich nicht nachvollziehen, wie vor allem Min-Ho Riley links liegen lassen konnte. Immerhin stehen sie sich inzwischen nahe.

Die Situation in der Bar war für Riley zweifelsohne der Höhepunkt eines beschissenen Abends. Tatsächlich bin ich mir mittlerweile sicher, dass Hyeri sie absichtlich ausgegrenzt hat. Was ich aus vielerlei Hinsicht nicht verstehen kann, zumal ich Hyeri nie als eine fiese Frau eingeschätzt hätte. Meine Gedanken springen weiter. Habe ich mich so sehr in meiner Kollegin getäuscht? Ich gebe zu, dass ich vollkommen blind für Frauen und ihrem möglichen Interesse an mir gewesen bin, aber so blind? Ich habe bereits gestern beim Dreh gemerkt, dass sie anders ist, konnte aber nicht sagen, weshalb. Warum ist sie plötzlich an mir interessiert? Egal wie ich es drehe und wende, ich komme zu keiner Erkenntnis. Da es im Grunde aber keine Rolle spielt, denke ich lieber darüber nach, wie ich das mit Riley wieder hinbekomme. Dass sie mit mir ins Bett gekommen ist und in meinen Armen schläft, zeigt mir zwar, dass sie einen Schritt auf mich zugekommen ist und mir letztlich auch vertraut, aber das heißt noch lange nicht, dass alles gut zwischen uns ist. Und ohne dass wir noch mal in Ruhe gesprochen haben, kann ich niemals sicher sein, dass alle Missverständnisse geklärt sind.

Plötzlich stöhnend, windet Riley sich neben mir. Wenn sie selbst im Schlaf so unruhig ist, muss sie innerlich sehr aufgewühlt sein. Tröstend streiche ich mit den Fingern über ihre Wangen. Die Tränen sind getrocknet, dennoch verrät die Schwellung unter ihren Augen, wie heftig sie geweint hat. Liebevoll ziehe ich sie dichter an mich, hauche ihr Küsse auf die gereizte Haut und flüstere, wie leid es mir tut und dass ich alles wiedergutmachen werde. Scheinbar hilft es, denn kurz darauf schläft sie friedlich weiter.

Mir ist hingegen nach wie vor nicht nach schlafen. Selbst wenn ich vollkommen fertig und ausgelaugt bin, kreisen meine Gedanken wild umher. Ich habe die Vorbereitungen für unser zweites Date noch nicht abgeschlossen, glaube aber, dass genau das, was ich für Riley geplant habe, nötig ist, um ihr deutlich zu machen, dass sie die Einzige für mich ist. Kurz überschlage ich, was mir noch fehlt und wie ich Nam-Doo dazu bekomme, mir seine Wohnung für einen Abend zu überlassen. Wobei Letzteres wohl das geringere Problem sein wird, viel schwieriger wird es sein, ihn davon zu überzeugen, mir zumindest den halben Tag freizugeben. Natürlich ist er weder mein Boss noch mein

Manager, aber ohne Grund habe ich ihn nicht als meinen Personal Trainer engagiert, sondern dafür, mich zu drillen und für Aufträge fit zu machen.

Irgendwann muss ich dann aber doch eingeschlafen sein, denn als ich mit wild pochendem Herzen aus dem Schlaf schrecke, dämmert es bereits. Aufgeregt taste ich nach Riley, finde sie aber nicht neben mir. Sofort gerate ich in Panik und taumle aus dem Bett. Hat sie mich verlassen? Weder im Badezimmer noch in der Küche, dem Wohnzimmer oder auf dem Balkon ist sie, sogar ihre Stiefel sind weg. Ich habe das Gefühl, nicht atmen zu können. Gerade will ich nach meinem Handy suchen und sie anrufen, als ich das Piepen des Türschlosses höre und Riley die Wohnung betritt.

»Wo warst du? Ich habe gedacht, du wärst gegangen.« Ohne darüber nachzudenken, reiße ich sie in meine Arme und nehme keine Rücksicht darauf, dass sie gerade dabei ist, ihre Schuhe auszuziehen.

»Ich war nur kurz einkaufen. Wohin hätte ich denn sonst gehen sollen?«, fragt sie und löst sich so weit von mir, dass sie die Hände an meine Wangen legen und mir in die Augen sehen kann.

»Ich weiß nicht«, gebe ich zu. »Weg von mir? Ich bin aufgewacht und du warst nicht mehr da …«

»Der gestrige Tag war offenbar für uns beide ein bisschen viel.« Zu meiner Überraschung zieht sie mich zu sich hinab und gibt mir einen sanften Kuss auf den Mund. »Ich wollte uns Frühstück machen, dabei ist mir aufgefallen, dass wir keinen Reis und auch keine Eier mehr haben.«

Erst jetzt sehe ich, dass ein kleiner Sack Reis und eine Packung Eier auf der Kommode liegen.

»Es tut mir leid«, sage ich leise, entschuldige mich für meine Überreaktion und gleichzeitig für die Geschehnisse des Vortages.

»Ich weiß. Mir tut es ebenfalls leid. Ich habe nicht

darüber nachgedacht, wie du dich fühlst«, antwortet sie und bezieht sich dabei, genau wie ich, nicht nur auf diesen Augenblick. Wider Erwarten wird sie sogar noch konkreter. »Das mit uns ist so frisch, dass ich unsicher geworden bin, obwohl ich dir vertraue. Ich bin es nicht gewohnt, nicht eingreifen zu können, wenn eine andere Frau meinen Freund anmacht. Aber noch viel schlimmer fand ich es, dass sie dir nahe sein konnte, während wir so tun mussten, als würden wir uns nicht kennen.«

»Für mich war und ist die Situation auch nicht einfach. Ich wusste, dass ich dich verletzt habe, und konnte dennoch nichts daran ändern.« Ich strecke die Hand aus und streiche mit dem Daumen über ihre Wange – fahre die immer noch zu erkennende leichte Rötung unter ihren Augen nach. »Natürlich ist mir klar, dass ich Hyeri sofort und vor allem deutlicher hätte zurückweisen müssen, aber das hätte womöglich in einer hässlichen Situation und Gerüchten geendet.«

»Mein Kopf versteht dein Handeln, mein Herz nicht.«

»Mir geht es nicht anders, deshalb habe ich gestern Abend mit Hyeri geredet. Selbstverständlich konnte ich ihr nicht sagen, dass ich mit dir zusammen bin, aber ich habe ihr zu verstehen gegeben, dass ich nicht vorhabe, mich noch mal außerhalb der Arbeit mit ihr zu treffen.«

»Wie hat sie es aufgenommen?«

»Da ich es ihr anhand der Datingsperre und meines straffen Terminplans erklärt habe, schien sie es akzeptieren zu können.«

»Aber?«

»Aber ich bin mir nicht sicher, ob sie es nicht noch mal versuchen wird. Ich werde Nam-Doo darum bitten, dass er sie nicht mehr in die Trainingsgruppe lässt, wenn ich dabei bin. Das heißt aber nicht, dass sie sich nicht doch beim Cardiotraining zu mir gesellt.«

Riley nickt verstehend und fragt dann: »Lief jemals etwas zwischen euch beiden?«

»Nein, und genau deshalb ist ihr verändertes Verhalten mir gegenüber unverständlich. Wir standen uns bisher zwar nahe und ich mochte sie als Kollegin, aber es ist nie über ein paar Drinks oder ein Essen mit den anderen aus der Sendung hinausgegangen. Wir haben uns in den drei Jahren nie alleine getroffen, und Hyeri hat mir auch nie zu verstehen gegeben, dass sie Interesse an mir als Mann hat.«

»Du mochtest sie wirklich immer nur als Kollegin?«

Ich kann ihre Unsicherheit nicht nur spüren, sondern auch nachvollziehen. Vor allem nachdem ihr Ex sie so mies behandelt hat. »Ja. Du bist seit Jahren die erste Frau, die meine Aufmerksamkeit auf sich ziehen konnte. Du bist mir unglaublich wichtig, deshalb ist das Letzte, was ich will, dich zu verlieren.«

»Ich will dich auch nicht verlieren«, antwortet sie ehrlich. Gleichzeitig kann ich sehen, dass sie mit sich hadert und dass sie immer noch etwas zu belasten scheint. »Ich habe zwei Bitten an dich. Bring nicht noch mal eine andere Frau mit ins Studio, und lass nie wieder zu, dass du zu mir nach Hause kommst, während du nach einer anderen riechst.«

Sofort fühle ich mich schuldig. Ihr ist also aufgefallen, dass ich nach Hyeris Parfüm gerochen habe. Um Missverständnissen vorzubeugen, erkläre ich: »Sie meinte plötzlich, ihr wäre kalt, deshalb habe ich ihr meine Jacke gegeben. Das ist der einzig plausible Grund, der mir einfällt, weshalb ich nach ihr riechen konnte. Du weißt, dass nichts zwischen ihr und mir passiert ist, oder?«

Wir sehen einander in die Augen, und ich realisiere für einen winzigen Moment, dass sie zumindest ein wenig Zweifel an mir hat, doch dann nickt sie. »Ja, aber vermeide solche Situationen zukünftig bitte.«

»Versprochen«, beteuere ich und ziehe sie zurück an meine Brust. Mit meinem Kinn auf ihren Kopf gestützt und sie in den Armen haltend, kann ich endlich wieder freier atmen. »Ich kann dir nicht beschreiben, wie leid mir das alles tut.«

»Vergessen wir das. Wir haben sowieso wenig gemeinsame Zeit, lass sie uns lieber genießen, statt uns schlecht zu fühlen.«

Einige Sekunden lasse ich ihre Worte auf mich wirken. Ich weiß, dass Riley es ernst meint, dennoch brauche ich eine letzte klare Bestätigung. »Ich muss keine Angst haben, dass du dich trennst und weg bist, wenn ich irgendwann nach Hause komme?«

»Wer, wenn nicht ich, weiß, wie schmerzhaft es ist, ohne ein Wort verlassen zu werden? Ganz egal was passiert, ich werde niemals einfach gehen. Der Tag gestern war für mich die Hölle, aber am Ende bist du zu mir nach Hause gekommen, und das ist das Einzige, was zählt.«

Wortlos nicke ich an ihrer Schläfe. »Ich habe nicht erwartet, dass es so schwer für uns sein wird.«

»Ich auch nicht, aber wir werden es schaffen.«

»Ein Jahr. Wir müssen ein Jahr durchhalten«, versichere ich ihr.

Einige Zeit bleiben wir mitten im Flur stehen, halten einander und genießen den Moment der Versöhnung, doch dann schickt Riley mich ins Badezimmer, damit ich mich für den Tag fertig machen und danach in Ruhe mit ihr frühstücken kann. Einmal mehr wird mir bewusst, wie besonders und liebenswert Riley ist. Sie war so schrecklich verletzt, aber dessen ungeachtet ist sie nicht nur bereit, den Schmerz zu vergessen, sondern sie kümmert sich auch weiterhin, ohne zu zögern, um mein Wohlergehen. Allein deshalb hat sie dieses zweite Date verdient, noch viel mehr hat sie es aber verdient, dass es perfekt wird.

»Du hast heute frei?«, frage ich zwischen zwei Löffeln Reis.

»Ja, aber ich wollte So-Ras Angebot annehmen und

einen ihrer Kurse besuchen.«

»Hast du sonst noch Pläne?«, bohre ich weiter und überlege, wie viel ich ihr von meinem Vorhaben verraten soll.

»Einkaufen, ein bisschen putzen und die Wäsche machen.«

»Du musst dich nicht um den Haushalt kümmern und auch nicht dauernd die schweren Einkäufe machen. Schreib mir eine Liste mit Lebensmitteln und ich lasse meinen Manager Jeremy die Besorgungen mit dem Auto erledigen.«

»Ich weiß, dass ich nicht muss, aber ich tue es gerne. Und ich gehe auch gerne ohne Auto einkaufen. Außerdem wäre es besser, wenn dein Manager erst mal nicht hierherkommt, immerhin liegen hier inzwischen auch meine Sachen herum und würden verraten, dass wir zusammenwohnen.« Lächelnd legt sie mir ein Stück Schinken auf den Löffel und schiebt sich selbst ein Stück Melone in den Mund.

»Du hast recht, darüber habe ich nicht nachgedacht«, gebe ich zu und kündige danach an: »Ich hole dich heute Abend um achtzehn Uhr hier zu Hause ab. Zieh dir etwas an, worin du dich wohlfühlst und dir warm ist.«

»Was hast du vor?«

»Mein Versprechen einlösen und dafür sorgen, dass wir ein perfektes Date haben.« Neugierig beobachte ich ihre Reaktion. Ich kann allein an dem Strahlen ihrer Augen sehen, dass sie sich freut und unglaublich aufgeregt ist. Außerdem sehe ich ein freches Glitzern in ihnen aufblitzen.

»Ich hoffe, dir ist klar, dass wir über das Stadium hinaus sind, wo Küsse ein Date perfekt machen«, meint sie herausfordernd, und das vorwitzige Funkeln in ihren Augen ist noch deutlicher zu erkennen.

Wir wissen beide, was ihre unverblümte Aussage zu bedeuten hat. Ich bin ein wenig von ihrer Direktheit überrumpelt, aber vor allem kann ich nicht verhindern, dass sich mein Puls erhöht und mein Körper mit Erregung reagiert. Wie oft habe ich mir vorgestellt, sie nicht bloß in meinen Armen zu halten oder zu küssen, sondern meine Hände wandern zu lassen und sie zu erkunden - meine Fingerspitzen unter den Saum ihres Pullovers zu schieben und ihre warme nackte Haut zu spüren, habe es aber nicht getan aus Angst, sie zu überfordern oder ihr den Eindruck zu vermitteln, dass ich nur Sex von ihr will. Gerade eben hat sie mir jedoch zu verstehen gegeben, dass sie für mehr bereit ist. Und wir wissen beide, was das zu bedeuten hat – der Abend wird nicht mit Küssen enden.

Kapitel 8

Unentschlossen stehe ich vor der Seite des Kleiderschranks, die Jae-Joon für mich freigeräumt hat, und betrachte die Kleidungsstücke, die ich in die engere Auswahl genommen habe - eine Outfitkombination mit Jeans und eine mit Rock. Wegen der kühlen Temperaturen würde ich zu der Hose tendieren. Nach der Situation mit Hyeri möchte ich heute aber besonders gut aussehen. Mit etwas Abstand und nachdem ich noch mal in Ruhe mit Jae-Joon geredet habe, bin ich zwar wesentlich entspannter, aber ein Rest Unsicherheit bleibt dennoch. Es ist nicht so, dass ich ihm nicht glaube oder vertraue, aber welche Frau sieht ihren Freund gern mit einer anderen? Einer anderen, die erfolgreich *und* unglaublich attraktiv und schön ist? Natürlich weiß ich, dass ich ebenfalls meine Vorzüge habe - zwar klein bin, mein Körper aber gut proportioniert ist und ich ein hübsches Gesicht habe. Trotzdem kann ich nicht umhin und vergleiche mich mit ihr, was bescheuert ist, da wir komplett verschiedene Typen sind und es so ist, als würde man Äpfel mit Birnen vergleichen.

Unweigerlich frage ich mich, weshalb ich überhaupt unsicher bin, immerhin hat Jae-Joon mir zu verstehen gegeben, dass er allein an mir Interesse hat. Liegt es daran, dass ich mit Nate keinen Abschluss gefunden habe und ich innerlich immer noch damit zu kämpfen habe, dass ich nicht weiß, was ihn dazu veranlasst hat, mich zu betrügen und auf so eine miese Art zu verlassen? Oder bin ich unterbewusst dadurch verunsichert, dass Jae-Joon bisher keine Anstalten gemacht hat, mit mir schlafen zu wollen?

Sofort beginnt mein Herz zu pochen und schüchterne Röte überzieht meine Wangen. Wird es heute dazu kommen? Schließlich habe ich ihm vorhin recht deutlich zu verstehen gegeben, dass ich zu mehr bereit bin. Allein seine Küsse sind so zärtlich und gleichzeitig leidenschaftlich, dass mein gesamter Körper sich jedes Mal mehr danach sehnt, von ihm erkundet zu werden. Prompt stelle ich mir vor, wie es wäre, wenn seine Lippen über meinen Hals fahren, er an meiner empfindlichen Haut saugen und lecken würde. Verlegen, aber auch erregt von meinen eigenen Gedanken, presse ich die Schenkel zusammen und versuche so, das Pochen zwischen ihnen zu mildern. Ein Rock wäre für den von mir gewünschten Verlauf des Abends vorteilhafter. Dementsprechend in meiner Wahl bestätigt, ziehe ich mich um.

Eine halbe Stunde später betrachte ich mich im Spiegel. Ja, der hoch taillierte Rock mit dem schwarzen, weich fallenden Stoff, der meine Figur betont und mir bis kurz oberhalb meiner Knie reicht, ist definitiv die richtige Wahl. Die dicken Overkneestrümpfe und der flauschige, cremefarbene oversized Pullover, der den größten Teil meiner Schultern frei lässt, runden den Look ab. Ich zeige Haut, aber nicht zu viel Haut, und sehe deshalb sowohl süß als auch sexy aus. Fehlen nur noch Schuhe. Letztlich entscheide ich mich für schwarze Ankleboots mit einem breiten, zehn Zentimeter hohen Absatz. Jae-Joon ist so groß, dass er mich selbst dann noch weit überragen wird, wenn ich sie später anhabe. Ein flüchtiger Blick auf die Uhr sagt mir, dass es halb sechs ist. So bleibt zum Glück genug Zeit, um dafür zu sorgen, dass meine Haare in weichen Locken über meinen Rücken fallen.

Gerade als ich zum Abschluss noch mal meine Wimpern nachtusche, kündigt mein Handy eine Nachricht an.

Bist du fertig? Ich warte in der Tiefgarage auf dich, schreibt Jae-Joon.

Komme sofort, antworte ich aufgeregt und springe auf, um mir Schuhe und Mantel anzuziehen. Im Flur werfe ich einen letzten Blick in den Spiegel und bin zufrieden mit mir. Tatsächlich bin ich davon überrascht, wie strahlend meine Augen aussehen. Was nicht an dem raffinierten, aber natürlichen Make-up liegt, sondern an der Vorfreude auf das, was mich erwartet.

Gut gelaunt verlasse ich die Wohnung und schließe die Tür hinter mir. Mit dem Fahrstuhl fahre ich in die Tiefgarage. Sobald ich unten angekommen bin und kurz darauf endlich neben Jae-Joon im Auto sitze, bin ich nervös.

»Annyeong«, begrüße ich ihn atemlos und bemerke zu meinem Erstaunen, dass sich seine Haarfarbe geändert hat. »Du hast ja hellbraune Haare.«

Verlegen fährt er sich mit der Hand durch den nach hinten frisierten Pony. »Mein Werbespot steht bald an und eine der Bedingungen war, dass ich mir die Haare färbe. Gefällt es dir nicht?«

Ohne zu zögern, fahre ich ihm ebenfalls durchs Haar und bin einmal mehr davon überrascht, wie unglaublich attraktiv er ist. Gleichzeitig nehme ich ihn zum ersten Mal als richtigen Star wahr. Bisher ist er immer stylish und gut angezogen gewesen, aber heute erscheint er mir anders – attraktiver, beeindruckender, fast schon zu schön, um wahr zu sein. »Doch, es gefällt mir - sehr sogar.«

»Das freut mich.«

Unsere Blicke treffen sich und die Stimmung um uns herum beginnt augenblicklich zu knistern. Ich weiß nicht, woran es liegt, möglicherweise daran, dass ich ihm zu verstehen gegeben habe, dass ich mehr als nur küssen will; auf jeden Fall war die Luft noch nie so sexuell aufgeladen wie in diesem Moment. Seine Hand legt sich über meine, die immer noch in seinen Haaren vergraben ist, während sein Gesicht sich meinem nähert. Bevor wir uns jedoch küssen können und damit riskieren, aufzufliegen, hupt am anderen Ende der Garage ein Auto, und der Zauber ist gebrochen.

»Wir sollten fahren«, meint Jae-Joon und räuspert sich.

Die Chancen, dass wir hier von jemandem gesehen werden, sind zwar verhältnismäßig gering, dennoch müssen wir unser Glück nicht herausfordern.

»Wohin geht die Reise?«, frage ich daher und schnalle mich an.

»Lass dich überraschen.«

Zu meiner Überraschung halten wir eine gute halbe Stunde später in der Garage von Nam-Doos Gebäudekomplex. Im ersten Moment bin ich ein wenig enttäuscht. Als Jae-Joon jedoch um den Wagen herumkommt und mir beim Aussteigen hilft, ergreife ich, ohne zu zögern, seine Hand. Ganz egal was er geplant hat, ich vertraue darauf, dass es mir gefallen wird. Oben angekommen gibt er zu meiner Verwunderung den Code für die Tür ein und verschafft uns so Zugang zu der vollkommen dunklen Wohnung. Nun bin ich total irritiert. Was hat das zu bedeuten?

»Vertraust du mir?«, fragt Jae-Joon, während ich in die Hausschuhe schlüpfe, die im Flur für Gäste bereitstehen.

»Ja«, versichere ich ihm.

»Dann mach die Augen zu«, fordert er und legt mir eine Hand über die Augen und die andere auf die Schulter. Sofort fühle ich seinen Oberkörper in meinem Rücken. »Ich werde dich jetzt führen.«

Mit angehaltenem Atem lasse ich mich von ihm durch die Wohnung leiten. Auch wenn ich bereits hier war, weiß ich nicht, wohin er mich bringen könnte. Nach einigen Metern bleiben wir jedoch stehen und ich werde losgelassen.

»Warte, behalte die Augen geschlossen.«

Ich höre etwas, das so klingt, als würde eine Tür geöffnet werden. Da als Nächstes der kalte Winterwind um meine Nase weht, fühle ich mich bestätigt. Jae-Joon hilft mir, in ein paar kuschlig gefütterte Schlappen zu wechseln, und führt mich dann weiter. Wieder nehme ich ein Geräusch wahr und bin mir sicher, dass ein Schalter umgelegt wurde. »Okay, jetzt.«

Langsam öffne ich die Augen und kann nicht verhindern, dass ich aufquietsche. Ich stehe mitten in einem Meer aus Lichtern und weißem Stoff. Die ganze Dachterrasse ist in eine Art Zelt umfunktioniert worden, das mit Lichterketten, Kissen und Decken gefüllt ist und in dessen Mitte eine Leinwand zusammen mit einem Beamer und einem reichlich gedeckten Tisch steht. Wie viel Mühe er sich gegeben hat und wie viel Zeit die Vorbereitungen in Anspruch genommen haben müssen! Strahlend drehe ich mich zu ihm um und springe ihm in die Arme - übersäe sein Gesicht mit Küssen, um letztlich meine Lippen auf seine zu legen und ihn sehnsuchtsvoll zu küssen.

Jae-Joon, der bisher seine Arme um meinen Rücken gelegt hatte und mir so Halt verschafft hat, greift mit seinen Händen an meine Oberschenkel und hilft mir dabei, meine Beine um ihn zu schlingen. Es ist nicht das erste Mal, dass ich seine Erektion spüre, aber das erste Mal, dass er keine Hemmungen davor hat, sie mich fühlen zu lassen. Ich schätze, wir sind beide endlich so weit, den nächsten Schritt zu gehen.

Liebevoll stupse ich seine Zunge mit meiner an, vertiefe den Kuss und sorge dafür, dass er einen Vorgeschmack auf das bekommt, was ihn erwarten wird. Danach löse ich meinen Mund von ihm und lehne stattdessen meine Stirn an seine. »Danke. Das hier ist unglaublich.«

»Ich bin froh, dass es dir gefällt.« Lächelnd gibt er mir

einen zweiten Kuss. Dieses Mal ist er es, der meine Zunge mit seiner leicht umspielt. Es ist ein weiterer Vorgeschmack auf das, was wir später machen werden. Es ist jedoch keine Hast dabei zu spüren, sondern vielmehr eine Intimität, durch die ich realisiere, dass unsere Gefühle füreinander immer weiter wachsen. Viel zu schnell lässt er mich dann aber an seinem Körper herabgleiten und stellt mich zurück auf die Füße.

»Wenn Sie mir bitte folgen würden, der Film beginnt in wenigen Augenblicken, Agassi«, fordert er mich auf und nennt mich grinsend Fräulein. Gleichzeitig kann er nicht widerstehen, sich noch einen letzten kurzen Kuss von mir zu holen.

Jae-Joons Hand haltend, lasse ich mich von ihm zu dem Nest aus Kissen und Decken führen. Wie ich erst jetzt bemerke, hat er sogar für einen Heizpilz gesorgt, der sicherstellen wird, dass wir auf keinen Fall frieren werden – wobei ich mittlerweile bezweifle, dass wir das überhaupt getan hätten. Dennoch bin ich gerührt von seiner absolut gelungenen Überraschung und der Perfektion, mit der er alles geplant hat.

»Welchen Film schauen wir?«

»Da der Abend perfekt sein soll, kommt kein anderer als dein Lieblingsfilm infrage.«

»*Wie ein einziger Tag*?« Überrascht blicke ich ihn an. Nate hat ihn sich in all den Jahren nie mit mir angeschaut. Allgemein hat er nie einen Film mit mir geguckt, der nicht seinem Geschmack entsprach. Tatsächlich ist dieser sehr begrenzt, da er nur Krimis und Thriller mag. Für Komödien und Horrorfilme hielt er sich für zu intelligent. Je öfter ich mit etwas Abstand über Nate nachdenke, desto häufiger frage ich mich, wie wir überhaupt so lange zusammen sein konnten. Natürlich hatten wir viele schöne Zeiten, im Moment erinnere ich mich jedoch überwiegend an die schlechten.

»Selbstverständlich.« Mit einem selbstzufriedenen,

aber unglaublich süßen Lächeln dirigiert er mich zu den Kissen. Erst als ich sitze, bemerke ich, welche Snacks er für uns vorbereitet hat. Popcorn mit Käse- und Karamellgeschmack, verschiedene Softdrinks, Chips, Schokolade und sogar Gummibärchen. »Da ich nicht wusste, welcher Belag deinen Geschmack trifft, habe ich eine Pizza mit Bulgogi, eine mit Chicken-BBQ und eine Potato-Pizza für sieben Uhr bestellt.«

»Das klingt super … der Abend hat gute Chancen, perfekt zu werden.« Bestimmt ziehe ich Jae-Joon neben mich auf die Kissen und gebe ihm einen weiteren innigen Kuss. Am liebsten würde ich gar nicht mehr damit aufhören, ihn zu küssen. Ich möchte aber auch nicht auf mein Date verzichten, daher zügele ich mich und löse mich kurz darauf wieder von ihm. Eigentlich bin ich überrascht, dass ich mich überhaupt zügeln muss. Natürlich habe ich schon vorher seine Nähe gesucht, aber es lag immer eine gewisse Hemmschwelle vor uns, die wir bis heute Morgen nicht überwinden konnten. »Ja, definitiv sehr gute Chancen.«

»Das erleichtert mich.« Jae-Joon streicht mir eine Haarsträhne hinters Ohr. »Warte kurz, ich schalte den Heizstrahler ein, dann können wir die Jacken ausziehen und es uns bequemer machen.«

Innerhalb von wenigen Minuten bin ich von angenehmer Wärme umgeben und ziehe meinen Wintermantel aus. Sofort bekomme ich eine kuschelige Decke um die Schultern und eine zweite über die Beine gelegt.

»Was ist mit dir?«, frage ich und hebe einladend eine Ecke der Steppdecke hoch.

»Gleich, ich sehe zuerst nach, wo das Essen bleibt.« Genau in diesem Moment hören wir das gedämpfte Klingeln an der Wohnungstür. »Bin sofort wieder da.«

Der Abend könnte nicht besser verlaufen, wir schauen meinen Lieblingsfilm, während ich in Jae-Joons Arme gekuschelt unter den Decken liege. Seine Nähe lässt mich keine Sekunde spüren, dass sich die Temperaturen knapp unter dem Gefrierpunkt befinden. Genau genommen ist dieses Date für mich der Inbegriff von Romantik, dennoch werde ich nervöser, je weiter der Abend voranschreitet und der Film sich dem Ende zuneigt. Jae-Joon scheint auf den ersten Blick zwar entspannt, ist aber offenbar genauso angespannt wie ich. Zumindest vermute ich das, denn das Essen ist — für ihn total untypisch - größtenteils immer noch unangetastet.

»Was ist los, warum bist du so hibbelig? Stimmt irgendetwas nicht?«

Verlegen schaue ich zu ihm auf und vergesse beim Anblick einer braunen Haarsträhne, die ihm ins Gesicht fällt, was ich sagen will. Ich kann nicht behaupten, dass ich ihn liebe, dafür ist es zu früh, aber ich bin definitiv dabei, mich in ihn zu verlieben. Sein attraktives Äußeres ist nur ein faszinierender Bonus. Dementsprechend neben der Spur antworte ich: »Das ist es nicht.«

»Aber?«

Zum Glück spielt im Film gerade eine Nachtsequenz, sodass die Röte, die mir augenblicklich in die Wangen steigt, unbemerkt bleibt. »Ich bin … angespannt.«

»Du fühlst dich nicht wohl mit mir?«, fragt er und klingt beunruhigt.

»Nein, das ist es nicht«, druckse ich herum.

»Was ist es dann?«, hakt er weiter nach. Ist er wirklich so … unwissend?

»Oppa!«, stöhne ich und schlage die Hände vor die Augen, dabei realisiere ich, dass ich ihn zum ersten Mal so nenne. Bevor mich der Mut verlässt, ignoriere ich diese Tatsache jedoch und nuschle: »Ich warte seit über neunzig Minuten darauf, dass der Film endlich vorbei ist und du … und du dein Versprechen einlöst, das Date perfekt zu machen.«

»Aah« ist das Einzige, was er von sich gibt.

»Ja, aah!« Der Kontrast zwischen seiner naiven und beim Küssen dann doch fordernden Art macht mich wahnsinnig, aber eben auch wahnsinnig an.

»Ich hätte nicht gedacht, dass du eine ungeduldige Frau bist«, neckt er mich und zieht meine Hände von meinem Gesicht, sodass ich ihm im Schein der flimmernden Leinwand in die Augen sehen kann. Das verschmitzte Lächeln, mit dem er mich anschaut, lässt ein heißes Kribbeln durch meinen Körper fahren, und ich spüre, nicht zum ersten Mal heute, das sehnsuchtsvolle Pochen zwischen meinen Schenkeln.

»Bin ich aber offenbar«, gebe ich schmollend zurück und schürze mehr aus Scham als aus Trotz die Lippen.

»Du machst mich fertig«, stöhnt Jae-Joon und schiebt seinen Körper im nächsten Moment so über mich, dass sich unsere Lippen fast berühren und ich das Kitzeln seines Atems auf meiner Haut spüre. »Eigentlich hasse ich es, wenn Frauen schmollen, aber du weckst dadurch den Wunsch in mir, dich so lange zu küssen, bis du vergessen hast, weshalb du aufgebracht bist.«

»Warum tust du es dann nicht?«, flüstere ich an seinem Mund. Damit er erst gar nicht auf die Idee kommt, mich warten zu lassen, zwicke ich ihn herausfordernd in die Lippe. Danach küsse ich ihn sanft auf die malträtierte Stelle.

Zu meinem Erstaunen gibt er mir keine Chance, ihn weiter zu reizen, sondern presst seinen Mund im nächsten Moment auf meinen - küsst mich mit solch einer Intensität, dass mir einen Augenblick die Luft wegbleibt. Unsere Zungen treffen sich, und ich schmecke eine leichte Nuance von der Schokolade, die er zuvor gegessen hat. Unser Kuss ist jedoch alles andere als süß, stattdessen wird er immer verlangender - fast schon aggressiv. Nicht mehr nur seine Lippen und seine Zunge zu spüren, sondern auch seine Zähne, steigert meine

Erregung ins Unermessliche. Ich liebe seine zunehmend ungezügelte Leidenschaft, und ich liebe es, wenn ein Mann weiß, wie man küsst. Jae-Joon tut das auf jeden Fall.

Fordernd ziehe ich ihn auf mich und er lässt sich endlich, endlich zwischen meinen Schenkeln nieder. Sofort fühle ich seine Erektion an meiner Hüfte und bäume mich ihr intuitiv entgegen. Als wäre meine Lust in einem viel zu kleinen Gefäß gefangen gewesen, platzt sie nun aus mir heraus, und es fällt mir immer schwerer, mich zu zügeln. Glückselig reibe ich meinen Unterleib an ihm und stöhne an seinem Mund, als er meinem Drängen entgegenkommt. Unsere Körper bewegen sich im Takt unserer Küsse. Als er dann seine Hand in meine Haare gleiten lässt und meinen Kopf an ihnen nach hinten zieht, um mit seinen Lippen die empfindliche Haut meines Halses zu suchen, bin ich kurz davor, nach mehr zu betteln. Das Lecken seiner Zunge und das Saugen seines Mundes lösen ein Feuer in mir aus, das meinen gesamten Körper augenblicklich in Flammen setzt und mir zunehmend den Verstand raubt.

Instinktiv lege ich ihm einen Arm um den Nacken und ziehe ihn enger an mich. Meine andere Hand geht hingegen auf Erkundungstour und schlüpft unter den Saum seines Pullovers. Sobald meine Fingerspitzen die warme, nackte Haut seines Bauches berühren, beginnen sie zu kribbeln. In den letzten Nächten hat er nur in Shorts neben mir im Bett gelegen, wir haben miteinander gekuschelt und ich habe in seinen Armen geschlafen, sodass dies nicht das erste Mal ist, dass ich seine Haut unter meinen Händen fühle. Dennoch ist es dieses Mal ganz anders - aufregender, intensiver, heißer.

Entschlossen wandert auch meine zweite Hand unter seinen Pullover und schiebt den dicken Strickstoff hoch. Sein Körper reagiert mit einer spürbaren Gänsehaut – ob er wegen der Kälte oder aus Erregung so reagiert, kann ich nicht sagen. Sollte es wegen der Kälte sein, weiß ich, wie ich ihm noch genügend einheizen kann, um ihn die Minusgrade vergessen zu lassen. Offenbar ist es jedoch aus Erregung, denn im nächsten Moment löst er sich von mir und reißt sich den Pullover regelrecht über den Kopf.

Bewundernd betrachte ich seinen Körper. Das viele Training hat seine Muskeln genau nach meinem Geschmack geformt. Meine Finger fahren die Konturen seiner Bauchmuskeln nach bis hoch zu seiner Brust. Ich genieße es, ihn ungeniert anschauen zu können, bisher hatte ich immer Hemmungen, und das, obwohl ich nicht schüchtern oder prüde bin. Plötzlich habe ich es ebenfalls eilig und streife mir meinen eigenen Pullover ab. Mit angehaltenem Atem schaue ich zu ihm auf und suche seinen Blick. Gefällt ihm der dunkelblaue Spitzen-BH, der das Blau meiner Augen betonen soll und passend zu dem Brasil-Slip ist, den ich unter meinem Rock trage? Seine Blicke wandern von meinem Dekolleté hoch zu meinem Gesicht. Ich kann deutlich erkennen, wie sich seine Pupillen vor Erregung immer weiter vergrößern.

»Yeppeoda … Habe ich dir schon mal gesagt, wie unglaublich hübsch du bist, wenn du mich so anschaust?«, fragt er, spricht aber mehr zu sich als zu mir.

»Wie schaue ich dich denn an?« Provozierend streiche ich mit meinen Fingerspitzen von meinem Hals zum Ansatz meiner Brüste und spiele mit dem Spitzenrand meines BHs. Unweigerlich lenke ich so seine Aufmerksamkeit zurück auf meinen Busen.

»Unschuldig und gleichzeitig herausfordernd.« Er leckt sich über die Lippen. »Schüchtern und dennoch verführerisch.«

»Ist das so?« Auf einmal mutig, drücke ich ihn meinerseits in die Kissen und setze mich rittlings auf seinen Schoß. Mein Rock fällt dabei so, dass sich zwischen seiner Erektion und meiner Scham nur noch der dünne Spitzenstoff meines Höschens und der raue Stoff seiner Jeans befinden. Zu meiner Überraschung legen sich zwei starke Hände auf die Außenseiten meiner Oberschenkel und streichen an ihnen hoch, bis sie auf meinen nackten Pobacken zum Ruhen kommen. Stöhnend vergräbt er seine Fingerkuppen in meiner zarten Haut und zieht mich auf seinen jeansbedeckten Schaft — drückt mir dabei sogar sein Becken entgegen. Automatisch bewegen sich meine Hüften auf seinem Schoß und das Pochen zwischen meinen Beinen wird immer verlangender. Entschlossen, das Vorspiel ein wenig zu beschleunigen, greife ich auf meinen Rücken und löse die Häkchen meines BHs. Sobald ich sie geöffnet habe, lege ich meinen Unterarm über die Körbchen und hindere sie so daran, herunterzugleiten.

Der erste Träger meines BHs rutscht automatisch herunter, den zweiten streift Jae-Joon mit dem Zeigefinger über meine Schulter. Bevor ich mich jedoch selbst entblößen kann, legt er mir die Hand an den Hinterkopf und zieht mich zu einem weiteren hungrigen Kuss zu sich herunter. Sofort stößt er seine Zunge in meinen Mund. Spätestens jetzt bekomme ich eine Vorahnung davon, wie es sein wird, mit ihm zu schlafen — heiß, zügellos, leidenschaftlich, aber trotzdem gefühlvoll.

Ich ziehe meinen BH zwischen uns hervor und komme in den Genuss, seine heiße Haut an meinen vor Erregung harten Brustwarzen zu fühlen. Jede noch so kleine Bewegung lässt sie über seinen Brustkorb reiben und schürt das Feuer in meinem Inneren — bringt mich gleichzeitig zum Erschauern.

Sofort löst Jae-Joon sich von mir und schaut mich besorgt an. »Ist dir kalt? Sollen wir lieber reingehen?«

Ich finde es süß, dass er so rücksichtsvoll ist und auf jedes meiner Bedürfnisse eingehen will, dennoch antworte ich wegen meiner verzweifelten Erregung ein wenig harsch: »Wenn du mich weiter warten lässt, mache ich dich kalt!«

Meine Aussage bringt uns letztlich beide zum Lachen.

»Genau deshalb konntest du mein Herz erobern, dein Lachen – es macht mich in jeder Situation glücklich«, erklärt er zwischen zwei flüchtigen Küssen und hebt mich an den Hüften hoch, sodass er mir geschickt den Rock über den Po streifen und ich ihn danach zusammen mit meinen Overkneestrümpfen ganz ausziehen kann. Sobald er den blauen Spitzenslip bemerkt, werden seine Pupillen so groß, dass auch der letzte Rest seiner braunen Iris verschluckt wird.

Vorsichtig, fast schon ehrfürchtig, gleiten seine Finger über den feuchten Stoff zwischen meinen Schenkeln. Scharf ziehe ich die Luft ein. Bereits im nächsten Moment finde ich mich erneut auf dem Rücken liegend wieder. Seine ungezügelte Reaktion auf mich erregt mich. Ich fühle mich unglaublich weiblich, aber auch verletzlich. Noch mehr erregt es mich jedoch, ihn dabei zu beobachten, wie er aufsteht und hastig erst seinen Gürtel und dann seine Hose öffnet. Es sieht wenig elegant aus, wie er fahrig die Jeans auszieht, aber das ist etwas, das mich noch mehr anmacht. Mein Blick fällt auf die beachtliche Beule, die seine enge Boxershorts nicht verbergen kann und meinen Mund trocken werden lässt. Für den Moment bin ich zu ungeduldig, immerhin will ich ihn so schnell wie möglich in mir spüren, aber später, wenn die erste Gier gestillt ist, will ich seinen Schaft unbedingt in meinem Mund haben.

»Kondome?«, frage ich und will verhindern, dass wir sie im Eifer des Gefechts vergessen.

»In meiner Hosentasche.« Jae-Joon greift nach seiner Jeans und zaubert einen ganzen Streifen Kondome hervor. Nun doch ein wenig verlegen, grinst er mich schief an und reißt eins der Päckchen ab, bevor er die anderen neben mich auf die Decke schmeißt.

Ich bin unglaublich erregt, gleichzeitig komme ich nicht umhin, die wachsende Zuneigung für ihn zu bemerken. Ich will unbedingt mit ihm schlafen, aber es geht dabei nicht nur um Befriedigung, sondern vielmehr um Intimität und Gefühle. Aufgeregt beobachte ich ihn dabei, wie er endlich das letzte Stück Stoff an seinem Körper auszieht. Sofort kommt eine große, aber vor allem dicke Erektion zum Vorschein. Ich habe seinen Schaft zwar schon einige Male flüchtig fühlen können, dass er jedoch dieses beeindruckende Ausmaß haben würde, habe ich nicht erwartet – zumal es diesbezüglich gewisse Vorurteile gegenüber asiatischen Männern gibt. Lustvoll ziehen sich meine inneren Muskeln zusammen, und ich kann es kaum erwarten, ihn in mir zu spüren.

Doch statt über mich herzufallen, legt er sich wieder zu mir. Zärtlich streichelt er mit dem Daumen über meine Wange. Er schaut mich so intensiv an, dass ich nicht nur höre, was er als Nächstes sagt, sondern es auch fühle, und nicht anders kann, als mich noch ein kleines bisschen mehr in ihn zu verlieben. »Das mit uns ist etwas Besonderes.«

Auch wenn wir es zuvor noch eilig hatten, küssen wir uns nun ohne Hast, aber nicht weniger intensiv. Jae-Joons rechte Hand umfasst meine Brust und massiert sie sanft, während sein Daumen immer wieder meine empfindliche Brustwarze liebkost. Gleichzeitig wandert seine andere Hand in die entgegengesetzte Richtung an meinem Körper herab, langsam streifen seine Fingerkuppen den spitzenbesetzten Rand meines Slips. Kurz darauf berühren sie meine frisch gewachste Scham und streichen über meine vor Erregung bereits feuchten Schamlippen. Ohne große Mühe findet er meine Klitoris und beginnt, sie leicht zu umkreisen. Genießerisch stöhne ich auf und dränge mich seinen Liebkosungen entgegen – erst verhalten, dann immer ungeduldiger. Instinktiv variiert er den Druck und die Bewegungen seiner Fingerspitzen auf mir – mal ziehen sie kleine Kreise, mal immer größer werdende.

Um ihm ebenfalls Lust zu verschaffen, greife ich nach seinem Schaft, umschließe ihn mit meiner Hand und bewege sie im gleichen Takt, mit dem er seine Finger auf mir bewegt – nun ist er es, der aufstöhnt. Allein zu wissen, dass ich ihn so sehr errege, feuert meine Lust weiter an. Ich kann deutlich fühlen, wie heiß und hart er ist.

Seine Finger, die soeben meine Klitoris umspielt haben, gleiten nun meine empfindlichen Schamlippen entlang und umkreisen die zarte Öffnung meines Geschlechts. Zeitgleich legt sich sein Daumen wieder auf meine Klit und beginnt von Neuem mit der süßen Tortur. Automatisch winde ich mich unter seinen Berührungen, hebe mein Becken an und hoffe, dass er endlich in mich eindringen wird.

»Lass mich nicht länger warten«, wimmere ich.

Einige Sekunden lässt er mich noch zappeln, doch dann dringt er mit einem Finger in mich ein. Sofort ziehen sich meine inneren Muskeln um ihn zusammen. Quälend langsam, aber unglaublich gut, bewegt er seinen Finger in mir vor und zurück, fügt schon bald einen zweiten Finger hinzu und beginnt, mich mit ihnen zu dehnen. Allein das ist unglaublich gut; wie fantastisch wird es erst sein, wenn er mit seinem Schaft in mich dringt und mich vollkommen ausfüllt?

Mit meiner zunehmenden Erregung ist der Griff meiner Hand um seine Erektion fester und ihre Bewegung schneller geworden. Immer mehr steigern wir durch unser Streicheln, Reiben und Necken die Lust aufeinander. Jae-Joon ist es, der sich nun mit einem Stöhnen von meinen Lippen löst und mich, mit vor Erregung glasigen Augen, anschaut. Fast, als würde er Qualen durchleiden, stöhnt er: »Ich halte das nicht länger aus, ich muss in dir sein.«

»Worauf wartest du dann noch?«, antworte ich ebenso sehnsuchtsvoll.

Bereits im nächsten Moment hat er seinen Schaft aus meiner Hand befreit und sich ein Kondom übergezogen. Danach fährt er mit der Eichel erst einmal, dann noch ein zweites Mal die Falten meines Geschlechts entlang und positioniert sich erst dann vor meiner lustvoll pochenden Mitte. Bedächtig dringt er in mich ein und gibt mir Zeit, mich an den Umfang seines Gliedes zu gewöhnen. Immer wieder zieht er sich zurück und stößt dann langsam erneut zu. Seine Augen sind währenddessen unverwandt auf mich gerichtet, saugen jede Regung meines Gesichts in sich auf. Allein an seinen Lippen, die nur einen kleinen Spalt geöffnet sind, und an seiner stoßweisen Atmung erkenne ich, wie viel Selbstbeherrschung und Kraft es ihn kostet, sich nicht vollkommen in mir zu verlieren. Dabei ist es genau das, was ich mir wünsche.

»Halt dich nicht zurück!«, bitte ich, drücke ihm mein Becken im Rhythmus seiner Stöße entgegen und merke, wie er mit jedem weiteren Stoß mehr die Kontrolle über sich verliert.

Jede Bewegung seiner Hüften, jedes Streifen seines Schaftes in meinem Inneren bringt mich einem unglaublichen Höhepunkt näher. Endlich werden seine Stöße zügelloser und härter. Ich kippe mein Becken ein wenig nach oben und ermögliche ihm so, noch tiefer in mich zu dringen und einen Punkt in mir zu berühren, der mich Sterne sehen lässt. Lustvoll beiße ich mir auf die Lippen.

»Ich … ich komme gleich«, stöhne ich und feuere ihn damit offenbar an, denn seine Stöße werden noch schneller, noch härter, noch besser! Ich nehme nichts mehr außer unseren Körpern wahr, die sich im wilden

Einklang bewegen und einander zu einem unglaublichen Höhepunkt treiben. Mir rauscht das Blut in den Ohren, mein Blick wird immer verschwommener und die Welt bleibt für einen kurzen Augenblick stehen, um dann in einer bunten Farbwolke zu explodieren. Mein Orgasmus überkommt mich so heftig, dass ich mich zuckend unter ihm winde.

Wie in Trance bekomme ich mit, dass Jae-Joon noch ein letztes Mal hart in mich stößt und dann ebenfalls zum Höhepunkt kommt. Schwer um Atem ringend, rollt er sich von mir herunter und entsorgt das Kondom. Keuchend liegen wir dicht nebeneinander und genießen die Nachwehen unseres Liebesspiels. Der kalte Januarwind findet einen Weg in unsere Höhle und lässt mich dieses Mal vor Kälte erschauern. Sobald Jae-Joon jedoch den Arm um mich legt und uns wieder zudeckt, fühle ich mich wie in einem sicheren Kokon.

»Das war unglaublich«, bringt er immer noch atemlos hervor und haucht einen Kuss auf meine Schläfe.

»Mehr als das«, bestätige ich und verflechte unsere Finger miteinander.

Einige Minuten liegen wir einfach nur da, und ich genieße es, dabei zuzuhören, wie sich Jae-Joons Herzschlag langsam wieder beruhigt. Plötzlich bin ich jedoch nervös und hebe meinen Kopf. »Müssen wir Angst haben, dass Nam-Doo und Shi-Ah uns überraschen, wenn wir länger hierbleiben … oder eine zweite Runde einläuten?«

Meine offensichtliche Gier nach ihm bringt Jae-Joon zum Lachen. »Nein, wir können tun, worauf auch immer wir Lust haben. Die beiden haben inzwischen sicher in dem Hotel eingecheckt, das ich für sie gebucht habe, und verbringen den Abend ähnlich wie wir.«

Ein wenig beschämt kichere ich. »Sie wissen, was auf ihrer Terrasse passiert ist, oder?«

»Wahrscheinlich, aber sie freuen sich für mich.«

»Weil du endlich mal wieder flachgelegt wurdest?«, necke ich ihn.

»Nein, weil ich endlich jemanden gefunden habe, der mich zum Lachen bringt.«

Jae-Joon

»Sie sind hässlich, oder?«, frage ich Riley, die seit einiger Zeit mit den Fingern über die wulstigen Narben auf meinem Arm und der Schulter fährt.

»Was meinst du?«, erwidert sie, und ich erkenne, dass ihr Streicheln über meine Narben nicht bewusst gewesen ist.

»Meine Narben«, gebe ich ruhig zurück.

»Nein, das sind sie nicht. Sie sind ein Zeichen dafür, dass du ein Kämpfer bist. Du hast eine schreckliche Zeit überlebt und nicht aufgegeben. Sie machen dich für mich nur noch attraktiver und interessanter.« Sie haucht einen Kuss auf meine vernarbte Haut und lächelt mich dann neckisch an. »Außerdem machen sie dich menschlicher. Ich habe mich nämlich in letzter Zeit viel zu oft gefragt, ob du nicht zu perfekt bist, um wahr zu sein.«

»Ich bin alles andere als perfekt.«

»Unser zweites Date ist es dafür umso mehr.« Offenbar erschöpft, kuschelt sie sich an meine Seite und schließt die Augen.

Ich selbst kann nicht verhindern, dass ich selbstzufrieden grinse. Ja, das, was gerade zwischen uns passiert ist, war mehr als nur perfekt. Mit Riley zu schlafen war … unglaublich - unbeschreiblich gut. Gleichzeitig muss ich daran denken, wie gehemmt und aufgeregt ich vorher gewesen bin. Aber nach vier Jahren als Single, ohne Sex oder andere *echte* Intimitäten, wahrscheinlich nicht weiter verwunderlich. Scheinbar ist es in diesem Fall aber ähnlich wie mit dem Fahrradfahren, man verlernt es nie, selbst wenn der Start ein wenig wacklig verläuft. Dieser Vergleich amüsiert mich so sehr, dass ich lachen muss.

»Was ist so lustig?«

»Nichts, ich bin einfach nur glücklich.« Das bin ich wirklich.

»Ich auch. Noch glücklicher wäre ich allerdings, wenn wir etwas essen könnten. Ich sterbe vor Hunger.«

Zustimmend knurrt mein Magen. Ganz untypisch für mich, ist mir vor Aufregung vorhin der Appetit vergangen, umso hungriger bin ich nun. »Gute Idee.«

»Dann lass uns essen und nach dem Film deine Show weiterschauen«, schlägt Riley vor.

Ich kann mir zwar nach wie vor etwas Besseres vorstellen, als mich auf der Leinwand zu sehen, dennoch stimme ich zu. Wenigstens ist es eine Folge, deren Dreh mir sehr viel Spaß gemacht hat, weil Daebak, David und ich vom Producer auf Campingtour geschickt wurden.

Eine Tour, während der wir nicht nur Aufgaben lösen, sondern uns auch selbst versorgen mussten. Die nächsten anderthalb Stunden verbringen wir also damit, Pizza und Snacks zu essen und dabei zuzuschauen, wie die Jungs und ich mit bloßen Händen versuchen, Fische zu fangen, mit Feuersteinen Feuer zu machen und ein vernünftiges Abendessen zu kochen, bevor wir dann, in unseren mühsam aufgebauten Zelten, zum Schlafen kommen.

»Wie sind die beiden so?«

»Daebak und David? Schwer zu sagen. Ich mag sie, aber ich würde wahrscheinlich keinen von ihnen öfter privat treffen wollen. David ist zwar lustig und ich habe Spaß mit ihm, aber wir haben nicht den gleichen Humor. Und Daebak ist ... ich weiß nicht, wie ich es ausdrücken soll. Ich kann ihn einfach nicht einschätzen.

Kurz nachdem ich Teil der Show geworden bin, ist er für ein Jahr verschwunden. Niemand wusste, wohin und warum er weg war. Und als er zur Show zurückgekommen ist, war er anders - ruhiger, nachdenklicher, aber vor allem sehr ernst.« Zum ersten Mal denke ich über dieses Verhaltensmuster genauer nach. »So bin ich das erste Jahr nach meinem Unfall auch gewesen.«

»Hat er vielleicht Ähnliches durchgemacht?«

»Möglich.« Plötzlich bin ich in Gedanken versunken. Ich erkenne mich tatsächlich in seinem Verhalten wieder. Bevor ich Riley getroffen habe, war ich ebenfalls sehr introvertiert, unglücklich und voller Sehnsucht nach etwas, das ich nicht benennen konnte. Im Grunde merkt man Daebak nichts an, aber es gibt Momente, speziell solche, in denen es um Familie und Freunde geht, über die er ebenso ungern spricht wie ich. Zu meiner Überraschung habe ich jedoch auf einmal das Bedürfnis, mit Riley über meinen Vater zu reden. Allein das wird ihr vielleicht besser verständlich machen, weshalb ich mich mitunter auf so bescheuerte Klauseln wie das Datingverbot eingelassen habe.

»Mein Vater hat mir die Schuld an dem Unfall und dem Tod meiner Mutter gegeben«, platzt es aus mir heraus.

Es vergehen einige Sekunden, in denen Riley schweigt, doch dann richtet sie sich auf und sieht mir in die Augen. »Du weißt, dass es nicht deine Schuld ist, oder?«

Weiß ich das?, frage ich mich für einen Moment und spüre, wie es mir die Kehle zuschnürt, trotzdem nicke ich. »Ja, keiner hatte Schuld, keiner außer dem LKW-Fahrer, der die rote Ampel übersehen hat.«

»Gut« ist das Einzige, was sie darauf antwortet. Scheinbar will sie mich reden lassen, denn als Nächstes legt sie sich zurück an meine Schulter, nimmt meine Hand in ihre und verschränkt unsere Finger miteinander, während ihr Daumen über meinen Handrücken streichelt und die andere Hand auf meinem Unterarm liegt.

»Damals bin ich nach zwei Jahren zum ersten Mal aus den Staaten nach Hause gekommen. Meine Mutter hat darauf bestanden, dass sie und mein Vater mich nicht nur vom Flughafen abholen, sondern dass wir auch noch in meinem Lieblingsrestaurant essen gehen. Ich kann mich noch ganz genau erinnern. Wir waren nur noch zwei Ampeln von dem Restaurant entfernt und haben über eine Geschichte gelacht, die ich ihnen erzählt habe, als wie aus dem Nichts dieser LKW in meinem Blickfeld erschien und im nächsten Moment auch schon in die rechte Vorderseite unseres Autos gerast ist. Danach fehlen mir für eine lange Zeit die Erinnerungen. Auch wenn die Verletzungen an meinem Arm und der Schulter schlimm gewesen sind, hat mein Kopf am meisten abbekommen. Das Schädel-Hirn-Trauma war so schwer, dass ich zwei Wochen im Koma gelegen habe.« Ich schlucke den Kloß in meinem Hals herunter und ignoriere das Brennen in meinen Augen. Außer mit Nam-Doo habe ich noch nie mit jemandem darüber gesprochen, dementsprechend kalt erwischen mich die Emotionen, die bei den Erinnerungen wieder in mir aufkeimen. »Ich konnte keinen Abschied nehmen.«

Zu meiner Überraschung spüre ich, wie Tränen auf meinen Oberarm tropfen, und fühle mich dadurch nicht nur von Riley verstanden, sondern ihr auch noch viel näher. Sie weint die Tränen, die immer wieder in meinen Augen brennen, die aber seit dieser Zeit ungeweint geblieben sind.

Tröstend streiche ich über ihren Rücken. Es fühlt sich, als würde mit jedem Streicheln der Schmerz in meiner eigenen Brust ein kleines bisschen mehr gelindert werden.

»Selbst nach dem Aufwachen hat es eine Ewigkeit gedauert, bis ich überhaupt verstanden habe, was passiert ist. Ich habe alles wie durch einen Nebel wahrgenommen - dass meine Mutter gestorben ist und mein Vater zwar unverletzt überlebt hat, aber seit dem Unfall kein einziges Mal bei mir gewesen ist.«

»Wie konnte er sich so verhalten? Er hätte jeden Tag bei dir sein und dafür beten müssen, dass du endlich wieder aufwachst«, schnieft Riley stockend. »Allein der Gedanke daran, wie schlimm der Unfall gewesen sein muss und dass du hättest sterben können, macht mich fertig.«

Ich schweige, weil ich nicht weiß, was ich sagen oder wie ich mit den Emotionen umgehen soll, die die Erinnerungen und Riley in mir auslösen. Irgendwann habe ich jedoch das Gefühl, weitersprechen zu müssen, um wieder freier atmen zu können: »Ungefähr zeitgleich mit meinem Aufwachen hat mein Team von dem Unfall erfahren, sodass der Cheftrainer und mein Freund Owen zu mir geflogen sind und sich um mich gekümmert haben. Zu diesem Zeitpunkt ist bereits klar gewesen, dass ich einige Operationen vor mir habe und auch in Reha müsste. Meine Verletzungen wurden zwar behandelt und ich hatte zu dem Zeitpunkt auch schon eine Operation hinter mir, aber keine, die mir meine feinmotorischen Fähigkeiten und die Möglichkeit, Wettkämpfe zu schwimmen, zurückgegeben hätte. Allein die Zeit im Koma war verheerend für die Genesung meines Körpers, dennoch wollte ich mich nicht behandeln lassen, bevor ich nicht bei meiner Mutter am Grab gewesen war und mit meinem Vater gesprochen hatte.« Wieder stocke ich und hänge meinen Gedanken nach. Ich weiß noch, wie ich mich zu diesem Zeitpunkt gefühlt habe. »Du hast mich so nie erlebt, aber ich bin dickköpfig, wenn ich etwas wirklich will. Allein deshalb haben die Ärzte und mein Trainer zugelassen, dass ich das Krankenhaus verlasse. Ich weiß noch, wie surreal, aber auch schlimm es für mich gewesen ist, meinem

Vater vor der Tür meines Elternhauses gegenüberzustehen und von ihm wie ein Fremder behandelt zu werden, der nicht mal aus Höflichkeit ins Haus gebeten wird.

Er sagte, dass wir nur in diesen Unfall geraten seien, weil ich ein schlechter Sohn gewesen bin, dem seine Mutter so egal gewesen ist, dass er sie vernachlässigt und sich nicht um sie gekümmert habe. Hätte ich mich – wie er sagte – mehr für die Familie interessiert und wäre nicht so egoistisch gewesen, ins Ausland zu gehen, wäre all dies niemals passiert. Ich kann mich nicht mehr an alles erinnern, was er mir in seinem betrunkenen Zustand an den Kopf geworfen und womit er mich beschimpft hat. Dafür kann ich mich jedoch noch sehr genau daran erinnern, dass er mir entgegenbrüllte, er verstehe nicht, warum ich und nicht meine Mutter überlebt habe, und dass ich allein deshalb für ihn an diesem Tag ebenfalls gestorben sei. Danach hat er die Tür zugeschlagen und mich, im wahrsten Sinne des Wortes, im Regen stehen lassen«, beende ich den ersten Teil meiner Erzählung und bin selbst darüber verwundert, wie emotionslos ich mich plötzlich fühle. Es ist fast so, als würde ich die Geschichte eines Fremden wiedergeben.

Riley schluchzt mittlerweile heftig.

»Ich will ihn nicht verteidigen«, fahre ich fort, »aber ich kann zumindest verstehen, dass der Unfall etwas in ihm ausgelöst hat, sodass er nicht in der Lage war, anders zu handeln. Na ja, dadurch, dass er deutlich gemacht hat, dass ich nichts mehr von ihm zu erwarten hatte, bin ich mit Owen und dem Trainer zurück in die USA geflogen und habe drei Operationen über mich ergehen lassen. Operationen, die ich mir nur leisten konnte, weil ich einige Zeit zuvor eine Versicherung abgeschlossen hatte, die in solch einem Fall in Kraft trat. Die Reha danach hat aber so viel gekostet, dass ich letztlich ohne Rücklagen und ohne Chancen auf eine weitere Karriere als Profischwimmer zurückgeblieben bin.

Nach dem Unfall wurde ich, wie gesagt, zwar behandelt, trotzdem hat die Zeit im Koma mir körperlich so zugesetzt, dass ich Folgeschäden erlitten habe. Keine, die mich im Alltag behindern, aber die dennoch stark zu merken sind, sobald ich auf Wettkampfniveau trainiere und schwimme. Durch bestimmte andauernde Schwimmbewegungen wird meine Durchblutung gedrosselt, sodass sich nach circa einer Stunde eine Art Taubheitsgefühl in meinem Arm ausbreitet. Fast ein Jahr und viele, viele Tausende Dollar habe ich in meine Behandlungen gesteckt, letztlich aber nichts erreicht außer dem Ende meiner Karriere und meines Lebens in den Staaten. Da mein Aufenthaltsrecht mit dem Ausstieg aus der Nationalmannschaft hinfällig geworden ist, musste ich nach meiner Rekonvaleszenz zurück nach Südkorea und war plötzlich vollkommen entwurzelt. Ich musste das Land verlassen, das in den letzten fünf Jahren mein Zuhause gewesen ist - wo ich mir einen Freundeskreis und ein Leben aufgebaut hatte –, und zurück in ein Land, in dem mich nichts erwartet hat, mein Vater schon mal gar nicht.

Während all der Zeit habe ich ihn kein einziges Mal gesehen - genau genommen habe ich ihn seit damals nie mehr getroffen. Als ich nämlich nach Hause kommen wollte, um mich vielleicht doch noch mal mit ihm auszusprechen, war es nicht mehr mein Zuhause und er auch nicht mehr da. Stattdessen lebten einige Männer dort und haben ganz offensichtlich zwielichtige Geschäfte von dort geführt. Wie ich später erfahren habe, ist mein Vater nach dem Umfall abgestürzt und hat, gefangen zwischen Alkoholabhängigkeit und Spielsucht, nicht nur unser Zuhause verzockt, sondern bei dem Versuch, alles zurückzugewinnen, noch mehr Schulden gemacht. Am Ende hat er sich abgesetzt, sodass ich nach meiner Rückkehr aus den USA plötzlich auf seinen Spielschulden saß. Schulden sind bereits schlimm genug, Spielschulden durch illegales Glücksspiel gemacht zu haben, ist jedoch noch viel schlimmer. Wenn man es genau bedenkt, kann ich froh sein, dass die Buchmacher mir eine Ratenzahlung genehmigt haben.

Ich schätze, genau zu diesem Zeitpunkt hat mein Leben seinen Tiefpunkt erreicht. Ich war emotional fertig, körperlich immer noch eingeschränkt und generell komplett am Ende. Ich hatte kein Zuhause mehr und auch keine Freunde, die ich um Hilfe hätte bitten können. Meine Rettung war Nam-Doos Großmutter. Sie war nicht nur mit meiner Mutter befreundet und hat mich für einige Zeit bei sich aufgenommen, sondern hat es sogar geschafft, eine Handvoll persönlicher Sachen zu retten, als die neuen Besitzer unser Hab und Gut aus dem Haus geräumt haben. Letztlich ist mir nicht viel geblieben. Wahrscheinlich ist genau das ein Grund dafür, dass ich seit damals nicht mehr versucht habe, mir ein Zuhause zu schaffen.«

»Ich kann mir nicht ausmalen, was du durchmachen musstest, aber ich kann mir vorstellen, wie sehr dich das alles traumatisiert haben muss«, flüstert Riley leise und klingt dabei genauso traurig, wie ich mich fühle.

Dennoch gehe ich nicht auf ihre Worte ein, was hätte ich auch antworten sollen? Stattdessen erzähle ich weiter: »Während einem von Nam-Doos Besuchen bei seiner Großmutter sind wir Freunde geworden. Er war dann auch derjenige, der mir einen Job bei sich im Studio gegeben und einen zweiten Job als Schwimmtrainer vermittelt hat. Ab diesem Zeitpunkt ist es langsam bergauf gegangen. Kurz nach meiner Ankunft in Seoul ist der CEO meiner jetzigen Agentur wegen meines guten Aussehens auf mich aufmerksam geworden und hat mir angeboten, mich nicht nur unter Vertrag zu nehmen, sondern auch dem Kredithai meinen Schuldschein abzukaufen. Dieses Angebot – insbesondere die Sache mit dem Schuldschein – ist mein Sechser im Lotto gewesen, und ich wurde endlich dafür belohnt, nicht aufgegeben zu haben. Ohne zu zögern habe ich allen Bedingungen zugestimmt und schnell die ersten Aufträge bekommen - Modeljobs und Nebenrollen in Film und Fernsehen.

Meine erste Hauptrolle war dann in einem kleineren Drama, in dem ich einen DJ gespielt habe. Durch diesen Film habe ich meine Leidenschaft für diese Art von Musik entdeckt und gemerkt, dass ich als DJ und im Produzieren von eigenen Tracks gar nicht so untalentiert bin. Am Ende durfte ich sogar einen kurzen Titel zum Soundtrack beisteuern. Auftritte in Clubs und verschiedenen Variety-Shows, außerdem Fanmeetings und Werbespots folgten daraufhin. Was inzwischen aus mir geworden ist, weißt du. Ich bin immer noch kein großer Star, aber das könnte sich ändern, sobald ich eine Rolle in einem Primetime-Drama oder einem Film bekomme.«

»Niemals hätte ich erwartet, dass du so eine schlimme Zeit hinter dir hast. Ich kann dir gar nicht beschreiben, wie weh mir das tut, auch nicht, wie unglaublich stolz ich auf dich bin. Ich weiß nicht, ob ich so viele Schicksalsschläge überstanden hätte.«

»Aufgeben war nie eine Option, das hätte meine Mutter mir nicht verziehen.«

»Deine Mutter muss eine tolle Frau gewesen sein und dich sehr geliebt haben.«

»Das war sie und das hat sie.«

Einige Augenblicke hängen wir beide unseren Gedanken nach, doch dann fragt Riley: »Darf ich dich etwas fragen?«

»Sicher«, erwidere ich.

»Hast du noch Schulden?«

Ihre Frage überrascht mich nicht wirklich, dafür verblüfft es mich, wie selbstverständlich es für mich ist, so offen mit ihr zu reden. Ohne zu zögern, antworte ich: »Knapp fünfhunderttausend Dollar.«

»Und was passiert bei Vertragsbruch?«, bohrt sie weiter, jedoch ohne dabei aufdringlich zu wirken. Im Gegenteil, ich höre Besorgnis aus ihrer Stimme heraus.

»Speziell in Bezug auf einen Datingskandal werden die Schulden sofort fällig, die Übernahme der entstandenen Schadenskompensation und eine Strafe von vierhunderttausend Dollar.«

Fassungslos fährt Riley hoch und sieht mich schockiert an. »Warum riskierst du so viel für mich?«

Ich drehe meinen Kopf und sehe ihr ins Gesicht. »Nicht für dich, nicht für mich, sondern für uns! Ich habe die letzten sechs Jahre in einer Blase gelebt, wobei *leben* nicht das richtige Wort ist. Ich habe funktioniert, weil ich musste, aber Freude und Glück habe ich in der ganzen Zeit nie wirklich empfunden – nicht so wie jetzt. Erst als du in mein Leben getreten bist, hat sich das geändert. Allein dein Lächeln macht mich glücklich. Wenn ich es sehe, ist es fast so, als würde ich wieder in der Nationalmannschaft schwimmen und eine Goldmedaille gewinnen.«

»Mir geht es ähnlich, und das hätte ich in der Form niemals erwartet, nicht so kurz nach meiner Trennung.«

Wir schauen einander an, und ich kann an ihrem Blick sehen, dass sie meint, was sie sagt.

»Mi-So«, nenne ich sie zum ersten Mal bei dem von mir ausgewählten Spitznamen und warte auf eine Reaktion.

»Mi-So? Wie das Wort für Lächeln?«, fragt sie überrascht.

»Mi-So ist auch ein sehr beliebter Frauenname. Ich denke, er passt sehr gut zu dir. Gefällt dir der Spitzname nicht?«

»Doch, sehr sogar. Er erinnert mich sofort an mein Lieblingsdrama. In dem Drama *What's Wrong With Secretary Kim?* spielt Park Min-Young die Sekretärin Kim Mi-So. Kennst du sie? Ich finde sie so unglaublich hübsch und talentiert.«

Die Euphorie, mit der sie über das Drama und die Schauspielerin spricht, bringt mich abermals zum Lachen. »Kennen tue ich sie, ja, aber wir sind nicht miteinander bekannt.«

»Ich sehe dich im Fernsehen, lese Artikel über dich in der Zeitung und kann wegen deiner Berühmtheit in der Öffentlichkeit keine Dates mit dir haben, trotzdem fasse ich immer noch nicht, dass du ein Star bist.« Offenbar nimmt sie mich wirklich nicht als einen Celebrity wahr, und das bedeutet mir unsagbar viel.

»Ich sehe mich selbst nicht als Star, an mir ist nichts Besonderes, warum sollte ich mich dann aufführen, als wäre ich etwas Besseres?«, gebe ich achselzuckend zurück.

»Du bist bodenständig und bescheiden geblieben, das gefällt mir an dir.«

»Ich schätze, das liegt daran, dass ich unglaublich dankbar für diese zweite Chance bin und den Menschen, die mir ermöglichen, diesen Traum zu leben, so ein Stückchen von ihrer Liebe und Unterstützung zurückgeben will.«

»Deine Mutter wäre wirklich stolz auf dich.«

»Das hoffe ich.«

Wir gehen wieder dazu über, zu schweigen, und ich spiele, vollkommen in Gedanken, mit einer von Rileys Haarsträhnen.

»Wie einsam du die letzten Jahre gewesen sein musst«, meint sie irgendwann leise.

»Inzwischen habe ich gute Freunde gefunden, zu denen, neben Nam-Doo, auch Min-Ho und In-Woo zählen. Aber ja, eine sehr lange Zeit bin ich einsam gewesen, selbst wenn sich viele Menschen um mich herum befunden haben.«

Riley erwidert nichts, aber ich kann spüren, dass sie mich etwas fragen möchte. »Was willst du wissen?«

Nach einigen Sekunden, die sie immer noch zögert, sprudelt es plötzlich aus ihr heraus: »Wir haben nie darüber gesprochen, seit wann du Single bist. Ich habe das Gefühl, du weißt alles über meine verpfuschte Beziehung. Im Gegensatz zu dir weiß ich in der Hinsicht jedoch nichts über dich.«

»Das liegt daran, dass es bei mir, so gesehen, nicht viel zu erzählen gibt. Während der Zeit, die ich nach meinem Unfall in Daegu verbracht habe, gab es ein Mädchen, das ich getroffen habe. Sie war … anders, offenherziger als die meisten koreanischen Frauen, was mir zu dem Zeitpunkt gut gepasst hat. Aber irgendwann hat es nicht mehr funktioniert. Für mich nicht, weil ich emotional nicht bereit gewesen bin, mich zu binden, und für sie nicht, weil sie mit meiner Emotionslosigkeit auf Dauer nicht klargekommen ist. Inzwischen ist sie mit einem Anwalt verheiratet und hat zwei Kinder. Vor ihr gab es eine andere Koreanerin, die ebenfalls wegen der Arbeit in den USA gelebt hat. Wir waren knapp ein Jahr zusammen, danach haben wir jedoch einsehen müssen, dass eine Beziehung keinen Sinn macht – sie hat zu viel gearbeitet und ich zu viel trainiert. Im Grunde haben wir uns in dieser Zeit nur aneinandergeklammert, weil wir zwei Fremde in einem unbekannten Land gewesen sind. Und damit wären wir auch schon am Ende meiner Frauengeschichten.«

»Du hast während deiner Zeit in den USA nie eine Amerikanerin getroffen?«

»Nein.«

»Warum nicht?«

»Nach der Beziehung hatte ich kein Interesse, eine neue Bindung einzugehen, und eine Affäre war damals auch keine Option. So bin ich einfach nicht erzogen worden. Die Sache nach meinem Unfall war eine Ausnahme.«

»Hast du deshalb in unserer ersten Nacht nicht mit mir schlafen wollen?«, fragt Riley und klingt ein wenig … unsicher?

»Es lag nicht daran, dass ich dich nicht gewollt habe, ich wollte dich unbedingt - zu sehr. Tatsächlich habe ich an dem Abend nicht mit dir geschlafen, weil ich mir sonst vorgekommen wäre, als hätte ich deinen alkoholisierten Zustand ausgenutzt, und das wäre falsch gewesen. Vor allem, nachdem mir unterbewusst bereits zu diesem Zeitpunkt klar war, dass ich dich gerne näher kennenlernen würde.«

»Ich bin froh und dankbar, dass es zu keinem One-Night-Stand zwischen uns gekommen ist, das hätte uns die Möglichkeit verwehrt, zu erkennen, wie wichtig wir füreinander sind. Trotzdem hat mich diese Frage unterschwellig immer beschäftigt. Nicht weil ich dir misstraue, sondern weil ich … innerlich manchmal an mir selbst zweifle.«

»Weil du keinen sauberen Cut mit deinem Ex hattest?«, äußere ich nachdenklich meine Vermutung. Gleichzeitig komme ich nicht drumherum, mich zu fragen, was passieren würde, wenn sie auf ihn träfe. »Denkst du noch oft an ihn?«

»In manchen Situationen schon, aber nicht mit Wehmut, sondern eher, weil mir negative Dinge einfallen, die ich damals so nicht wahrgenommen habe.«

»Was würdest du machen, wenn er plötzlich vor dir steht?« Was ich jedoch wirklich fragen will, ist: *Würdest du in Bezug auf uns und unsere Beziehung ins Schwanken kommen, wenn er dich zurückhaben wollte?*

»Du meinst, außer ihn zu verprügeln?«, antwortet sie scherzend. »Ich würde eine Erklärung haben wollen, damit ich mit dem Teil meines Lebens abschließen kann. Je mehr Abstand ich von ihm und der Situation habe, desto gleichgültiger wird es mir zwar in gewisser Weise, aber innerlich nagen dennoch Selbstzweifel an mir. *Was stimmt nicht mit mir, dass er als einzigen Ausweg aus der Beziehung die Flucht gesehen hat?* Oder: *Was habe ich gemacht, um zu verdienen, so behandelt zu werden?*«

Auch wenn ich innerlich wütend werde, weil mir zum ersten Mal bewusst wird, was dieser Kerl Riley emotional angetan hat, antworte ich ruhig: »Weder das Problem noch die Fehler liegen bei dir. Wäre er ein echter Mann und kein Feigling gewesen, hätte er dir den Respekt gezollt, den du verdienst, und vernünftig Schluss gemacht. Aber das hat er nicht, und das zeigt, was für ein Mensch er ist.«

»Du hast recht.« Riley stockt und sieht mich besorgt an. »Tut mir leid, wenn ich dich damit belaste.«

»Das hast du nicht«, beruhige ich sie. »Im Gegenteil, ich bin froh, dass du dich mir gegenüber öffnen und darüber sprechen kannst. Es ist zwar nicht schön, über deinen Ex zu reden, allein, weil er mal jemand gewesen ist, den du geliebt hast und der Teil deines Lebens war, aber das gehört nun mal zu dir, und wenn es dich belastet, solltest du genug Vertrauen in mich haben, um mit mir solche Gedanken teilen zu können. Genau wie ich dir von meiner Vergangenheit erzählen konnte. Aber das ist es nun mal, nichts weiter als die Vergangenheit.«

»Ja, das ist es – Vergangenheit.« Plötzlich kichert Riley. »Ich muss gerade an einen Satz meiner Mutter denken: Das Schicksal bringt viele Menschen in dein Leben, aber nur die Richtigen bleiben für immer. Nate war dann wohl nicht mein Mr. Right. Was mich allerdings daran erinnert, dass ich meinen Eltern sagen sollte, dass er und ich nicht mehr zusammen sind. Da ich mich aber inzwischen hier eingelebt habe, werden sie es gut aufnehmen.«

»Mochte deine Familie ihn?«, frage ich interessiert.

Würden sie mich mögen? Vor allem, werden sie mich akzeptieren können?

»Meine Mom mochte Nate, was an seinem Süßholzraspeln lag, mein Dad hat ihn hingegen schon immer gehasst.«

»Wie sind deine Eltern?«

»Für mich sind sie die Vorlage eines perfekten Ehepaares und könnten wahrscheinlich Werbung für das amerikanische Familienleben machen. Meine Mom ist Chefeinkäuferin für eine große Kaufhauskette und mein Dad Neurochirurg. Du fragst dich jetzt sicher, weshalb ich sie nicht um finanzielle Unterstützung gebeten habe, oder? Das liegt daran, dass sie von Anfang an gegen meinen Umzug gewesen sind und mich niemals hätten hierbleiben lassen, wenn sie gewusst hätten, dass Nathaniel mich verlassen hat. Außerdem bin ich bisher nicht dazu bereit gewesen, ihnen zu beichten, dass sie mit ihren Vorbehalten, zumindest teilweise, recht behalten haben.«

»Deine Eltern klingen … bemerkenswert.« Eigentlich meine ich eher respekteinflößend. »Wie würdest du ihre Reaktion auf mich einschätzen?«

»Gut. Mein Vater ist ein großer Fan von asiatischem Essen und meine Mom liebt attraktive, charmante Männer«, neckt sie mich. »Nein, im Ernst. Meine Eltern vertreten die Meinung, dass alles, was ihre Kinder glücklich macht, auch sie glücklich macht. Und das tust du.«

Wieder schenkt sie mir dieses unglaubliche Lächeln, das mich alles um mich herum vergessen lässt. Noch bevor ich es realisiere, sage ich: »Weißt du eigentlich, dass ich mich jedes Mal ein wenig mehr in dich verliebe, wenn du mich so anlächelst?«

Für einen kurzen Augenblick formen ihre Lippen ein erstauntes Oh, doch dann verziehen sie sich zu einem Grinsen. »Nein, das wusste ich nicht, aber das ist perfekt. Mir geht es nämlich genauso.«

In diesem Moment wird mir klar, dass ich mich geirrt habe. Ich habe mein Herz bereits unwiderruflich und vollkommen an Riley verloren.

Kapitel 9

Riley

Die letzten drei Wochen sind wie im Flug vergangen. Auch wenn ich, praktisch gesehen, schon länger nicht mehr mit Jae-Joon zusammenlebe, hat sich bei uns ein gemeinsamer Alltag eingestellt, der routiniert ist und unsere Beziehung gefestigt hat. Je nachdem, wie es gerade am besten passt, schlafen wir bei ihm oder bei mir in der Wohnung. Da mittlerweile der Container mit meinen Sachen angekommen ist und es bei mir deshalb wohnlicher ist und ich generell immer früher zu Hause bin als er, verbringen wir die meisten Nächte bei mir. Allein mein Queensize-Bett ist ein unschlagbares Argument dafür.

Seit unserer ersten gemeinsamen Nacht haben wir so ziemlich jede der leider viel zu wenigen ungestörten Minuten damit verbracht, einander, aber vor allem unsere Körper, weiter kennenzulernen, sodass wir selbst über Seolla, die koreanischen Neujahrstage, den größten Teil der Zeit im Bett geblieben sind. Ursprünglich hatte Jae-Joon überlegt, mit mir wegzufliegen oder aufs Land zu fahren. Da ich mich aus Angst, dass wir zusammen gesehen werden und er dadurch in Schwierigkeiten geraten könnte, jedoch dagegen ausgesprochen habe, sind wir nicht verreist. Stattdessen haben wir gemeinsam zu Hause gekocht, Filme geschaut, Spiele gespielt und – wie bereits erwähnt – viel unglaublichen Sex gehabt.

Der eigentliche Höhepunkt ist aber gewesen, dass ich meinen Eltern die Trennung von Nate gebeichtet habe. Anders als erwartet, hat meine Mutter sehr ruhig reagiert und gemeint, dass sie so etwas anhand meiner ausweichenden Antworten in Bezug auf Nate schon geahnt habe. Außerdem, dass ihr aufgefallen sei, wie sich seit einiger Zeit meine Laune zunehmend gebessert habe, was sie vermuten ließ, dass ich jemanden kennengelernt hätte. Das hat am Ende dazu geführt, dass ich meinen Eltern noch im selben Skypetelefonat Jae-Joon vorgestellt habe. Eigentlich hatte ich das so früh nicht geplant und generell vermutet, dass es ein unangenehmes Gespräch werden könnte. Tatsächlich war es aber eine lockere und lustige Unterhaltung. Eine, die meine Eltern mit Nate so nie geführt haben. Selbst mein Vater, der zwar herzlich, aber doch eher zurückhaltend ist, hat gegen Ende Tränen gelacht und Jae-Joon das Versprechen abgenommen, sie schon bald gemeinsam mit mir zu besuchen.

»Guten Morgen«, werde ich von Jae-Joon begrüßt, der offenbar bemerkt hat, dass ich bereits wach bin, und spüre kurz darauf seine warmen Lippen auf meiner nackten Schulter. »Gut geschlafen?«

»Wie ein Baby«, entgegne ich und drehe mich zu ihm um, sodass wir einander ansehen können. »Und du?«

»Ebenfalls.« Da ihm offenbar bewusst ist, wohin weitere Küsse führen, vergräbt er seinen Kopf an meinem Hals und seufzt. »Ich bin traurig, dass wir den morgigen Tag nicht miteinander verbringen können.«

»Mir geht es nicht anders, aber daran lässt sich nichts ändern. Also lass uns aufstehen, damit wir zumindest heute noch genügend Zeit haben, um zusammen zu frühstücken.«

Bisher habe ich mir nie etwas aus dem 14. Februar gemacht, doch dieses Jahr hätte ich ihn gern mit Jae-Joon verbracht. Daher bin ich auch davon genervt, dass ich ihn an diesem Tag noch nicht mal sehen werde. Warum musste der Produzent seiner Show auch auf die glorreiche Idee kommen, ein Valentinstagsspecial in Busan zu drehen, das drei Drehtage benötigen wird? Das bedeutet nicht nur, dass Jae-Joon den Tag der Verliebten mit Hyeri verbringen wird, sondern auch zwei Nächte in einer fremden Stadt. Das Wissen, dass sie nicht allein sein werden, weil natürlich der restliche Cast und die Filmcrew ebenfalls anwesend sind, macht es nicht besser.

»Sollen wir stattdessen nicht zuerst zusammen duschen?«, schlägt Jae-Joon vor und lässt seine Lippen bereits meinen Körper hinabwandern.

Sofort komme ich in Versuchung. Sex unter der Dusche klingt verlockend. »Wir haben keine Kondome mehr«, werfe ich dann jedoch schwach ein. Ich nehme zwar die Pille, aber bisher haben wir noch nicht darüber gesprochen, ob diese Verhütungsmethode ausreichend für uns ist.

»Kein Problem. Bei dem, was ich mit dir vorhabe, brauchen wir keine«, murmelt er und ist bereits zwischen meine Beine gerutscht. Zärtlich küsst er die Innenseite meines Oberschenkels, um danach in ihn zu beißen.

Allein das erstickt den kleinsten Keim von Widerstand in mir. Ich liebe es, wenn er mich seine Zähne spüren lässt. Es ist nie wirklich schmerzhaft, aber doch schmerzhaft genug, um mir Lust zu bereiten. Knabbernd bewegt er sich immer weiter in Richtung meiner pochenden Mitte. Erwartungsvoll warte ich darauf, dass er seine Lippen auf mein Geschlecht legt, aber das tut er nicht, sondern er wechselt zu meinem anderen Oberschenkel - küsst und beißt auch dort die sensible Haut. Fordernd stemme ich die Fersen in die Matratze und hebe ihm mein Becken entgegen. Meine Bemühungen bleiben jedoch erfolglos, stattdessen bekomme ich einen leichten Klaps auf die äußere Seite meiner Pobacke.

»Sei nicht so ungeduldig«, befiehlt Jae-Joon mir, greift seinen Worten zum Trotz im nächsten Moment nach meinen Hüften und hebt sie an, sodass er sich bequem meine Beine über die Schultern legen kann. Sofort spüre ich seinen heißen Atem auf meiner feuchten Haut und warte mit rasendem Herzen darauf, was er als Nächstes tun wird. Es kommt mir wie eine Ewigkeit vor, doch dann legt er unendlich langsam seine Daumen auf meine Schamlippen und zieht sie sanft auseinander. Augenblicklich streift ein kühler Lufthauch meine geschwollene Klitoris und umspielt sie kreisend. Niemals hätte ich gedacht, dass ich so empfindlich auf das Pusten seines Mundes reagieren würde. Vor allem ist meine Erregung inzwischen so intensiv, dass ich mir nichts mehr wünsche, als seinen Mund auf meinem Geschlecht und seine Finger in mir zu spüren.

Offenbar kann er Gedanken lesen, denn als Nächstes leckt er mit der Zungenspitze meine Schamlippen entlang und umkreist danach meinen Kitzler, bevor er sanft mit seinen Lippen an ihm saugt. Sofort fährt ein elektrisierender Stromstoß durch meinen gesamten Körper und ich drücke stöhnend meinen Rücken durch. Stetig wechselt er zwischen Saugen, Lecken und einem leichten Knabbern. Allein damit treibt er mich dem lustvollen Wahnsinn immer näher. Wimmernd vergrabe ich meine Hände in seinen Haaren und genieße das, was er mir zu geben bereit ist. Als er dann auch noch seine Finger hinzunimmt, will ich vor Erleichterung und Wonne weinen. Geschickt massiert sein Daumen meine Klit, während seine Zunge die Öffnung meines Geschlechts neckend umkreist. Ich bin unglaublich erregt und gleichzeitig frustriert, weil er mich wiederholt an den Rand eines Höhepunkts treibt, um ihn mich dann doch nicht erreichen zu lassen.

Plötzlich verschwindet der Druck seines Daumens auf dem empfindlichen Nervenbündel, dafür dringt er mit seiner Zunge in mich ein. Er stößt sie immer wieder in mich, genau wie es sein Schaft vor einigen Stunden noch getan hat. Es ist unglaublich gut, aber nicht das, was ich brauche, um endlich zum Orgasmus zu kommen. Inzwischen kennt Jae-Joon jedoch meine Vorlieben so gut, dass er weiß, dass ich diese Spielart zwar liebe, aber mehr benötigen werde, um Erlösung zu finden.

Unruhig bewege ich mich unter ihm und seinen Liebkosungen entgegen. Wenn er doch zumindest seinen Daumen zurück auf meine Klitoris legen würde, denke ich und wimmere. Als ob er meine Gebete erhört hätte, wandern seine Lippen abermals hoch und saugen an meiner inzwischen überempfindlichen Klitoris, während er mit gleich zwei Fingern in mich dringt. Sofort zieht sich meine innere Muskulatur um sie zusammen und verkrampft sich zuckend. Was Jae-Joon erkennen lässt, dass ich kurz vor dem Höhepunkt bin. Sein Mund löst sich von mir, und unsere Blicke verschmelzen miteinander, während er seine Finger weiterhin in mir bewegt. Keuchend beiße ich mir auf die Lippen. Meine Lust wird noch größer, als ich spüre, wie er als Nächstes mit einem dritten Finger in mich gleitet und mich sanft mit ihnen dehnt.

Ich liebe das Gefühl, ausgefüllt zu sein, noch mehr liebe ich es jedoch, wenn es sein Schaft ist, der in mich stößt. Langsam baut sich mein Orgasmus in mir auf - beginnt in den Zehen und wandert geradewegs in meinen Unterleib. Plötzlich wird mein gesamter Körper steif, macht sich bereit, im nächsten Augenblick zu zerbersten. Die Welt bleibt stehen, mein Atem stockt, das Blut rauscht in meinen Ohren und ich habe das Gefühl, zu schweben. Doch dann legt sich Jae-Joons Daumen erneut auf meine Klitoris, und es ist, als hätte er einen Knopf gedrückt, denn in diesem Moment explodiere ich so heftig wie noch nie. Wellen der Lust überrollen meinen zuckenden Körper und lassen mich nach einer gefühlten Ewigkeit matt in die Kissen fallen.

Es dauert eine weitere Ewigkeit, bis ich wahrnehme, dass Jae-Joon mich fasziniert beobachtet, während seine Finger über meine Schenkel fahren und dabei eine feuchte Spur hinterlassen.

»Du bist so unglaublich hübsch, wenn du zum Höhepunkt kommst«, meint er und drückt einen federleichten Kuss auf mein Knie, bevor er herumrollt und sich auf die Bettkante setzt.

»Was ist mit dir?«, frage ich und streiche mir das zerzauste Haar aus dem Gesicht, damit ich Jae-Joon betrachten und den Anblick seines nackten Körpers genießen kann. Ich bin vor wenigen Sekunden heftig durch seinen Mund und seine Finger zum Höhepunkt gekommen, allerdings habe ich Lust auf mehr.

»Nichts, es ging allein um dich. Daher werde ich mir jetzt eine kalte Dusche genehmigen und mich schnell fertig machen, damit wir wenigstens ein paar Sandwiches zusammen essen können«, erwidert er und steht auf.

Sofort fällt mein Blick auf seine pralle Erektion, und ich habe das Verlangen, ihn ebenfalls mit dem Mund zu befriedigen. Als ich nach seinem Schaft greifen will, tritt Jae-Joon einen Schritt vom Bett weg und somit aus meiner Reichweite. »Lass uns das nachholen, sobald ich am Freitag wieder zurück bin.«

Eigentlich bin ich nicht der Typ Frau, der schmollt, gerade fühlt es sich jedoch so an, als hätte er mir – im wahrsten Sinne - meinen Lolli geklaut. Offenbar über mich amüsiert, kommt er noch mal zum Bett und gibt mir einen intensiven, langen Kuss. Danach löst er sich endgültig von mir und sagt, während er in Richtung Badezimmer verschwindet: »Wenn du aufhörst zu schmollen, darfst du gleich schon dein Valentinstagsgeschenk aufmachen.«

»Ich bekomme ein Geschenk?«, frage ich und springe auf, um ihm nachzulaufen. Ich habe mir zwar gedacht, dass er etwas für mich hat, zumal ich ebenfalls kreativ geworden bin und mir eine tolle Überraschung für ihn überlegt habe, dennoch bin ich plötzlich aufgeregt.

»Natürlich, also sei lieb und lass mich duschen, damit uns gleich genug Zeit zum Frühstücken bleibt.«

Dieses Mal lasse ich mich kein zweites Mal bitten, sondern ziehe mir einen Morgenmantel über und bereite dann das Frühstück für uns vor. Inzwischen deutlich besser gelaunt, belege ich mehrere Sandwiches und schneide Obst, sodass alles bereitsteht, als Jae-Joon mit nassen Haaren und nur in Jogginghose zu mir ins Wohnzimmer kommt.

Lächelnd stellt er eine kleine Tüte vor mir ab und setzt sich auf seinen Platz. Sofort schiebe ich ihm seine eigene Schachtel zu.

»Ist das für mich?«, fragt er und scheint ehrlich überrascht.

»Dachtest du etwa, ich hätte nichts für dich?«, erwidere ich und bin plötzlich aufgeregt. Hoffentlich gefällt es ihm.

»Ich habe mir darüber keine Gedanken gemacht, bisher habe ich aber auch noch nie einen Valentinstag gefeiert«, gibt er zu.

»Dann solltest du dein Geschenk zuerst öffnen.«

Es berührt mein Herz, wie er voller Ehrfurcht und Spannung die Schachtel öffnet. Er hat mit Sicherheit bereits viele Geschenke von Fans bekommen, aber offenbar schon lange keins mehr von einem Menschen, der ihm nahesteht und dem er etwas bedeutet.

Vorsichtig löst er die Schleife, sodass er den Deckel abheben und das Armband betrachten kann, das ich für ihn ausgesucht habe. Der Ausdruck auf seinem Gesicht zeigt, wie sehr es ihm gefällt. Ebenso deutlich sehe ich ihm an, dass er den Zusammenhang zwischen den Worten beziehungsweise den Punkten und den Strichen auf dem Zettel nicht sofort versteht. Mit dem Zeigefinger streicht er über das hochwertige dunkelbraune Leder, das die Grundbasis für das Band bildet, und da-

nach über die außergewöhnlich angeordneten bronze-
farbenen Metallperlen, die auf es genäht sind. Es dauert
einen weiteren Moment, doch dann sehe ich, wie Erkenntnis in seinen Augen aufblitzt. »Die Perlen ergeben
im Morsecode die Worte *Oppa* und *Heart*.«

Stolz darauf, dass er das Rätsel doch so schnell gelöst
hat, lächle ich ihn an. »Gefällt es dir?«

»Sehr! Ich habe noch nie etwas bekommen, das mit so
viel Sorgfalt und Liebe für mich ausgewählt wurde.«
Das begeisterte Leuchten seiner Augen unterstreicht
seine Worte nochmals. »Ich möchte es anziehen,
machst du mir den Verschluss zu?«

Nachdem ich ihm geholfen habe, das Armband umzu-
legen, betrachtet er es und dreht sein Handgelenk, um
es aus jedem Winkel betrachten zu können.

»Wie bist du auf diese außergewöhnliche Idee gekommen?«, fragt er und kann den Blick immer noch
nicht von dem Schmuckstück wenden.

»Ich wollte dir etwas Persönliches schenken, das du
täglich anziehen kannst, das aber nicht offensichtlich
verrät, dass es von deiner Freundin ist.«

»Danke, es bedeutet mir wirklich sehr viel.« Jae-Joon
beugt sich über den Tisch zu mir herüber und gibt mir
einen liebevollen Kuss auf den Mund. »Ich hoffe, dein
Geschenk gefällt dir ebenso gut.«

»Mit Sicherheit.« Gespannt ziehe ich die hochwertige
Präsenttüte zu mir und spähe hinein. Zu meiner Überraschung entdecke ich unzählige Origamipapiersterne in
verschiedenen Farben und Größen. Staunend nehme
ich einen von ihnen in die Hand, sie sind ganz offensichtlich selbst gemacht. »Hast du sie gefaltet?«

»Ja.« Verlegen streicht sich Jae-Joon mit der Hand
über den Hinterkopf. »Wenn ich gestresst oder nervös
bin, äußert sich meine Unruhe dadurch, dass meine
Finger fahrig werden. Auf der Suche nach einer Ablenkung bin ich auf Origami gestoßen. Die Sterne kann

man schnell und jederzeit falten. Daher dachte ich, es wäre eine nette Idee, wenn ich sie für dich mache und von den Anstrengungen des Tages runterkomme, während ich an dich denke.«

»Das ist also deine Art, mir die Sterne vom Himmel zu holen?«, frage ich witzelnd, bin aber unglaublich gerührt.

»Ja, zumindest bis ich unsere Beziehung öffentlich bekannt geben kann«, meint er. »Sie sind aber natürlich nicht dein Geschenk, bloß ein kleines Extra.«

»Sie allein hätten mir bereits gereicht«, antworte ich ehrlich, bin aber dennoch neugierig, was er außerdem für mich vorbereitet hat.

Vorsichtig greife ich in die Tüte und bewege meine Hand suchend in ihr, bis ich etwas Hartes ertaste. Kurz darauf halte ich ein Schmuckkästchen in der Hand. Es ist groß, daher gehe ich davon aus, dass sich darin kein Ring befindet. Inzwischen doch ungeduldig, öffne ich die Schachtel und erblicke als Erstes ein filigran gearbeitetes goldenes Halskettchen, an dem eine winzige Sonne hängt. Danach fällt mein Blick auf die zauberhaften Ohrringe, an denen eine ebenso kleine Mondsichel und ein Stern baumeln.

»Wie wunderschön!«, hauche ich und bin dieses Mal diejenige, die vorsichtig ihre Fingerspitzen über das wertvolle Material gleiten lässt.

»Die Sonne, der Mond und die Sterne - sie symbolisieren für mich dein Lächeln. Es ist für mich wie ein Strahlen, das mir den Weg aus der Dunkelheit gezeigt hat.«

Ich bin so sehr von der Bedeutung seines Geschenkes gerührt, dass ich nicht anders kann, als wortlos aufzustehen und mich auf seinen Schoß zu setzen. Unendlich langsam und süß küsse ich ihn, versuche, ihm allein durch diesen Kuss all die Gefühle zu vermitteln, die ich für ihn empfinde.

Ich war schon lange nicht mehr so glücklich wie in diesem Moment.

Dementsprechend beflügelt schwebe ich später auf der Arbeit den gesamten Tag auf Wolke sieben. Selbst die anstrengendsten Kunden können mich nicht aus der Fassung bringen.

»Macht es dir etwas aus, kurz zu warten? Ich habe So-Ra versprochen, Pflaster mitzubringen«, fragt Min-Ho auf dem Weg zu unserem After-Work-Absacker und deutet mit dem Kopf auf die Apotheke.

»Kein Problem, lass dir Zeit«, erwidere ich. Es ist zwar bereits dunkel und auch nicht gerade warm, dennoch genieße ich es, endlich an der frischen Luft zu sein. Auch wenn die Arbeit Spaß macht und ich sogar die Möglichkeit habe, kostenlos die Geräte zu nutzen und an den Kursen teilzunehmen, merke ich immer deutlicher, wie sehr ich das Fotografieren vermisse. Meine Entscheidung, Nate nach Seoul hinterherzuziehen, bereue ich nicht, immerhin habe ich so die Chance bekommen, Jae-Joon kennenzulernen. Ich kann es zwar noch nicht Liebe nennen, aber durch ihn mache ich die Erfahrung, dass eine Beziehung anders sein kann, und ich empfinde Gefühle, die ich so bisher nicht gekannt habe. Aber vor allem bin ich, trotz der Schwierigkeiten, in unserer Beziehung wirklich glücklich.

»Wir können weiter.« Min-Ho kommt mit einer Plastiktüte aus dem Geschäft und deutet in die Richtung, in der sich das Lokal befindet und in dem einige der Kollegen mit Drinks und Essen auf uns warten.

»Min-Ho, wir sind doch Freunde, oder?«, frage ich.

»Klar, warum?« Irritiert schaut er mich an.

»Es gibt da etwas, auf das ich seit unserem ersten Tag neugierig bin.«

»Und das wäre?«

»Hast du Interesse an So-Ra?«

Offenbar überrascht, kommt er ins Straucheln. Zuerst glaube ich, er will es leugnen, doch dann erwidert er einfach nur: »Ist es so auffällig?«

»Ja und nein. Seit meinem ersten Tag im Studio sind mir die Blicke aufgefallen, die ihr euch gegenseitig zuwerft. Dein Verhalten gegenüber Hyeri hat mich allerdings kurzzeitig zweifeln lassen.«

Mein Kollege scheint mit sich zu hadern, doch dann antwortet er: »Wir mögen uns, aber die Tatsache, dass wir zusammenarbeiten, macht es schwierig. Was ist, wenn es nicht klappt?«

»Und was ist, wenn ihr euch deshalb völlig umsonst sorgt? Oder vielmehr, wäre es nicht ebenso schmerzhaft mitzubekommen, wie So-Ra mit einem anderen glücklich wird?«

»Spricht da die weise Frau aus dem Westen aus dir?«, witzelt er, was mich erkennen lässt, dass ihm das Gespräch nicht leichtfällt.

»Ich bin absolut keine Expertin, immerhin habe ich das Ende meiner eigenen Beziehung nicht kommen sehen. Dennoch vertrete ich die Meinung, dass niemals eine Hürde zu groß ist, wenn die Gefühle füreinander echt sind. Natürlich kann niemand wissen, ob eure Liebe für immer hält, aber wenn es sich für dich danach anfühlt, solltest du nicht aus Angst zurückschrecken.«

Einige Zeit scheint er sich meine Worte durch den Kopf gehen zu lassen. »Vielleicht hast du recht.«

»Rede einfach noch mal mit So-Ra«, rate ich ihm und erblicke im selben Moment das Lokal.

Zeitgleich mit unserem Ankommen strömt eine Gruppe Geschäftsleute aus der Bar und wir treten zur Seite, um Platz für sie zu machen. Trotzdem stößt Min-Ho mit einem von ihnen zusammen.

»Joesonghamnida«, entschuldigt er sich sofort.

Statt die Entschuldigung anzunehmen, rempelt der Mann ihn ein zweites Mal an und schreit unter der Bekräftigung seiner Kollegen in feinster amerikanischer Manier: »Geh mir aus dem Weg, Arschloch!«

Augenblicklich erstarre ich zur Salzsäule, nicht nur wegen der aggressiven Reaktion, sondern vor allem, weil ich diese Stimme jederzeit wiedererkennen würde. »Nate?«

Überrascht, aber ganz offensichtlich weniger alkoholisiert, als ich vermutet habe, sieht mein Ex mich an. »Riley …«

»Nuguyeyo?«, fragt Min-Ho, wer der Mann ist.

»Niemand, den du kennenlernen willst«, antworte ich auf Koreanisch und werde wegen des plötzlichen Aufeinandertreffens vollkommen aus der Bahn geworfen. Gleichzeitig merke ich, wie siedend heiße Wut in mir aufsteigt.

»Was ist denn nun? Wir wollen weiter«, beschwert sich der erste seiner Kollegen auf Englisch.

»Geht vor, ich komme nach«, antwortet Nathaniel und sieht mich dabei weiterhin an, als wäre ich ein Geist.

»Gwaenchaneuseyo?« Min-Hos Berührung an meinem Arm lenkt meinen Blick auf ihn.

»Ja, alles okay. Geh schon mal zu den anderen und bestell mir ein Bier«, bitte ich ihn.

Kurz zögert er, doch dann lässt er mich mit Nate allein.

»Wer war das? Dein Neuer?«, fragte Nate ätzend und sieht mich plötzlich an, als wäre er wütend.

»Ist das dein Ernst? Du fragst *mich*, ob ich einen neuen Freund habe? Ist das wirklich das Erste, was dir einfällt, nachdem du mich ohne ein Wort hast sitzen lassen?« Ich gerate in Rage und finde es schwer, nicht laut zu werden. »Du hast mich bis zum Tag meiner Ankunft in dem Glauben gelassen, dass alles okay wäre! Welcher Mensch tut jemandem so etwas an? Wie konntest du zulassen, dass ich mein Leben in den Staaten für dich aufgebe, obwohl die Beziehung für dich längst beendet gewesen ist?«

»Ich habe dich nie darum gebeten, herzuziehen«, antwortet er, und ich habe das Gefühl, ihn ohrfeigen zu müssen. »Für mich hat die Fernbeziehung super gepasst. Das Problem liegt allein bei dir und deiner Unsicherheit. Du wolltest doch unbedingt herziehen, um mich kontrollieren zu können.«

Sprachlos öffne ich den Mund und schließe ihn dann wieder. Diese Anschuldigung ist Irrsinn. Ich hatte nie das Bedürfnis, ihn zu überwachen, aber das hätte ich besser getan, dann hätte ich früher gemerkt, was für ein mieses betrügerisches Arschloch er ist. »Klar, dass dir alles gepasst hat, immerhin konntest du so zweigleisig gefahren. Warum hast du nicht einfach Schluss gemacht und uns beiden zumindest ein wenig Respekt entgegengebracht?«

»Ich wollte dich fallen sehen«, antwortet er und ich bin einmal mehr fassungslos.

»Mich fallen sehen?«, wiederhole ich seine Worte und kann mir keinen Reim auf sie machen.

»Ja, ich wollte Daddys kleine Prinzessin fallen sehen. Deine Eltern schieben dir alles in den Arsch und beten den Boden unter deinen Füßen an, als wärst du etwas Besonderes. Nie ist irgendetwas gut genug für dich gewesen, ich schon mal gar nicht. Sie haben es nie offen gezeigt, aber ich habe dennoch jede Sekunde gespürt, wie sie auf mich herabgeblickt haben.«

»Ich habe dich nie so behandelt«, erwidere ich ruhig.

»Hast du nicht, dafür warst du immer zu lieb, und das habe ich an dir gehasst – dein Verhalten, als wärst du eine zweite Mutter Teresa, ist zum Kotzen.«

Seine Worte stoßen mich vor den Kopf. Wie konnte ich mich so sehr in ihm täuschen? »Warum hast du die Beziehung dann nicht einfach beendet?«, frage ich erneut.

»Weil es Spaß gemacht hat, mit dir zu spielen und ich,

zumindest in finanzieller Hinsicht, alles von dir bekommen habe, was ich brauchte.« Er zuckt mit den Achseln. »Das hat mich alles ertragen lassen. Denn weißt du was? Kein einziges Mal hat mich der Sex mit dir so sehr befriedigt wie das Wissen, dass du schon bald in der echten Welt landen und merken wirst, wie hart sie ist.«

Seine Worte führen dazu, dass ich mich nicht nur benutzt, sondern auch dumm fühle. Wie konnte ich mich jahrelang so in ihm täuschen? Wie konnte mir entgehen, dass er meine Liebe zu ihm ausgenutzt hat? Ich habe ihn tatsächlich während unserer Beziehung auf die eine oder andere Art finanziell unterstützt. Allein dadurch, dass wir in meiner Eigentumswohnung gewohnt haben, musste er nie Miete zahlen, und auch der Kühlschrank war immer voll, weil ich viel Wert darauf legte, gute Lebensmittel einzukaufen und, so oft es ging, selbst zu kochen. Auch der teure Sportwagen, den er gefahren ist, war mein Auto. Ich hingegen habe seit jeher lieber die öffentlichen Verkehrsmittel oder das Fahrrad genommen, um auf dem Weg zur Arbeit Inspiration für meine Fotos zu finden. Aber macht mich das wirklich zu der Frau, die er in mir sieht - ein naives, verwöhntes Dummchen? Habe ich mir genau diesen Luxus nicht hart erkämpft und erarbeitet? Wusste er nicht, dass meine Eltern mir, als ich auf dem College war, außer den Semestergebühren keine finanzielle Unterstützung haben zukommen lassen?

»Schade, offensichtlich bist du auf den Füßen gelandet oder sollte ich lieber sagen: in einem Bett? Eigentlich hätte ich es ahnen müssen, Amerikanerinnen sind bei den Männern hier beliebt, und du warst in deiner Hilflosigkeit sicher besonders leicht zu haben«, meint er gehässig lachend und zeigt dann mit dem Finger auf mich. »Dennoch muss dir eins klar sein, keiner von ihnen wird es je ernst mit dir meinen. Spätestens dann nicht mehr, wenn sie dich das erste Mal ficken. Niemand will so ein steifes Brett wie dich - selbst diese untervögelten Schlitzaugen nicht.«

»Sie sollten lieber gehen, ehe es hässlich wird«, höre ich eine warnende Stimme sagen und fühle, wie sich schützend ein Arm um meine Schulter legt.

Ich kenne meinen Chef bisher nur als jemanden, der seine Schützlinge zwar über ihre Grenzen hinaus fordert und hart mit ihnen ins Gericht geht, aber ansonsten die Ruhe in Person ist. Gerade spüre ich jedoch pure Wut in ihm brodeln.

»Gleich zwei Stecher?«, ätzt Nate weiter. »Habe ich etwas falsch gemacht? Bist du bloß bei mir eine leblose Puppe im Bett gewesen?«

Zu meiner Überraschung macht Nam-Doo einen Satz nach vorn, aber bevor er Nate eine verpassen kann, halte ich ihn zurück. »Lass gut sein, er ist den Ärger nicht wert.« An meinen Ex gewandt, wiederhole ich mit Nachdruck: »Es wäre besser, wenn wir jetzt getrennte Wege gehen und uns niemals mehr begegnen.«

Damit die Situation nicht doch noch eskaliert, ziehe ich Nam-Doo mit ins Lokal. Ich bleibe jedoch im ruhigen Eingangsbereich für einen Moment stehen, um zu Atem zu kommen und mich sammeln zu können.

»Gaesaekki!«, flucht er offenbar immer noch außer sich vor Wut. »Diesem verdammten Hundesohn sollte man den Arsch aufreißen!«

»Ich habe dich nie so viel am Stück fluchen hören.« Auch wenn die Situation alles andere als lustig ist, muss ich lachen, gleichzeitig ist das die einzige Möglichkeit, um Fassung zu bewahren. Nates Worte und die Erkenntnis, wie sehr ich mich in ihm geirrt habe, verletzen mich zutiefst.

»Soll ich dich nach Hause bringen?«, fragt Nam-Doo besorgt.

»Nein danke«, lehne ich sein Angebot entschlossen ab.

Mir ist zwar nicht nach Feiern, aber schlimmer wäre es, allein zu sein und die Chance zu bekommen, mir den Kopf über Nates Gehässigkeiten zu zerbrechen. »Sag Jae-Joon nichts davon, okay? Das würde ihm den Dreh ruinieren.«

»Du weißt, dass JJ nicht wie er ist? Du bedeutest ihm viel, das sehe ich deutlich. In all den Jahren habe ich ihn nie so glücklich erlebt wie mit dir zusammen. Ich habe den Eindruck, dass er zu sich selbst zurückgefunden hat und endlich mit sich im Reinen ist.«

»Das weiß ich. Er ist bereit, für unsere Beziehung alles zu riskieren. Deshalb möchte ich es ihm nicht damit danken, dass ich ihm während des Drehs ein schlechtes Gefühl gebe. Es reicht, wenn ich ihm davon erzähle, sobald er zurück ist.«

»Die Hauptsache ist, dass du keine Geheimnisse vor ihm hast, das würde ihn verletzen.«

»Das habe ich nicht vor.« Nam-Doos Loyalität Jae-Joon gegenüber berührt mich. »Danke, dass du für ihn da gewesen bist, als kein anderer es war.«

»Er hat dir von damals erzählt?«, fragt er und scheint für einen Augenblick doch ein wenig überrascht.

»Ja.«

»Dann muss es ihm wirklich ernst sein.«

»Das ist es mir ebenfalls«, verspreche ich.

Das ist es, zumal ich speziell nach dem Zusammentreffen mit Nate einmal mehr erkannt habe, dass Jae-Joon bereit ist, alles für unsere Beziehung zu geben, während Nate nur genommen hat. Doch auch wenn ich mir meiner Gefühle für Jae-Joon nun noch sicherer bin, tut die Erinnerung an Nates Worte weh, und ich kann nicht verhindern, dass mein Selbstbewusstsein unter ihnen leidet. Was ist, wenn Jae-Joon irgendwann merkt, dass ich das Risiko doch nicht wert bin?

»Wartest du auf einen Anruf?«, fragt Daebak und lehnt sich neben mich an die Wand, während ich zum wiederholten Male auf mein Handy schaue. Ich weiß zwar, dass Riley mit den anderen unterwegs ist, dennoch habe ich aus irgendeinem Grund ein ungutes Gefühl.

»Ich habe geschaut, wie spät es ist, ich kann kaum erwarten, dass wir für heute Schluss machen. Diese blöde Tanzerei ist echt peinlich«, versuche ich, mich herauszureden, habe jedoch den Eindruck, als würde mein Kollege meine Lüge durchschauen. Allgemein macht mich der wissende Blick, mit dem er mich anschaut, nervös.

Zu meiner Überraschung bringen meine Worte Choi Se-Hun, wie Daebak mit bürgerlichem Namen heißt, zum Grinsen. »Tut mir leid, dass ich das sage, Hyung, aber ich habe noch nie jemanden gesehen, der so wenig Rhythmusgefühl hat wie du.«

Nun zusätzlich von seiner Direktheit und der vertraulichen Anrede irritiert, bin ich einen Moment sprachlos.

»Worüber unterhaltet ihr euch?«, fragt Hyeri und kommt zu uns herübergetänzelt. Sie scheint, im Gegensatz zu mir, in ihrem Element zu sein.

»Wir haben festgestellt, dass ich ein schlechter Tänzer bin«, antworte ich und bin plötzlich genervt. Hyeri während des gesamten Drehs als Teampartnerin zu haben, ist nicht das gewesen, was ich mir vorgestellt habe. Ich hoffe, dass Riley damit klarkommen wird. Bisher bestand meine Aufgabe darin, eine Choreografie einzuüben. Sie ist zwar kurz, aber dafür umso körperbetonter, sodass Hyeri sich nicht nur einmal an meiner Brust gerieben hat.

»Ich finde, du machst dich gut, ich habe auf jeden Fall viel Spaß«, schmeichelt sie mir und schaut mich aus großen Augen an. Offensichtlich hat sie nicht verstanden, dass ich kein Interesse an ihr habe.

Zu meinem Glück wird sie jedoch vom Producer zu sich gerufen, woraufhin Daebak und ich wieder allein in unserer Ecke stehen.

»Weiß sie, dass du eine Freundin hast?«, fragt er.

»Nein«, antworte ich, ohne genau darüber nachzudenken, und zucke innerlich ertappt zusammen: »Ich meine, nein, ich habe keine Freundin.«

Ich folge Se-Huns Blick, der auf meinem Armband ruht. »Als Kind hatte ich viel Zeit, um mich mit allen möglichen Dingen zu beschäftigen … auch mit Morsecodes. Aber keine Angst, ich behalte dein Geheimnis für mich.« Etwas wie Trauer umspielt plötzlich seine Miene. »Allein, weil ich deine Situation nachvollziehen kann.«

Da ich seinen Schmerz deutlich spüre und zuvor schon vermutet habe, dass ihm in der Vergangenheit irgendetwas passiert sein muss, vertraue ich seinem Versprechen und frage: »Ihr habt es nicht geschafft zusammenzubleiben, oder?«

»Nein, haben wir nicht, und es vergeht kein Tag, an dem ich nicht an sie denke.« Daebaks Blick schweift in die Ferne und verliert den Fokus. »Lange habe ich mir Vorwürfe gemacht, dass ich sie zurückgelassen habe. Ich bereue es immer noch, trotzdem nehme ich an, dass es für sie letztlich das Beste gewesen ist.«

»Das tut mir leid für dich«, antworte ich ehrlich.

»Ich hoffe, bei dir wird es anders laufen. Ich wünsche es dir auf jeden Fall.« Freundschaftlich drückt er meinen Arm und ist bereits dabei, zurück zum Team zu gehen, als er über die Schulter meint: »Lass uns nächstes Mal gemeinsam eine Trainingseinheit bei Trainer Han nehmen.«

Während der folgenden Stunden zermartere ich mir den Kopf über Daebak und seine Worte. Kann ich ihm wirklich vertrauen? Andererseits habe ich ihm gegenüber nichts Konkretes zugegeben und kann mich wegen des Armbandes immer noch damit herausreden, dass es ein Fangeschenk gewesen ist.

Als ich kurz nach Mitternacht endlich im Bett liege, bin ich zu dem Schluss gekommen, dass ich ihm glauben kann und er womöglich ebenso sehr einen guten Freund braucht wie ich.

Bist du schon zu Hause?, schreibe ich Riley und gehe die Bilder durch, die wir uns im Laufe des Tages geschickt haben. Mir fällt auf, dass wir immer noch keins von uns gemeinsam haben.

Eben zur Tür rein, und du?, lautet ihre Antwort.

Statt ihr eine weitere Nachricht zu schicken, starte ich einen Videoanruf. Wir haben uns zwar zuletzt am Morgen gesehen, aber ich möchte ihr Gesicht sehen, bevor ich schlafen gehe.

»Annyeong!« Strahlend winkt Riley in die Kamera und zwinkert mir sogar zu. »Oppa! Bogo sipeo!«

»Nado bogo sipeo, Mi-So«, erwidere ich, dass ich sie ebenfalls vermisse. Gleichzeitig bin ich wegen ihres Verhaltens irritiert. Es ist zwar nicht das erste Mal, dass sie mir sagt, dass sie mich vermisst, aber ich finde es merkwürdig, dass sie nicht auf Englisch mit mir spricht, immerhin tun wir das sonst ja meistens auch. Außerdem wirkt sie stark angetrunken. »Ist alles okay bei dir?«

»Gwaenchana, gwaenchana!«, antwortet sie, und ich werde erst Zeuge davon, wie sie versucht, sich auszuziehen, und dann, wie sie vom Bett plumpst, was zur Folge hat, dass ihr das Handy aus der Hand fällt. »Gwaenchana, gwaenchana!«

Auch wenn sie wiederholt meint, dass alles in Ordnung sei, habe ich plötzlich Zweifel daran. Diese Vermutung wird von einem schlechten Bauchgefühl unterstrichen, das ich seit Stunden habe. »Riley, bist du noch da?«

»Ich hatte wohl ein wenig zu viel Soju!«, murmelt sie,

und ich habe im nächsten Augenblick wieder ihr Gesicht vor Augen. Allerdings hält sie ihr Handy so unkoordiniert, dass das Bild, das sich mir bietet, eher einem van Gogh ähnelt und ich lachen muss.

»Hattest du Spaß?«, frage ich und beobachte sie dabei, wie sie die Kamera justiert und endlich so vor sich hält, dass ich sie gut sehen kann.

»Auf jeden Fall hatte ich viel Soju.«

Tatsache ist, ich habe sie noch nie so angetrunken erlebt wie in diesem Moment. Allein deshalb weiß ich immer noch nicht, ob ich ihren Zustand süß oder besorgniserregend finden soll. »Ich glaube, du hattest *zu viel*.«

»Ein bisschen vielleicht.«

Das Bild wackelt, und ich kann erkennen, dass Riley sich ins Bett legt und danach das Handy wieder so hält, dass wir einander ansehen können. »Wie ist es bei dir so?«

»Schrecklich, der PD ist auf die Idee gekommen, uns Choreografien lernen zu lassen.« Kurz zögere ich, da sie es aber früher oder später ohnehin erfahren wird, erzähle ich weiter. »Hyeri und ich sind ein Team, allein das nervt mich bereits. Aber davon abgesehen, macht es mir generell keinen Spaß. Ich bin einfach ein mieser Tänzer.«

»Komisch, ich bin mir ziemlich sicher, dass du gut darin bist, deine Hüften zu bewegen«, platzt es kichernd aus ihr heraus und ich muss ebenfalls lachen. Zum Glück geht Riley nicht auf Hyeri ein. Vielleicht habe ich mir also bloß eingebildet, dass bei ihr etwas nicht stimmt, weil mein eigener Tag so verwirrend gewesen ist - besonders in Bezug auf Se-Hun.

»Dieser Hüftschwung ist allein dir vorbehalten.«

»Das will ich auch hoffen.« Inzwischen macht Riley einen ruhigeren Eindruck. »War der Dreh denn sonst okay?«

»Könnte schlimmer sein. Es gab gutes Essen und ich hatte ein nettes Gespräch mit Daebak.« Ein weiteres Mal zögere ich. »Er weiß, dass ich in einer Beziehung bin.«

»Woher?« Riley fährt aus dem Liegen hoch und schaut mich entsetzt an.

»Er hatte wohl keine schöne Kindheit und hat sie sich damit vertrieben, Dinge zu lernen. Morsecode war eins dieser Dinge. Bevor du dir aber Sorgen machst, er hat versprochen, es für sich zu behalten, und das glaube ich ihm. Kannst du dich daran erinnern, dass ich sagte, ich würde in seinem Verhalten Parallelen zu mir selbst sehen? Aus dem, was ich von ihm erfahren habe, schließe ich, dass er und seine Freundin sich trennen mussten und er bis heute nicht über sie hinweggekommen ist.«

Lange schweigt Riley und sieht mich einfach nur durch die Kamera hinweg an, doch dann fragt sie leise, aber deutlich: »Bist du dir sicher, dass ich das Risiko wert bin?«

»Weshalb fragst du mich das plötzlich? Machst du dir Sorgen wegen Se-Hun?« Auch wenn es die logischste Erklärung ist, glaube ich nicht, dass es an ihm liegt. Irgendetwas muss passiert sein.

»Ich habe meinen Ex getroffen.«

Das schlechte Gefühl in meinem Bauch wird zu einem Klumpen, der mir schwer auf den Brustkorb drückt. »Du hast deinen Ex getroffen«, wiederhole ich ihre Antwort, weil ich nichts anderes zu erwidern weiß. Hat sie sich wegen ihm betrunken? Hängt sie noch an ihm?

Wir befinden uns zwar nicht im selben Raum, dennoch kann ich deutlich spüren, dass sie mit sich kämpft. Ich weiß nicht, was ich erwartet habe, jedenfalls nicht, dass sie den Kopf abwenden würde. Das Licht in ihrem Schlafzimmer ist gedimmt, trotzdem kann ich erkennen, wie sie sich verstohlen eine Träne von der Wange wischt. Genau wie beim letzten Mal bricht es mir das

Herz, sie weinen zu sehen. Dass ich nicht der Grund dafür bin, ist dabei egal.

»Ich … ich komme mir so dumm und schäbig vor«, platzt es stockend aus ihr heraus. »Eigentlich wollte ich dir erst davon erzählen, wenn du wieder zurück bist, weil es dich belasten wird, aber ich … ich …«

Hilflos muss ich zusehen, wie sie nun richtig zu weinen beginnt. Der Druck auf meiner Brust wird stärker, und ich habe das Gefühl, nicht mehr atmen zu können. Was zur Hölle ist zwischen ihr und ihrem Ex vorgefallen? Mühsam kämpfe ich die aufsteigende Panik herunter und presse hervor: »Beruhig dich erst mal, und dann erzähl mir, was passiert ist.«

Es dauert einen Moment, doch dann fängt sie schniefend an zu sprechen: »Min-Ho und ich haben ihn vor unserem Stammlokal getroffen. Zuerst habe ich Nate nicht erkannt, erst als er mit Min-Ho zusammengestoßen ist und ihn angepöbelt hat.« Plötzlich hält Riley inne und muss gegen einen Schluckauf ankämpfen. Ob es wegen des Alkohols oder ihrem Weinen ist, kann ich nicht sagen, bloß dass sie für meinen Geschmack zu viel getrunken hat. Sie ist zwar immer noch Herrin ihrer Sinne, aber das Sammeln ihrer Gedanken und das Formulieren von Sätzen fällt ihr eindeutig schwer. »Wir waren fünf Jahre zusammen und ich habe erst heute sein wahres Gesicht erkannt. Er hat es die ganze Zeit nicht ernst mit mir gemeint und sich einen Spaß daraus gemacht, mit meinen Gefühlen zu spielen. Weißt … weißt du, was seine Erklärung war? Er wollte *mich fallen sehen*! Was ist das für ein Schwachsinn?«

Im ersten Moment kann ich der Aneinanderreihung von Sätzen nicht folgen, mir wird aber sofort klar, was für ein Dreckskerl er ist und wie hässlich das Aufeinandertreffen gewesen sein muss.

»Er … er meinte, ich sei eine verwöhnte Prinzessin mit Mutter-Teresa-Verhalten, die er gehasst und mit der er es nur aus finanzieller Bequemlichkeit ausgehalten hat.« Zu meinem Entsetzen beginnt sie, noch hemmungsloser zu schluchzen. »Selbst … selbst der … der Sex soll schrecklich gewesen sein.«

Heiße Wut lodert in mir auf. Riley so verletzt zu sehen, ist unerträglich, noch schlimmer finde ich jedoch, dass ich nicht bei ihr sein kann. Ich sollte sie im Arm halten und ihr versichern, dass ihr Ex ein Drecksack ist und unrecht hat. Aber vor allem sollte ich ihr deutlich machen, dass das, was wir miteinander teilen, anders ist - bedeutender, echter! Doch das kann ich nicht, weil ich bei diesem beschissenen Dreh festhänge.

»Hat … hat er recht? Bin ich echt so?«, schluchzt sie.

»Vergiss, was dieses Arschloch gesagt hat. Nichts davon entspricht der Wahrheit. Du bist keine verwöhnte Prinzessin und du hast auch kein Mutter-Teresa-Verhalten. Du bist eine der liebenswertesten Frauen, die ich bisher kennengelernt habe, aber das ist nichts Negatives, sondern etwas, das ich an dir besonders zu schätzen weiß. Viel zu wenige Menschen haben deine Herzlichkeit, deinen Mut und deinen Ehrgeiz. Ich weiß nicht, weshalb er dich verletzen wollte, und auch nicht, aus welchem Grund er das Thema Sex zur Sprache bringen musste, aber ich kann dir sagen, dass er selbst in dem Punkt unrecht hat. Ich kann in keiner Hinsicht genug von dir bekommen, alles, was wir miteinander teilen, ist besonders für mich — auch der Sex.« Ich erkenne an Rileys Körperhaltung, dass meine Worte zu ihr durchdringen, nichtsdestoweniger bin ich in Rage. »Doch auch wenn ich außer mir und unglaublich wütend wegen seines Verhaltens dir gegenüber bin, muss ich sagen, dass ich ebenso froh bin. Nur weil er ein Arschloch ist, hatte ich die Chance, dich kennenzulernen.«

Rileys Schluchzer sind wieder zu einem Schluckauf abgeklungen und sie fragt mit zitternder Stimme: »Aber

… aber was ist, wenn … wenn du merkst, dass ich das … das Risiko einer ruinierten Karriere nicht wert bin?«

Ich kann verstehen, weshalb Riley unsicher ist, dennoch verletzt es mich, dass sie Zweifel an mir zu haben scheint. »Weißt du wirklich nicht, wie viel du mir bedeutest? Du bist das Erste, woran ich denke, wenn ich am Morgen aufstehe, und das Letzte, wenn ich mich nachts schlafen lege. Jede Minute, die ich von dir getrennt bin, vermisse ich dich. Wenn du wie im Moment leidest, leide ich ebenso. Aber vor allem bist du der Mensch, der mir das Gefühl gibt, endlich Teil eines Ganzen geworden zu sein. Das ist so unendlich kostbar. Kostbarer als eine Karriere oder Geld es je für mich sein können.«

Neue Tränen rinnen Riley über die Wangen. Dieses Mal lächelt sie jedoch dabei. »Ich wäre jetzt gerne bei dir.«

»Glaub mir, ich auch«, seufze ich und kann wieder freier atmen. »Geht es dir etwas besser?«

»Ja, danke«, antwortet sie, muss aber noch einige Male schniefen. »Ich kann nicht fassen, dass ich mich so in ihm getäuscht habe.«

»Oft sehen wir nur das, was der andere uns zeigen will, und manchmal sehen wir nur das, was wir selbst sehen wollen«, antworte ich und füge hinzu: »Versuch, dir keine Gedanken mehr über ihn zu machen. Er ist es nicht wert.«

»Tut mir leid, dass ich dich damit belastet habe.«

»Muss es nicht, ich bin froh, dass du mit mir gesprochen hast. Egal wie unangenehm oder hässlich ein Thema ist, es ist mir lieber, wir reden, als dass du schweigst und es mit dir alleine ausmachst.«

Zu meiner Überraschung hebt Riley ihre Hand und zeigt mir ein Fingerherz. Lächelnd erwidere ich diese Geste. Dieser Austausch drückt Gefühle aus, die wir beide noch nicht auszusprechen bereit sind, derer wir uns jedoch zunehmend sicherer werden.

»Kannst du noch so lange mit mir telefonieren, bis ich eingeschlafen bin? Ich möchte deine Stimme hören.«

»Wovon soll deine Gutenachtgeschichte handeln?«, frage ich und sehe, wie Riley sich auf die Seite legt und ihr Handy so platziert, dass es aussieht, als würde ich neben ihr liegen. Daher mache ich es ihr gleich und lege mich ebenfalls hin.

»Ganz egal, irgendetwas.« Ein weiteres Mal zeigt sich das Ausmaß ihres Alkoholkonsums, denn plötzlich ist sie müde und gähnt.

Kurz überlege ich, was ich ihr erzählen könnte, und komme dann zu dem Schluss, dass es ihr guttun würde, zu hören, was ich für die Zukunft für uns geplant habe. »Weißt du, was ich als Erstes mit dir machen will, nachdem ich unsere Beziehung öffentlich bekannt gegeben habe?«

»Nein, was denn?« Wieder gähnt sie.

»Zum Namsan Tower und an den Hangang fahren - ich will all die Orte mit dir besuchen, die du gerne anschauen möchtest und zu denen ich bisher nicht mit dir konnte.« Ich sehe, wie Rileys Augenlider bereits schwer werden und spreche weiter, beschreibe, dass ich Hand in Hand mit ihr durch die Menschenmengen laufen, mit ihr die verschiedenen Märkte Seouls besuchen und in einen Freizeitpark gehen will. Ich rede auch dann noch, als sie schon lange eingeschlafen ist.

Irgendwann gehe ich jedoch dazu über, sie einfach nur zu beobachten und ihr dabei zuzuhören, wie sie leise vor sich hin schnarcht. Trotzdem bin ich immer noch angespannt. Jedes Wort, das ich zu Riley gesagt habe, habe ich ernst gemeint, dennoch nagen ihre Zweifel an mir — selbst, wenn ich sie verstehen kann. Ebenso belastend ist es für mich, dass ich für sie nicht so da sein kann, wie sie es verdient. Bin ich egoistisch, wenn ich zulasse, dass sie wegen meines Starstatus leidet, und nicht bereit bin, sie loszulassen?

Für einen kurzen Augenblick frage ich mich, ob Se-Hun vor seiner Trennung an einem ähnlichen Punkt gewesen ist. Ich hoffe es nicht, und wenn doch, wünsche ich mir, dass es bei mir und Riley anders laufen wird. Ich will und kann mir ein Leben ohne sie nicht vorstellen, auch nicht, wenn es für uns möglicherweise irgendwann das Beste sein würde, getrennte Wege zu gehen.

Kapitel 10

Riley

»Oh mein Gott!« Aufgeregt laufe ich ins Schlafzimmer und springe auf die Matratze. Eigentlich sollte ich Jae-Joon nach seiner späten Rückkehr diese Nacht seinen nötigen Schlaf gönnen, doch die Mail, die ich soeben von meinem Freund und ehemaligem Chef Max bekommen habe, beinhaltet die beste Nachricht seit einer gefühlten Ewigkeit. Vor allem, wenn man die Sache mit Nate und das Gespräch, das ich anschließend unter Alkoholeinfluss mit Jae-Joon geführt habe, bedenkt. Bis zu einem gewissen Grad ist es mir selbst heute, einige Tage später, immer noch total unangenehm, dass ich mich so habe gehen lassen und mich betrunken habe. Tatsächlich überwiegt aber die Erleichterung, dass ich mit Jae-Joon offen reden konnte und die Trennung von Nate nun nicht mehr zwischen uns steht. Ich habe mit meinem Ex abgeschlossen und kann ihn hinter mir lassen. Der Gedanke an die vielen verletzenden Worte, die Nate mir an den Kopf geschmissen hat, tun aber immer noch weh. Nicht weil ich etwas für ihn empfinde, sondern weil ich mich nach wie vor benutzt und dämlich fühle.

»Oh mein Gott, oh mein Gott! Oh mein Gott! Weißt du was, weißt du was, weißt du waaas?«, kreische ich und hopse auf dem Bett herum, was gleichzeitig meinen schlafenden Freund durchschüttelt.

Kurz sehe ich, wie er mich zwischen halb geschlossenen Augenlidern anschaut, um mich dann ruckartig neben sich zu ziehen. »Was denn?«, brummt er mit rauer Stimme.

»Mein damaliger Chef Max hat zu einem Musikmagazin gewechselt. Sein Fotograf für das *Coachella Festival* hat abgesagt, deshalb fragte er mich, ob ich Lust habe, nach Kalifornien zu kommen und spontan für ihn einzuspringen. Wenn ich ihn richtig verstanden habe, soll ich Stimmungsbilder und Exklusivfotos von einigen Acts machen, über die in der nächsten Ausgabe berichtet wird. Weißt du, wer dazu gehören wird? *BLACKPINK*!« Freudig quietsche ich auf und zapple ein wenig in seiner Umarmung. »Aber das Beste ist, es wäre genau an dem Wochenende, an dem ihr ebenfalls zum Feiern dort seid.«

Da er offenbar immer noch im Halbschlaf ist, braucht Jae-Joon einen Augenblick, bis er die Kernaussage meiner Ausführungen verstanden hat. »Das heißt, du wirst mit uns auf dem Festival sein?«

»Ja!« Plötzlich bekommt meine gute Laune einen Dämpfer. »Ich müsste allerdings im Studio zwei Wochen Urlaub nehmen. Geschäftlich bin ich nur fünf Tage unterwegs, aber ich möchte gerne die Chance nutzen, um meine Familie und Freunde zu sehen.«

»Das wird schon klappen. Nam-Doo sucht aktuell nach Verstärkung für das Team. Das Festival ist in zwei Monaten, bis dahin wird sicher irgendjemand gefunden sein, der dich vertreten kann.«

»Das nächste Problem sind Min-Ho und dein anderer Freund. Sie werden es bestimmt merkwürdig finden, wenn ich mich euch dort plötzlich anschließe.«

»Oder auch nicht.« Inzwischen ist Jae-Joon vollkommen wach und sieht mich durchdringend an. »Ich habe mir lange Gedanken gemacht und bin zu dem Entschluss gekommen, dass ich zumindest meinen engsten Freunden gegenüber ehrlich sein möchte. Ich vertraue darauf, dass sie hinter uns stehen und uns im schlimmsten Fall sogar decken würden. Sollte man uns zum Beispiel zusammen auf dem Festival sehen, wäre es mit ihrer Hilfe einfacher, eine Erklärung dafür zu finden.«

Von seiner Entscheidung überrascht, starre ich ihn

einen Augenblick an. »Ist das wegen der Sache mit Nate?«

»Nein, aber er hat den Anstoß für meine Überlegungen gegeben, und ich bin zu dem Schluss gekommen,
dass es leichter für uns sein wird, wenn wir die Unterstützung von den Menschen haben, denen ich bedin-
gungslos vertraue.«

»Und das ist neben Nam-Doo und Min-Ho der andere
Freund, der mit dir und Min-Ho zum Festival fliegt?«

»Ja, Seo In-Woo. Du kennst ihn, er ist ebenfalls bei
uns im Studio und hat gerade die Dreharbeiten für seine erste größere Rolle in einem Drama beendet. Er
wird sicher verstehen, wie schwer es ist, eine Beziehung
zu führen. Immerhin ist er inzwischen ebenfalls dem
Wohlwollen der Medien und Fans ausgesetzt und wird
wissen, wie schwer es ist, ein Privatleben zu haben.«

»Ich weiß, wen du meinst, aus irgendeinem Grund
konnte ich mir aber nie seinen Namen merken.« Nachdenklich lege ich meine Hand an seine Wange und betrachte das Gesicht, das mir inzwischen so vertraut ist
und mir so unendlich viel bedeutet. »Bist du dir wirklich
sicher, dass du ihnen von uns erzählen willst?«

»Min-Ho hält große Stücke auf dich. Er wird nicht zulassen, dass man dir wehtut, und In-Woo würde uns
auch nicht in den Rücken fallen. Ich hasse es, unsere
Beziehung geheim halten zu müssen, wenigsten die
Menschen, die mir nahestehen, sollen von uns wissen.«

»Okay«, antworte ich und lächle glücklich. Jae-Joons
Entschluss zeigt mir ein weiteres Mal, dass er an eine
gemeinsame Zukunft mit mir denkt und glaubt.

»Also werden wir zusammen auf dem *Coachella* sein?«

»Scheint so. Ich werde zwar arbeiten müssen, aber
auch viel Freizeit haben.«

Nachdenklich betrachtet Jae-Joon mich. »Wollen wir
deine Eltern besuchen? Es wäre wegen der Paparazzi
am Flughafen nicht schlau, den gleichen Flieger zu

nehmen, aber wir könnten uns zwei oder drei Tage vor dem Festival in Los Angeles treffen.«

»Du willst meine Eltern kennenlernen?«, frage ich vollkommen überrascht.

»Genau genommen habe ich sie bereits kennengelernt und deinem Vater bei dieser Begebenheit versprochen, sie zu besuchen«, antwortet er, als wäre dies die natürlichste Erklärung der Welt.

»Max hat mich für das erste Festivalwochenende angefragt. Wenn ich die Woche vorher bei meinen Eltern verbringe, können wir uns tatsächlich dort treffen und von dort aus dann mit dem Auto nach Indio fahren. Gleichzeitig würden wir bei meiner An- und Abreise das Problem umgehen, zusammen gesehen zu werden. Immerhin lägen unsere Flüge in die USA beziehungsweise zurück nach Seoul jeweils mehrere Tage auseinander.«

»Das klingt optimal, und da ich hauptsächlich in Asien berühmt bin, werden wir in den Staaten mit Sicherheit eine entspannte Zeit haben.«

»Das wäre perfekt!« Unbändige Freude überkommt mich. »Ich bin so aufgeregt!«

»Ich freue mich auch, aber im Moment brauche ich noch ein wenig mehr Schlaf«, brummt Jae-Joon und schließt die Augen, während er die Arme enger um mich schlingt.

»Können wir vorher nicht darüber sprechen, wie und wann wir es Min-Ho und In-Woo sagen werden?«

Gespielt genervt seufzt er und beißt mir neckend in die Wange. »Ich habe bisher keine Einweihungsparty in meiner Wohnung geschmissen. Jetzt, wo zumindest einige Möbel und ein Esstisch stehen, kann ich alle einladen und dich ihnen bei dieser Gelegenheit offiziell als meine Freundin vorstellen.«

Da ich merke, dass Jae-Joon wirklich müde ist, kuschle ich mich in seine Arme und nicke zustimmend. »Okay.

Allerdings sollten wir uns mit dem Gedanken anfreunden, dass wir So-Ra auch mit ins Boot holen müssen. Sie und Min-Ho sind seit dem Valentinstag zusammen.«

»Das ist okay, ich mag sie«, murmelt er und ist bereits dabei, einzuschlafen.

Eigentlich wollte ich meinen freien Morgen nutzen, um für Jae-Joon ein besonderes Frühstück zu machen, im Moment finde ich es jedoch verlockender, in seinen Armen liegen zu bleiben und ebenfalls noch ein wenig zu schlafen. Das Essen und auch Max laufen mir schließlich nicht weg.

***

»Du bist glücklich«, stellt mein Vater fest und sieht mich von der Seite an, während ich Jae-Joon und meine Mutter dabei beobachte, wie sie gemeinsam draußen auf der Terrasse sitzen und über dem strategischen Brettspiel *Baduk* hocken, das die koreanische Version von *Go* ist.

»Ja, das Leben in Seoul und Jae-Joon machen mich glücklich, viel mehr, als ich jemals erwartet hätte«, erwidere ich.

Einige Augenblicke vergehen, in denen wir nicht sprechen, sondern schweigend die Steaks für das Abendessen marinieren beziehungsweise die Beilagen vorbereiten.

»Auch wenn die Trennung von Nathaniel dir sehr wehgetan haben wird, bin ich froh, dass ihr nicht mehr zusammen seid. Ich habe ihn nie gemocht, aber ich war immer der Meinung, dass weder deine Mutter noch ich das Recht haben, dir in deine Beziehung reinzureden.«

»Ich wusste, dass du ihn hasst. Mittlerweile wünsche ich mir, ich hätte deinem Urteil vertraut.«

»Nichts in unserem Leben geschieht ohne Grund.«

»Du hast recht, ohne Nate hätte ich Jae-Joon nie ken-

~ 226 ~

nengelernt.« Ich schaue von den Kartoffeln auf und zu meinem Vater. »Ihn magst du, oder?«

»Er ist mir sympathisch, und mein Gefühl sagt mir, dass er es ernst mit dir meint.« Ein wenig verlegen lacht er. »Außerdem kenne ich die Blicke, mit denen er dich anschaut. Es sind keine, die ich unbedingt auf meiner Tochter ruhen sehen will, aber gleichzeitig weiß ich dadurch, wie viel er für dich empfindet. Aber allein das, was du von ihm erzählt hast und was er bereit ist, für eure Beziehung zu riskieren, beeindruckt mich.«

»Manchmal habe ich Angst, dass er irgendwann aufwacht und merkt, dass ich all den Ärger nicht wert bin.«

Als würde er spüren, dass wir über ihn sprechen, schaut Jae-Joon zu uns und winkt uns mit einem strahlenden Lächeln.

»Es gibt niemals eine Garantie dafür, dass eine Liebe für immer hält. Doch bei ihm habe ich ein gutes Gefühl. Er wirkt ehrlich und offen. Allein zu sehen, wie ihr miteinander umgeht und wie vertraut ihr nach wenigen Monaten seid, lässt mich positiv denken. Zwischen Nathaniel und dir habe ich bis zum Schluss eine Distanz gespürt, die nie überwunden, eher im Gegenteil, die mit der Zeit zunehmend größer wurde.«

Ich bin mir zwar sicher, dass Jae-Joons Nationalität kein Problem für meinen Vater darstellt, trotzdem frage ich: »Hast du Bedenken wegen möglicher kultureller Unterschiede?«

»Kulturelle Unterschiede müssen nicht schlecht sein, meistens scheitert es, meiner Meinung nach, an dem Unwillen, darauf Rücksicht zu nehmen und Verständnis zu zeigen beziehungsweise Kompromisse einzugehen. Jae-Joon scheint sich schnell anzupassen und generell der Auffassung zu sein, dass durch vernünftige Kommunikation viele Probleme aus dem Weg geschafft oder direkt umgangen werden können.«

Für einen kurzen Moment bin ich sprachlos. Mein Vater hat Jae-Joon erst vor wenigen Stunden kennengelernt und kann ihn dennoch zutreffend einschätzen.

»Das Einzige, was ich bisher an eurer Beziehung zu bemängeln habe, ist das Wissen, dass du vielleicht nicht zurückkommen wirst, sollte es noch ernster zwischen euch werden.«

»Darüber habe ich mir noch keine Gedanken gemacht.« Habe ich wirklich nicht. Nate hat damals einen Fünfjahresvertrag bekommen, sodass ich davon ausgegangen bin, dass wir danach gemeinsam wieder zurückkehren würden. Bei Jae-Joon schaut es natürlich anders aus, immerhin lebt er in Seoul.

Nachdenklich betrachte ich ihn. Wäre ich bereit, für immer auszuwandern?

»Dann lasst die Zukunft auf euch zukommen.«

Zustimmend nicke ich und gehe zu belanglosen Themen über. Für den Augenblick habe ich genügend über Dinge gesprochen, über die ich mir noch Gedanken machen muss. Aber allein das Wissen, dass mein Vater Jae-Joon mag und den Eindruck hat, dass er ernste Absichten hat, beruhigt mich.

Einige Stunden später liegen Jae-Joon und ich in meinem Bett, lassen den Abend ausklingen und schauen uns durch das große Panoramafenster den mit Sternen übersäten Nachthimmel an.

»Worüber hast du so lange mit deinem Vater gesprochen?«, fragt er.

»Über vieles, unter anderem über dich. Er mag dich und hat bei unserer Beziehung ein gutes Gefühl.«

»Das beruhigt mich. Ich war wegen des Kennenlernens ein wenig besorgt. Umso erleichterter bin ich, dass sie mich so nett und herzlich willkommen geheißen haben. Natürlich habe ich gemerkt, dass dein Vater mir auf den Zahn gefühlt hat, aber generell scheint er locker zu sein. Bei uns ist es zum Beispiel eher unüblich, dass ein unverheiratetes Paar gemeinsam in einem Zimmer, geschweige denn in einem Bett schläft – schon gar nicht bei einem Elternbesuch.«

»Wir Amerikaner sind da grundsätzlich etwas entspannter, aber davon abgesehen wissen meine Eltern, dass wir einige Zeit zusammengelebt haben und es im Grunde genommen immer noch tun.«

»Du hast recht, ich erinnere mich, dass Owens Eltern ähnlich gelassen waren. Seit du in mein Leben getreten bist, denke ich oft an meine Zeit hier in den Staaten zurück und vermisse meinen Freund.«

»Das kann ich mir vorstellen. Schade, dass er nicht zum Festival kommen konnte. Wie lange hast du ihn schon nicht mehr gesehen?«

»Fast genau ein Jahr. Er war letzten Frühsommer in Korea und hat mich während dieser Zeit für einige Tage besucht.« Wie so oft spielt er gedankenverloren mit einer meiner Haarsträhnen. »Was ist mit dir, vermisst du deine Freunde nicht?«

»Doch sehr, umso wertvoller waren die vergangenen Tage und die Treffen mit ihnen für mich. Manchmal vermisse ich die Mädels und meine Familie so sehr, dass ich Heimweh bekomme. Trotzdem bin ich glücklich in Seoul. Du und viele andere Menschen sind unglaublich wichtig für mich geworden.« Ich denke an den Samstagabend vor knapp zwei Monaten zurück. Jae-Joon hat die Einweihungsparty seiner Wohnung als perfekten Vorwand genutzt, um seine engsten Freunde zu versammeln und ihnen von uns zu erzählen. Im Gegensatz zu Nam-Doo und seiner Frau Shi-Ah, die bereits von uns wussten, waren die übrigen drei Gäste überrascht. Am meisten Min-Ho, allein der Gedanke an sein Gesicht bringt mich zum Lachen.

»Was ist so lustig?«, fragt Jae-Joon, für den mein plötzliches Amüsement merkwürdig sein muss.

»Ich habe mich an Min-Ho und seine Reaktion auf

unsere Beziehungsbeichte erinnert. Ihn hat es kalt erwischt, er hat echt gedacht, wir würden ihn verschaukeln wollen.«

»Was wiederum zeigt, dass wir sie erfolgreich geheim gehalten haben. Immerhin ist er derjenige, der uns beiden am nächsten steht, sieht man von Nam-Doo ab. Letztlich ist die Hauptsache, dass alle es mit Wohlwollen aufgenommen haben und sich für uns freuen.«

»Ja, seit wir ihnen von unserer Beziehung erzählt haben, bin ich entspannter. Mir war gar nicht bewusst, wie sehr es mich belastet hat, sie vor ihnen geheim zu halten.«

»Ich fühle mich seitdem ebenfalls erleichtert. Vor allem da ich weiß, dass sie auf dich achtgeben werden, wenn ich das nächste Mal weg bin.«

»Du weißt, dass ich niemanden brauche, der auf mich aufpasst?«

»Du brauchst diese Gewissheit vielleicht nicht, aber ich. Ich hasse es, von dir getrennt zu sein.« Jae-Joon legt seine Handfläche an meine und wir betrachten den Größenunterschied unserer Hände. »Bist du dir sicher, dass ich nach dem ersten Festivalwochenende den Rest meines Urlaubes nicht mit dir verbringen soll?«

»Ja. Ich habe am Montagmittag mein Meeting mit Max in Los Angeles, danach treffe ich eine Freundin zum Lunch, und am frühen Abend geht mein Flieger zurück nach Seoul, damit ich Mittwoch wieder zur Arbeit kann. Du siehst, ich werde keine Zeit haben, also genieß den Aufenthalt, lass dich für deine Musik inspirieren und komm endlich ein wenig zur Ruhe.«

»Wie soll ich zur Ruhe kommen, wenn ich dich vermisse?«

Manchmal sagt er so süße Dinge, dass ich ihn zuerst anschauen muss, um zu sehen, ob er es nicht doch nur als Scherz meint, aber das tut er nicht. »Ich werde dich mindestens genauso vermissen, aber ich kann Nam-

Doo nicht um noch mehr freie Tage bitten. Außerdem solltest du deine Freunde nicht wegen mir vernachlässigen.«

Tief seufzt er. »Dann lass uns wenigstens über deinen Geburtstag vier, fünf Tage Urlaub in Singapur machen. Wenn ich einige Termine verlege, können wir ihn gemeinsam dort verbringen und ich reise danach zu meinem Fanmeeting in Malaysia und nehme meine anderen Termine bei *Oh!K TV* wahr.«

»Wird das keine Probleme mit deinem Manager geben?«, frage ich. Allein dass Jae-Joon zwei Tage früher nach Los Angeles abgereist ist, hat ihm gar nicht gefallen.

»Jeremy ist nicht mein Boss. Solange ich meine Pflichten erfülle, hat er, zumindest in der Hinsicht, nichts zu entscheiden.«

Ich will weitere Bedenken äußern, doch dann nicke ich einfach nur. Jae-Joon würde niemals leichtfertig handeln, er weiß am besten, was für ihn auf dem Spiel steht. »Meinen Geburtstag in Singapur zu feiern, wäre sicher traumhaft.«

»Du darfst aber nicht enttäuscht sein, wenn wir das Hotelzimmer nicht allzu häufig verlassen«, meint er und fährt mit dem Zeigefinger meinen Arm hoch und dann zu dem Ansatz meiner Brüste. Sofort beginnt mein gesamter Körper zu kribbeln.

»Ich schätze, damit kann ich leben«, murmle ich und streiche nun meinerseits von Jae-Joons nackter Brust runter zu seinem Bauch. Ich weiß, dass er sich niemals darauf einlassen würde, hier mit mir zu schlafen, und das ist okay. Gleichzeitig bereue ich es, dass wir das Angebot meiner Eltern, hier zu übernachten, angenommen und uns nicht, wie Jae-Joon vorgeschlagen hat, ein Hotelzimmer gebucht haben.

»Gut.« Als hätte er geahnt, dass ich seine Standhaftigkeit auf die Probe stellen will, greift er nach meiner

Hand und legt sie zurück auf seine Brust. »Freust du dich eigentlich auf das Festival und deinen Job?«

»Ja, ich kann dir nicht beschreiben, wie sehr.«

»Deine Arbeit als Fotografin fehlt dir, oder?«, fragt er und spricht dieses Thema zum ersten Mal offen an.

»Ja«, erwidere ich lediglich, weil ich nicht weiß, was ich weiter antworten soll. Immerhin ist es meine eigene Schuld, dass ich meinen Job nicht mehr ausübe.

»Soll ich mich umhören und versuchen, dir beim Fußfassen zu helfen? Im Studio sind sicher genügend Leute, die professionelle Fotos und Probeaufnahmen für ihre Portfolios benötigen.«

»Daran habe ich bisher gar nicht gedacht.« Das habe ich wirklich nicht. »Danke für deine Unterstützung, das bedeutet mir wirklich viel.«

»Ich werde immer mein Bestmögliches tun, damit du glücklich bist.«

»Das bin ich sowieso schon«, verspreche ich und schließe die Augen. Mir geht es so gut wie seit Langem nicht mehr. Für den Moment könnte es nicht besser laufen. Ich weiß, dass das Festival für mich nicht nur Spaß, sondern vor allem Arbeit bedeutet, trotzdem freue ich mich unglaublich auf das Wochenende.

Kapitel 11

Jae-Joon

Mit einem alkoholfreien Moscow Mule in der Hand betrachte ich die beeindruckende Kulisse um mich herum. Wir sind seit den Mittagsstunden auf dem Festival und dennoch bin ich immer wieder aufs Neue beeindruckt. Wir haben vor einiger Zeit von dem VIP-Bereich an der Mainstage in den sogenannten *Rose Garden* gewechselt. Dass es tatsächlich ein Rosengarten inmitten der wüstenähnlichen Landschaft sein würde, habe ich nicht erwartet. Ich nehme einen Schluck von meinem Drink und lasse das Farbspiel der untergehenden Sonne und die Musik auf mich wirken. Allein für diesen Moment haben sich die knapp eintausend Dollar für das Ticket gelohnt. Einzig, dass ich Riley seit Stunden nicht mehr gesehen habe, stört mich. Vor allem bin ich aber stolz auf sie. Sie ist eine von wenigen Personen, die exklusive Bilder vom Festival machen und auch in jeden Backstagebereich darf. Der Uhrzeit nach dürfte sie im Augenblick bei *BLACKPINK* sein, die sich wahrscheinlich auf ihren Auftritt vorbereiten. Auch wenn ich kein großer K-Pop-Fan bin, höre ich die Lieder der Girlgroup gern und freue mich über ihren internationalen Erfolg. Aktuell sind sie neben BTS die wohl erfolgreichste koreanische Idolgruppe im Ausland.

»Wann hat Riley Feierabend?«, fragt Min-Ho und nimmt ebenfalls einen Schluck von seinem Cocktail.

»Ich schätze so in einer Stunde. Sie sagte, *BLACKPINK* seien die letzten Künstler, die für heute auf ihrer Liste stehen.«

»Wusstest du, dass sie so eine fantastische Fotografin ist? Ich kann echt nicht verstehen, weshalb sie den Job aufgegeben hat und stattdessen bei uns hinter dem Tresen steht. Nicht, dass ich es schlimm finde oder es mich irgendetwas angeht, aber sie vergeudet ihr Talent«, ruft mein Freund mir entgegen und verpasst meiner Laune dadurch ungewollt einen Dämpfer.

Ich will es nicht zugeben, aber er hat recht. Riley ist kurz nach unserer Ankunft allein losgezogen und erst gegen Nachmittag für eine kleine Pause zu uns zurückgekommen, trotzdem habe ich sie während dieser Zeit in Aktion erleben und einige ihrer Bilder sehen dürfen. Sie hat ein gutes Auge dafür, die atemberaubendsten Momente einzufangen, und sie hat sogar von uns drei Jungs unbemerkt mehrere perfekte Schnappschüsse gemacht. Bis zu diesem Augenblick habe ich sie nie als professionelle Fotografin wahrgenommen. Tatsächlich ist sie aber wesentlich talentierter als viele ihrer Kollegen, mit denen ich bisher zusammengearbeitet habe. Mir ist klar geworden, dass Riley im Moment vielleicht glücklich ist, sie es auf Dauer aber nicht bleiben wird. Zumindest nicht, ohne wieder in ihrem Beruf arbeiten zu können.

»Ich weiß«, antworte ich daher monoton.

»Wie erfolgreich muss sie sein, dass sie uns drei ohne Probleme auf die Gästeliste dieser After-Show-Party bekommen hat?«

Noch mal muss ich Min-Ho zustimmen. Mir geht es aktuell wahrscheinlich genauso wie Riley, als sie damals realisiert hat, dass ich ein Star bin. Ich sehe sie inzwischen ebenfalls mit anderen Augen. Sie ist nicht mehr nur meine Freundin, sondern auch eine Frau, die eine unglaubliche Karriere vor sich haben könnte. Allein die Tatsache, dass das Magazin, für das sie arbeitet, einer der Hauptsponsoren des Festivals ist und jedes Jahr am Auftakttag des *Coachella* eine große After-Show-Party gibt, ist beeindruckend. Zusätzlich zu erfahren, dass nur geladene Gäste Zutritt zu ihr haben – Gäste zu denen massig A-Promis gehören - ist nahezu unfassbar.

»Wahnsinn, oder? Ich bin gespannt, wen wir heute Abend noch kennenlernen«, meint In-Woo und erspart mir dadurch eine Antwort. »Glaubt ihr, Taylor Swift wird da sein?«

Zu meinem Glück verlagert sich die Unterhaltung von Riley zu amerikanischen Prominenten und der Party. Generell ist die Musik aber so laut, dass man keine entspannten Gespräche führen kann und meine Freunde, statt dem Versuch, ein Gespräch zu führen, kurz darauf losziehen, um Essen für uns zu holen.

Mir spukt währenddessen ununterbrochen der Gedanke im Kopf herum, dass ich nicht zulassen darf, dass Riley ihr Talent vergeudet. Durch ihre Kündigung und ihren aktuellen Wohnsitz bei mir in Seoul wird es schwierig für sie sein, beruflich sofort an dieses Wochenende anzuknüpfen. Aber was wäre, wenn sie damit anfangen würde, immer wieder Aufträge anzunehmen und dafür zu reisen? Immerhin bin ich ebenfalls viel unterwegs. Gleichzeitig will ich alles daransetzen, um ihr einen Karrierestart in Seoul zu ermöglichen. Als ich den Gedanken geäußert habe, dass viele Studiomitglieder professionelle Bilder für ihre Portfolios benötigen könnten, habe ich es nicht bloß dahingesagt. Für einen Moment halte ich inne. Vor Kurzem hat Nam-Doo davon gesprochen, neue Werbebanner in Auftrag geben zu wollen und mir sogar das Versprechen abgenommen, dass ich zusammen mit In-Woo mein Gesicht dafür hergebe. Er würde mit Sicherheit Riley das Shooting übernehmen lassen. Es wäre zwar nichts Vergleichbares zu heute, ich kann mir aber vorstellen, dass es ihr Spaß machen wird.

Sofort deutlich besser gelaunt, lasse ich meinen Blick durch die Menge gleiten. Automatisch findet er Riley. Es ist so, als würde er magnetisch von ihr angezogen werden. Selbst auf die Entfernung und über all die

Menschen hinweg treffen sich unsere Blicke. Mit einem Lächeln auf den Lippen tänzelt Riley fröhlich auf mich zu, bewegt sich perfekt zu dem Beat und lässt mein Herz rasen. Wird mein Körper – mein Herz - jemals anders auf sie reagieren? Ich betrachte ihre langen Locken, die unter dem schwarzen Wollhut mit der breiten Krempe hervorschauen und verspielt über ihren Rücken fallen.

Ich liebe es, mir Strähnen ihres Haares um den Finger zu wickeln oder ihren Kopf an ihnen zurückzuziehen, damit ich ihren Hals küssen kann. Allein der Gedanke daran lässt mich die Zähne zusammenbeißen und meine Blicke weiterwandern. Auch wenn Riley nicht so viel Haut zeigt wie viele der anderen anwesenden Frauen, ist sie in dem bauchfreien schwarzen T-Shirt mit dem *Rolling-Stones*-Logo unglaublich sexy. Fasziniert bleibt mein Blick an ihrem süßen Bauchnabel hängen. In den letzten Wochen hat sich ihre Figur verändert, sie ist schlanker und trainierter geworden. Was mit Sicherheit an den unzähligen Sportkursen liegt, die sie besucht hat. Natürlich sieht sie toll aus, dennoch hat mir vorher auch die sanfte Wölbung an ihrem sonst flachen Bauch gefallen. Aktuell haben es mir aber – neben ihrem Po – ihre Beine am meisten angetan. In der Kombination aus knappen Jeansshorts und Boots sehen sie verdammt lang aus, sodass meine Gedanken ein weiteres Mal in eine nicht jugendfreie Richtung wandern.

»Hallo Fremder«, begrüßt sie mich strahlend und lässt sich mit einem letzten Schwung ihrer Hüften auf meinem Schoß nieder.

»Hallo Starfotografin«, erwidere ich und lege ihr meine Hand in den Nacken, um sie an mich zu ziehen und hingebungsvoll zu küssen. Die Tatsache, dass mich hier wahrscheinlich keiner kennt und in den USA allgemein alles lockerer ist, führt dazu, dass ich mich ein wenig gehen lasse und meine Finger in ihren Locken vergrabe, um den Kuss weiter zu intensivieren. Zärtlich fahre ich mit der Zunge die Kontur ihrer Unterlippe nach und stupse ihre Zunge an, sobald sie mir begegnet. Leidenschaftlich erwidert sie meine Liebkosungen und sorgt dafür, dass es unangenehm eng in meiner Jeans werden könnte, wenn wir uns nicht zügeln.

»Aigo, JJ! Nehmt euch gefälligst ein Zimmer«, tadelt Min-Ho uns. Allein der Ton seine Stimme verrät mir jedoch, dass er scherzt. »Warum müsst ausgerechnet ihr ein Paar sein?«

Lächelnd küsse ich Riley ein letztes Mal voller Gefühl und löse mich dann von ihr. »Sei nicht so, ich weiß, dass du dich für uns freust.«

Mich ignoriert er zwar, aber Riley reicht er mit einem Zwinkern eine Schale mit Pommes frites und einen Burger.

»Dankeschön«, bedankt sich Riley und schiebt sich eins der goldbraun frittierten Kartoffelstäbchen in den Mund. »Hat einer von euch Wasser? Ich bin nicht dazugekommen, mir neues zu holen.«

Sofort greife ich nach der Flasche, die ich kurz zuvor frisch an einem der Wasserspender aufgefüllt habe, und reiche sie ihr.

»Danke.«

Statt ihr zu antworten, gebe ich ihr einen Kuss auf die Wange und nehme mir ebenfalls eines der Pommes frites und frage an Min-Ho gewandt: »Wo ist In-Woo?«

»Er wollte für euch irgendetwas von einem der anderen Essensstände holen. Du bist, was Essen betrifft, ja unkompliziert, bei Riley war ich mir nicht sicher, deshalb habe ich Burger geholt.«

»Burger sind perfekt.« Genussvoll beißt sie in ihn hinein und bietet dann mir einen Bissen an.

»Hat euch schon mal jemand gesagt, dass ihr unerträglich süß seid?«, zieht uns nun auch In-Woo auf, der ebenfalls mit den Händen voller Essen zu uns zurückgekommen ist.

»Bist du eifersüchtig? Soll ich dir ein Blind Date arrangieren?«, neckt Riley ihn zurück. »Wie sieht deine Traumfrau aus?«

Min-Ho hustet und ich kann ganz deutlich den Namen Taylor Swift heraushören.

»Taylor Swift? Mit ihr habe ich bisher leider noch nicht zusammengearbeitet, aber wenn sie später auf der Party sein sollte, werde ich dafür sorgen, dass du sie kennenlernst«, verspricht Riley ernst.

Zu In-Woos Leidwesen erscheint Taylor aus persönlichen Gründen nicht zur Party. Stattdessen lernen wir Steve Aoki kennen. Er hat aus einer Laune heraus für eine halbe Stunde spontan aufgelegt und sich danach unter die Gäste gemischt. Ich habe mir nie Gedanken darüber gemacht, was er für ein Typ sein könnte, dass er jedoch so offen und lustig sein würde, habe ich nicht erwartet. Auch für mich ist er ein inspirierender und fantastischer Künstler, der international erfolgreich und, spätestens nach der Zusammenarbeit mit BTS und Monsta X, sogar bei uns in Südkorea bekannt ist.

Allgemein sind unter den Gästen sehr, sehr viele Personen, die ich sonst nur aus dem Fernsehen kenne. Ich mache mir nicht viel aus Berühmtheiten, da sie – wie ich aus eigener Erfahrung weiß – auch nur Menschen sind; von der Exklusivität bin ich allerdings beeindruckt. Die Stimmung aller Anwesenden ist so ausgelassen, dass man immer wieder leicht in Gespräche mit anderen hineinfindet und wir stetig neue Leute kennenlernen.

In-Woo hat es nach kürzester Zeit einer Milliardärstochter so sehr angetan, dass wir ihn für den Rest des Abends nicht mehr zu Gesicht bekommen. Auch Min-Ho mischt sich ohne Probleme unter die Gäste, sodass Riley und ich uns irgendwann zu den Tanzenden auf die improvisierte Tanzfläche gesellen. Mit dem Rücken zu mir gewandt und mit meinen Händen auf ihren Hüften bewegt sie sich zum Beat der Musik. Unglaublich gern würde ich meine Finger über ihren Körper gleiten lassen, stattdessen ziehe ich sie dichter an mich. Jedes ausgelassene Kreisen ihres Beckens führt dazu, dass sich ihr Po an meinem Schritt reibt. Wir wissen beide, dass es ein Spiel mit dem Feuer ist und wir schon bald vor Sehnsucht nacheinander brennen werden, dennoch drücke ich sie noch enger an mich und bewege mich im perfekten Einklang mit ihr. Irgendwann dreht Riley sich zu mir um und legt mir ihre Arme um den Hals – presst ihren Körper noch dichter an mich, sodass sie meine Erektion an ihrem Unterbauch fühlen muss.

»Seit ich damals diese beschissene Valentinstagsfolge gesehen habe, wollte ich dir zeigen, wie es ist, *richtig* mit einer Frau zu tanzen«, murmelt sie an meinem Mund und küsst mich daraufhin - nutzt meine Überraschung aus, um ihre Zungenspitze zwischen meine Lippen zu schieben und mich zu necken. Ich liebe es, wenn sie besitzergreifend ist und sich nimmt, was sie will. Nur zu gern erinnere ich mich an den Abend zurück, an dem wir gemeinsam das Special anschauen wollten und es noch nicht mal bis zur Hälfte geschafft haben, weil Riley mich aus Eifersucht regelrecht überfallen hat, um heißen und wilden Sex mit mir zu haben.

»Nur mit dir fühlt es sich richtig an«, verspreche ich zwischen zwei Küssen und meine damit nicht nur das Tanzen, sondern auch unsere Beziehung. Mit ihr zusammen macht es mir noch nicht mal etwas aus, dass wir von so vielen Menschen umgeben sind. Im Gegenteil, ich genieße es, unsere Beziehung unbeobachtet leben zu können. Allerdings möchte ich nicht riskieren, unerwünschte Aufmerksamkeit auf uns zu ziehen, und entschärfe die Situation, indem ich den Kuss beende und dazu übergehe, mit Riley nur noch zu tanzen. So verbringen wir die nächste halbe Stunde - lachen und haben Spaß, während wir den Moment und die Freiheit auskosten.

»Lass uns eine Pause machen«, schlägt Riley irgendwann vor und zieht mich von der Tanzfläche zu einer der freien Pool-Cabañas. Ächzend lässt sie sich auf die weich aussehende Sitzfläche fallen und klopft mit einem müden Lächeln auf den Platz neben sich.

»Lass mich uns erst etwas zu trinken holen. Was hättest du gerne?«, frage ich immer noch ihre Hand haltend.

»Irgendetwas Kaltes ohne Alkohol wäre toll«, bittet sie mich und zieht an meiner Hand. Sofort weiß ich, was sie möchte, und beuge mich für einen kurzen süßen Kuss zu ihr herab. Danach gehe ich an die Bar, und während ich auf mein Bier und Rileys Cocktail warte, stößt Min-Ho zu mir.

»Ich habe euch schon gesucht, wo ist Riley?«, fragt er.

»Sie ist in einer der Cabañas«, antworte ich und deute in die ungefähre Richtung.

»Wollt ihr noch lange bleiben?«

»Wahrscheinlich nicht, Riley machte den Eindruck, als wäre sie müde.«

»Sagt Bescheid, ich komme dann mit euch.«

»Was ist mit In-Woo?«

»Der unterhält sich immer noch mit der Frau von vorhin. Er meinte, ich solle ihm schreiben, wenn wir uns auf den Weg machen. Er entscheidet dann spontan, ob er mitkommt oder alleine zurückfährt.«

»Gut.« Ich nicke und nehme meine Getränke an. »Komm, lass uns zu Riley gehen.«

Bereits von Weitem beobachte ich, wie ein blonder Mann mit großen Schritten auf sie zugeht. Im ersten Moment bin ich beunruhigt, doch dann sehe ich, wie ein ehrliches Lächeln ihr Gesicht erhellt, und entspanne mich sofort wieder.

»Max, schön, dich zu sehen. Ich dachte, wir würden uns erst am Montag im Büro treffen«, höre ich, wie Riley ihn begrüßt, und schließe daraus, dass er ihr Chef und der Mann ist, dem wir den Zutritt zu dieser Party zu verdanken haben.

»Ich kann mir dieses Event doch nicht entgehen lassen. Wie war dein Tag? Lief heute alles wie geplant?«, fragt er und hat uns noch nicht hinter sich bemerkt.

»Es war fantastisch, ich kann dir gar nicht beschreiben, wie unglaublich der Tag für mich gewesen ist.«

»Dann werden deine Bilder großartig sein. Ich bin gespannt, was du mir am Montag präsentieren wirst. Aber was anderes, bist du allein? Ich dachte, du wärst in Begleitung.« Suchend lässt er seinen Blick schweifen, der letztlich an uns hängen bleibt. »Ah, ich nehme an, das sind zwei deiner Gäste?«

»Ja, das sind Park Jae-Joon und Nam Min-Ho«, stellt Riley uns vor und nimmt mir ihren Drink ab, damit ich ihrem Chef die Hand schütteln kann.

»Freut mich, Sie kennenzulernen«, begrüße ich ihn und füge hinzu: »Danke, dass wir herkommen durften.«

»Kein Problem, Rileys Freunde sind auch meine Freunde.« Interessiert mustert Max uns. »Wo hast du die zwei Hübschen aufgegabelt, Süße?«

Bevor Riley auf die Frage eingehen kann, übernimmt Min-Ho das Antworten: »Riley und ich arbeiten zusammen, und JJ, Seo In-Wo und ich sind enge Freunde. Als Riley hörte, dass sie zur gleichen Zeit wie wir auf dem Festival sein würde, hat sie vorgeschlagen, die Zeit gemeinsam zu verbringen.«

Unsicher, ob Riley unsere Beziehung vor Max offen zeigen will, bleibe ich neben Min-Ho stehen und folge schweigend der Unterhaltung.

»JJ ist in Asien ein erfolgreicher DJ. Er wird es zwar nicht zugeben, aber er hofft, irgendwann mal auf der Mainstage aufzulegen«, plaudert Min-Ho weiter und bringt mich in Verlegenheit.

»Ach, das ist ja interessant.« Ehrlich neugierig beginnt Max, mich über meine Arbeit als DJ auszufragen. Sobald er erfährt, dass ich auch Schauspieler und Realityshowstar bin, ist er ganz aus dem Häuschen.

Die Unterhaltung zwischen uns vieren ist so angeregt, dass die Zeit wie im Flug vergeht. Wahrscheinlich hätten wir uns noch stundenlang weiterunterhalten, wenn Max nicht von einer anderen Gruppe Männern zu sich gerufen worden wäre.

»Ich muss mir unbedingt ein paar deiner Tracks anhören«, schließt Max das Gespräch und verabschiedet sich von uns.

Ein Blick auf die Uhr zeigt, dass es bereits nach drei ist, daher entschließen wir uns, aufzubrechen, und sitzen dreißig Minuten später in einem der Minibusse, die das Magazin extra für seine Partygäste bereitgestellt hat. Kaum sind wir losgefahren, fühle ich, wie Rileys Kopf auf meine Schulter sackt und sie leise atmend einschläft. Der Tag muss anstrengend für sie gewesen sein, gleichzeitig habe ich sie in den letzten vier Monaten nie so glücklich und ausgelassen gesehen wie heute. Ich bin mir zwar sicher, dass sie mit mir ebenfalls glücklich ist, aber auf eine andere Weise, und das beunruhigt mich.

Gedankenverloren hauche ich einen Kuss auf ihren Scheitel. Ihr fehlt das Fotografieren wahrscheinlich genauso sehr wie mir das Schwimmen. Ich habe gelernt, ohne es zu leben, aber in meinem Herzen empfinde ich nach wie vor Bedauern und Sehnsucht. Eine Erfahrung, die ich mir für Riley nicht wünsche. Daher sollten wir ein ernsthaftes Gespräch über die Zukunft führen, sobald ich nach meinem Urlaub zurück in Seoul bin. Ein Gespräch, das sich nicht nur mit unserer Beziehung, sondern auch mit unseren Träumen und Zielen auseinandersetzt. Natürlich werden wir immer wieder Kompromisse eingehen müssen, aber was sind schon Abstriche, wenn wir dafür auf lange Sicht beide glücklich sein können?

Plötzlich erschöpft, schließe ich ebenfalls die Augen. Ich kann kaum erwarten, dass die Grundlaufzeit meines Vertrags um ist und ich meine Beziehung mit Riley öffentlich bekannt geben kann. Allein das wird hoffentlich einiges einfacher machen.

Kapitel 12

»Ich wusste, dass du die richtige Wahl für den Auftrag sein würdest«, meint Max begeistert und schaut meine Bilder vom *Coachella Festival* durch. »Dein Stil ist frisch und locker, du hast es geschafft, das Feeling dort perfekt einzufangen.«

»Danke.« Ich freue mich ehrlich über sein Kompliment und spüre umso deutlicher, wie sehr ich das Fotografieren vermisse.

Plötzlich bleibt Max an einem meiner Schnappschüsse von den Jungs hängen, den ich vergessen habe, aus der Auswahl zu nehmen.

»Oh, das ist ein privates Bild«, meine ich und will es vom Stick löschen.

»Warte«, bittet Max und schaut weiterhin nachdenklich auf den Bildschirm. »JJ hieß der große Hübsche, oder? Wie war das? Unter welchem Namen legt er auf?«

»Er ist als *Narius* bekannt«, erkläre ich und kann nicht verhindern, dass ich Stolz empfinde. Auf der Party haben sich die Männer zwar gut verstanden, ich war mir aber nicht sicher, ob Max noch mal auf Jae-Joon zu sprechen kommen würde.

Wortlos minimiert er das Fenster mit den Fotos und öffnet die Seite eines großen Videoportals. Wenige Augenblicke später hat er eine professionelle Aufnahme von Jae-Joons letztem Auftritt in Thailand gefunden und spielt ihn ab. Sofort durchdringt ein mitreißender Beat das Büro und fährt mir in den Körper. Max scheint es nicht anders zu gehen, denn auch er beginnt automatisch, seinen Kopf im Takt des Tracks zu bewegen. Vollkommen fasziniert beobachte ich Jae-Joon beim Auflegen. Es ist nicht das erste Mal, dass ich dieses Video sehe, dennoch bin ich immer wieder aufs Neue davon gefesselt. Er sieht unglaublich sexy aus, wenn er hoch konzentriert arbeitet und die Menschen um sich herum mitreißt.

»Er ist gut, ich bin mir ziemlich sicher, dass er spätestens in ein bis zwei Jahren international bekannt sein wird«, prophezeit Max, dreht die Lautstärke runter und lässt ein zweites Video im Hintergrund laufen. »Ich werde ihn auf jeden Fall im Auge behalten und würde das Foto gerne in die nächste Ausgabe reinnehmen. Hast du noch andere?«

Kurz zögere ich und weiß nicht, ob es in ihrem Sinne wäre, die Bilder freizugeben. »Lass mich das erst abklären, okay? Das Foto hätte nicht dabei sein sollen.«

»Welches Verhältnis hast du zu ihnen?«, fragt Max, statt auf meine Bitte einzugehen, und sieht mich durchdringend an.

»Ich arbeite mit Min-Ho zusammen, die anderen beiden sind Mitglieder im Studio.«

»Das ist die offizielle Version und was ist die Wahrheit?«, bohrt er weiter und kann das Zucken um seine Mundwinkel nicht unterdrücken, sodass er mich bald darauf schelmisch angrinst. »Komm schon, Riley, wie lange kennen wir uns bereits?«

»Wer hat geplaudert?«, frage ich und muss ebenfalls grinsen. Offensichtlich ist die Nachricht von meiner Beziehung mit Jae-Joon zu Max durchgedrungen. Trotzdem habe ich keine Bedenken, dass sie weitere Wellen schlagen wird.

»Niemand. Gibt es denn etwas, das ausgeplaudert werden könnte?«, fragt er und wackelt mit den Augenbrauen.

»Möglich«, gebe ich mit einem Grinsen zurück und denke an die Küsse, die Jae-Joon und ich ausgetauscht haben.

»Nein, mal im Ernst, ich bin zwar erst sehr spät dazugestoßen, aber ich habe Augen im Kopf. Zwischen dir und dem heißen DJ hat die Luft gebrannt. Ist er der Grund, weshalb du nach dem Ende der Beziehung mit Nate nicht zurückgekommen bist?«

Da Max schon lange mehr Freund als Chef ist, entschließe ich mich dazu, zumindest ein wenig offener ihm gegenüber zu sein. Es ist immerhin unleugbar, dass Jae-Joon und ich hier in den Staaten bisher kein Geheimnis aus unserer Beziehung gemacht haben. »Einer der Gründe, ja. Er hat mich aufgefangen, nachdem Nate mich hat fallen lassen.« Mit etwas Abstand fällt es mir leichter, über Nathaniel und das Ende unserer Beziehung zu sprechen. Selbst der Gedanke an unser letztes Zusammentreffen und die Worte, die dabei gefallen sind, treffen mich nicht mehr allzu hart.

»Ich habe Nate vor seinem Wegzug nur ein oder zwei Mal gesehen, aber ich hatte auf irgendeine Weise immer den Eindruck, als würde er dir nicht guttun. Dir wird es vielleicht nicht bewusst gewesen sein, aber du hast ihn oft über dich selbst gestellt. Als wäre er mehr wert als du.«

Dass sogar Max so extrem negativ über meinen Ex denkt, stimmt mich nachdenklich. Warum war ich so blind und weshalb hat niemand schon vorher so offen mit mir über ihn gesprochen? Tatsächlich erkenne ich aber, dass an Max' Worten etwas dran ist.

»Mir ist das nie bewusst gewesen.« Umso bewusster bin ich mir darüber, was Jae-Joon für mich ist.

»Ich bin auf jeden Fall froh, dass es dir gut zu gehen scheint.«

»Mir geht es nicht nur gut, ich bin glücklich. Natürlich fehlt mir die Arbeit und ich habe oft Heimweh, aber mein neues Leben ist unglaublich aufregend. Und auch wenn ich es nicht bereue, muss ich im Nachhinein zugeben, dass mein Handeln nicht nur naiv, sondern auch übereilt gewesen ist, und das, obwohl ich mich zwei

Jahre auf meinen Umzug vorbereitet habe.«

»Lassen wir das, Vergangenes sollte vergangen bleiben. Das Einzige, was zählt, ist, dass es dir gut geht. Aber ich schätze, mit so einem hübschen Mann an meiner Seite wäre ich auch überglücklich«, meint Max, der seit sieben Jahren mit seinem Henry glücklich ist.

»Jae-Joon ist etwas Besonderes. Wir sind noch nicht lange zusammen und es ist wegen seiner Berühmtheit in gesamt Asien auch nicht einfach, aber unsere Beziehung ist es wert, das auszuhalten. Daher möchte ich dich bitten, dass alles, worüber wir geredet haben, unter uns bleibt.«

»Das ist selbstverständlich.«

Während wir noch ein wenig Small Talk halten, schreibe ich Jae-Joon eine Nachricht und frage ihn, ob es ihm und den anderen beiden recht wäre, wenn das Bild von ihnen in der nächsten Ausgabe von *F.Sound* veröffentlicht würde. Kurz nachdem ich von ihm die Erlaubnis habe, das Foto Max zu geben, mache ich mich zum Aufbruch bereit.

»Ich werde versuchen, dir öfter Jobs zu vermitteln. Ich vermisse dich und unsere Zusammenarbeit wirklich sehr«, sagt Max bei der Verabschiedung und gibt mir dadurch die Hoffnung, dass ich auf lange Sicht meine alten Träume und Ziele wieder aufnehmen kann, ohne mein Leben in Seoul und Jae-Joon dafür aufgeben zu müssen.

***

Mühsam ein Gähnen unterdrückend, überfliege ich Trainer Hans Terminplan für den Tag und bleibe an dem Namen Choi Se-Hun hängen.

Heißt so nicht Daebak mit bürgerlichem Namen?, frage ich mich. Er wäre im Gegensatz zu Hyeri ein willkommener Gast hier im Studio.

Ich selbst würde mich als umgänglichen Menschen beschreiben, der mit jedem auskommt – mit jedem außer ihr. Allein weil sie auf meinen Freund steht, kann ich sie nicht leiden. Was meine Abneigung aber noch mehr schürt, ist ihr Verhalten mir gegenüber. Zu den neuen Kolleginnen und dem alten Team ist sie zuckersüß, mich behandelt sie hingegen von oben herab. Etwas, über das ich normalerweise hinwegsehen könnte, doch heute bin ich wegen des Jetlags überempfindlich. Mein Körper scheint den Zeitunterschied von siebzehn Stunden auf jeden Fall noch nicht überwunden zu haben. Wie auch, wenn ich gestern erst zurückgekommen bin und heute schon wieder arbeite.

»Alles okay bei dir, Unnie?« So-Ra ist unbemerkt zu mir hinter den Tresen gekommen und hält mir einen Iced Americano hin. Seit sie mit Min-Ho zusammen ist und zum Kreis der Eingeweihten gehört, sind wir enge Freundinnen geworden. So enge Freundinnen, dass sie mich mit Unnie anspricht, was eine Anredeform ist, die von jüngeren Frauen für ihre ältere Schwester beziehungsweise für enge ältere Freundinnen verwendet wird.

»Ich bin müde und habe Kopfschmerzen. Dieses Mal fällt es mir schwerer, mich an den Zeitunterschied zu gewöhnen.«

»Min-Ho ging es die ersten zwei Tage nach seiner Ankunft nicht viel besser.«

»Nach meiner Ladung in L.A. hatte ich zum Glück nicht mehr zu tun, als mich von meiner Familie verwöhnen zu lassen. Das Wochenende mit den Jungs hingegen war zwar schön und aufregend, aber auch sehr stressig.«

»Kann ich mir vorstellen, ich wäre gerne dabei gewesen.«

»Für nächstes Jahr können wir anders planen. Daher sei nicht allzu traurig, sondern freu dich auf die Geschenke, die ich für Shi-Ah und dich mitgebracht habe. Es bleibt doch bei heute Abend, oder?«

»Ja, Shi-Ah will uns nach Feierabend einsammeln und unterwegs etwas zu essen holen.«

»Klingt gut«, antworte ich und kneife mir in die Nasenwurzel. »Hast du zufällig Schmerztabletten?«

»Nein, aber ich kann Akupressur anwenden.«

»Wenn es hilft, ist mir alles recht.« Tatsächlich geht es mir nach einigen Minuten dank der Druckpunktmassage wesentlich besser, sodass ich entspannter weiterarbeiten kann. Als ich allerdings Hyeri sehe, nimmt das Pochen in meinem Kopf wieder zu.

»Eoseo oseyo«, heiße ich sie widerwillig willkommen und nehme ihre Mitgliedskarte zum Einchecken entgegen.

Statt zumindest aus angemessener Höflichkeit zu grüßen, starrt sie auf ihr Handy. Sobald ich ihr die Karte zusammen mit einem frischen Handtuch reiche, reißt sie mir beides regelrecht aus der Hand und verschwindet.

Im Grunde kann ich damit leben, dass sie mich nicht grüßt, alles, was im Laufe der nächsten Stunden folgt, reizt mich jedoch zunehmend. Dass sie innerhalb ihrer dreistündigen Trainingszeit dreimal ein sauberes Tuch von mir haben möchte, kann man möglicherweise als pingelige Staralüre auffassen, dass sie es jedes Mal vor mir auf den Boden fallen lässt, sodass ich es aufheben muss, hingegen nicht. Auch das Verschütten ihres Wassers könnte man mit Tollpatschigkeit entschuldigen, allerdings nicht mehr, wenn sie ihre Flasche unverschlossen auf einer der Trainingsmatten abstellt und sie bei einer Bauchübung – natürlich ebenfalls aus Versehen – umschmeißt. Sie strapaziert meine Nerven mit diesen Kleinigkeiten so sehr, dass ich kurz vorm Ausflippen bin, als sie vor mir steht und beharrlich darauf besteht, dass ich ihr den falschen Proteinshake gemixt habe und sie Schokolade statt Vanille wollte. Am liebsten würde ich ihr den Becher samt Inhalt an den Kopf knallen oder ihr zumindest die Meinung geigen, da ich aber weiß, dass es ein No-Go ist – insbesondere hier in Korea-, beiße ich die Zähne zusammen. Stattdessen bereite ich ihr einen zweiten Shake zu – dieses Mal in der gewünschten Sorte.

»Sag mal, kannst du überhaupt irgendetwas richtig machen?«, faucht sie mich an und knallt den Becher so hart auf den Tresen, dass er umkippt und die zähflüssige Masse sich nicht nur auf der Platte, sondern auch auf einige der Unterlagen und den Boden ergießt. »Das ist keine fettarme Milch! So was trinkt vielleicht jemand, der wie du nicht auf sich achtet, aber ich nicht! Dann kann ich mir das Training gleich sparen.«

Für einen kurzen Moment bin ich von ihrer offenen Beleidigung so überrascht, dass ich sprachlos bin. Doch dann lodert die Wut wegen all ihrer Respektlosigkeiten in mir so hoch, dass mir selbst die mögliche Konsequenz einer Kündigung egal ist.

Bevor ich aber die Chance dazu bekomme, tritt Daebak hinter Hyeri. »Annyeonghaseyo«, grüßt er offenbar gut gelaunt und schaut auf den verschütteten Shake. »Oh, da ist wohl was umgekippt.«

»Eoseo oseyo«, erwidere ich.

»Oppa, oraenmanieyo! Ich habe heute so viel trainiert, dass mich die Kraft verlassen hat und mir der Becher aus der Hand gerutscht ist.« Hyeri wechselt sofort in den süßen Modus zurück und fügt an mich gewandt hinzu: »Ich brauche keinen neuen Shake, vielen Dank. Auch, dass du dich darum kümmerst, ich muss leider wirklich los.«

Dieses Mal bringe ich es nicht über mich, zu antworten, mache aber insofern gute Miene zu ihrem bösen Spiel, dass ich meine Wut hinunterschlucke und wortlos Se-Huns Mitgliedskarte entgegennehme und ihn einchecke, bevor ich etwas hole, um den Dreck zu beseitigen.

Innerlich kochend kehre ich einige Augenblicke später mit einem Wischmopp und einem Eimer zum Empfang zurück. Hyeri ist inzwischen gegangen, Se-Hun steht hingegen immer noch vor dem Tresen.

»Brauchst du etwas?«, frage ich ihn und kann mich nicht darüber freuen, diesem tollen Musiker zum ersten Mal persönlich gegenüberzustehen.

»Ich warte auf Trainer Han.«

Erst jetzt fällt mir auf, dass er bereits in Sportkleidung ist und sich nicht mehr umziehen muss. »Sein Termin ist in zehn Minuten um.«

»Ich weiß, ich bin ein wenig früh dran.«

Während ich den Boden wische, fühle ich seinen Blick auf mir ruhen. Was die Situation nicht besser macht, sondern mich in Verlegenheit bringt.

»Das war unnötig«, meint er plötzlich.

»Bitte?«, frage ich und wasche den Mopp im Wasser aus.

»Sie hätte den Becher nicht absichtlich umkippen und sich unhöflich aufführen müssen.«

Kurz überlege ich, seine Anmerkung zu ignorieren, antworte dann aber: »Ich kenne sie nicht anders.«

»Sie fühlt sich aus irgendeinem Grund durch dich bedroht«, meint er und mustert mich nachdenklich.

Irritiert sehe ich ihn an. Was soll diese kryptische Aussage bedeuten? Weshalb sollte sie sich von mir *bedroht* fühlen? Sie weiß immerhin nichts von Jae-Joon und mir.

»Deine Augen sind genauso blau wie in dem Video.«

Nun noch verwirrter starre ich ihn an. »Entschuldigung?«

»Ich bin gemeinsam mit Hyeri und einem anderem eurer Mitglieder - Park Jae-Joon – Teil einer Show. Vor einiger Zeit wurde hier gedreht, man hat dich in den

Aufnahmen sehen können.«

»Ah! Ich erinnere mich an die Dreharbeiten, ich wusste aber nicht, dass ich gefilmt wurde.«

»Wahrscheinlich hat man die Szenen rausgeschnitten, weil Hyeri negativ auf dich reagiert hat.«

»Sie mag es halt nicht gerne, wenn sie nicht im Mittelpunkt steht. Meistens gelingt es ihr, die Aufmerksamkeit aller zu bekommen. Als sie das erste Mal hier war, sind meine Kollegen so begeistert von ihr gewesen, dass sie sogar zu unserer After-Work-Party eingeladen wurde«, antworte ich und mache meinem Ärger Luft, noch bevor ich es realisiere.

»After-Work-Party?«

»Hoesik«, erkläre ich ihm mithilfe des korrekten koreanischen Begriffs und wundere mich, weshalb er so interessiert ist.

»Ah, hoesik. Ich habe Bilder davon auf Trainer Hans Instagramseite gesehen, Jae-Joon ist auch oft dabei ...« Plötzlich stockt er und sieht mich mit schräg gelegtem Kopf an. »Du bist es.«

»Ich bin was?«, frage ich und bekomme augenblicklich Panik. Es kann nicht sein! Es kann nicht sein, dass er allein aus dieser Unterhaltung geschlussfolgert hat, dass ich Jae-Joons Freundin bin.

Meine Befürchtung wird jedoch bestätigt, als ich sehe, wie Nam-Doo Se-Hun zu sich winkt, und dieser im Gehen und mit einem Grinsen meint: »Er hat einen guten Geschmack.«

Ein Blick auf die Uhr zeigt mir, dass es in Los Angeles zweiundzwanzig Uhr ist, Jae-Joon wird hoffentlich noch wach sein.

Mit zitternden Fingern tippe ich: *Ich glaube, Se-Hun weiß es.*

Die nächste Stunde, während der ich auf eine Antwort warte, ist die Hölle. Was ist, wenn er uns verrät? Jae-Joon vertraut ihm zwar, aber kann er das wirklich?

Nach genau sechsundsechzig Minuten kündigt die Vibration in meiner Hosentasche an, dass ich eine Nachricht habe.

Mach dir keine Sorgen, er hat mir geschrieben und uns beglückwünscht.

Nach der Mitteilung folgt ein Screenshot von Se-Huns Nachricht. *Hyung, ich habe deine Freundin kennengelernt, sie ist nett. Ich freue mich für dich, wenn du allerdings willst, dass ich schweige, solltest du mir eine große Packung M&M's Peanut Butter aus den USA mitbringen. ;) Meld dich, wenn du wieder da bist, dann komme ich auf deine angebotene Runde Chimaek zurück. Bis dahin, schönen Urlaub. - Se-Hun*

Ich brauche zwar lange, um das Hangul zu entziffern, letztlich bringt mich die Nachricht aber zum Lächeln. Se-Hun scheint ein gutes Herz zu haben und davon abgesehen hat Jae-Joon wahrscheinlich recht. Wenn Se-Hun damals gezwungen gewesen ist, sich von seiner Freundin zu trennen, wird er uns sicher nicht das Gleiche antun. Nachdenklich sehe ich zu ihm hinüber und beobachte ihn dabei, wie er sich inzwischen auf einem der Laufbänder verausgabt. Er wirkt nicht, als würde er trainieren, sondern vielmehr, als würde er vor etwas davonrennen. Haben seine Erfahrungen und die daraus resultierende Einsamkeit ihn so sensibel für sein Umfeld gemacht?

Se-Hun schaut auf, unsere Blicke treffen sich, sofort winkt er mir grinsend zu und ich erwidere beides automatisch. Ich kenne ihn nicht, und nach der Sache mit Nate sollte ich nicht mehr so schnell auf mein Bauchgefühl hören, trotzdem habe ich bei ihm inzwischen ein positives. Er wird Jae-Joon ein guter Freund sein, weil er selbst einen Freund zu benötigen scheint.

Kapitel 13

Jae-Joon

»**W**orüber denkst du nach?«, fragt Riley mich und lässt sich zu mir in den Bereich des privaten Pools gleiten, der mit Massagedüsen ausgestattet ist.

»Se-Hun«, antworte ich lediglich. Die letzten zwei Monate ist mein Leben auf der Überholspur gewesen. Ich habe so viel gearbeitet und so viele neue Verträge unterschrieben, dass ich gerade zum ersten Mal richtig zu Atem komme. Tatsächlich bin ich froh, dass ich mein Versprechen, mit Riley über ihren Geburtstag Urlaub zu machen, überhaupt einhalten konnte.

»Was ist mit ihm?«

»Gestern hat er mich nach den Dreharbeiten zur Show gefragt, ob es möglich wäre, auf einen Drink zu gehen. Gepasst hat es mir nicht, weil ich noch packen und heute früh zu einem Termin musste, aber ablehnen kam natürlich nicht infrage, immerhin ist er mein Freund.« Tatsächlich ist er inzwischen zu einem sehr guten Freund geworden. Nicht weil er unser Geheimnis wahrt, sondern weil er ein lustiger und herzensguter Mensch ist. Einer, der am besten weiß, wie hart das Showbusiness sein und wie mies es einem mitspielen kann. Ich schließe die Augen und denke über die Bombe nach, die er mir gegenüber hat platzen lassen.

»Ist irgendetwas passiert?«

Achtzehn Stunden zuvor

»Wusstest du, dass ich außer dir keine Freunde habe?«, fragt Se-Hun und sieht mich über das Glas mit Soju hinweg an. »Selbst die Jungs, die für mich wie Brüder gewesen sind, mit denen ich jahrelang zusammengelebt und große internationale Erfolge gefeiert habe, ignorieren mich inzwischen.«

Se-Huns Ausstieg aus der Idolgruppe kam damals für alle plötzlich. Die Gründe sind bis heute unbekannt, ebenso weiß niemand, weshalb er ein Jahr lang wie vom Erdboden verschluckt gewesen ist. Ich würde lügen, wenn ich sage, dass ich nicht neugierig bin, da ich aber das Gefühl habe, dass es darum im Moment nicht geht, höre ich ihm einfach nur zu.

»Du wirst mitbekommen haben, dass ich … eine Auszeit genommen habe – die Umstände sind für den Augenblick egal. Du musst nur wissen, dass ich für ein Jahr in den USA gewesen bin. Während dieser Zeit habe ich eine Frau kennengelernt … Arianna. Anfänglich war sie eine willkommene Ablenkung von all meinen Problemen, aber ich habe schnell gemerkt, dass sie für mich etwas Besonderes ist. Uns war beiden bewusst, dass unsere Beziehung ein Ablaufdatum haben würde, und sind dessen ungeachtet zusammengekommen. Die Trennung war schlimm, viel schlimmer, als ich es mir jemals hätte vorstellen können. Mir ist es noch nie so schwergefallen, jemanden loszulassen, und ich bereue es immer noch. Inzwischen sogar noch mehr, aber damals dachte ich wirklich, sie zu verlassen wäre die einzige Lösung.«

Se-Hun stürzt das nächste Glas Soju herunter und ich schenke ihm nach.

»Deine Beziehung mit Riley und die Erkenntnis, dass ihr glücklich seid, auch wenn ihr euch manchmal selten seht und alles geheim halten müsst, hat mich nachdenklich gestimmt. Hätte es für Aria und mich ebenfalls eine andere Lösung gegeben? Die Trennung ist inzwischen zweieinhalb Jahre her und es vergeht dennoch kein Tag, an dem ich nicht an sie denke und sie nicht vermisse.

Ich habe versucht, sie zu vergessen, schaffe es aber einfach nicht … jetzt erst recht nicht mehr.«

Er leert noch ein Glas, doch dieses Mal schenke ich ihm nicht nach, sondern schiebe ihm den Teller mit getrocknetem Tintenfisch rüber. Wenn er in diesem Tempo weitertrinkt, wird er schneller betrunken sein, als er die Geschichte, die er scheinbar unbedingt loswerden muss, erzählt hat.

»Ich habe jemanden beauftragt, sie ausfindig zu machen … Es hat lange gedauert, weil sie offenbar untergetaucht ist, aber vorhin habe ich die Nachricht bekommen, dass der Detektiv sie in Paris gefunden hat.« Gequält kneift er sich in die Nasenwurzel, und ich realisiere, wie schlecht es ihm wirklich geht. Irgendetwas scheint ihn schwer zu belasten - etwas, das nicht harmlos sein kann.

Wortlos schiebt er sein Handy zu mir. Als er seine Hand zurückzieht, fällt mir sofort das Zittern seiner Finger auf. Tatsächlich trifft mich ebenfalls fast der Schlag, als ich auf das Display blicke und einige Augenblicke später die Bedeutung des Bildes erkenne. Zu sehen ist eine junge blonde Frau mit einem Baby auf dem Arm.

»Das ist mein Sohn.«

Gegenwart

»Se-Hun hat einen Sohn.«

»Bitte was?«, fragt Riley prustend. Sie hat sich auf dem Wasser treiben lassen und vor Schreck das Gleichgewicht verloren, sodass sie einen ordentlichen Schwall Wasser geschluckt hat.

»Se-Hun hat mit seiner Ex-Freundin ein Kind, von dem er bis gestern nichts wusste.«

»Ich weiß nicht, was ich sagen soll. Was will er machen?«

»Er hat es kurz vor den Aufnahmen erfahren und stand dementsprechend unter Schock. Wir haben uns aber noch lange über die Situation unterhalten. Er weiß zwar nicht, wie er alles unter einen Hut bringen soll, zumal seine Vaterschaft einen der schlimmsten Skandale der letzten Jahre auslösen könnte, aber ich glaube, er ist bereit dazu, alle Konsequenzen in Kauf zu nehmen, wenn er dafür eine zweite Chance und eine Familie bekommt.«

»Ist er sich sicher, dass es sein Kind ist?«, fragt Riley das, was ich kurzzeitig ebenfalls angezweifelt, aber gleich wieder verworfen habe.

»Man kann deutlich erkennen, dass das Baby neben westlichen auch asiatische Wurzeln hat. Se-Hun zweifelt auf jeden Fall nicht daran. Sein Detektiv hat ihm zusätzlich Dokumente zugespielt, die diese Vermutung bestätigen.«

»Was will er machen?«, wiederholt sie ihre Frage.

»Zu ihr nach Frankreich reisen und das Gespräch suchen. Ich schätze, dass er die nächsten Schritte mit ihr gemeinsam entscheiden will - sofern sie ihm eine zweite Chance gibt. Sobald das geklärt ist, wird er es seinem Management beichten müssen und über sie gegebenenfalls ein offizielles Statement abgeben. Vielleicht ist es möglich, die Wahrheit ein wenig zu verbiegen, sodass die Konsequenzen nicht allzu schlimm ausfallen, aber ich bin skeptisch. Natürlich wünsche ich ihm nur das Beste, aber in unserer Gesellschaft ist es bereits für normale Bürgerliche ein Skandal, ein uneheliches Kind zu haben, aber für einen Star und dann auch noch mit einer Ausländerin …?« Ich schüttle den Kopf. »Wenn sie verheiratet wären, wäre die Situation kein ganz so großes Problem, aber so?«

»Der Arme, er tut mir leid. Aber das erklärt, weshalb es ihm möglich war, sich in unsere Lage hineinzuversetzen.«

»Ja«, bestätige ich und komme nicht umhin, beunruhigt zu sein. Nicht nur wegen meines Freundes, sondern auch in Bezug auf Rileys und meine Beziehung.

»Machst du dir Sorgen?«, fragt sie, als könnte sie Gedanken lesen.

»Nein, ich habe nur über unsere Lage nachgedacht. Wir tun unser Bestes, um unsere Beziehung die restlichen sieben Monate geheim zu halten.« Ich nehme Rileys Hand und ziehe sie so auf meinen Schoß. »Allgemein habe ich in den letzten Wochen viel gegrübelt. Eigentlich wollte ich schon viel früher mit dir darüber reden, bin aber nicht dazu gekommen.«

»Worüber willst du mit mir sprechen?«, fragt sie und klingt sofort besorgt.

»Über nichts Schlimmes, aber mir ist aufgefallen, dass du zunehmend das Fotografieren vermisst. Die Werbeaufnahmen, die du für Nam-Doo gemacht hast, und auch die kleineren Shootings für einige Portfolios unserer Mitglieder haben dich aufblühen lassen. Deshalb denke ich, dass du so oft wie möglich die Dinge tun solltest, an denen dein Herz hängt. Nur so sehe ich die Chance, dass wir beide auf Dauer glücklich sein werden.«

»Gebe ich dir das Gefühl, ich wäre im Moment unglücklich?«

»Nein, so ist das nicht gemeint. Ich will aber, dass unsere Beziehung für immer hält. Das geht meiner Meinung nach jedoch nur, wenn wir unser Glück nicht voneinander abhängig machen. Jeder von uns sollte seine Ziele und Träume verfolgen dürfen und sie nicht für den anderen aufgeben müssen. Was ich konkret damit meine: Ich möchte nicht wie dein Ex sein und dir das Gefühl geben, du müsstest zurückstecken, um mit mir zusammen sein zu können. Hast du dir mal darüber Gedanken gemacht, dass du von Zeit zu Zeit größere

Aufträge im Ausland übernehmen könntest? Warum soll ich der Einzige sein, der für die Arbeit oft tagelang weg ist?«, frage ich und streiche ihr eine feuchte Haarsträhne aus dem Gesicht, damit ich ihr besser in die Augen sehen kann.

Seufzend legt sie mir die Arme um den Hals und lächelt. »Seit dem *Coachella Festival* habe ich oft darüber nachgedacht. Mit jedem Auftrag, den ich hier angenommen habe, ist der Gedanke aber immer weiter in den Hintergrund gerutscht. Davon abgesehen habe ich bisher keine neuen Angebote von Max bekommen.«

»Dann werde selbst aktiv, beginne, deinen Traum wieder zu leben. Du bist so unglaublich talentiert, ich kann nicht zulassen, dass du dein Talent vergeudest – schon gar nicht wegen mir«, motiviere ich sie.

»Danke, dass du der perfekte Mann für mich bist.« Riley beugt sich für einen süßen Kuss zu mir und sieht mich danach einige Sekunden an. Schüchtern, aber doch sehr deutlich, sagt sie: »Saranghae.«

Es dauert einen Moment, bis die Bedeutung ihrer Worte zu mir durchdringt. Riley lässt es mich zwar immer wieder aufs Neue spüren, dennoch frage ich ungläubig: »Du liebst mich?«

»Ich weiß nicht, wann ich begonnen habe, dich zu lieben, ich weiß nur, dass ich es jeden Tag ein wenig mehr tue«, erklärt sie zaghaft. Nach der Sache mit ihrem Ex muss ihr dieses Geständnis schwerfallen, umso wertvoller ist es für mich.

»Nado saranghae«, erwidere ich, dass ich sie ebenfalls liebe. Aufgekratzt lege ich meine Hände an ihre Wangen und beginne zärtlich, sie zu küssen. Erst langsam, dann immer fordernder. Zu hören, dass sie mich liebt, wirkt wie das stärkste Aphrodisiakum auf mich.

Beflügelt von Jae-Joons Liebesgeständnis und den Verstand raubenden Küssen wird mein Verlangen nach ihm immer größer. Ich löse mich von seinen Lippen, um mich rittlings auf seinen Schoß zu setzen, und schlinge meine Arme um seinen Hals. Drängend drücke ich meinen Oberkörper an seinen. Es ist viel zu lange her, dass ich ihm so nahe war. Gleichzeitig erinnert sich mein Körper an jede einzelne von seinen Berührungen, sodass ich mich nur noch mehr nach ihm sehne. Meine Finger streichen über seinen Nacken und schieben sich in den Ansatz seiner Haare. Unendliche Minuten sehen wir einander in die Augen, sagen unzählige Dinge, ohne ein einziges Wort zu sprechen. Erst als ich glaube, es nicht länger aushalten zu können, beuge ich mich zu einem weiteren Kuss zu ihm herab. Genau wie zuvor ist er erst süß, wird aber schnell leidenschaftlicher.

Begehrlich lässt Jae-Joon seine Hände über meinen Körper wandern. Eine legt sich an meinen Hinterkopf und zieht mich dichter zu sich, sodass er mich noch inniger küssen kann. Die andere gleitet meinen Rücken hinab und umfasst meine Hüfte – zieht mich dichter an sich und lässt mich seine Erektion zwischen meinen Schenkeln spüren. Sofort überzieht eine prickelnde Gänsehaut meinen gesamten Körper und ich atme zischend ein.

Jae-Joon nutzt diese Chance, um meine Zungenspitze neckend mit seiner zu berühren, geht kurz darauf aber dazu über, sich einen Weg von meinen Lippen zu meinem Hals zu küssen. Saugend und leckend knabbert er an meiner Haut, zwar ohne dabei erkennbare Spuren zu hinterlassen, dennoch lässt er meine Sinne Achterbahn fahren und jeden klaren Gedanken in meinem Kopf verpuffen. Geschickt schlüpfen seine Finger von hinten unter den Bund meines Bikinihöschens und streicheln über die nackte Haut meines Pos. Das Wasser sollte kühlend wirken, ich habe stattdessen das Gefühl, zu brennen.

Instinktiv beginne ich, mich in seiner Umarmung zu winden und mich an seinem Körper zu reiben. Jede Bewegung meiner Hüften lässt seinen Schaft über meine Klitoris gleiten – unsere Atmung wird schneller, die Gier größer. Zu meiner freudigen Überraschung wandert Jae-Joons Hand noch tiefer und findet meine empfindlichste Stelle. Zärtlich umkreist er die Öffnung meines Geschlechts und dringt dann mit gleich zwei Fingern in mich ein. Aufstöhnend wölbe ich den Rücken und strecke ihm dadurch meine Brüste entgegen, was er als Einladung nimmt, um ihnen ebenfalls Aufmerksamkeit zu schenken. Seine Hand verlässt meinen Hinterkopf, legt sich auf meine stoffbedeckte Brust und streichelt über meine vom Wasser feuchte Haut.

»Ich habe das vermisst – ich habe *dich* vermisst!«, stöhne ich und greife suchend nach dem Bund seiner Badehose, um sie dann so weit herunterzuschieben, dass ich seine Erektion umfassen kann. Im gleichen Takt, in dem seine Finger immer wieder in mich gleiten, reibe ich seinen Schaft.

»Ich dich auch, ich werde nie genug von dir bekommen können«, verspricht er und findet erneut meine Lippen.

Sofort bewegen sich unsere Münder – unsere gesamten Körper – im Einklang miteinander. Wir kennen die Bedürfnisse und Vorlieben des anderen inzwischen so perfekt, dass es keiner Worte mehr bedarf, um einander Lust zu bereiten. Jedes Streichen seiner Finger lässt Funken in meinem Unterleib sprühen und mich nach mehr von ihnen verlangen. Hastig greife ich nach den Bändern meines Oberteils, die es an meinem Körper halten. Im Handumdrehen habe ich sie und auch die Schleifen an meinem Höschen gelöst, sodass mein Bikini kurzdarauf auf der Oberfläche des blubbernden Wassers davonschwimmt.

Jae-Joon hat sich in der Zeit ebenfalls ausgezogen. Lächelnd streckt er die Hand nach mir aus und zieht mich zurück auf seinen Schoß. Einige Augenblicke lasse ich zu, dass er mich einfach nur küsst, schnell reicht mir das aber nicht mehr, und ich greife erneut zwischen uns, bringe seine Erektion vor meinem Geschlecht in Position und lasse mich langsam auf ihr nieder. Vor ein paar Wochen haben wir uns darauf geeinigt, keine Kondome mehr zu nutzen und nur mit der Pille zu verhüten. Ihn ohne jegliche Barriere in mir zu spüren, ist jedes Mal aufs Neue ein unglaublich gutes Gefühl.

Mit jeder Bewegung meines Beckens nehme ich ihn tiefer in mich auf. Ich liebe es, vollkommen von seinem Schaft ausgefüllt zu sein. Um einen besseren Halt zu haben, stütze ich mich auf dem Rand des Pools ab und komme dabei an den Knopf für die Massagedüsen. Einige Sekunden blubbern sie weiter, doch dann sind unsere Körper wieder das Einzige, was die Wasseroberfläche Wellen schlagen lässt. Auch wenn wir vor Sehnsucht nacheinander brennen, bringt uns dieses kleine Missgeschick zum Lachen, und mir wird abermals klar, wie besonders unsere Beziehung ist. Kichernd lege ich ihm die Arme um den Nacken und bringe uns beide durch das sinnliche Kreisen meines Beckens zum Stöhnen.

Jae-Joon reagiert mit ungezügelter Leidenschaft und greift nach meiner Taille - kommt meinen Bewegungen von unten entgegen. Berauscht von dem unglaublichen Gefühl, lehne ich stöhnend meinen Oberkörper zurück, lasse mich vom Wasser tragen und kann dabei den strahlend blauen Himmel von Singapur betrachten. Auch wenn mein Verstand vor Erregung vollkommen benebelt ist, erkenne ich, dass ich mich noch nie bei jemandem so habe fallen lassen. Wenn das keine Liebe ist, was dann?

Ich breite die Arme aus und habe den Eindruck zu fliegen. Gestützt werde ich von Jae-Joons Händen, die mich immer noch an der Taille halten und mich den Stößen seiner Hüften entgegenziehen.

»Schling deine Arme um meinen Hals«, fordert er plötzlich und richtet sich mit mir zusammen auf. Um mich besser tragen zu können, legt er mir einen Arm um die Oberschenkel und den anderen um den Rücken. Immer noch tief in mir, steigt er aus dem Pool und trägt mich ins Schlafzimmer. Sanft setzt er mich auf den weichen Laken des Bettes ab, gleitet dabei aber zu meinem Missfallen aus mir heraus. Frustriert will ich nach ihm greifen, doch er entzieht sich meiner Hand.

Statt wieder in mich zu einzudringen, bleibt er einfach nur über mir knien und lässt seinen Blick über meinen nackten Körper wandern. Die Bewunderung, die ich in seinen Augen erkenne, erregt mich noch mehr. Er bringt mich dazu, mich sexy zu fühlen und stolz darauf zu sein, wie wohlgeformt und straff meine Figur nach den vielen Kursstunden im Fitnessstudio geworden ist. Jae-Joon hat zwar nie Zweifel daran gelassen, dass er mich attraktiv findet, inzwischen fühle ich mich jedoch auch selbst sexyer und bin endlich vollkommen mit mir selbst im Reinen.

»So perfekt«, haucht er.

Angestachelt von seinen Worten, meiner eigenen Lust und meinem neuen Selbstbewusstsein, schubse ich ihn rücklings auf die Matratze zurück, richte mich auf und bewege mich auf Knien auf ihn zu. Bestimmend dirigiere ich ihn nun auf die Matratze und schiebe mich über seinen Körper. Dieses Mal sind es meine Lippen, die über seine Haut fahren – seine muskulöse Brust und seinen definierten Bauch küssen. Gleichzeitig schließt sich meine Hand um seine Erektion und massiert sie mit sanftem Druck. Stöhnend bewegt Jae-Joon seine

Hüften meiner Hand entgegen und lässt sein Glied immer wieder durch meine Faust gleiten.

Um ihm noch mehr Lust zu bereiten, hauche ich ihm erst einen Kuss auf die Spitze seines Schafts und schließe danach meinen Mund um ihn - liebkose ihn mit meinen Lippen und meiner Zunge. Eine letzte Nuance von mir selbst auf ihm zu schmecken, ist neu und unendlich erotisch. Noch erotischer sind jedoch Jae-Joons kehliges Stöhnen und die Art, wie er seinen Hinterkopf tief in die Kissen drückt.

Gierig nach diesem Anblick lecke ich mit der Zunge über die gesamte Länge seines Schaftes, um danach die Spitze spielerisch zu umkreisen und sie dann in meinen Mund zu saugen. Einige Minuten genießt er meine Liebkosungen, irgendwann ist er jedoch so erregt, dass er mich mit einem Nachdruck, den ich noch nie bei ihm erlebt habe, zurück auf die Matratze stößt.

Angetan von dieser neuen Seite an ihm, stütze ich mich auf die Ellenbogen und öffne provokativ die Schenkel. Ich komme mir dabei verrucht und verführerisch vor, denn bereits im nächsten Moment dringt er mit solch einer drängenden Gier in mich ein, dass mir für einen Augenblick die Luft wegbleibt und ich bunte Sternchen aufblitzen sehe. Lustvoll zieht sich mein Geschlecht um sein Glied zusammen – der erste Vorbote eines unglaublichen Höhepunktes, der bald folgen wird. Mit jedem Stoß gleitet er tiefer in mich, reibt mit der Spitze seines Schaftes über genau die richtige Stelle in mir und sorgt dafür, dass sich immer mehr Spannung in mir aufbaut.

Geschickt schiebe ich die Hände zwischen unsere Körper und lege meine Finger auf meine Klitoris. Sofort beginnen meine inneren Muskeln zu pulsieren. Jeder Stoß seiner Hüften und jedes Kreisen meiner Finger auf meiner Klit steigert meine Erregung. Jede Faser in mir giert nach Erlösung, und ich fühle deutlich, wie sich schnell ein unglaublicher Höhepunkt in mir aufbaut. Ich höre mein eigenes Herz in meinen Ohren pochen, spüre Jae-Joons Lippen und seine Hände überall auf meinem Körper und seinen Schaft tief in mir. Es ist eine so heftige Reizüberflutung, dass ich ihr nicht länger standhalten kann und die Welt in einem Regenbogen aus Farben und Emotionen um mich herum explodiert.

Während ich immer noch auf den Wellen der Erlösung treibe, nehme ich deutlich wahr, wie Jae-Joon mit einem letzten tiefen Stoß ebenfalls zum Höhepunkt kommt und sich zuckend in mir ergießt. Ermattet sackt er auf mir zusammen, stützt sich jedoch auf seinen Unterarmen ab, sodass er nicht zu schwer auf mir liegt. Glückselig streichle ich über die Haare an seinem Hinterkopf, küsse seinen Kiefer und genieße diese besondere Form von Intimität. Irgendwann rollt Jae-Joon sich zu meinem Leidwesen von mir herunter und richtet sich auf.

»Warte hier, ich hole dir etwas, damit du dich frisch machen kannst«, meint Jae-Joon und verlässt nach einem letzten Kuss das Bett, um kurz darauf mit einem warmen, feuchten Handtuch zurückzukommen. Einmal mehr bin ich von seiner rücksichtsvollen Art gerührt und mein Herz will vor Liebe überquellen.

»Danke.« Lächelnd nehme ich das Tuch an und nutze es, um mich zu säubern. Zu meiner Überraschung nimmt er es mir danach wieder ab und bringt es ins Badezimmer.

»Es ist inzwischen nach Mitternacht«, stellt er fest, als er wiederkommt, und reicht mir grinsend eine Schachtel. »Saengil chukahae, Mi-So.«

»Vielen Dank!« Strahlend erwidere ich das Lächeln und nehme das Päckchen entgegen. »Was ist da drin?«

»Ein Geschenk«, neckt er mich. »Ich hoffe, es gefällt dir.«

»Mit Sicherheit«, verspreche ich und sterbe vor Neugier. Was hat er sich dieses Mal für mich überlegt? Jae-Joon hat mir in den letzten Wochen immer wieder wundervolle und kreative Kleinigkeiten geschenkt. Zuletzt habe ich nach dem Duschen eine süße Haarspange auf meinem Schminktisch gefunden, die ich seitdem oft getragen habe.

Gespannt hebe ich den Deckel von der Schachtel und sehe zunächst nur rosafarbenes Seidenpapier, das raschelt, als ich es zur Seite klappe. Zum Vorschein kommt etwas, das im ersten Moment wie ein Gürtel aussieht. Als ich das in Roségold schimmernde Band aber in die Hand nehme, erkenne ich, dass es ein handgefertigter Kameragurt ist. Allein das treibt mir bereits Tränen in die Augen, doch dann entdecke ich den Schriftzug.

»Dein Lächeln ist wie ein Strahlen in der Dunkelheit«, lese ich die Worte auf dem Lederband. »Du hast den Gurt für mich personalisieren lassen?«

»Ja, ich habe den Satz selbst auf das Leder geschrieben und der Designer hat ihn dann mit einem Lötkolben eingebrannt. So bin ich immer bei dir, wenn du zukünftig um die Welt reist und fantastische Fotos machst.«

»Du glaubst an mich und willst wirklich, dass ich wieder fotografiere«, stelle ich schniefend fest und falle ihm um den Hals. Jae-Joons Liebe ist so unendlich wertvoll. Alles, was wir miteinander teilen, ist für mich kostbar, besonders die Zweisamkeit, die in den letzten Wochen rar geworden ist. Sein Terminplan ist so vollgepackt gewesen, dass ich ihn selbst während seiner Zeit in Seoul teilweise tagelang nicht gesehen habe, und wenn, dann nur zum Schlafen. Dennoch, oder gerade deshalb, weiß ich jeden gemeinsamen Moment umso mehr zu schätzen. »Ich dachte, dein Valentinstagsgeschenk wäre bereits perfekt gewesen, aber das hier? Ich liebe es!«

»Ich bin ehrlich erleichtert, dass es dir gefällt. Tatsächlich habe ich lange überlegt, ob ich uns nicht lieber Paarringe kaufen soll, bin aber zu dem Schluss gekommen, dass ich dir nur einmal einen Ring schenken werde und dass das ein Verlobungsring sein wird.«

Sprachlos schaue ich ihm in die Augen. Es ist nicht so, dass ich mir nicht vorstellen könnte, ihn zu heiraten, ich habe bloß noch nicht darüber nachgedacht. Gleichzeitig ist die Zuversicht, die Jae-Joon mir immer wieder in Bezug auf uns vermittelt, der Grund dafür, dass ich mich so schnell fallen lassen und mich in ihn verlieben konnte - inzwischen sogar sagen kann, dass ich ihn von ganzem Herzen liebe.

»Habe ich dich mit der Aussage verschreckt?«, fragt er, scheint aber nicht verletzt oder beleidigt zu sein.

»Verschreckt nicht, aber überrascht«, gebe ich ehrlich zu. »Ich bin immer wieder verwundert, dass du dir so sicher bist, dass ich die Richtige für dich bin. Mir geht es mit dir zwar genauso, aber …«

»Dein Ex hat vieles in dir kaputtgemacht, sodass du vorsichtig geworden bist, obwohl du weißt, dass die Beziehung mit mir anders ist«, ergänzt er meinen Satz und trifft damit den Nagel auf den Kopf. »Mach dir deshalb keine Sorgen, wir haben alle Zeit der Welt. Ich weiß schließlich, dass du für mich die Richtige bist, der jetzige Zeitpunkt es aber nicht ist.«

»Danke, dass du immer wieder die perfekten Worte findest«, erwidere ich und küssen ihn endlich.

Ich habe das Gefühl, dass er bis zum Grund meiner Seele blicken und deshalb so gut auf mich, meine Ängste und Bedürfnisse eingehen kann. Auch wenn unsere Beziehung nach wie vor nicht einfach ist, ich ihn oft vermisse und mich nach ihm sehne, bin ich glücklich. Daher weiß ich, dass ich bereit sein werde, seinen Antrag anzunehmen, egal, wann er ihn mir machen wird.

Kapitel 14

Riley

»**W**ahnsinn! Ich habe noch nie etwas so … Wundervolles gesehen«, rufe ich staunend und weiß nicht, wohin ich als Erstes schauen soll. Wir haben die meiste Zeit des Tages auf unserer Suite verbracht, geredet und gelacht, während wir halb nackt auf dem Sonnenbett vor unserem Privatpool gelegen haben. Erst am späten Nachmittag konnten wir uns dazu aufraffen, das Hotel zu verlassen. Wenn es nach mir gegangen wäre, hätten wir das allein wegen der unglaublichen Hitze nicht getan, aber Jae-Joon hat darauf bestanden, dass wir mein erstes Mal in Singapur nicht vergehen lassen können, ohne die schönsten Sehenswürdigkeiten erkundet und die besten Leckereien probiert zu haben.

Auch wenn die höllischen Temperaturen, oder vielmehr die hohe Luftfeuchtigkeit, mir zu schaffen machen, genieße ich es, dass wir all unsere heutigen Tagesziele bequem zu Fuß erreichen können. Noch viel mehr genieße ich es aber, dass ich mit Jae-Joon vollkommen unbeachtet Händchen haltend durch die Straßen gehen kann. Unser erstes Ziel ist Singapurs Wahrzeichen, der sogenannte Merlion, gewesen. Natürlich kannte ich den Brunnen in Form eines Fischs mit Löwenkopf bereits von Bildern und aus dem Fernsehen, aber vor ihm zu stehen, war eine besondere Erfahrung. Vor allem, da keines der Fotos der Aussicht auf das Wasser und der Skyline dahinter gerecht werden konnte. Daher bin ich voll gespannter Vorfreude, wie die Sicht sein wird, wenn wir später in der Dunkelheit noch mal an ihm vorbeikommen und uns von dort die Lichtershow von Marina Bay Sands anschauen. Wenn sie nur halb so eindrucksvoll ist wie das, was ich in diesem Augenblick im Flower Dome bewundern darf, wird sie immer noch zu den schönsten Dingen zählen, die ich bisher sehen durfte.

»Gefällt es dir hier?«, fragt Jae-Joon und umarmt mich von hinten.

»Sehr!« Der Flowers Dome ist der beeindruckendste botanische Garten, den ich kenne – zumal ich selbst so gar keinen grünen Daumen habe und Pflanzen bei mir innerhalb von einer Woche sterben. Umso mehr bereue ich es, meine Spiegelreflexkamera zu Hause in Seoul vergessen zu haben. Die Bilder wären bestimmt fantastisch geworden.

Gerade stehen wir vor einer kleineren, aus Blumen bestehenden Version des Eiffelturms, die einfach wundervoll ist und mich in Verzückung geraten lässt. »Warst du schon mal in Frankreich?«

»Nein, aber dafür in Italien. Warum? Möchtest du dorthin?«

»Paris soll besonders zu Weihnachten toll sein«, schwärme ich.

»Dieses Jahr werde ich es wegen meines engen Drehplanes nicht schaffen, aber wir können das nächste Weihnachten in Europa verbringen«, schlägt Jae-Joon vor und ich bin sofort begeistert.

»Ist das dein Ernst?«, quietsche ich und falle ihm um den Hals. Europa zur Weihnachtszeit ist für mich die ultimative Vorstellung von Romantik.

»Klar«, erwidert er mit einem sanften Lächeln.

»Manchmal habe ich das Gefühl, als wäre ich in meinem eigenen Drama gelandet. Du bist zu perfekt, um wahr zu sein. Ist dein echter Name vielleicht Lee Jong-Suk und ich bin Han Hyo-Joo?«, necke ich ihn und beziehe mich auf das koreanische Drama *W – Two Worlds*, in dem eine Frau in den Webtoon ihres Vaters gesogen wird und dort den faszinierenden Kang Chul trifft. Auch wenn der sexy Held perfekt wirkt, haben sie einige spannende und auch gefährliche Hürden zu überwinden, bis sie zu ihrem Happy End gelangen. Eigentlich will ich Jae-Joon mit diesem Vergleich nur liebevoll aufziehen, meine es aber auch ein bisschen ernst. Seit dem Zwischenfall mit Hyeri ist er der Anwärter für die Auszeichnung zum Mr. Perfect, er trägt mich regelrecht auf Händen. Unsere Beziehung wird tatsächlich nur von äußeren Faktoren erschwert.

»Soll ich jetzt beleidigt sein, weil du mich mit Lee Jong-Suk vergleichst?«, gibt er gespielt empört zurück, legt mir aber gleichzeitig den Arm um die Schultern und drückt mir einen Kuss auf die Schläfe.

»Ich finde ihn durchaus attraktiv. Er ist zwar nicht mein Lieblingsschauspieler, aber er ist wirklich toll«, ziehe ich ihn weiter auf.

»Soso, und wer ist dein Lieblingsschauspieler? Ji Chang-Wook? Song Joon-Ki? Seo In-Guk?«

»Schwere Frage, ich würde keinen von der Bettkante schubsen«, setze ich meinen Foppereien die Krone auf und füge dann hinzu: »Natürlich nur, wenn ich dich nicht hätte. Du bist nämlich in jeder Hinsicht mein Lieblingsoppa.«

»Lieblingsoppa«, wiederholt er und lacht. »Das gefällt mir.«

»Dann lass uns endlich weitergehen, Lieblingsoppa!« Ich greife nach seiner Hand, die immer noch auf meiner Schulter ruht, verflechte unsere Finger miteinander und ziehe so mit ihm los, den Rest des Flower Domes erkunden.

Herumalbernd durchstreifen wir den botanischen Garten, schauen uns exotische Blumen und wunderschöne Arrangements an, die mit Lichterketten durchzogen sind. Mein persönliches Highlight sind allerdings die Supertrees, pflanzenbewachsene Stahlgerüste, die wie Bäume aussehen und eine Höhe zwischen fünfundzwanzig und fünfzig Metern haben. Das Besondere an ihnen ist nicht nur, dass sie zur Aufzucht seltener Pflanzen dienen, sondern jetzt im Dunkeln beleuchtet sind. Staunend stehe ich vor einem Wald aus bunten Bäumen und betrachte die Lichter.

»Warst du hier schon mal?«, frage ich Jae-Joon und drehe mich einmal um die eigene Achse, um ja nichts zu übersehen.

»Nein, aber In-Woo letztes Jahr. Ich habe ihn ausgequetscht, und er hat mir einige Orte genannt, die wir unbedingt besuchen sollen.«

»Wie geht es ihm eigentlich? Ich habe ihn seit dem Festival nur ein- oder zweimal gesehen«, erkundige ich mich und bestaune weiter mein Umfeld.

»Er hatte das Glück, spontan eine Second-Lead-Rolle angeboten zu bekommen und dreht aktuell wieder in China. Für ihn läuft es beruflich fast so gut wie für mich.«

»Das freut mich sehr für euch. Es gibt keinen, dem ich den Erfolg mehr wünsche als euch«, meine ich und schaue zu Jae-Joon auf. Auch wenn ich ihn durch die viele Arbeit weniger sehe, freue ich mich von ganzem Herzen für ihn. Er hat so hart gekämpft, um den Durchbruch zu schaffen, und nun steht er kurz davor, zum ersten Mal die Hauptrolle in einem Primetime-Drama zu bekommen. »Ich bin unglaublich stolz auf dich.«

»Danke, es bedeutet mir viel, dass du hinter mir stehst«, antwortet er.

Gleichzeitig merke ich jedoch, dass etwas seine Freude zu trüben scheint. »Aber?«

Er zögert und meine Vermutung wird bestätigt. »Was ist, wenn ich zusammen mit Hyeri gecastet werde?«

Die Frage gefällt mir zwar nicht, ich wusste jedoch, dass wir früher oder später darüber sprechen müssen. Die Skriptlesung für das KBS-Drama findet zwar erst in zwei Monaten statt und die Besetzung steht noch nicht fest, aber wir wissen bereits, dass Jae-Joon für die Hauptrolle im Gespräch ist – ebenso Hyeri. Beiden wurde noch kein offizielles Angebot unterbreitet und der Sender hält sich generell bedeckt, dennoch nehme ich an, dass Hyeri sie in jedem Fall bekommen wird. Das bedeutet, sie wird seine Filmpartnerin sein, sofern die Wahl auf Jae-Joon fällt, wovon ich ebenfalls ausgehe. Immerhin wollen die Zuschauer sie seit dem verdammten Valentinstagsspecial als Paar sehen. Eine Tatsache, die zwar wehtut, über die ich bisher aber hinwegsehen konnte – auch wenn es mir sehr, sehr schwerfällt.

»Ich bin ehrlich, Hyeri ist die Letzte, die ich mir als deine Filmpartnerin wünsche, aber ich werde es überleben, sollte dieser Fall eintreten. Also denk erst gar nicht darüber nach, die Rolle wegen mir abzusagen. Mein Glück ist immerhin, dass koreanische Dramen eher romantisch und süß als heiß und sexy sind«, witzle ich und versuche so, meine Unsicherheit zu überspielen. »Das Drama ist eine RomCom. Ich gehe also davon aus, dass es nicht viele Kussszenen geben wird, und andere intime Szenen schon mal gar nicht.«

»Wahrscheinlich nicht.« Offensichtlich erleichtert, stößt Jae-Joon den Atem aus. »Ganz egal wer es verlangt, ich werde niemals jemanden so küssen wie dich. Auch nicht für meine Karriere. Generell muss ich deine Illusion über Küsse in Dramen noch ein wenig mehr zerstören. Die meisten sind nicht nur keusch und absolut unerotisch, sondern gar nicht existent. Der Kamerawinkel wird einfach nur so angepasst, dass es aussieht, als würde man sich küssen.«

»Ist das so?«, frage ich und bin erstaunt.

»Ja, natürlich nicht alle, aber doch mehr, als du denkst.«

»Wie war es bei dir bisher?«, will ich wissen.

»Alle echt, aber eben nur … wie nennt man das? *Ppop-*

po?«

»Küsschen«, schlage ich vor.

»Genau, Küsschen. Für mehr als das waren die Kolleginnen nicht bereit.«

Kurz überlege ich und lächle ihn dann herausfordernd an. »Für jedes *Küsschen* vor der Kamera bekomme ich zu Hause die doppelte Anzahl an richtigen Küssen.«

»Ich finde, die doppelte Anzahl ist zu wenig, die dreifache dürfte angemessen sein«, gibt er zurück und schaut mich mit einem so durchdringenden Blick an, dass mein Körper zu kribbeln beginnt.

Ich bin mir sicher, wenn wir nicht in der Öffentlichkeit wären, würde er mich jetzt lange und intensiv küssen und mein Verlangen nach ihm anfeuern. Seit seiner Ankunft gestern Nachmittag haben wir uns unzählige Male berührt, geküsst und geliebt. Dennoch kann ich nicht genug von ihm und seinen Berührungen bekommen, sondern würde am liebsten sofort mit ihm zurück ins Bett. Dass es ihm nicht anders geht, erkenne ich an der Art, wie sich seine Pupillen erweitern. Die Spannung steigt zwischen uns und findet ihren knisternden Höhepunkt, als Jae-Joon mit dem Daumen meine Unterlippe nachfährt. Heiße Lust strömt durch meine Adern und schießt geradewegs in meine Körpermitte.

»D-das klingt fair«, stottere ich und fühle immer noch seine Berührung auf meiner empfindlichen Haut.

»Nun, da wir das geklärt haben, sollten wir zu unserem nächsten Ziel gehen. Wir müssen uns unbedingt den Wasserfall des Cloud Forest anschauen, bevor sie schließen«, meint er mit einem frechen Grinsen, bricht den Zauber zwischen uns, bringt aber meinen gesamten Körper erneut zum Kribbeln, als er hinzufügt: »Für *mehr* haben wir später noch genug Zeit.«

Auch wenn ich gern weiter von ihm geküsst und berührt worden wäre, macht kurz darauf der Anblick des größten Indoor-Wasserfalls der Welt so einen gewaltigen Eindruck auf mich, dass ich für einen Moment alles andere vergesse. Selbst beim Aufstieg gerate ich bei der Schönheit, von der ich umgeben bin, immer wieder ins Staunen. Leider schaffen wir es vor der Schließungszeit nicht bis an die Spitze der Kaskade. Trotzdem komme ich in den Genuss, direkt hinter einem Teil des Wasserfalls zu stehen und durch ihn hindurch nach unten zu schauen. Die Lichter, die Vegetation - einfach die gesamte Atmosphäre - hinterlassen ein unglaubliches und unbeschreibliches Gefühl der Glückseligkeit in mir.

»Lass uns ein Bild machen«, bitte ich Jae-Joon und zücke mein Handy. Unauffällig blicke ich mich um. Wider Erwarten sind nur noch wenige Menschen um uns herum und keine in Sichtweite, sodass ich mich schnell zu ihm hochrecken und ihm einen leichten Kuss auf die Lippen geben kann. Geschickt halte ich diesen Moment mit meiner Handykamera fest und lasse einige andere Fotos folgen. Kurz darauf wird über Lautsprecher die Schließung angekündigt und wir müssen uns auf den Weg nach unten machen, was mich enttäuscht.

»Irgendwann möchte ich hierher zurückkommen«, meine ich mit hörbarem Bedauern in der Stimme.

»Wir werden zukünftig genügend Zeit haben, um gemeinsam zu reisen. Sobald das Jahr um ist, sogar noch mehr«, verspricht Jae-Joon mir und nimmt meine Hand. Zusammen laufen wir das architektonische Kunstwerk herunter und schlendern im Anschluss zu einem der großen Hawker Centern, die im Prinzip halb offene Gebäude sind, in denen viele verschiedene Garküchen beherbergt sind. Trotz der Hitze inzwischen halb verhungert, schlagen wir uns die Bäuche mit den leckersten Dingen voll. Mein persönlicher Favorit ist dabei der Hainan Hähnchen-Reis, aber auch alles andere, insbesondere das Shaved Ice mit süßen Bohnen und den unterschiedlichen Toppings, war unglaublich lecker. Dementsprechend vollgestopft stehen wir wieder bei dem Merlion und warten darauf, dass die letzte Lichtershow des Abends beginnt.

»Weißt du, dass ich bereits in unzähligen Ländern gewesen bin, aber nur sehr selten dazu komme, sie zu erkunden?«, fragt Jae-Joon und schaut aufs beleuchtete Wasser hinaus. »Meistens habe ich keine Zeit, um einen Aufenthalt zu genießen. Vielleicht habe ich mir auch einfach nie Zeit dafür genommen. Mit dir möchte ich auf jeden Fall noch vieles erleben und kennenlernen.«

Ich lege meinen Kopf an seine Schulter und schaue ebenfalls aufs Wasser hinaus. »Wie du bereits gesagt hast, wir werden zukünftig genügend Zeit haben, um gemeinsam zu reisen.«

Plötzlich ertönt Musik um uns herum und die Lichtershow beginnt. Sie ist das perfekte Event, um den Abend ausklingen zu lassen. Mit Hilfe von Ton-, Wasser-, Licht- und Rauchinstallationen wird auf beeindruckende Weise die tragische Lebensgeschichte eines Mannes erzählt. Für mich ist die Show jedoch mehr eine glitzernde, märchenhafte Unterwasserwelt. Märchenhaft … ja, diese Beschreibung passt zu dem, was ich heute erleben durfte, und macht meinen Geburtstag perfekt. Aber ich frage mich auch, ob ich in meinem Märchen ebenfalls eine böse Hexe werde bekämpfen müssen.

Kapitel 15

Entspannt sitze ich in der Maske und lasse mich von den Stylisten des Fernsehsenders für mein Fantreffen vor laufender Kamera schminken. Die vier Tage, die ich mit Riley in Singapur verbracht habe, sind zu schnell vergangen, haben mir aber so viel Kraft gegeben, dass ich selbst nach nur drei Stunden Schlaf so energiegeladen bin wie seit Langem nicht mehr.

»Wie sieht der Ablaufplan aus?«, frage ich meinen Manager Jeremy.

Auch wenn er mir eine ausführliche Auskunft gibt, merke ich, dass die Stimmung zwischen uns angespannt ist. »Die Aufnahmen werden bis heute Nachmittag dauern, anschließend folgt ein Interview und abends musst du bei einer Cluberöffnung dabei sein. Vielleicht öffnet sich dir dadurch eine weitere Tür.«

»Gut«, erwidere ich und schließe die Augen, damit die Stylistin meine Frisur mit Haarspray fixieren und danach den Raum verlassen kann.

»Wo warst du die letzten Tage?«, platzt es aus Jeremy heraus, sobald wir allein sind.

»Du weißt, dass ich dir darauf keine Antwort geben muss, oder?«, frage ich und seufze, lenke dann aber zumindest ein wenig ein. »Da ich keine Termine oder andere Verpflichtungen hatte, habe ich mir eine Auszeit genommen.«

»Und wo? Man hat dich bereits vor einigen Tagen in Incheon am Flughafen gesehen, du bist aber erst heute hier angekommen. Also, wo warst du? Verheimlichst du etwas vor mir?«, bohrt Jeremy weiter. »Lass mich konkreter werden, gibt es da eine Frau?«

Jeremys Direktheit überrascht mich, auch wenn ich früher oder später mit so einer Frage gerechnet habe. Natürlich gebe ich mein Bestes, um meine Beziehung mit Riley geheim zu halten, gleichzeitig ist mir jedoch bewusst, dass ich mich in den letzten Monaten durch sie verändert habe - offener geworden bin, mehr lache und generell positiver auf viele Dinge reagiere. Die Veränderung ist so offensichtlich, dass ich sogar von David und einem anderen Kollegen im Fitnessstudio darauf angesprochen wurde. Beide Male konnte ich es mit der Freude über meinen Karriereverlauf erklären, aber bei meinem Manager wird das nicht reichen. Wir arbeiten seit Jahren eng zusammen, und er ist ein Freund für mich geworden, was bedeutet, dass er mich zu gut kennt. Dennoch ist er niemand, dem ich so sehr vertraue, dass ich ihm freiwillig von Riley erzählen würde.

»Was willst du von mir hören? Wenn ich Nein sage, wirst du mir nicht glauben, wenn ich bejahe, wirst du ausrasten«, entgegne ich extra provokativ.

Jeremy setzt sich auf die Kante des Schminktisches und betrachtet mich. »Versteh mich nicht falsch, ich will dir nichts Böses und gönne es dir, wenn du glücklich bist, denn so wirkst du. Aber du weißt, dass du in Schwierigkeiten gerätst, solltest du auffliegen. Wir sind kurz davor, die Verträge für das KBS-Drama zu unterschreiben. Wenn rauskommt, dass du eine Freundin hast, wird das die zukünftigen Dreharbeiten negativ beeinflussen beziehungsweise dazu führen, dass du den Job erst gar nicht bekommst. Du kannst sogar davon ausgehen, dass du selbst bei einem unterschriebenen Vertrag noch ausgetauscht werden könntest. Ein Datingskandal ist das Letzte, was du im Moment brauchst! Wusstest du, dass man dich nur auf Hyeris Bitte hin und wegen der bombastischen Reaktionen auf die Ausstrahlungen der Valentinstagssendung in Erwägung gezogen hat?«

Diese Erkenntnis versetzt meiner Laune einen Dämpfer. Ich habe es nicht aus eigener Kraft geschafft, sondern weil Hyeri und ich angeblich eine gute Chemie auf der Leinwand haben und sie mich selbst vorgeschlagen hat? Allgemein sorgt das Thema Hyeri bei mir für gereizte Stimmung und löst Nervosität in mir aus. Sie macht mich so nervös, dass ich vorgestern sogar gedacht habe, sie in Singapur im Hotel gesehen zu haben. Als ich jedoch ein zweites Mal zu der Frau geschaut habe, die ich für sie hielt, war sie weg.

»Moment mal, bist du etwa mit ihr zusammen?« Voller Hoffnung schaut er mich an.

»Nein, bin ich nicht, und ich wäre dankbar, wenn du solche Äußerungen für dich behalten würdest. Ich habe sie in den letzten Wochen wesentlich besser kennenlernen können und bin zunehmend genervt von ihr. Ehrlich gesagt weiß ich noch nicht mal, ob ich vier Monate tagtäglich mit ihr am Set sein und ein Paar spielen will und kann.«

»Scheiße, du hast tatsächlich eine Freundin«, stellt er fest und kneift sich in die Nasenwurzel. »Sei mir gegenüber jetzt bitte aufrichtig. Sollte es Schwierigkeiten geben, könnte ich wenigstens versuchen, dir den Rücken freizuhalten.«

Unentschlossen betrachte ich den Mann, der nun seit Jahren an meiner Seite ist und mir bereits in unendlich vielen Situationen geholfen und das Leben erleichtert hat. Kann ich ihm in Bezug auf Riley vertrauen? Je länger ich nachdenke, desto unfairer komme ich mir gegenüber Jeremy vor. Er war bisher immer loyal. Wenn er von Riley wüsste, würde es im Grunde nichts an der Begebenheit ändern, da ich zwar gegen die Datingsperre verstoßen habe, sie aber nicht mit einem Datingskandal gleichzusetzen ist − zumindest nicht, solange Präsident Yang nichts davon erfährt. Und wie Jeremy zuvor sagte: Dass meine Beziehung öffentlich wird, ist nicht in seinem Sinne oder dem der Agentur. Im Gegenteil, mein Manager würde wegen des Primetime-Dramas und meinen anderen Verträgen wahrscheinlich alles daransetzen, einen Skandal zu verhindern.

»Ja, ich habe eine Freundin, aber ich werde dir nichts über sie verraten.«

»Du hast viele Jahre ohne Frauen durchgehalten, warum ausgerechnet jetzt?« Tief seufzt Jeremy auf, und ich kann ihm deutlich ansehen, dass er am liebsten eine Zigarette rauchen würde. »Wie lange schon?«

»Ziemlich genau ein halbes Jahr.«

Wieder seufzt er. »Sehen wir es positiv, nach einem weiteren halben Jahr ist das Drama im Kasten und die Ausstrahlung zur Hälfte durch. Wir werden also Folgendes tun: Du verlierst weiterhin kein Wort über deine Freundin, und ich tue so, als hätte ich nichts gehört. Aber wegen Hyeri wirst du Zugeständnisse machen und der Welt vorspielen müssen, du würdest ihr die Sterne vom Himmel holen. Sprich auf keinen Fall negativ von ihr und lass bei jeder Frage, die man dir stellt, Platz für eine freie Interpretation deiner Antwort.«

Allein so tun zu müssen, als würde ich Hyeri mögen, ist mir zuwider. Ich sehe aber ein, dass Jeremy recht hat. Ich muss nur noch sechs Monate und die Ausstrahlung des Dramas abwarten, danach kann ich in Bezug auf Riley mit offenen Karten spielen. »Ich werde alles tun, was nötig ist, um meine Beziehung zu schützen.«

Jeremy nickt und wir schweigen einige Minuten. »Okay, ich wollte eigentlich nicht weiterbohren, aber das muss ich jetzt wissen: Ist sie so toll, dass du bereit bist, deine gesamte Karriere für sie zu riskieren?«

»Ja, das ist sie. Sie ist mein Strahlen in der Dunkelheit. Durch Mi-So habe ich endlich wieder angefangen, zu leben.«

»Mi-So, schöner Name. Irgendwann musst du sie mir vorstellen.«

»Sobald das Jahr vorbei ist, werde ich sie der ganzen Welt vorstellen«, verspreche ich und meine es genau so.

»Auch wenn mir dieses Geheimnis Sorgen bereitet, bin ich froh, dich so glücklich und entschlossen zu sehen. Sie tut dir gut, du hast dich positiv verändert und bist besser gelaunt. Daran habe ich auch gemerkt, dass es jemanden in deinem Leben geben muss.«

Es klopft an der Tür, und mir wird Bescheid gesagt, dass in wenigen Minuten die Aufnahmen beginnen, daher bleibe ich Jeremy eine Antwort schuldig. Gleichzeitig erkenne ich, dass er vielleicht nicht nur mein Manager ist, sondern auch ein richtiger Freund, dem ich bisher nicht die Chance gegeben habe, einer zu sein.

Der Dreh verläuft reibungslos, und ich habe großen Spaß daran, meine malaysischen Fans zu treffen, mit ihnen zu reden und Fotos zu machen. Erst das Interview danach wird unangenehm. Da auch hier *My Life as a Celebrity* ausgestrahlt wird, kennen sie die Folge, welche die Gerüchteküche in den letzten Wochen angeheizt hat und die Leute spekulieren lässt, ob zwischen Hyeri und mir etwas läuft.

»Immer wieder werden wir Zeuge davon, dass du dich gut mit deinem Co-Star, der Schauspielerin Hyeri, verstehst. Manche behaupten sogar, Funken zwischen euch fliegen zu sehen. Möchtest du dazu irgendetwas sagen?«

Es fällt mir unglaublich schwer, mein Lächeln nicht zu verlieren, dennoch antworte ich in lockerem Tonfall: »Hyeri ist eine tolle Frau und eine talentierte Kollegin, die ich sehr zu schätzen weiß.«

»Aktuell geht das Gerücht um, dass ihr in der engeren Auswahl für das neue KBS-Drama steht und die Hauptrollen übernehmen sollt. Gibt es dazu offizielle Neuigkeiten?«

»Ich kann dazu bisher leider nichts sagen, aber ich würde mich sehr freuen, wenn das Drama zu einem gemeinsamen Projekt werden würde.«

»Dann hoffen wir das Beste. Jetzt eine Frage, auf deren Antwort viele deiner weiblichen Fans brennen. Wie sieht dein Idealtyp Frau aus?«

»Jede Frau ist auf ihre Art schön, daher bin ich in Bezug auf Äußerlichkeiten nicht auf einen bestimmten Typ Frau fixiert. Viel wichtiger ist es mir, dass sie mich versteht, wir gemeinsam lachen können und sie liebevoll ist. Ich mag es, wenn eine Frau für mich kocht. Gleichzeitig sollte die perfekte Frau den Wunsch in mir auslösen, alles für sie tun zu wollen.« Auch wenn ich Rileys Äußeres liebe und sie unglaublich attraktiv ist, zählt für mich viel mehr, dass ihr Wesen mein Herz berühren konnte. Daher ist meine Ausführung auf die Frage zwar vage, trotzdem zu einhundert Prozent auf sie zutreffend. Für sie – für uns – würde ich alles geben.

»Was für eine romantische Antwort. Gibt es diese Frau bereits für dich?«

Da Jeremy mich dazu angehalten hat, bei meinen Antworten Raum zur Interpretation zu lassen, erwidere ich: »Ja, irgendwo da draußen ist sie mit Sicherheit.«

Die letzten Fragen sind harmlos, danach habe ich es geschafft.

»Gut gemacht«, lobt Jeremy und reicht mir eine Flasche Wasser. »Zeit fürs Mittagessen.«

»Ich brauche etwas mit Proteinen«, meine ich geistesabwesend, während ich Riley eine Nachricht schreibe. »Schau bitte, ob ich heute noch irgendwo ein zweistündiges Training einschieben kann.«

»Bevor du in den Club musst, würde es zeitlich passen. Der Fitnessbereich des Hotels ist für VIPs rund um die Uhr nutzbar.«

»Klingt gut.« Wir erreichen die wartende Menge meiner Fans, sodass ich das Handy wegstecke, um den Menschen lächelnd zuwinken zu können. Von einigen Bodyguards, die an den Türen warten, werde ich dann zu meinem Wagen eskortiert. Ein letztes Mal winke ich den Leuten zu und steige dann ins Innere des Autos. Gut gelaunt lehne ich den Kopf gegen die Nackenstütze und schließe die Augen. Die vergangenen sechs Stunden sind wie im Flug an mir vorbeigezogen, gleichzeitig waren sie aber auch sehr anstrengend, sodass ich nun doch ausgelaugt bin. Jeremy kennt mich inzwischen so gut, dass er mir automatisch meine Kopfhörer reicht und ich sie nutzen kann, um zum sanften Beat meiner – wie ich sie nenne – Recharge-Playlist ein Nickerchen zu machen. Genau wie immer drifte ich innerhalb von Augenblicken in den Schlaf, träume von Riley, den letzten Tagen und der Zukunft, die auf uns wartet.

Kapitel 16

»Hey, Riley, kannst du mal herkommen?«, ruft Ji-Sub und winkt mich zu sich.

»Was gibt's?«, frage ich und stelle mich neben Na-Eun und eins der Studiomitglieder.

»Tust du mir den Gefallen und setzt dich auf meine Schultern?«

»Bitte was?« Entgeistert sehe ich meinen Kollegen an.

»Seung-Ri und ich haben eine Wette laufen.« Ji-Sub zeigt auf den zweiten Mann. »Derjenige von uns beiden, der die meisten Squats mit einer von euch auf den Schultern schafft, gewinnt fünfundzwanzigtausend Won. Du und Na-Eun seid die einzigen Kolleginnen mit ungefähr gleichem Gewicht.«

»Okaaay«, antworte ich gedehnt. Für einen kurzen Moment will ich ablehnen. Jae-Joon ist nach zwei langen Wochen wieder zurück und trainiert heute ebenfalls hier. Er wird sicher nicht begeistert sein, wenn ich einem fremden Mann so nahe komme, andererseits hat er mit Hyeri schon ganz andere Übungen vor laufender Kamera gemacht. Es ist nicht so, dass ich es ihm auf diese Weise heimzahlen will, aber mir fällt kein Grund ein, aus dem ich Ji-Sub zurückweisen kann, und eigentlich ist es ja auch nichts Schlimmes. »Klar.«

»Dann los.« Ji-Sub geht in die Knie und hilft mir dabei, sich auf seine Schultern zu setzen; das Gleiche tut der Kunde mit Na-Eun. Zu meiner Überraschung haben sie innerhalb kürzester Zeit die ersten fünfzehn Wiederholungen geschafft, danach geht es jedoch schleppender voran und jede einzelne Kniebeuge scheint zur Qual zu werden. Am Ende gibt Ji-Subs Konkurrent nach achtundzwanzig Wiederholungen auf, während er noch zwei weitere schafft und mit dreißig gewinnt. Mit zitternden Beinen sackt er auf der Matte zusammen, und bevor ich von seinen Schultern steigen kann, verliert er das Gleichgewicht, sodass wir gemeinsam hinfallen und er mit einem Ächzen auf mir landet.

»Alles okay bei dir?«, fragt Na-Eun und hilft mir, meine Gliedmaßen von denen meines Kollegen zu entwirren.

»Ja, mir geht es gut«, antworte ich und lasse mich von ihr auf die Beine ziehen.

»Tut mir leid«, beteuert Ji-Sub und rappelt sich ebenfalls auf.

»Nichts passiert«, verspreche ich und schaue mich um. Ich habe die ganze Zeit Jae-Joons Blick auf mir gespürt. Die Wut, mit der er mich anschaut, als sich nun unsere Blicke begegnen, habe ich allerdings nicht erwartet.

»Genug herumgespielt, Leute«, tadelt Trainer Han und scheucht uns auseinander.

Noch während ich zurück in Richtung Tresen gehe, kündigt die Vibration in meiner Hosentasche eine Nachricht an. Als ich mich aber nach Jae-Joon umblicke, hat er mir den Rücken zugewandt und trainiert mit einer Langhantel. Sofort bekomme ich ein flaues Gefühl im Magen. Die Nachricht, die ich jedoch erst eine halbe Stunde später lese, trifft mich wie ein Schlag ins Gesicht. *Don't be easy!*

Sei nicht so billig? Das kann er doch nicht so meinen, er muss sich in der Wortwahl vertan haben, oder? Das hoffe ich zumindest, weiß aber eigentlich, dass es nicht so sein kann. Sein Englisch ist zu perfekt, um sich im Ausdruck zu irren.

»Tut mir noch mal leid wegen gerade. Ist wirklich alles okay bei dir? Du bist so bleich, tut dir irgendetwas weh?«, fragt Ji-Sub plötzlich und erschreckt mich damit fast zu Tode.

»Nein, ich habe mich nicht verletzt.« Mein Herz ist das

Einzige, was wehtut.

»Gut. Was hältst du davon, wenn ich dich nach der Arbeit auf ein paar Drinks einlade? Eigentlich gehört die Hälfte des Gewinnes ja dir.«

Angestrengt lächle ich ihn an und will ihn gerade zurückweisen, als Jae-Joon dazukommt und, offenbar immer noch wütend, seine Trinkflasche auf den Tresen knallt. Ohne mich eines Blickes zu würdigen, hält er mir seine Mitgliedskarte zum Auschecken unter die Nase. Mit seiner Nachricht und seinem Verhalten stößt er mich nicht nur vor den Kopf, sondern verletzt mich wirklich. Was habe ich getan, dass er mich so behandelt? Ist er eifersüchtig auf Ji-Sub? Der Moment der Abmeldung vergeht und Jae-Joon verlässt mit einem knappen Abschiedsgruß das Studio.

»Der war aber schlecht drauf«, kommentiert mein Kollege unnötigerweise die Situation und fragt dann noch mal, ob ich mit ihm etwas trinken gehen will.

»Tut mir leid, aber ich habe nach Feierabend dringend einige Sachen zu erledigen.« Klären, was in meinen Freund gefahren ist.

»Schade, dann ein anderes Mal vielleicht?«, schlägt er hoffnungsvoll vor.

»Ja, vielleicht«, antworte ich abwesend und sehe Min-Ho in der Ferne. Nachdem ich Ji-Sub das Versprechen abgenommen habe, kurz die Stellung für mich zu halten, folge ich Min-Ho in den Pausenraum in der Hoffnung, dass er mehr weiß. Doch weder Min-Ho noch Trainer Han können sich sein Verhalten erklären, was mich schließen lässt, dass ich nichts falsch gemacht habe. Oder? Am Ende mache ich das Logischste und schreibe Jae-Joon eine Nachricht zurück, in der ich ihn frage, was seine Worte zu bedeuten haben.

Ich bekomme aber keine Antwort, weder in der nächsten Stunde noch in den weiteren zwei, die bis zum Feierabend beziehungsweise meiner Ankunft zu Hause vergehen. Sein Nichtreagieren und seine missverständliche Mitteilung verwirren mich so sehr, dass ich inzwischen nicht nur verletzt, sondern auch zunehmend sauer bin. Im Grunde weiß ich aber, dass mein Groll nur ein Schutzmechanismus ist, um nicht zu sofort loszuweinen.

Vor Jae-Joons Wohnung angekommen, gebe ich mit zitternden Fingern den Code für die Tür ein und trete in den Flur. Da die Küche der einzige beleuchtete Raum ist, gehe ich geradewegs auf sie zu und finde Jae-Joon beim Spülen vor.

»Kannst du mir bitte sagen, was deine Nachricht zu bedeuten hat?«, fordere ich ihn bemüht ruhig zu einer Erklärung auf.

»Sollte ich dich nicht besser fragen, was *deine* Aktion zu bedeuten hatte?«, entgegnet er gereizt und pfeffert den Lappen, mit dem er den Abwasch macht, so heftig ins Spülwasser, dass es bis auf den Boden spritzt.

»Ich habe Ji-Sub dabei geholfen, eine Wette zu gewinnen«, antworte ich.

»Und dafür musste sein Kopf zwischen deinen Schenkeln sein?«, knurrt er.

Für einige Sekunden bin ich perplex wegen der Härte, mit der Jae-Joon reagiert. »Du tust so, als hätte ich etwas Schlimmes getan. Ich saß doch bloß auf seinen Schultern, Na-Eun hat das Gleiche gemacht!«, gebe ich, wegen seines ungerechten Verhaltens ebenfalls gereizt, zurück.

»Ja, aber mit dem Unterschied, dass sie Single ist!«, meint er mit erhobener Stimme.

»Offiziell bin ich das auch! Es ist ja nicht meine Schuld, dass wir unsere Beziehung geheim halten müssen!«

»Jetzt kommst du mir so? Bin ich schuld, dass du wie … wie ein Flittchen auf Männer wirkst? Geheimhalten der Beziehung hin oder her, Fakt ist, du bist in einer

Beziehung. Wusstest du, dass die Kerle im Studio dich als Single und als leicht zu haben betrachten?«

»Jetzt mach aber mal einen Punkt!«, zische ich und habe Probleme, die Fassung zu wahren. Gleich zweimal von ihm zu hören, ich würde mich schlampig verhalten beziehungsweise wie eine Schlampe wirken, verletzt mich unendlich. Vor allem, da ich immer, wirklich immer, darauf achte, ein angemessenes Auftreten zu haben.

»Den mache ich ganz sicher nicht!«, schimpft er lautstark weiter.

Ich habe ihn noch nie so wütend erlebt, und das macht mir Angst, auch wenn ich keine davor habe, dass er handgreiflich werden könnte.

»Glaubst du, es ist toll für mich, neben zwei Arschlöchern zu stehen, während sie über dich sprechen – sagen, dass sie auch gerne mal ihren Kopf zwischen deinen Schenkeln hätten und eine Runde Sport mit dir treiben wollen? Allerdings Sport von anderer Natur? Was tust du während der Arbeit, dass sie so von dir denken? Machst du so einen Scheiß öfter? Bist du extra nett und lächelst für mehr Trinkgeld besonders freundlich? Und was sollte das mit Ji-Sub? Warum meint er, dich nach einem Date fragen zu müssen?«

Erschüttert und enttäuscht von seinen Worten, schlinge ich die Arme um meinen Körper. Ich will nicht, dass er sieht, wie ich zittere. Erschreckend ruhig antworte ich: »Ich bin während der Arbeit den Kunden gegenüber niemals distanzlos. Natürlich muss ich lächeln und nett sein. Was kann ich also dafür, wenn irgendwelche Idioten sich einbilden, ich würde sie anmachen? Ji-Sub hat mich nur auf einen Drink einladen wollen, weil er zusammen mit mir gewonnen hat und schuld war, dass ich danach gefallen bin. Was ist dabei? Selbst Nam-Doo macht solche Übungen immer wieder! Außerdem … findest du nicht, dass du gerade mit zweierlei Maß misst? Wie oft musste ich in der Vergangenheit noch intimere Berührungen zwischen dir und Hyeri anschauen und hinnehmen? Habe ich dich jemals so unfair behandelt und angegriffen?«

»Ist es deshalb? Ist das deine Art, dich zu rächen? Willst du mich absichtlich verletzen, weil ich dich wegen meiner engen Zusammenarbeit mit Hyeri *unabsichtlich* verletzt habe?«

Ich bin so schockiert von seinen Beschuldigungen, dass ich nicht antworten kann. Seine Worte tun wirklich weh. Was ist in ihn gefahren, dass er so extrem unfair reagiert?

»Wir sollten das Gespräch an dieser Stelle beenden«, meine ich und schlucke den brennenden Kloß in meinem Hals herunter. »Du solltest nicht noch mehr sagen, was du später bereuen wirst, aber nicht zurücknehmen kannst. Und ich sollte die letzten Sachen in meinen Koffer packen. Mein Flieger geht morgen früh.«

»Du machst dich einfach aus dem Staub?«

Nun reißt doch mein Geduldsfaden. »Was, verdammt noch mal, ist in dich gefahren? Ich mache bei diesem sinnlosen Streit einen Cut, damit unsere Beziehung keinen ernsthaften Schaden nimmt, und du redest von Aus-dem-Staub-Machen? Hast du ein Problem damit, dass ich die nächsten zwei Wochen für ein großes Shooting in Mailand bin? Ach, weißt du, im Grunde ist es mir für den Moment egal. Ich werde kein Wort mehr mit dir sprechen, bevor du dich nicht beruhigt hast und fähig bist, dich wie ein normaler Mensch zu verhalten!«

Wütend lasse ich ihn stehen und verlasse Tür knallend seine Wohnung. Erst als ich meine eigene Wohnungstür hinter mir geschlossen habe, komme ich zu Atem und realisiere, dass wir uns zum ersten Mal heftig gestritten haben und ich den Grund noch nicht mal weiß. Plötzlich schniefend, kann ich die Tränen nicht zurückhalten und brauche einige Minuten, um meine Fassung zurückzugewinnen. Ich weiß nicht, was in Jae-Joon gefahren ist, nur, dass ich ihn so nicht kenne und es eine Ursache dafür geben muss. Auch wenn seine Worte und Beschuldigungen mich unglaublich verletzt haben, weiß ich, dass wir später noch mal reden müssen. Ihn im Streit zu verlassen und zwei Wochen im Ungewissen von ihm getrennt zu sein, werde ich nicht ertragen.

Ich bin mir zwar sicher gewesen, dass Jae-Joon zu mir kommen würde, sobald er sich beruhigt hat, trotzdem überkommt mich Erleichterung, als ich das Piepen meiner Wohnungstür höre und kurz darauf, wie er eintritt. Die letzten zwanzig Minuten haben mir zwar geholfen, mich wieder zu fassen, verletzt bin ich aber immer noch. Dementsprechend aufgewühlt, weiß ich nicht, wie ich auf ihn reagieren soll, und packe daher meinen Koffer weiter. Die ganze Zeit in dem Wissen, dass er im Türrahmen steht und um Worte ringt.

»Mianhae«, entschuldigt er sich letztlich.

Als ich mich zu ihm umdrehe, kann ich deutlich erkennen, wie schlecht er sich fühlt und auch, dass er offensichtlich noch mehr sagen will, aber sich nicht auszudrücken weiß.

»Was ist passiert, dass du so … ausgerastet bist?«, frage ich und muss erneut gegen die Tränen ankämpfen, die mir in die Augen schießen.

»Ich weiß es nicht«, antwortet er und lässt sich auf meiner Bettkante nieder. »Ich weiß es wirklich nicht.«

»Glaubst du das, was du gesagt hast?«, will ich wissen und schlucke erfolglos gegen den dicken Kloß in meinem Hals an. Auch wenn ich nur einen Meter von ihm weg stehe, fühlt es sich an, als wäre er meilenweit von mir entfernt.

»Nein, allein deshalb verstehe ich nicht, weshalb ich dir das alles an den Kopf geschmissen habe.« Er reibt sich übers Gesicht. »Ich habe noch nie jemanden so geliebt wie dich. So etwas wie Eifersucht oder Verlustangst kannte ich daher bisher nicht. Das ist die einzige Erklärung, die ich vorzuweisen habe. Die Sache mit Ji-Sub finde ich tatsächlich nicht toll, unter normalen Umständen wäre ich aber niemals so ausgeflippt. Was mich rasend gemacht hat, ist die Art gewesen, wie diese Kerle, die neben mir standen, über dich gesprochen haben. Am liebsten hätte ich ihnen die Scheiße aus dem Leib geprügelt. Aber das konnte ich natürlich nicht … Deshalb habe ich wohl dich als Ventil genutzt und meine Wut und Hilflosigkeit an dir ausgelassen. Es ist unerträglich für mich, dich weder verteidigen noch für dich einstehen zu können.«

Bis zu einem gewissen Grad kann ich ihn verstehen, habe aber die Vermutung, dass noch mehr hinter seiner Reaktion steckt. Um ihm einen Schritt entgegenzukommen, strecke ich den Arm nach ihm aus und streiche ihm tröstend über die Wange. Sofort greift er nach meiner Hand und schmiegt sich der Berührung entgegen.

»Was mich aber wohl am meisten belastet … Ich vermisse dich, ich vermisse dich so sehr, dass es mich wahnsinnig macht. Natürlich bin ich nach wie vor stolz auf dich und will, dass du als Fotografin erfolgreich bist, gleichzeitig fällt mir die Trennung von dir schwer. Ich bin heute Mittag nach zwei langen und anstrengenden Arbeitswochen nach Hause gekommen, sehe dich nur diese wenigen Stunden und dann bist du für zwei Wochen weg. Ich vermisse dich einfach. Hier zurückzubleiben, während du weg bist, ist … ungewohnt für mich. Abends in ein leeres Hotelzimmer zurückzukommen ist normal, aber in ein verlassenes Zuhause zu kommen, ist … erschreckend. Der bloße Gedanke, dass ich hier ohne dich sein werde, lässt mich schlecht schlafen. Ich kann dir dabei noch nicht mal erklären, weshalb. Immerhin weiß ich, dass du zu mir zurückkommen wirst.«

Nach dieser Antwort habe ich die Vermutung zu wissen, was mit Jae-Joon los ist. Natürlich reagiert er in manchen Situationen eifersüchtig und ihm wird – genau wie mir – die räumliche Trennung zusetzen, tatsächlich habe ich aber das Gefühl, dass seine Nerven überstrapaziert sind. »Kann es sein, dass du überarbeitet bist?«, frage ich besorgt. »Du scheinst mir so gestresst und angespannt zu sein, dass selbst Kleinigkeiten dich zum Ausrasten bringen können. Wie viel hast du in den letzten Tagen geschlafen?«

»Ich weiß nicht«, gibt er zu, und ich erkenne deutliche Ränder unter seinen Augen. Beunruhigt setze ich mich neben ihn und bedeute ihm wortlos, dass er seinen Kopf auf meine Oberschenkel legen soll.

»Es tut mir unendlich leid, dass ich dich beschimpft und unfair behandelt habe. Ich wollte dich nicht verletzen«, entschuldigt er sich ein zweites Mal aufrichtig.

»Ich glaube dir.« Das tue ich wirklich, trotzdem kann ich seine Worte nicht vergessen. Ich werde über sie hinwegkommen und ihm verzeihen, allein weil ich merke, dass sein Ausrasten andere Gründe hatte, dennoch wird es noch eine Weile wehtun.

»Du weißt, dass ich dich liebe, oder?«, fragt er und ist offenbar dabei, einzuschlafen. Das ist ein weiteres Zeichen für seine Erschöpfung und sein hohes Stresslevel, normalerweise würde er in so einer Situation niemals einschlafen können.

»Ich weiß. Ich liebe dich auch. Wir bekommen das schon hin«, verspreche ich und setze das Streicheln meiner Finger über sein Haar fort.

Nun, da ich weiß, dass es genau genommen kein Problem zwischen uns und in unserer Beziehung gibt, bin ich erleichtert. Gleichzeitig bin ich schrecklich um seine Gesundheit besorgt. Das heute hat mir gezeigt, dass er ausgelaugt und mit den Nerven am Ende ist.

Was passiert, wenn als Nächstes sein Körper streikt? Minuten vergehen, in denen ich ihn weiter streichle und ihm so ein bisschen Frieden schenke. Zeitgleich komme auch ich endlich zur Ruhe. Der Streit war sinnlos und hässlich, aber nun weiß ich wenigstens, was in ihm vorgeht. Unweigerlich frage ich mich, ob ich ihn in wenigen Stunden verlassen und nach Mailand fliegen kann, ohne mich ernsthaft um ihn sorgen zu müssen. Bleiben ist jedoch auch keine Option, immerhin habe ich Verträge unterschrieben. Jae-Joon wird ebenfalls nicht wollen, dass ich wegen ihm bleibe - zumindest nicht wirklich.

Minuten und Stunden vergehen, bevor ich allerdings ebenfalls richtig einschlafen kann, klingelt mein Wecker. Jae-Joon schläft hingegen weiter, was mir einmal mehr zeigt, wie erschöpft er sein muss. So leise wie möglich packe ich die letzten Sachen in meinen Koffer und mache mich danach fertig. Gegen halb fünf bin ich zum Aufbruch bereit. Kurz überlege ich, ob ich ihn einfach schlafen lassen soll, glaube aber, dass es wichtig ist, dass wir die Fahrt zum Flughafen noch mal nutzen, um uns vernünftig aussöhnen und voneinander verabschieden zu können.

Plötzlich hin- und hergerissen zwischen Abschiedsschmerz und Liebe, hocke ich mich neben ihn auf die Matratze und küsse ihn. Es dauert einige Sekunden, bis er den Kuss erwidert, doch sobald er es tut, schlingt er die Arme um mich und zieht mich auf sich.

»Womit habe ich es verdient, so von dir geweckt zu werden?«, fragt er verschlafen. Im selben Augenblick scheint ihm der Streit wieder einzufallen und er zuckt zusammen. »Es tut mir leid, dass ein Arschloch gewesen bin. Ich weiß nicht, was ich sagen soll, um mich bei dir angemessen zu entschuldigen.«

»Mach dir keine Sorgen, es ist alles gut zwischen uns«, verspreche ich und meine es so. »Zieh dich schnell an, damit du mich zum Flughafen bringen kannst. Oder möchtest du weiterschlafen? Dann nehme ich die Bahn.«

»Nein, ich fahre dich. Ich habe bereits gestern die wenige Zeit vergeudet, die wir hätten zusammen verbringen können. Erst durch mein Verhalten und danach, weil ich eingeschlafen bin«, meint er enttäuscht und reuevoll.

»Oppa …«, verwende ich den Kosenamen, den er so sehr zu mögen scheint, und küsse ihn ein zweites Mal. »Du bist kurz davor, einen riesigen Vertrag zu unterschreiben, du wirst gar keine Zeit haben, mich zu vermissen. Die zwei Wochen werden sicher wie im Flug vergehen.«

»Ich weiß, trotzdem fühle ich mich schlecht, vor allem wegen des Streits.«

»Weißt du, was du tun kannst, damit ich dir verzeihe? Achte auf dich und deine Gesundheit, versuch, mehr zu schlafen, gut zu essen und dir nicht ganz so viel Stress aufzubürden. Ich weiß, dass es nahezu unmöglich ist, aber allein das Versprechen würde mich beruhigen. Ich mache mir Sorgen um dich.«

»Das sollst du nicht.« Liebevoll blickt er mich an und streicht mir eine Haarsträhne aus dem Gesicht. »Sobald ich meine Schulden abbezahlt habe, werde ich kürzertreten, versprochen. Aber bis dahin kann ich das nicht. Wenn ich unsere Liebe öffentlich bekannt gebe, will ich keinerlei Belastungen mehr haben, die unserem Glück im Weg stehen.«

Zum ersten Mal seit Langem spricht er das Thema Schulden an, und ich erkenne, nach welchen Prinzipien und Zielen er lebt.

»Ganz egal, was in Zukunft passiert, wir werden alles gemeinsam schaffen«, verspreche ich und bin zu diesem Zeitpunkt auch noch der festen Überzeugung.

Das ändert sich jedoch, als ich drei Stunden später im

Flieger sitze und eine Mitteilung bekomme. Im ersten Moment glaube ich, dass Jae-Joon sich noch ein weiteres Mal bei mir verabschieden will, doch die Nachricht ist nicht von ihm.

Wenn du sein Leben nicht zerstören willst, solltest du besser nicht wieder zurückkommen, lese ich irritiert die Worte und weiß zunächst nichts mit ihnen anzufangen, doch dann sehe ich das erste der angehängten Bilder. Es zeigt Jae-Joon und mich, wie wir Händchen haltend durch Singapur laufen. Auf dem zweiten Bild küssen wir uns zum Abschied. Am meisten schockiert mich daran, dass es erst wenige Minuten her ist.

Jae-Joon

Riley ist gerade mal ein paar Stunden weg und dennoch vermisse ich sie bereits. Die Tatsache, dass ich gestern einen sinnlosen und hässlichen Streit vom Zaun gebrochen habe, macht es nicht besser. Im Gegenteil, ich fühle mich schrecklich, selbst jetzt kann ich mir nicht erklären, weshalb ich ausgerastet bin. Der Zwischenfall mit Ji-Sub hat mir natürlich nicht gepasst, aber wirklich schlimm ist die Sache mit der Wette nicht gewesen. Auch nicht, dass er mit ihr ausgehen wollte. Mit dem Wissen, dass sie bereits vergeben ist, hätte er sie sicher nicht nach einem Treffen gefragt. In der Hinsicht hat Riley also recht – es ist meine Schuld und ich habe übertrieben. Das Gerede der Arschlöcher hat mich hingegen so sehr zum Rasen gebracht, dass ich von ihnen weggehen musste, um nicht etwas zu tun, was ich später bereut hätte – sie verprügeln, zum Beispiel.

Aber auch diese Tatsache rechtfertigt nicht, dass ich Riley gegenüber ausfallend und verletzend geworden bin, zumal mir diese Idioten bereits einige Male vorher wegen ihrer abfälligen Gespräche über Frauen aufgefallen sind. Bleibt also die Frage, was mich so zum Ausflippen gebracht hat. Die Wut auf die Männer kann nicht der alleinige Grund sein. Bin ich wirklich überarbeitet? Die Antwort lautet: Ja. Es ist immerhin Fakt, dass ich die vergangenen Wochen und Monate fast nur unterwegs gewesen bin oder lange Drehtage hatte. Riley gegenüber habe ich es nicht zugegeben, aber innerhalb der letzten vierzehn Tage habe ich in einer Nacht wahrscheinlich durchschnittlich vier Stunden geschlafen. Im Nachhinein bereue ich es, dass ich nach meiner Heimkehr nicht ins Bett und stattdessen zum Training gegangen bin. Am Ende hätte ich Riley nicht nur länger gesehen, sondern uns auch den Streit erspart.

Eine neue Welle der Scham und Wut auf mich selbst überkommt mich, und ich habe plötzlich Angst, dass zwischen Riley und mir doch nicht alles in Ordnung ist. Was ist, wenn die Erinnerung an gestern bei ihr ebenfalls immer wieder aufwallt und sie zu dem Schluss kommt, dass meine Beleidigungen und Anschuldigungen unserer Beziehung ernsthaft geschadet haben? Langsam schüttele ich den Kopf über meine albernen Gedanken. Sie hat mich und meinen Zustand durchschaut und die wahren Gründe meines Verhaltens erkannt, noch bevor ich sie selbst überhaupt bemerken konnte. Riley wird es ehrlich gemeint haben, als sie sagte, dass zwischen uns alles gut sei, oder? Die plötzlichen Zweifel nagen so heftig an mir, dass mein schlechtes Bauchgefühl immer weiter zunimmt. Oder sind es vielleicht bloß meine Schuldgefühle, die mich quälen?

»JJ, warte!«, ruft jemand hinter mir, und ich erkenne im nächsten Moment, dass es Jeremy ist. Irritiert sehe ich ihn auf mich zukommen. Habe ich etwa vergessen, dass wir bereits jetzt einen Termin haben?

»Was machst du hier?«, frage ich und lasse meine Hand sinken, die gerade im Begriff war, den Zugangscode für meine Wohnung einzugeben.

»Ich würde gerne einige Dinge mit dir besprechen.«

Das ungute Gefühl nimmt weiter zu. »Worüber?«

»Solltest du mich nicht allein der Höflichkeit wegen hereinbitten?«, tadelt er mich mit einem Grinsen.

Kurz zögere ich. Seit ich Riley kenne, habe ich ihn nicht mehr in die Wohnung gelassen. Ich schätze jedoch, dass es nichts ausmachen wird, wenn Jeremy einige Sachen entdeckt, die offensichtlich nicht mir gehören. Daher nicke ich und lasse uns ein. »Willst du einen Tee?«

»Wasser reicht, danke.«

Kommentarlos gehe ich in die Küche und komme mit zwei Flaschen Wasser zurück ins Wohnzimmer.

»Es sieht hier so anders aus …« Jeremy lässt seinen Blick schweifen und bleibt an einem von Rileys Nagellackfläschchen hängen, das sie auf dem Wohnzimmertisch hat stehen lassen. »Wohnt ihr zusammen?«

»Nein«, antworte ich wahrheitsgemäß.

»Ist sie oft hier?«

»Nicht so oft wie ich bei ihr. Warum? Spielt das in unserem Gespräch eine Rolle?«

»Es hat mich interessiert. Wo ist sie gerade?«

Die bohrenden Fragen meines Managers machen mich misstrauisch. »Nicht im Land, und jetzt beantworte mir meine Frage oder ich beende an dieser Stelle das Gespräch.«

»Ich bin neugierig auf die Frau, die dich so sehr verändert hat. Wie gut kann ich mich daran erinnern, dass ich dir angeboten habe, deine Wohnung einrichten zu lassen, und du hast vehement abgelehnt. Ende letzten Jahres sah es hier noch so aus, als würdest du aus Kartons leben. Was du, genau genommen, auch getan hast.«

Weil ich nicht antworten will, zucke ich mit der Schulter.

»Okay, ich sehe, du hast schlechte Laune und willst

nicht mit mir reden, aber vielleicht werden die Neuigkeiten dich aufheitern können. Die Rechtsabteilung prüft gerade die Verträge für *My Boyfried is a Chaebol*, spätestens übermorgen liegen sie zum Unterschreiben vor.«

»Wie hoch ist mein Honorar?«, frage ich, da es tatsächlich das Einzige ist, was mich interessiert.

»Wir versuchen zwar noch, etwas mehr Geld für dich auszuhandeln. Ich kann dir aber auf jeden Fall jetzt schon versprechen, dass es reichen wird, um deine Schulden komplett zu begleichen und dir ein mehr oder weniger großes Polster zu schaffen. Du wirst kein Spitzenhonorar wie Lee Jong Suk bekommen, dafür bist du noch nicht etabliert genug, aber nach aktuellem Stand zumindest die Hälfte.«

Die Aussicht auf solch eine Gage hebt meine Laune deutlich. Bisher hat mein Honorar maximal einem Viertel davon entsprochen. »Ich nehme an, Hyeri hat die Hauptrolle?«

»Natürlich, sie ist immerhin diejenige gewesen, die dich ins Gespräch gebracht hat. Ohne sie wäre der Vertrag wohl nicht zustande gekommen.«

»Okay.« Was soll ich auch weiter dazu sagen? Passen tut es mir nicht, dass sie meine Partnerin sein wird, aber das Wissen, nach dem Drama und dessen Ausstrahlung machen zu können, was immer ich will, erleichtert mich unglaublich.

»Ich weiß, du magst sie nicht, aber du hast ihr einiges zu verdanken. Allein, dass du überhaupt im Gespräch für das Drama gewesen bist, hat dir einige Werbespots eingebracht. Wir haben sogar eine Anfrage von einem Modelabel bekommen. Sie wollen dich als Gesicht der Marke.«

Diese Info ist mir nicht nur neu, sondern macht mich sprachlos. Werde ich am Ende für all das, was ich durchmachen musste, belohnt, sodass ich danach ein sorgloses Leben mit Riley führen kann?

»Hast du dir schon Gedanken darüber gemacht, was du machen willst, wenn nächstes Jahr dein Vertrag ausläuft?«

»Versuchst du, mir unterschwellig zu sagen, dass mein Vertrag nicht verlängert wird?«, frage ich, glaube aber nicht daran.

»Nein, darum musst du dich sicherlich nicht sorgen. Jetzt, da du all diese Angebote bekommen hast, wird unser CEO seinen Goldesel nicht gehen lassen wollen. Ich wollte wissen, ob du deine Beziehung wirklich öffentlich bekannt geben willst.«

»Ich möchte zumindest Dates haben können, ohne mir Gedanken darüber machen zu müssen, welche Konsequenzen drohen, wenn ich erkannt werden sollte. Entweder Präsident Yang akzeptiert das oder wir gehen ab dann getrennte Wege.« Plötzlich neugierig will ich wissen: »Würdest du mit mir die Agentur verlassen?«

Jeremy scheint ehrlich überrascht von meiner Frage. »Du weißt, dass ich nicht nur dich manage, oder?«

»Und?«

»Ich habe eine Frau und zwei kleine Kinder, ein halbes Gehalt wird nicht reichen.« Etwas leiser fügt er hinzu: »Auch nicht, wenn ich gerne möchte.«

»Na ja, gehen wir einfach davon aus, dass ich bleiben werde. Ich bin Präsident Yang für vieles dankbar und würde ihm meinen Dank ungern erweisen, indem ich gehe, sobald ich es an die Spitze geschafft habe.«

»Einige Klauseln sind hart, aber er will für seine Künstler nur das Beste«, wirft Jeremy etwas ein, worüber ich mir durchaus bewusst bin. Das heißt jedoch nicht, dass ich es mögen muss.

»Lassen wir das. Wolltest du darüber mit mir sprechen? Das KBS-Drama und meine Pläne für nächstes Jahr?«, frage ich und klinge ungehaltener, als ich will.

»Haben wir ein Problem miteinander? Du wirkst im

Moment zunehmend missgelaunt. Bei der Arbeit bist du professionell, aber dazwischen bist du …«

»Genervt!« Ich seufze und erkenne zum ersten Mal bewusst, dass ich wirklich sehr schnell gereizt bin und überreagiere. Besonders belastend finde ich allerdings, dass ich immer noch nicht weiß, ob ich Jeremy vollkommen vertrauen kann. »In den letzten Wochen ist viel passiert.«

»Ich weiß, ich war immerhin dabei.« Jeremy nimmt einen Schluck von seinem Wasser und schaut mich durchdringend an. »Aber der Stress allein ist es nicht. Ist was zwischen dir und deiner Freundin vorgefallen?«

Ich kann nichts gegen mein Misstrauen tun und bin mir nicht sicher, ob er mir helfen oder mich aushorchen will.

»Es scheint, als würde dich etwas belasten. Kommt sie mit den vielen Reisen nicht klar?«, bohrt mein Manager weiter, »Für meine Frau war das auch ein Problem, aber man findet Lösungen und lernt, sich damit zu arrangieren.«

»Sie ist selbst geschäftlich für zwei Wochen unterwegs«, antworte ich. Plötzlich habe ich das Bedürfnis, mit jemandem über den Streit zu reden. Nam-Doo und Min-Ho sind in dem Fall sicher die falschen Ansprechpartner. Wenn sie wüssten, was ich getan habe, würden sie mir die Hölle heißmachen. Und Se-Hun hat aktuell genug eigene Probleme. »Ich bin derjenige, den die Trennung gerade mehr belastet, vor allem, da wir uns vor ihrer Abreise gestritten haben.«

»Und ihr konntet euch nicht aussöhnen?«

»Doch, aber …« Mir fällt es schwer, meine Gefühle in Worte zu fassen.

»Ich verstehe schon. Dir fehlt, wegen ihres direkten Aufbruchs, die Bestätigung und Sicherheit, dass alles wieder gut zwischen euch ist.«

»Ja, aber am meisten mache ich mir Vorwürfe, dass es

überhaupt zum Streit gekommen ist.«

»Emotionen haben eine große Macht über uns, und Liebe ist nicht immer nur schön, sondern kann auch verletzen. Das ist normal. Bo-Young und ich sind jetzt seit zehn Jahren zusammen, wir haben uns unzählige Male gestritten, so was kommt in einer Beziehung und auch in einer Ehe vor. Generell gilt, entweder man zerbricht daran oder wird stärker. Wenn eine Liebe echt ist, gibt es kaum etwas, das nicht verziehen oder überwunden werden kann. Behalte das einfach im Hinterkopf.«

Ich erkenne, dass Jeremy nicht nur recht hat, sondern auch, dass ich ihm ein weiteres Mal mit meinen Zweifeln an ihm unrecht getan habe. Er scheint ehrlich um mich besorgt zu sein. »Danke.«

»Eigentlich wollte ich mit dir die neuen Auftragsangebote durchgehen und bin deshalb hergekommen, aber ich schätze, das kann auch bis morgen warten. Deinen Termin für heute Nachmittag werde ich verlegen. Du scheinst eine Pause zu brauchen.« Für einige Sekunden zögert Jeremy, doch dann fragt er: »Wollen wir zusammen frühstücken gehen? Als zwei Freunde, die sich seit Jahren kennen, und nicht als Manager und Klient?«

»Ja, das klingt gut.« Das tut es wirklich. Nun, da ich weiß, dass ich den Tag frei habe, fühle ich mich … erleichtert. Gleichzeitig bin ich niedergeschlagen. Wie gern hätte ich die Zeit mit Riley verbracht. Letztlich verbringe ich stattdessen einen angenehmen Vormittag mit Jeremy und kann mich zumindest für einige Zeit von den Geschehnissen der letzten Tage ablenken und entspannen.

Danach geht jedoch der Alltagswahnsinn weiter. In den folgenden Tagen ist mein Terminplan so straff getaktet und vollgepackt, dass das kleine bisschen neu gewonnener Energie direkt wieder verpufft. Möglicherweise bin ich aber auch angeschlagen, weil Riley sich selten zurückmeldet und generell auffallend lange braucht, um überhaupt auf Nachrichten zu antworten. Ich versuche immer wieder, mich damit zu beruhigen, dass unsere gestörte Kommunikation an den unterschiedlichen Zeitzonen liegt. Immerhin ist in Mailand Tag, während wir hier in Seoul Nacht haben und umgekehrt. Aber tief in meinem Inneren weiß ich, dass die Zeitverschiebung nicht der Grund ist, sondern irgendetwas zwischen uns ganz und gar nicht stimmt.

Das schlechte Gefühl, das sich seit unserem Streit unterbewusst in mir festgesetzt hat, wird mit jedem Tag stärker und erdrückender. Will Riley mich durch Ignoranz für mein mieses Verhalten bestrafen? Oder vermisst sie mich einfach nicht, während ich leide? Keine Erklärung, die mir einfällt, erscheint logisch oder typisch für sie, weshalb ich vermute, dass irgendetwas nicht in Ordnung ist. Zumal sie auch auf meine Frage, ob zwischen uns alles okay sei, nicht eingeht. Letztlich kann ich also nur hilflos ausharren und auf ihre Rückkehr warten. Es sind zwar *nur* noch fünf Tage, doch im Moment ist jede Sekunde, die ich nichts von ihr höre, zu viel. Ich leide wirklich sehr – unter dem Nichtwissen, der Sehnsucht nach Riley und der Angst, sie möglicherweise wegen meines dummen Fehlers zu verlieren.

Kapitel 17

Riley

»Riley!«, ruft eine Stimme hinter mir, und ich schrecke so heftig zusammen, dass mir die Kamera aus den Händen rutscht und auf den Boden gefallen wäre, wenn ich sie nicht mit Jae-Joons Kameragurt gesichert hätte.

Jae-Joon … Allein der Gedanke an ihn führt dazu, dass mir Tränen in die Augen steigen und ich das Gefühl habe, nicht mehr atmen zu können.

»Machen wir eine Pause«, meine ich bemüht gut gelaunt in die Runde und drehe mich zu der Person um, die mich angesprochen hat. »Was gibt's?«

»Dein Handy vibriert seit einiger Zeit immer wieder … Scheint wichtig zu sein.« Hannah, die für die Zeit des Shootings meine Assistentin ist, hält mir das Gerät hin und sieht mich besorgt an.

»Danke.« Mit zitternden Fingern nehme ich es entgegen, lasse es jedoch in meiner Hosentasche verschwinden. Jedes Klingeln, jedes Vibrieren bringt mich einem Nervenzusammenbruch ein Stückchen näher. Ich habe gerade keine Kraft, eine weitere der unzähligen Drohungen zu lesen, mit denen ich seit Tagen bombardiert werde. Drohungen, die mir auf sehr deutliche Weise klarmachen, dass meine Zeit mit Jae-Joon abgelaufen ist.

»Ist alles okay bei dir?«

»Ich bin ein bisschen gestresst, weil der Kunde in letzter Minute alle Pläne für heute umgeschmissen hat«, erkläre ich. Tatsächlich ist die viele Arbeit das Einzige, was mich davon abhält, nicht längst zusammengebrochen zu sein. Der berufliche Stress lässt mich zumindest für kurze Zeit verdrängen, dass ich seit bald zwei

Wochen Bilder bekomme, die Jae-Joon und mich in den unterschiedlichsten Lebenssituationen zusammen zeigen. Die meisten sind in Singapur aufgenommen, einige aber auch in Seoul. Eins haben sie jedoch gemein: Auf jedem von ihnen ist deutlich erkennbar, dass wir eine Liebesbeziehung führen.

Wie konnte es dazu kommen? Wir waren doch so vorsichtig. Wer immer mich erpresst, das Ziel der Person ist es, uns auseinanderzubringen. Wäre die Absicht, Jae-Joons Karriere zu zerstören, hätten die Bilder längst den Weg in die Presse gefunden. Wer steckt also hinter der ganzen Sache? Allein darüber nachzudenken, bringt meine Gedanken dazu, sich zu überschlagen. Mir wird schwindelig, so schwindelig, dass ich Halt suchend nach dem Tisch mit Requisiten greife.

»Bist du sicher, dass alles in Ordnung ist?«

»Ja, ich habe bloß zu wenig getrunken.« Zu meinem Glück habe ich mich sofort wieder gefangen. »Wir sollten Mittagspause machen, es ist zu heiß, um weiter zu shooten. Außerdem wird die Sonne später für das Licht besser am Himmel stehen.«

»Sollen wir dann um fünfzehn Uhr weitermachen?«

»Ja, das passt. Ich schaue mir in der Zeit die bisherigen Ergebnisse an.« Auch wenn die Arbeit es schafft, mich zeitweise meine Sorgen verdrängen zu lassen, merke ich, dass ich für den Augenblick an meine Grenzen gestoßen bin und nicht mehr kann. Jeden ignorierend, der versucht, mit mir zu sprechen, eile ich in die Finca, die wir für die letzten Tage des Shootings gemietet haben, und verschanze mich in dem Raum, der mir als mein persönliches Büro dient.

Kaum habe ich die Tür hinter mir abgeschlossen, lasse ich mich auf den Boden fallen. Die vergangenen Tage so zu tun, als wäre alles in Ordnung, ist so kräfteraubend gewesen, dass meine sorglose Maske inzwischen doch zu bröckeln beginnt. Mein Atem geht so heftig, als wäre ich einen Marathon gelaufen. Doch egal wie oft ich einatme, ich habe das Gefühl, nicht genug Sauerstoff in meine Lungen saugen zu können. Punkte beginnen vor meinen Augen zu tanzen, und ich muss mich flach auf die Fliesen legen, um nicht umzukippen. Plötzlich zerreißt ein Schluchzen die Stille im Raum, und ich bin erschrocken, als ich erkenne, dass ich es bin, die begonnen hat, hemmungslos zu weinen.

Es vergehen Minuten, in denen ich nur daliege und mich nicht beruhigen kann. Irgendwann brummt aber mein Handy wieder und mein Weinen wird noch schlimmer. Ich weiß weder ein noch aus, nur dass ich die Bilder und auch Jae-Joon nicht weiter ignorieren kann. Insbesondere Jae-Joon hat es nicht verdient, so mies von mir behandelt zu werden. Wenn ich wenigstens wüsste, wie ich mich ihm gegenüber verhalten soll, wäre es einfacher. Er hat selbstverständlich gemerkt, dass etwas mit mir nicht in Ordnung ist, und macht sich Sorgen. Nicht nur um mich, sondern auch um die Beziehung. Vor allem leidet er - seinen Worten und seinem Verhalten während unseres letzten Telefonats zufolge - wegen unseres sinnlosen Streits vor meiner Abreise immer noch unter Schuldgefühlen und glaubt, meine Zurückhaltung läge daran. Das tut sie natürlich nicht, doch das kann ich ihm nicht erklären – nicht ohne ihm von der Erpressung zu erzählen.

Sobald ich das Handy in meiner Hand halte und das Display entsperrt habe, sehe ich, dass es *nur* ein weiteres Foto von uns ist. Die Tatsache macht meine Situation aber nicht besser, im Gegenteil. Wieder kreisen meine Gedanken darum, was ich tun soll. Muss ich mich von Jae-Joon trennen? Oder soll ich zumindest versuchen, mit ihm zusammen eine Lösung zu finden? Doch was mache ich, wenn er letztlich wider Erwarten seine Karriere und nicht mich wählt?

Auch wenn ich mir sicher bin, dass Jae-Joon mich

liebt, habe ich Angst, dass er sich vielleicht doch von mir abwendet. Würde ich das ertragen können? Wäre ich aber andererseits in der Lage, mit den Konsequenzen zu leben, die unweigerlich für Jae-Joon folgen werden, wenn er sich für mich entscheidet? Ich habe keinen Überblick darüber, wie hoch seine Schulden aktuell sind, doch selbst wenn diese inzwischen abbezahlt sein sollten, wären allein seine Strafgebühren wegen des Vertragsbruchs eine knappe halbe Million US-Dollar hoch.

Wenn seine Karriere unangetastet bliebe, wären diese vierhunderttausend Dollar in relativ kurzer Zeit beglichen, aber davon kann ich nicht ausgehen - im Gegenteil. Die Werbeverträge und auch der Vertrag für das KBS-Drama würden annulliert werden, denn es will keiner mit einem Star zusammenarbeiten, der in einen Skandal verwickelt ist und von den Fans verachtet wird. Daher würde er daraus resultierend weitere Vertragsstrafen zahlen müssen. Kann ich wirklich verantworten, dass er auf Schulden sitzen bleiben und sie wegen seiner zerstörten Karriere niemals begleichen können wird? Kann ich zulassen, dass meine Liebe die Erde unter seinen Füßen verbrennt? Wäre das nicht egoistisch?

Wüsste ich, dass ich ihm beim Abbezahlen der Strafe helfen könnte, wäre die Situation ein wenig anders, aber das kann ich nicht. Ich habe den Fuß gerade erst wieder in der Tür. Mein Honorar ist hoch, aber ich verdiene nicht so gut wie Jae-Joon. Das, was er seiner Erzählung nach für den viermonatigen Dreh des Dramas bekommt, habe ich in zwei, wenn nicht sogar erst in drei Jahren verdient.

So weh es auch tut, mir das eingestehen zu müssen, ich kann diese Bürde nicht tragen und ich will ihn ebenso wenig eine Wahl treffen lassen. Denn auch wenn ich zuvor kurz daran gezweifelt habe, dass Jae-Joon sich für mich entscheidet, bin ich inzwischen umso sicherer, dass ich bei ihm immer an erster Stelle stehe. Immerhin weiß ich, wie sehr er mich liebt. Aber könnte diese Liebe der Belastung seiner zerstörten Karriere auf Dauer standhalten? Würde er es früher oder später doch bereuen und aus Liebe Hass werden? Die Entscheidung für mich würde ihm zwangsläufig die Perspektive fürs Leben nehmen. Er hat so hart für eine zweite Chance gekämpft, wäre es da nicht egoistisch von mir, an ihm festzuhalten, auch wenn es aus Liebe ist? Sollte ich nicht gerade aus Liebe loslassen?

Als hätte er gespürt, dass ich an ihn denke, ploppt eine Kurznachricht auf dem Bildschirm auf.

Ich habe Feierabend und bin auf dem Weg nach Hause. Wie läuft es bei dir? Einige Sekunden später folgt eine weitere Nachricht. *Ich vermisse dich.*

Ein neuer Schwall heißer Tränen rinnt über meine Wangen. Ich vermisse ihn so sehr, dass es wehtut, und das Wissen, dass ich ihn vielleicht nur noch ein einziges Mal wiedersehen werde, schmerzt noch mehr. Ich weiß, ich sollte ihm das nicht antworten, dennoch erwidere ich, dass er mir ebenfalls fehlt.

Geht es dir gut?, fragt er zum wiederholten Mal. *Du bist die letzten Tage so still gewesen.*

Der Kunde ist schwierig, es ist unglaublich stressig, erkläre ich mein Verhalten mit dieser fadenscheinigen Begründung, wobei sie zumindest nicht ganz gelogen ist. Um mir mehr Zeit zu verschaffen, in der ich in Ruhe abwägen kann, was ich in Bezug auf die Erpressung machen will, füge ich hinzu: *Ich weiß noch nicht, ob ich am Sonntag zurückkommen werde. Wir brauchen wahrscheinlich doch länger.*

Statt auf meine Ankündigung einzugehen, droht er: *Wenn du nicht ans Telefon gehst, werde ich mich gleich morgen in den Flieger setzen und mich persönlich davon überzeugen, dass es dir gut geht.*

Bereits in der nächsten Sekunde ruft er an. Sofort gerate ich in Panik. Er wird erkennen, dass es mir schlecht geht, aber ich traue ihm zu, dass er wirklich herkommt, wenn ich nicht mit ihm spreche.

»Hi«, nehme ich den Anruf entgegen.

Kurz ist es still am anderen Ende der Leitung, doch dann fragt er: »Was ist los?«

Ohne etwas dagegen tun zu können, schluchze ich in den Hörer - machtlos, mich zurückzuhalten oder irgendetwas zu sagen.

»Was ist passiert?« Ich kann seiner Stimme die Sorge entnehmen.

»Ich … ich vermisse dich so sehr«, heule ich nun noch hemmungsloser.

Ich bekomme deutlich mit, wie er schluckt und um Fassung ringt. »Ich vermisse dich auch.«

»Tut … tut mir leid«, stottere ich und versuche, die Situation zu entschärfen. »Die letzten Tage waren so anstrengend, es … es ist so viel schiefgelaufen, dass … dass einfach meine Nerven blank liegen.«

»Dir muss nichts leidtun. Ich kann das nachvollziehen, mir geht es ähnlich.« Ein weiteres Mal entsteht Stille. »Bist du noch sauer wegen unseres Streits? Ist er eine zusätzliche Belastung?«

Ich bin froh, dass er seine Frage so formuliert hat und ich ehrlich antworten kann. »Nein, er steht nicht zwischen uns. Ich kann mir inzwischen vorstellen, unter welchem Stress und Druck du gestanden hast. Ich merke an mir selbst, wie schnell man überreagiert.«

»Du weißt, dass ich dich liebe und dich niemals absichtlich verletzen wollte, oder?«

»Ja, das tue ich.« Ebenso weiß ich, dass ich es ihm nicht sagen sollte, will es aber zumindest ein letztes Mal tun. »Ich liebe dich auch, sehr sogar.«

»Ich wäre unglaublich gerne bei dir.«

Stumme Tränen rinnen mir über die Wangen. Zurückhalten kann ich sie nicht, aber wenigstens verhindern, dass er mir beim Weinen zuhören muss.

»Ich auch bei dir.« Wieder Worte, die ich ihm nicht hätte sagen sollen.

»Kannst du schon absehen, wann du nach Hause kommen wirst?«

»Schwer einzuschätzen, vielleicht in drei Tagen, möglicherweise erst in einer Woche.« Abhängig davon, wie lange ich brauche, um zu entscheiden, was ich tun will. Wobei ich bereits weiß, dass ich keine andere Wahl haben werde, als ihn zu verlassen. Ich muss nur genug Kraft haben, um es durchzuziehen.

»Verstehe.«

Ich weiß, ich sollte das Gespräch beenden und ihm nicht vorgaukeln, die Arbeit wäre an allem schuld, aber das kann ich nicht. Ich will eine meiner letzten Chancen, mit ihm zu reden - einfach nur seine Stimme zu hören -, nicht vergeuden. »Was machst du gerade?«

»Nichts Besonderes. Ich liege auf dem Sofa und entspanne ein wenig, aber ich werde gleich ins Bett gehen, damit endlich ein weiterer Tag vorbei ist, den ich von dir getrennt bin. Und du? Hast du Mittagspause?«

»Ja. Hier ist es unerträglich heiß und die Lichtverhältnisse stimmen nicht.«

»Weißt du eigentlich, dass du noch kein Shooting mit mir gemacht hast? Das sollten wir nachholen, sobald du zurück bist. Ich brauche unbedingt neue Autogrammkarten.«

»Stimmt, so berühmt, wie du inzwischen bist, wirst du mit Autogrammschreiben bald nicht mehr hinterherkommen. Ich bin stolz auf dich und freue mich sehr, dass du endlich dabei bist, deine Träume zu verwirklichen«, meine ich bemüht fröhlich. Natürlich freue ich mich für ihn, auch wenn eben diese Träume ein Uns unmöglich machen. Bevor Jae-Joon etwas erwidern kann, beende ich das Gespräch. »Ich muss auflegen und einige Sachen vorbereiten.«

»Überanstreng dich nicht, ja?«

»Ich gebe mir Mühe.«

Kurz schweigt er und meint dann: »Ich liebe dich.«

»Ich dich auch«, entgegne ich, ohne zu zögern. »Schlaf gut und erhol dich.«

»Schreibst du mir noch mal vor dem Ins-Bett-Gehen?«, fragt er und klingt so sehnsuchtsvoll, dass es mich erneut innerlich zerreißt.

»Mache ich«, verspreche ich und unterbreche die Verbindung, bevor meine Stimme brechen kann. Ich merke, wie ich abermals schwer um Atem ringe, und beuge mich mit dem Oberkörper nach vorn. Es dauert einige Zeit, bis ich mich endlich unter Kontrolle habe, sodass ich danach erschöpft auf dem Boden liege. Dennoch bleibt mir kein Moment der Ruhe vergönnt, im Gegenteil, jede einzelne Drohnachricht geht mir wieder durch den Kopf. *Wenn du sein Leben nicht zerstören willst, solltest du nicht wieder zurückkommen* oder: *Wage es nicht, mit Jae-Joon über die Bilder zu sprechen, sonst bist du schuld, wenn ich ihn vernichte. Und glaub mir, ich erfahre es, wenn du dich mir widersetzt.*

Wer zum Teufel steckt hinter diesen Nachrichten, mit denen ich tagtäglich aufs Neue unter Druck gesetzt werde? Was mich zusätzlich beschäftigt, woher weiß die Person, dass ich nicht in Korea bin? Einzig Jae-Joon und unsere Freunde ist meine Auslandsreise bekannt. Oder?

Ganz plötzlich überkommt mich das Bedürfnis, auf die Drohungen zu reagieren. Bisher habe ich bewusst nicht geantwortet, aber inzwischen bin ich an einen Punkt gekommen, an dem ich nichts mehr zu verlieren habe. Ich will erfahren, wer hinter dem Ganzen steckt und weshalb.

Warum willst du, dass ich mich von Jae-Joon trenne?, schreibe ich.

Ich habe es nicht erwartet, doch fast im selben Moment bekomme ich eine Antwort. *Weil du mir im Weg bist.*

Wer bist du?, frage ich. In meinem Kopf drehen sich meine Gedanken. Wem sollte ich im Weg stehen? Jae-Joon hat doch niemanden außer unseren Freunden und mich.

Jemand, der es nicht länger zulässt, dass du dich zwischen mich und Jae-Joon stellst.

Plötzlich fällt es mir wie Schuppen von den Augen. Ich weiß, wer es auf mich oder vielmehr auf Jae-Joon abgesehen hat! Mir darüber im Klaren, dass es kein Zurück mehr gibt, wähle ich die Nummer, von der mir die Nachrichten geschickt worden sind. Auch wenn niemand spricht, höre ich, wie der Anruf bereits nach dem zweiten Klingen angenommen wird. »Du bist es, Hyeri, oder?«

»Und du bist nicht so dumm, wie ich dachte«, erwidert sie hörbar amüsiert.

»Warum?«, frage ich ein weiteres Mal.

»Was, warum?«

»Warum verlangst du von mir, dass ich mich von Jae-Joon trenne?«

»Weil ihr nicht zusammengehört und du seiner und auch meiner Karriere im Weg bist. Davon abgesehen, glaubst du wirklich, Jae-Joon würde dich irgendwann heiraten? Ihr westlichen Frauen seid nur dafür da, um Spaß mit euch zu haben. *Unsere* Männer genießen euren leichten Lebensstil, wollen aber keine Schlampen als Ehefrauen. Also erspar uns allen viel Ärger und räum das Feld. Es ist ohnehin unvermeidbar. Früher oder später werde ich an seiner Seite sein.«

Ich weiß, dass sie in Bezug auf Jae-Joon unrecht hat, trotzdem treffen mich ihre Worte hart. Gleichzeitig erkenne ich, dass eine weitere Diskussion keinen Sinn macht und ich gegen Hyeri machtlos bin. Wenn ich Jae-Joon vor Schlimmerem bewahren will, muss ich ihn aufgeben. »Kann ich mich darauf verlassen, dass du die Bilder nicht weitergeben wirst, wenn ich mich von ihm trenne?«

»Wenn du all meinen Forderungen nachkommst, dann ja. Ich will ihm nicht schaden, ich will ihn bloß für mich allein.«

Wahrscheinlich sollte ich sie nicht reizen, dennoch frage ich: »Hast du dir gar keine Gedanken darüber gemacht, dass er deine Gefühle niemals erwidern wird? Oder dass eure Fans euch als Paar ebenfalls nicht akzeptieren könnten?«

»Keine Angst, er und auch jeder andere auf der Welt wird spätestens nach den Dreharbeiten erkennen, dass wir perfekt füreinander sind.«

Ich habe Mühe, die Worte über die Lippen zu bringen, sage aber mit erstaunlich fester Stimme: »Ich werde mich von ihm trennen, allerdings zu meinen Bedingungen.«

»Meinst du wirklich, du wärst in der Position, Bedingungen zu stellen?«, entgegnet sie und lacht mich offen aus.

»Anders wird Jae-Joon mir eine Trennung nicht glauben und sie schon gar nicht akzeptieren.« Ich muss eine Pause machen, um nicht die Fassung zu verlieren. »Sobald mein Job hier beendet ist, werde ich nach Seoul zurückkommen und mich von Angesicht zu Angesicht von ihm trennen. Im Anschluss daran werde ich meine Sachen regeln und zurück in die Staaten fliegen.«

»Solltest du bis Ende des Monats nicht weg sein, werde ich dafür sorgen, dass du und auch er sich nie mehr in Korea blicken lassen könnt.«

»Okay«, lautet meine letzte Antwort.

Sobald ich das Gespräch beendet habe, gleitet mir das Telefon aus den Fingern und fällt klappernd auf den Fußboden.

Ich fühle mich innerlich plötzlich so leer, dass ich

noch nicht mal mehr weinen kann. Dafür schallen immer lauter werdende Worte durch meinen Kopf: Es
gibt keinen anderen Ausweg, ich muss ihn aufgeben,
um ihn zu schützen.

Kapitel 18

Jae-Joon

Müde, aber vor allem schlecht gelaunt, verlasse ich Rileys Appartement. Ich weiß nicht, weshalb ich die letzten zweieinhalb Wochen in ihrer Wohnung statt in meiner eigenen verbracht habe, nur dass einzig der leichte Duft ihres Parfüms, der noch in den Kopfkissen haftet, mir zu Schlaf verhelfen kann. Bis zu diesem Zeitpunkt ist mir nicht bewusst gewesen, dass sie unter den stetigen Trennungen auf Zeit so sehr leidet. Andererseits … auch wenn ich ihr glauben will, dass allein das sie belastet – sieht man von ihrem offenbar stressigen Shooting ab -, habe ich immer noch das Gefühl, als würde sie mir etwas Wichtiges verheimlichen.

Oder ist es mein schlechtes Gewissen? Nein, daran kann es nicht liegen. Sie hat mir zu verstehen gegeben, dass sie mein Verhalten nachvollziehen kann und mir deshalb verziehen hat. Was also macht mich so unruhig, dass ich die letzten Tage noch mehr gegrübelt habe als zuvor?

Während ich in Gedanken vertieft auf den Aufzug warte, scrolle ich durch unsere Nachrichten, erkenne in ihnen aber nichts Auffälliges. Im Gegenteil, es sind sogar wieder mehr geworden, und die neuste ist nur wenige Stunden alt. Frustriert, dass ich mich nach wie vor unsicher und hilflos fühle, setze ich mir meine Kopfhörer auf und wähle eine Playlist, deren Lieder laut, ausdrucksstark und mitreißend sind. Sofort dröhnt der Beat des ersten Songs in meinen Ohren. Zufrieden mit der Musikwahl stecke ich mein Handy weg und ziehe meine Sonnenbrille aus meiner Hemdtasche, um meine lichtempfindlichen Augen vor der Spätsommersonne zu schützen. Vielleicht will ich aber auch Jeremys prüfendem Blick ausweichen, mit dem er mich unweigerlich bedenken wird.

In der Tiefgarage angekommen, steige ich in den von der Agentur bereitgestellten Minibus und nicke meinem Manager wortlos zu, bevor ich mich auf einem der Rücksitze niederlasse. Einige Zeit ist mir Ruhe vergönnt, so viel Ruhe, dass ich sogar kurz einnicke, doch dann höre ich Jeremys gedämpfte Stimme und schaue auf.

»JJ!«, ruft er erneut und bedeutet mir wild gestikulierend, die Kopfhörer abzunehmen.

Widerwillig folge ich seiner Bitte. »Was gibt's?«

»Wir sind gleich da«, antwortet er und macht dann eine Pause. An der Art, wie mein Manager mich dabei anschaut, erkenne ich, dass er mir noch etwas mitteilen möchte – etwas Unangenehmes. »Ich habe gerade erfahren, dass Hyeri ebenfalls kommen wird und unter anderem die ersten Details für die Skriptlesung besprochen werden.«

Natürlich könnte ich mich darüber aufregen, aber was würde es bringen? Zumal wir früher oder später sowieso wegen des Skriptes aufeinandertreffen würden. Warum also nicht heute? »Das heißt, ich muss mein Training absagen?«

»Zumindest einplanen, dass wir Minimum drei Stunden länger brauchen werden als geplant.«

»Okay«, erwidere ich und setze wieder die Kopfhörer auf. Aus dem Augenwinkel sehe ich, dass Jeremy noch etwas sagen will, dann jedoch den Mund schließt. Ich komme mir ihm gegenüber mies vor, aber ich habe gerade keine Lust auf Small Talk und auch nicht auf weitere nervige Nachrichten, die die Arbeit betreffen. Ich werde alles hinnehmen und machen, was man von mir verlangt, das muss reichen.

»Jae-Joon Oppa! Oraenmanieyo.«

Auch ohne mich umzudrehen, hätte ich gewusst, dass es Hyeri ist, die mich begrüßt hat und nun strahlend auf mich zukommt.

»Annyeong«, grüße ich sie salopp zurück. Jeremys Seitenblick verrät mir jedoch, dass ich allein der Höflichkeit wegen Small Talk mit ihr halten muss. »Wir haben uns wirklich lange nicht gesehen. Ich hoffe, dir ist es in der letzten Zeit gut ergangen.«

»Ich hatte einige … unangenehme Dinge zu klären, aber von jetzt an wird alles besser laufen.« Offensichtlich blendend gelaunt, hängt sie sich an meinen Arm und blickt zu mir auf. »Ist es nicht toll, dass wir gemeinsam an dem Drama mitwirken werden?«

Ich weiß nicht, was mich mehr Kraft kostet, zu lächeln oder zu lügen, als ich erwidere: »Ja, sehr. Ich habe bis zum Schluss nicht daran geglaubt, dass ich es wirklich in die engere Auswahl geschafft habe.«

»Sag so was nicht! Alle wissen, wie toll du bist! Davon abgesehen wollen unsere Fans uns offenbar als Paar sehen … selbst, wenn es nur für das Drama ist.«

Bewusst ignoriere ich ihre Anspielung auf uns als Paar. »Ich weiß, dass du ein gutes Wort für mich eingelegt hast, danke.«

»Du hättest die Rolle auch ohne mich bekommen. Ich freue mich auf jeden Fall, dass du mein Chaebol sein wirst. Einen anderen Mann als dich hätte ich mir nicht vorstellen können.«

Irre ich mich oder hat sie die Worte *mein* und *Mann* besonders betont?

»JJ, tut mir leid, euch stören zu müssen, aber ihr müsst noch in die Maske. Sie wollen nachher schon erste Fotos für die offizielle Bekanntgabe des Casts machen und euch danach gemeinsam interviewen.«

Dankbar, dass Jeremy mich für den Moment gerettet hat, löse ich mich aus Hyeris Griff. Am liebsten hätte ich mich von ihr losgerissen, aber das tue ich natürlich nicht. Jeremy hat recht, ich kann es nicht riskieren, sie zu verärgern. Zumindest nicht im Augenblick, sobald jedoch das Drama und all das Drumherum vorbei sind, werde ich nicht mehr die Füße stillhalten, wenn sie wieder zu aufdringlich wird. Das nehme ich mir jedenfalls vor. Hätte ich allerdings gewusst, dass Hyeri alles daransetzt, um der Drehbuchautorin und dem Producer den Eindruck zu vermitteln, dass wir auch Off-Screen ein tolles Paar abgeben würden – möglicherweise sogar längst sind -, wäre ich weniger freundlich zu ihr gewesen.

»Wie lange arbeiten Sie bereits zusammen?«, fragt die Autorin des Dramas und scheint begeistert von uns beiden.

»Seit drei Jahren, aber so nahe wie jetzt stehen wir uns erst seit dem letzten Jahr.«

»Kein Wunder, dass die Zuschauer seit dem Valentinstagsspecial der Überzeugung sind, Sie wären ein Paar.«

Gespielt verschämt bedeckt Hyeri ihr Gesicht mit ihren Händen, um dann selbstbewusst zu sagen: »Wir sind kein *offizielles* Paar.«

Kurz entsteht eine Stille, in der die Worte wirken.

»Aaah, verstehe«, erwiderte die Autorin lachend.

Ja, sie hat es mit Sicherheit verstanden – zwar falsch, aber dafür genauso, wie Hyeri es wollte. Allein, dass sie sich so ausdrückt, macht mich wütend. Hyeri wird wissen, dass Schriftstellerin Gil ihre Antwort absichtlich missverstehen und uns eine aufkeimende Liebe andichten wird, in der ich mich ziere und auf den richtigen Moment warten will, um die vermeintliche Beziehung offiziell zu machen.

»Sie werden in jeder Hinsicht ein absolutes Traumpaar abgeben. Die Chemie zwischen Ihnen ist fantastisch!«

Welche Chemie?, frage ich mich und unterdrücke ein bitteres Lachen. *Die Chemie, die mich fast zum Explodieren bringt?*

Jede Sekunde, die ich hier in der Besprechung sitze, wird es schwerer, mich zu beherrschen. Wie soll das erst werden, wenn ich mit Hyeri vor der Kamera stehe? Immerhin würde ich ihr bereits jetzt am liebsten den Hals umdrehen.

Eigentlich kann ich von Glück sprechen, dass ich seit dem Valentinstagsspecial kaum gemeinsame Sendezeit mit ihr allein gehabt habe und Se-Hun als Schutzschild nehmen konnte. Was mich wiederum daran erinnert, dass ich mich bei ihm melden sollte. Aktuell dürfte er in Paris sein und versuchen, seine große Liebe und Mutter seines Sohnes zurückzugewinnen.

Der bloße Gedanke, dass es wahrscheinlich nur noch eine Frage der Zeit sein wird, bis die Welt von seiner Familie erfährt, macht mir Sorgen. Nicht weil ich es ihm missgönne - im Gegenteil –, sondern wegen der Reaktionen seiner Fans. Nicht nur, dass er – wie ich – mit einer *Ausländerin* zusammen ist, nein, sie haben auch noch ein uneheliches Kind zusammen. Egal wie man es dreht und wendet, Tatsache ist, er sitzt auf einer tickenden Zeitbombe. Selbst wenn Arianna sich darauf einlässt, ihn zu heiraten, und ein offizielles – beschönigendes – Statement von seiner Agency abgegeben wird, sind die Auswirkungen nicht einschätzbar. Andererseits kann ich ihn natürlich verstehen; wenn ich irgendwann ebenfalls an solch einem Punkt angelangen sollte, wäre meine Entscheidung klar. Riley steht für mich an erster Stelle, sogar wenn ich dafür alles andere aufgeben müsste und in Ungnade fallen würde. Allein deshalb kann sich Se-Hun in jedem Fall auf meine Unterstützung verlassen, ich werde hinter ihm stehen.

»Jae-Joon?«, spricht mich die Autorin mit meinem Namen an, hängt jedoch ein *sshi* an, was die Anrede wieder formell macht.

»Ja, Schriftstellerin Gil?«, frage ich und fühle mich dabei ertappt, dem Meeting nicht die nötige Aufmerksamkeit zu schenken.

»Würde es Ihnen ebenfalls passen, wenn wir die Skriptlesung vorziehen und bereits in zwei Tagen beginnen?«

Im ersten Moment will ich widersprechen, da Jeremy aber anwesend ist und er meinen Terminplan kennt und weiß, dass ich keine Termine habe, bin ich gezwungen zuzustimmen, selbst wenn ich den Tag gern frei gehalten hätte. Ich weiß es zwar nicht sicher, vermute aber, dass Riley spätestens während dieses Zeitraums endlich wieder nach Hause kommen wird. »Das würde mich sehr freuen.«

»Fantastisch!« Begeistert lächelt sie uns an.

»Nun, wo wir alles Wichtige geklärt haben, lassen Sie uns gemeinsam zu Abend essen und die Vertragsunterzeichnung gebührend feiern«, schlägt der Produzent vor.

Ein weiteres Mal habe ich keine Chance, mich zu widersetzen, und stimme zu. Einzig positiv an der Sache wird sein, dass ich eine leckere Mahlzeit bekommen werde. Doch auch in der Hinsicht habe ich falsche Erwartungen, denn Hyeri schafft es sogar, mir etwas so Simples wie ein Essen zu versauen.

Wie ich vermutet habe, sind wir mit unserem zukünftigen Team in ein Lokal gegangen, das koreanisches BBQ anbietet. Normalerweise liebe ich es, Fleisch zu grillen, Salatwraps zu wickeln und sie mit Soju oder Bier hinunterzuspülen.

Doch Hyeri versaut mir gründlich den Appetit. Sie hat sich offenbar in den Kopf gesetzt, jedem Anwesenden deutlich zu machen, dass wir ein perfektes Paar *sind*, und gibt mir Gegrilltes oder andere Dinge auf meinen Teller. Sofern sie nicht gerade versucht, mir ein gewickeltes Salat-Fleisch-Päckchen in den Mund zu schieben.

Doch was meine schlechte Laune auf die Spitze treibt, ist die Tatsache, dass man uns erkannt hat, was dazu führt, dass innerhalb kürzester Zeit unzählige Fotos gemacht wurden, die nun die Gerüchteküche mit Sicherheit noch mehr anheizen werden. Ich hasse es, und Hyeri hasse ich dafür, dass sie sich mir absichtlich aufzwingt und dabei ganz genau weiß, dass ich vor der Autorin, dem Produzenten und dem Rest der Welt keinen Aufstand machen kann. Viele Männer, nein, so ziemlich jeder Mann hätte sich über ihre offensiven Annäherungsversuche und die Aufmerksamkeit gefreut, die mir zuteilwerden, doch ich bin einfach nur angewidert. Wie kann man sich jemandem so sehr aufdrängen? Hat sie keinen Stolz oder hält sie sich für so unwiderstehlich?

Auch wenn ich unsere Trink- und Esskultur liebe, ziehen sich die nächsten Stunden für mich wie Kaugummi. Ich will nur noch nach Hause und schlafen, weshalb ich mittlerweile fast schon im Minutentakt mein Handy checke. Nicht nur, um nach der Uhrzeit zu schauen, sondern auch, um zu sehen, ob Riley sich gemeldet hat. Eigentlich müsste sie längst Mittagspause haben.

»Oppa?«, spricht Hyeri mich süß an und schaut mit leicht glasigen Augen zu mir auf.

»Was ist?«, frage ich und kann nicht verhindern, dass ich mich genervt anhöre.

»Kannst du mich nach Hause bringen?«

»Bitte?«, entfährt es mir.

»Meine Managerin musste zu ihrem kranken Kind. Deiner wartet doch draußen noch in deinem Van, oder?«

Ich spüre deutlich den Blick der anderen auf mir und zwinge mich ein weiteres Mal zum Lächeln. »Ja, er wollte noch etwas erledigen und dürfte inzwischen zurück sein. Jeremy kann dich also gerne zu Hause absetzen, kein Problem.« *Ich werde hingegen ein Taxi nehmen,* füge ich in Gedanken hinzu.

»Vielleicht sollten wir für heute Schluss machen«, verkündet Schriftstellerin Gil und scheint angetrunken zu sein. Im Vergleich zu mir hatte wahrscheinlich jeder den einen oder anderen Shot zu viel.

Trotz ihrer Worte folgen noch einige Runden, sodass ich am Ende doch ein wenig wankend den Minivan ansteuere – Hyeri dabei im Schlepptau.

»Hey, Jeremy!«, begrüße ich ihn, als er aus dem Wagen steigt. »Kannst du sie nach Hause bringen?«

»Klar. Was ist mit dir?«, fragt er und wirkt besorgt.

»Ich laufe«, verkünde ich, bin mir allerdings nicht sicher, ob das eine gute Idee ist.

»Du hast mir versprochen, mich nach Hause zu bringen!«, jammert Hyeri und zieht an meinem Arm. Auch wenn mein Gehirn inzwischen benebelt ist, wird mir eine Tatsache bewusst: Hyeri ist komplett bei klarem Verstand. Dank ihrer schwarzen Ritter, die ihre letzten Drinks übernommen haben, konnte sie offenbar ausnüchtern und täuscht nur vor, hilflos zu sein.

»Ich brauche ein wenig frische Luft«, erkläre ich.

»Dann laufe ich mit dir.«

»Du solltest nach Hause«, widerspreche ich.

»Weshalb? Auf mich wartet keiner. Also zier dich nicht, es ist schließlich nicht so, als hättest du jemanden, der sich darüber beschweren könnte, dass du spät zurückkommst beziehungsweise mich heimbringst.« Mit einem süßen Lächeln blickt sie mich an. »Oder?«

Für einen kurzen Augenblick frage ich mich, ob sie womöglich von Riley und mir weiß. Andererseits kann ich mir das nicht vorstellen. Aber dann fällt mir die Frau wieder ein, die ich in Singapur gesehen habe. Ist es vielleicht doch Hyeri gewesen?

»Warum willst du unbedingt, dass ich dich nach Hause bringe?«, entgegne ich und merke, wie ich rapide nüchtern werde. Irgendetwas schmeckt mir an der Situation ganz und gar nicht.

»Du weißt, dass ich dich mag. Ich mag dich, Jae-Joon Oppa. Weshalb gibst du uns keine Chance? Es gibt nichts mehr, was uns im Weg steht. Die Leute wollen uns gemeinsam sehen, dein Management wird also nichts einzuwenden haben, wenn wir eine Beziehung eingehen.«

Ich kann nicht sagen, ob es am Stress der letzten Wochen und Monate oder meinem verbliebenen Alkoholpegel liegt, doch ich kann mich nicht länger beherrschen und fahre sie an: »Hast du vielleicht mal darüber nachgedacht, dass ich nicht das Gleiche für dich empfinde wie du für mich?«

»Warum? Gibt es eine andere Frau?«, fragt sie und lächelt erstaunlich gelassen, bevor sie fortfährt und mir die Chance nimmt, etwas zu erwidern. »Selbst wenn, sie ist nur ein Hindernis, das beseitigt werden kann, und kein Grund dafür, dich aufzugeben.«

Von so viel Bosheit sprachlos, schaue ich sie fassungslos an.

»Verstehe, du brauchst noch ein bisschen Zeit, um die Wahrheit zu erkennen.« Lachend gibt sie mir in aller Öffentlichkeit einen Kuss auf die Wange. »Früher oder später wirst du zu mir kommen. Aber für den Moment … nehme ich doch ein Taxi. Lass uns die Tage noch mal sprechen! Annyeong!«

Verwirrt, insbesondere aufgrund ihrer Worte verstört, blicke ich ihr hinterher.

»Was war das?«, fragt Jeremy und taucht neben mir auf.

»Ich habe keine Ahnung.« Das habe ich wirklich nicht, bloß wieder dieses schlechte Gefühl, das mir das Atmen schwer macht. Hyeri hat konkret von einer anderen Frau gesprochen – keiner hypothetischen, was mich ein weiteres Mal annehmen lässt, dass sie von mir und Riley weiß.

»Komm, ich bringe dich heim. Der Tag war lang.«

Mit einem Nicken lasse ich mich von Jeremy ins Auto bugsieren und grüble auf dem Heimweg so sehr über das Gespräch nach, dass ich wieder komplett ausgenüchtert bin, als ich zu Hause aus dem Van steige. Plötzlich fühle ich mich so ausgelaugt und erschlagen, dass ich keine Kraft mehr habe, mich damit auseinanderzusetzen, auch nicht mit dem Grund dafür, dass Riley sich wiedermal nicht meldet.

Sobald ich aus dem Fahrstuhl gestiegen bin, laufe ich wie ferngesteuert auf ihre Wohnung zu. Ich bin so müde und zerstreut, dass mir im Flur weder das Licht auffällt, das aus dem Wohnzimmer leuchtet, noch die Kartons, neben die ich meine Schuhe stelle.

Erst als ich Rileys erschrockene Stimme höre, werde ich aus meinen Gedanken gerissen: »Was machst du hier?«

Im ersten Moment will ich mich auf sie stürzen, sie in meine Arme reißen und mich davon überzeugen, dass sie wirklich zurück ist, doch dann fallen mir zwei Dinge gleichzeitig auf, die mich panisch werden lassen. Ihr Gesichtsausdruck und die halb gepackten Umzugskisten.

»Sollte ich das nicht lieber dich fragen?«, antworte ich angespannt und blicke mich im Wohnzimmer um. »Was soll das? Warum zum Teufel packst du deine Sachen und hast mir nicht gesagt, dass du zu Hause bist?«

»Ich wollte nicht, dass du es so erfährst«, sagt sie leise und kann mir dabei nicht in die Augen schauen. Deutlich verlegen blickt sie auf ihre Hände.

Spätestens nach dieser Reaktion weiß ich, dass etwas ganz und gar nicht stimmt.

»Sag es«, fordere ich und bereite mich auf das Schlimmste vor.

Und tatsächlich sagt sie dann die Worte, die mir nicht nur das Herz brechen, sondern auch meine gesamte

Welt zerstören. »Lass uns Schluss machen.«

Riley

»Lass uns Schluss machen.« Nur mit Mühe bringe ich diese schrecklichen Worte über die Lippen. Eigentlich habe ich angenommen, dass ich bis morgen Zeit haben würde. Dementsprechend erwischt es mich kalt, Jae-Joon so plötzlich gegenüberzustehen. Woher hätte ich auch wissen sollen, dass er ohne ersichtlichen Grund in meine Wohnung kommt?

»Wa-warum?«, fragt er stotternd und sieht dabei so schockiert und verletzt aus, dass es mir noch mehr das Herz bricht. »Ist etwas in Mailand passiert? Oder geht es doch um den Streit vor deiner Abreise?« Jae-Joon hält inne. »Ist es wegen Hyeri? Hat sie irgendetwas zu dir gesagt?«

Innerlich zucke ich zusammen. Weiß er etwa von den Fotos und der Erpressung? Nein, das kann nicht sein.

»Sprich mit mir!«, fordert er mit plötzlich erhobener Stimme.

Auch wenn ich mir in den letzten Tagen und speziell während des elfstündigen Fluges zurück nach Hause Gedanken darüber gemacht habe, welche Lügen ich ihm auftischen kann, fällt mir keine meiner nichtssagenden Phrasen und hüllenlosen Erklärungen mehr ein.

»Ich kann so nicht weitermachen«, sage ich und beginne, mir zumindest einen Teil des Kummers von der Seele zu reden. »Mit dir eine Beziehung zu führen, bedeutet, immer wieder die Hölle durchmachen zu müssen, nachdem wir uns erneut verabschiedet haben. Im Moment sind es zwar nur Wochen, aber was ist, wenn daraus Monate werden? Irgendwann werden wir uns so voneinander entfremdet haben, dass es keinen Unterschied mehr macht, ob wir zusammen oder getrennt sind. Lass uns Schluss machen und die vergangene Zeit in guter Erinnerung behalten. Bevor wir uns ernüchtert eingestehen müssen, dass wir einander verloren haben, während unsere Karrieren auf der Überholspur gewesen und wir nur noch aus Pflichtgefühl zusammengeblieben sind.«

»Ist das dein Ernst, denkst du wirklich so?«

»Ja.« *Nein, natürlich nicht!*

Ich sehe, wie Jae-Joon mehrmals schlucken muss. »Dein Entschluss steht also fest?«

»Ja, ich habe den Mietvertrag gekündigt. Übermorgen kommt ein Umzugsunternehmen, das meine Möbel und Kartons abholt und zurück in die Staaten verschifft.«

»Das hier ist also gar kein Gespräch, um vielleicht doch noch Lösungen zu finden, sondern um mich vor vollendete Tatsachen zu stellen? Wie lange planst du das schon?«, fängt er nun wieder zu schreien an. Jae-Joon, den ich bisher erst einmal so außer sich erlebt habe, schreit. Allein diese Reaktion zeigt mir, wie verzweifelt er ist.

»Einer von uns muss die Notbremse ziehen«, gebe ich umso ruhiger zurück. *Ja, ich muss es tun, bevor dein Leben entgleist und uns das unglücklich macht.*

»Liebst du mich nicht?«

»Nicht so sehr wie mich selbst. Ich kann und will nicht ein zweites Mal den Fehler machen und einen Mann über mich und meine eigenen Träume stellen«, lüge ich, auch wenn ich mich bei den Worten innerlich vor Schmerz krümme, muss ich alles tun, um ihn zu schützen. Denn eins habe ich in den vergangenen Tagen gemerkt: Ich liebe meinen Job, aber Jae-Joon noch viel mehr – so sehr, dass ich für ihn alles aufgeben würde, selbst meine Liebe, wenn es ihn davor bewahrt, zerstört zu werden.

Ich habe offensichtlich die richtigen Worte gewählt und ihn so sehr verletzt, dass sein Kampfgeist schwindet. Dennoch sagt er leise: »Das verlange ich auch nicht von dir. Gibt es irgendetwas, was deine Meinung ändern kann? Was ist, wenn ich zu dir …«

»Du zu mir in die Staaten ziehst? Was macht das für einen Unterschied? Wir werden die meiste Zeit getrennt sein. Gerade wird es dir schwerfallen, es einzusehen, aber das mit uns hat keine Zukunft. Du, meine Zeit in Korea, das war ein Abenteuer, aber eins, das jetzt enden muss.« Ich merke, wie meine eigenen Worte mir den Hals zuschnüren und meine Nase zu kribbeln beginnt. Ich muss mir auf die Innenseite meiner Wange beißen, um nicht sofort loszuheulen.

»Ein Abenteuer? Hatten wir die ganze Zeit so unterschiedliche Ansichten in Bezug auf unsere Beziehung?«

Ich kann es nicht übers Herz bringen, ihm auch noch vorzulügen, dass ich nie aufrichtig zu ihm gewesen bin. »Nein, ich habe wirklich gedacht, dass wir es schaffen könnten, aber das tun wir nicht.«

»Was ist, wenn ich meine Karriere aufgebe?«

»Selbst dann wird sich an meinem Entschluss nichts ändern. Wenn du das tun würdest, wärst du nicht der Mann, für den ich dich gehalten habe.« Ich versuche, durch flaches Atmen den Schmerz in meinem Inneren zu verdrängen. Jedes einzelne Wort, das ich sagen muss, damit er glaubt, dass ich es ernst meine, tut mir mindestens genauso weh wie ihm. »Mach nicht den Fehler, dich aus Liebe selbst aufzugeben. Sei nicht so erbärmlich wie ich damals.«

»Das ist deine Meinung dazu? Du fändest es erbärmlich, wenn ich aus Liebe zu dir meine Karriere aufgeben würde?«

»Ja. Und jetzt hör bitte auf, mit mir zu diskutieren. Ich hatte drei Wochen Zeit, um alles zu überdenken. Noch mal: Egal was du sagst, egal was du tun willst oder versprichst, mein Entschluss steht fest und nichts wird sich daran ändern.«

Sprachlos schaut er mich an. Der Moment, in dem er erkennt, dass ich es mit der Trennung wirklich ernst meine, tut so weh, dass es mich innerlich zerreißt und ich mich nicht länger unter Kontrolle habe. Eine einzelne Träne rollt über meine Wange. Um als Nächstes nicht auch noch wie ein Schlosshund loszuheulen, beiße ich mir auf die zitternde Unterlippe.

»Du bist grausam. Hab wenigstens den Anstand und tu nicht so, als würde das Ganze dich belasten.« Dieses Mal sind es seine Worte, die mich wie ein Schlag ins Gesicht treffen.

Wie kann er glauben, mich von ihm zu trennen, würde mir leichtfallen? War ich so überzeugend? »Nur weil ich für uns keine Zukunft sehe, heißt das nicht, dass du mir nichts bedeutest«, flüstere ich und weitere Tränen rollen mir über die Wangen. *Du bedeutest mir die Welt.*

»Das ist doch ein Witz! Du sagst, ich wäre für dich ein Abenteuer, und dann willst du behaupten, mich fallen zu lassen, täte dir weh?« Die Verbitterung, mit der Jae-Joon mich ungläubig auslacht, trifft mich.

Am liebsten würde ich ihm widersprechen, aber das könnte ihn vielleicht erkennen lassen, dass ich gelogen habe. Daher wende ich den Blick ab und schlucke die Tränen hinunter. »Ich schätze, es ist besser, wenn wir uns nicht mehr über den Weg laufen, bevor ich in drei Tagen abreise. Ich werde morgen ins Studio gehen, mit Nam-Doo sprechen, mich von den anderen verabschieden und danach die restlichen Sachen packen. Falls du noch etwas von mir findest, kannst du mir alles vor die Wohnung stellen. Dein Karton steht bereits im Flur.«

Er legt den Kopf in den Nacken, und ich habe das Gefühl, dass er die Fassung verliert, doch dann senkt er ihn wieder und schaut mich mit solch einer Verachtung und solch einem Hass an, dass ich Mühe habe, nicht zusammenzubrechen. »Ich fasse es echt nicht. Wie kannst du so eiskalt sein? Vor zwei Sekunden hast du noch geheult und wolltest mir weismachen, dass du nicht herzlos bist, und dann so was? Weißt du was? Scheiß drauf! Ich brauche dich nicht und mein Zeug erst recht nicht. Mach damit, was du willst. Wirf es am besten genauso weg wie mich.«

Hilflos sehe ich dabei zu, wie er sich von mir abwendet und auf die Wohnungstür zugeht, um dann aber doch noch mal mit der Hand auf der Klinke innezuhalten.

»Ich verstehe nicht, wie ich mich so in dir irren konnte. Ich habe dich wirklich geliebt«, meint er.

Auch wenn er es mehr zu sich selbst sagt, bin ich von seinen Worten schwer getroffen. Spätestens jetzt sollte ich ihn aufhalten, ihm die Wahrheit sagen und mir von ihm versprechen lassen, dass wir einen Weg finden, um unsere Beziehung zu retten, aber das tue ich nicht. Die Gelegenheit verstreicht und in der nächsten Sekunde hat er die Wohnung verlassen. Das leise Klicken, mit dem die Tür ins Schloss fällt, ist schlimmer, als wenn er sie hinter sich zugeknallt hätte. Jae-Joon hat aufgegeben. Das war es doch, was ich unbedingt wollte, warum fühlt es sich also an, als würde ich sterben?

Meine Beine geben unter meinem Körper nach und ich sacke ein weiteres Mal auf dem Boden zusammen. Ist es nicht lustig, dass man meinen Zustand wörtlich nehmen kann? Ich bin wirklich am Boden.

»Das ist doch nicht dein Ernst! Warum so plötzlich?«, fragt So-Ra entsetzt, während sie mir in den Pausenraum hinterherläuft, wo ich meine restlichen Sachen zusammenpacken will. »Weiß JJ davon? Du wirst ihm das Herz brechen, ist dir das klar?«

»Ja, ich habe gestern mit ihm … Schluss gemacht«, antworte ich und weiche So-Ras Blick aus.

»Warum? Du liebst ihn doch«, bohrt sie ein weiteres

Mal nach.

»Weshalb kannst du meine Entscheidung nicht akzeptieren, und hinterfragst sie, während Jae-Joon sie bereits hingenommen hat?«, frage ich und kämpfe gegen die Tränen in meinen Augen an.

Ich weiß nicht, was gerade schlimmer ist. So-Ra, die sich sicher ist, dass an meinem Entschluss etwas nicht stimmt, oder Nam-Doo, der nicht nur wütend, sondern auch verständnislos gewesen ist. Natürlich ist mir klar, dass seine Loyalität Jae-Joon gehört, aber die Verachtung, mit der er mir das Wort abgeschnitten und erklärt hat, er wisse bereits Bescheid, tut weh. Wie schlecht muss es Jae-Joon gehen, dass sein bester Freund so heftig reagiert? Immerhin ist er bis vor Kurzem auch für mich ein enger Vertrauter gewesen. Andererseits ist es doch genau diese Reaktion, die ich mir gewünscht habe und mit meinem Verhalten bezwecken wollte. Weshalb fühle ich mich also unfair behandelt?

»So kenne ich dich nicht, das bist nicht du! JJ wird vor Kummer und Wut vielleicht glauben, dass deine Entscheidung dem entspricht, was du willst, aber ich bin mir sicher, du lügst!«

Wie gern würde ich mich zumindest meiner inzwischen besten Freundin anvertrauen! Gleichzeitig weiß ich, dass ich das nicht kann – nicht darf. Sie würde alles daransetzen, um uns zu helfen, und das wäre fatal.

»Du glaubst, mich zu kennen? Woher? Von den Stunden, die wir auf der Arbeit zusammen verbringen? Den Besäufnissen nach Feierabend? Oder weil Jae-Joon und ich dich in unsere Beziehung eingeweiht haben?«, fahre ich So-Ra an und versuche, auch sie zu verletzen, damit sie mich gehen lässt. »Ich habe auch zu Jae-Joon gesagt, dass Korea ein Abenteuer für mich war. Aufregend, neu und voller Spaß, doch auch wenn ich eine tolle Zeit hatte, werde ich euch den Rücken kehren können, ohne nochmals zurückzublicken oder auch nur eine Träne zu vergießen.«

Schweigend betrachtet So-Ra mich für einen Moment. Ich nehme an, dass sie sich nun ebenfalls von mir abwenden wird, doch das tut sie nicht - im Gegenteil. »Und warum weinst du dann?«

Erschrocken wische ich mir über die Wangen und erkenne, dass sie wirklich tränenfeucht sind.

»Ich weiß nicht, was passiert ist, und es ist auch ganz egal, wie gemein du zu mir bist«, fährt sie fort. »Ich bin deine Freundin. Allein deshalb glaube ich dir nicht! Ich bin mir nicht vieler Dinge sicher, aber zumindest in einem Punkt bin ich es: Du liebst Jae-Joon. So sehr, dass du ihn wahrscheinlich sogar aufgeben würdest, nur damit du ihn schützen kannst.«

Erschüttert, wie genau sie den Nagel auf den Kopf trifft, starre ich sie einfach nur an. Ich könnte weiter lügen und leugnen, aber dafür habe ich keine Kraft.

»Glaub, was du willst«, gebe ich matt zurück und lege meine frisch gewaschene Arbeitskleidung auf den Tisch, bevor ich meine Tasche mit dem Zeug aus meinem Spind vollstopfe.

»Unnie, rede mit mir!«, bettelt So-Ra.

»Lass sie. Ich weiß an dir zu schätzen, dass du immer nur das Gute in einem Menschen siehst, aber in Riley haben wir uns wohl alle geirrt«, meint Min-Ho, der plötzlich hinter uns aufgetaucht ist.

»Min-Ho hat recht, ich bin bloß eine abgefuckte Bitch, die so lange nett zu euch gewesen ist, wie sie euch brauchte. Das ist jetzt nicht mehr der Fall, also hör auf, dich an mich klammern zu wollen. Das ist einfach nur peinlich«, teile ich ein letztes Mal aus und wende mich ab. Da ich es nicht ertragen könnte, So-Ras verletztem Blick zu begegnen, stürme ich aus dem Raum.

»Unnie!«, ruft sie mir noch hinterher, doch ich schaue – wie ich es zuvor gesagt habe – kein zweites Mal zurück, sondern gehe.

Im Schutz des leeren Fahrstuhls komme ich einige Sekunden später wieder langsam zu Atem, muss mich jedoch vor Schwindel an der Kabinenwand abstützen. Am liebsten würde ich weinen, aber das würde mir im Moment nicht helfen. Im Gegenteil, es würde die Situation nur noch schlimmer machen. Zwei Tage – in zwei Tagen sitze ich im Flieger nach L.A. Sobald ich zurück in der Heimat bin, werde ich genug Zeit haben, um meine Wunden zu lecken und mich so lange auszuheulen, bis ich nicht mehr kann.

Mit geschlossenen Augen versuche ich, mich zu sammeln, und warte darauf, dass ich die Tiefgarage und meinen dort geparkten Leihwagen erreiche.

Als sich die Türen öffnen, bleibe ich wie vom Donner gerührt zwischen ihnen stehen.

»Wasseoyo?« *Du bist zurück?*, fragt Hyeri mich mit einem hämischen Grinsen. »Alles geklärt?«

Ich spüre, wie mein ganzer Körper von einer Gänsehaut überzogen wird, ich aber gleichzeitig innerlich so sehr koche, dass ich dieser miesen Hexe am liebsten eine verpasst hätte. Da ich jedoch weiß, dass sie am längeren Hebel sitzt und ich bereits verloren habe, nicke ich. »Morgen findet mein Auszug statt und einen Tag später geht mein Flieger.«

»Jalhaesseoyo!« *Gut gemacht,* meint sie und hält es noch nicht mal für nötig, ihre Schadenfreude zu verbergen. »Ich sagte dir ja, am Ende wird Jae-Joon mir gehören.«

Ehe ich doch noch in Tränen ausbreche und ihr auch diese Genugtuung gebe, dränge ich mich an ihr vorbei.

»Hab ein gutes Leben. Ich hoffe für dich, dass wir uns nie wiedersehen«, ruft sie mir hinterher, bevor ich um die Ecke biege und ein weiteres Mal zur Salzsäule erstarre.

Zu meinem Schrecken sehe ich Jae-Joon, der an Nam-Doos Auto lehnt und offenbar auf ihn wartet. Sofort habe ich Angst, dass er etwas von dem Gespräch zwischen mir und Hyeri mitbekommen hat. Aber das hat er wohl nicht, denn er steht einfach nur da und malt mit dem Fuß unsichtbare Muster auf den Boden.

Augenblicklich wird mein Herz noch schwerer. Ich bin dankbar, noch mal die Möglichkeit zu bekommen, ihn zu sehen. Zeitgleich tut es unendlich weh. Selbst auf die paar Meter Entfernung sehe ich, wie abgespannt und schlecht er aussieht. Warum muss ausgerechnet ich schuld daran sein? Wieso musste ich ihn so sehr verletzen?

Als hätte er meine Anwesenheit gespürt, hebt er seinen Kopf und unsere Blicke treffen sich. In der nächsten Sekunde schaut er jedoch wieder weg und wendet sich von mir ab.

Dies ist der Moment, in dem ich etwas erkenne, das Jae-Joon bereits zu akzeptieren scheint: Zwischen uns ist es wirklich aus.

Kapitel 19

Jae-Joon

Neun Monate später

Ist alles gut bei dir?«

»Ja, ich bin nur müde«, versuche ich, Jeremy zu beruhigen, und lehne mich auf der Rückbank meines Minivans zurück.

»Meinst du nicht, du mutest dir zu viel zu? Dein Terminplan war vorher schon straff, aber … das hier ist Wahnsinn!«

»Würdest du an meiner Stelle anders handeln? Du weißt, wofür ich das alles mache!« Diese Antwort bringt ihn zum Schweigen und dennoch hat er recht. Die vergangenen Monate waren die härtesten meines Lebens. Jedes Mal, wenn ich glaube, am Ende meiner Kräfte angelangt zu sein, denke ich an Riley. Nur die Hoffnung, dass ich doch noch eine Zukunft mit ihr haben könnte, wenn ich bloß hart genug arbeite und all meine Ziele erreiche, aber vor allem meine Schulden beglichen habe, hält mich jetzt noch aufrecht.

»Hast du schon gesehen?«

»Was?« Plötzlich interessiert sehe ich auf.

»Deine Mi-So hat es bis in den Social-Network-Service von *SuperM* geschafft. Die Jungs hatten heute ein Shooting mit ihr. Warte.« Jeremy durchforstet wahrscheinlich weitere SNS-Kanäle nach Bildern.

Seit ich ihn in meine komplette Geschichte mit Riley eingeweiht habe, tut er alles, um mich zu unterstützen. Manchmal frage ich mich, wie es zwischen mir und Riley weitergelaufen wäre, wenn ich anders gehandelt und mir Jeremys Hilfe geholt hätte. »Ja, wie ich es erwartet habe. Sowohl Baekhyun als auch Kai haben private Fotos auf ihren Profilen.«

Eifersucht, aber vor allem Stolz überkommt mich. Riley ist bei unseren international erfolgreichen Künstlern die mit Abstand beliebteste Fotografin aus Übersee. Sie hat nicht nur ein unverkennbar gutes Auge für Ästhetik, sondern schafft es auch, auf jedes ihrer Modelle individuell einzugehen und die jeweiligen Persönlichkeiten einzufangen. Der größte ihrer Vorzüge ist wohl, dass sie unsere Sprache spricht. Viele unserer südkoreanischen Idole beherrschen zwar Englisch, einige jedoch nicht, sodass es generell bevorzugt wird und entspannter abläuft, wenn sie sich selbst im Ausland in unserer Landessprache verständigen können. Auf *BLACKPINK* muss Riley großen Eindruck gemacht haben, denn eines der Mädels hat vor einem halben Jahr nicht nur ein gemeinsames Bild auf Instagram hochgeladen, sondern auch von der Zusammenarbeit mit Riley in ihren Instastories geschwärmt.

So sind die K-Netizen das erste Mal auf Riley aufmerksam geworden. Generell gibt es wohl kaum etwas, das man vor K-Pop-Fans verbergen kann, die den Großteil ihrer Freizeit online verbringen und so in der Lage sind, nahezu alles über ihre Lieblingsstars herauszufinden. Als dann in den letzten Monaten *BTS*, *EXO* und *Monsta X* gefolgt sind, konnte Riley auch das Interesse der Medien wecken, sodass ein kurzer Artikel in einem Onlinemagazin über sie erschienen ist.

Generell hat man nicht viel Persönliches über sie erfahren, dennoch sind die Reaktionen der Leute positiv gewesen. Eine Tatsache, die mir Hoffnung auf die Akzeptanz und das Wohlwollen meiner eigenen Fans macht. Dass nun sogar *SuperM* mit Begeisterung und Zuneigung auf sie reagiert, spielt mir in die Hände.

Allgemein ist Riley mittlerweile so gefragt, dass ich ihr inzwischen glauben würde, dass sie unsere Beziehung wegen ihrer Karriere beendet hat, doch die Wahrheit ist eine andere.

»Willst du sie dir anschauen?«

»Nein.« Ich schüttele den Kopf. Seit unserer Trennung habe ich Riley kein einziges Mal gesehen, auch nicht auf Fotos. Durch Jeremy und jede sich ergebende Möglichkeit sorge ich aber dafür, dass ich über sie auf dem Laufenden gehalten werde. Wenn ich dann auch noch einen Blick auf sie erhaschen würde, wäre meine Willenskraft, mich von ihr fernzuhalten, nicht länger stark genug und ich würde zu ihr fliegen, noch bevor die Zeit dafür gekommen ist.

»Okay.« Jeremy sperrt das Tablet und legt es weg. »Wie lief dein Gespräch mit Präsident Yang?«

»Gut. Ich glaube, seit meinem Erfolg ist er milder gestimmt. Außerdem ist ihm bewusst, dass ich mir nach dem Wegfallen der Datingklausel nicht mehr in mein Privatleben reinreden lasse. Tatsächlich wirkte er wegen Riley und dem, was ich im Moment durchmachen muss, betroffen. Allerdings wird er die Regelung für die Trainees weiterhin beibehalten.«

»Ich sagte ja, seine zweite Frau hat ihn verändert.«

»Hmm«, stimme ich zu und schließe erneut die Augen. Ich bin froh, dass ich mittlerweile von der obersten Stufe meines Managements Unterstützung erwarten kann. Trotzdem bin ich mir sicher, dass Präsident Yangs Wohlwollen hauptsächlich damit zu tun hat, dass er in Riley Potenzial und somit Vorteile für mich und die Agentur sieht. Außerdem wird er befürchten, ich könnte gehen, wenn er keinen Schritt auf mich zu macht, immerhin habe ich meinen Vertrag vorerst nur für ein Jahr verlängert.

»Was ist mit Hyeri?«

Allein bei der Erwähnung ihres Namens beginnt eine Ader an meiner Schläfe zu pochen. Bereits vor der Trennung von Riley habe ich eine starke Abneigung gegen Hyeri entwickelt, doch mittlerweile ist daraus

Hass und Abscheu geworden. Ihr gegenüber weiterhin so zu tun, als wäre alles super, ist meine beste schauspielerische Leistung. Der bloße Gedanke an sie bringt mich zum Kochen. Ich habe noch nie eine Frau geschlagen, werde es auch niemals tun, aber sie … hätte es verdient!

»Sie geht immer noch davon aus, dass ihr Plan funktioniert hat und ich die Wahrheit nicht kenne.«

»Ich bewundere dich für deine Selbstbeherrschung, ich könnte mich an deiner Stelle nicht so lange beherrschen«, meint Jeremy.

»Glaub mir, es gibt keinen Tag, an dem ich nicht das Gefühl habe, innerlich zu platzen.«

Meine Gedanken schweifen zu dem Tag zurück, an dem Riley sich von mir getrennt hat. Allein die Erinnerung daran brennt ein Loch in mein Herz, und ich muss gegen den Schmerz anatmen, der bis heute nicht abgeklungen ist. Selbst wenn ich inzwischen weiß, dass Hyeri Riley erpresst und zur Trennung gezwungen hat, tut es nicht weniger weh – nur anders. Unbewusst balle ich die Fäuste und beiße die Zähne zusammen. Ich habe Riley ihre Gründe nie vollkommen abnehmen können, mittlerweile aber zu wissen, dass Hyeri an allem schuld ist, macht mich in mehrerlei Hinsicht rasend. Es macht mich auch sauer auf Riley. Warum hat sie sich mir nicht anvertraut? Wieso hat sie mir keine Chance gegeben, eine Lösung zu finden oder zumindest eine Entscheidung zu treffen? Weshalb hat sie mich ausgeschlossen? Ich verstehe, dass sie aus Liebe gehandelt hat und mein Bestes wollte, aber hätte ich es nicht verdient gehabt, wenigstens eine Wahl zu haben? Oder hatte sie Angst, dass ich mich gegen sie entscheide?

Ich seufze tief und versuche, mich wieder zu beruhigen, denn im Grunde ist es egal. Das Einzige, was ich will, ist eine zweite Chance ohne Heimlichtuerei oder Lügen. Aber vor allem eine Aussprache. Was ich mit

Hyeri machen werde, weiß ich noch nicht, doch eins ist sicher: Auf irgendeine Weise wird sie es bereuen, meine Beziehung – fast sogar mein Leben - zerstört zu haben.

Als wüsste sie, dass ich sie in meinen Gedanken zerfetze, taucht eine Nachricht von ihr auf meinem Display auf.

Toller Auftritt, Oppa! Ich freue mich schon, wenn wir uns beim Dreh der nächsten Sendung sehen. Begleitet wird diese Mitteilung von einem Foto, auf dem sie in die Kamera lächelt und mir ein Finger Heart zeigt.

Allein deshalb würde ich mein Handy am liebsten aus dem Fenster werfen. Wie kann sie die Frechheit besitzen, so schamlos und scheinheilig zu tun?

Wieder wandern meine Gedanken zurück zu dem Tag, an dem Riley mich verlassen hat. Ich bereue, wie wir auseinandergegangen sind, vor allem, dass ich ihren Lügen so schnell aufgesessen bin. Warum habe ich nicht sofort auf mein Bauchgefühl und die Zweifel gehört? Spätesten als ich mitbekommen habe, wie sie und Hyeri damals in der Tiefgarage miteinander gesprochen haben, hätte ich schalten müssen. Aber nein, ich war so sehr in meinem Schmerz gefangen, dass ich tage- oder vielmehr wochenlang nicht klar denken konnte und das Leben an mir vorbeigezogen ist. Ich habe funktioniert, alles getan, was man von mir verlangt hat, doch zu mehr war ich nicht imstande.

Erst ein für Hyeri dummer Zufall hat mich aufwachen lassen. Wir waren zu dem Zeitpunkt fast mit den Dreharbeiten durch, bei denen Hyeri seit dem ersten Tag kaum einen Millimeter von meiner Seite gewichen ist. Ich habe es geduldet, dass sie sich an mich gehängt und dadurch die Gerüchte über eine Beziehung weiter angefeuert hat, weil ich keine Kraft hatte, um mich mit ihr auseinanderzusetzen. Daher war es auch an besagtem Tag normal, dass wir die Pause gemeinsam verbracht und, zusammen mit Jeremy, außerhalb des Sets gegessen haben. Ich kann mich noch genau daran erinnern, wie sie mit der Bitte, auf ihre Sachen aufzupassen, den Tisch verlassen hat. Wenn sie gewusst hätte, dass im Moment ihres Weggehens ihr Handy aufleuchten und ihren perfiden Plan auffliegen lassen würde, wäre sie nicht so sorglos gewesen.

Die Erinnerung an den Augenblick macht mich erneut so wütend, dass ich mir Luft machen muss. »Egal wie oft ich versuche, zu verstehen, was in Hyeris Hirn vorgeht, ich kann es nicht! Ich fasse es immer noch nicht, dass sie Riley und mir einen Privatdetektiv auf den Hals gehetzt hat und uns sogar nach Singapur nachgereist ist. Wahrscheinlich lässt sie sowohl Riley als auch mich selbst in dieser Sekunde beschatten.«

»Mir hat sie nie etwas getan, aber selbst mir fällt es schwer, vor ihr die Maske der Unwissenheit aufrechtzuerhalten. Ich kenne niemanden, der so abscheulich ist. Hyeris Verhalten ist einfach verrückt. Auf der anderen Seite solltest du froh sein, denn wenn sie nicht an genau diesem Tag ein Update über Mi-Sos Aufenthalt und den aktuellen Status bekommen hätte, würdest du immer noch im Dunkeln tappen.«

»Natürlich hast du recht, aber …« Ich fahre mir mit den Händen durch die Haare und habe das Gefühl, den Verstand zu verlieren. »Hyeri ist krank, sie ist fast wie ein Sasaeng-Fan.«

»Das könnte zutreffend sein«, stimmt Jeremy mir zu.

Noch mal versuche ich, nicht weiter an Hyeri zu denken, doch vor meinem inneren Auge erscheint erneut die Nachricht, die mir damals von ihrem Handy entgegengeleuchtet hat: *Riley Evans hält sich nach wie vor in L.A. auf, es gab keine Treffen oder andere Kontaktaufnahmen zu Park Jae-Joon. Generell ist alles unverändert.*

Es hat einige Sekunden gedauert, bis ich verstehen konnte, was ich da gelesen habe, doch dann hat mein eingerostetes Gehirn geschaltet und verstanden, dass

Hyeri etwas mit Rileys überstürzter Trennung von mir zu tun haben muss. Mein erster Impuls war, sie damit zu konfrontieren. Doch dann habe ich mich intuitiv dagegen entschieden und stattdessen den Rückzug angetreten, bevor ich unüberlegt gehandelt und womöglich nie die volle Wahrheit herausgefunden hätte.

Ich höre, dass Jeremy wieder zu sprechen begonnen hat, und blicke auf.

»Aber weißt du, selbst wenn ich dir das ganze Leid niemals gewünscht habe, bin ich auf eine gewisse Weise auch dankbar. Ohne all das wäre unser Verhältnis nicht so eng geworden.« Zu meinem Erstaunen lacht er ein wenig verlegen. »Erst nachdem du die Nachricht gesehen hast, bist du zu dem Entschluss gekommen, nicht nur meine Hilfe in Anspruch nehmen zu wollen, sondern mir auch endlich die gesamte Geschichte von dir und deiner Mi-So zu erzählen.«

Tatsächlich muss ich ebenfalls lachen. Selbst wenn die Situation ganz und gar nicht zum Lachen ist, amüsiert mich die Erinnerung daran, wie ich Jeremy als Spion eingesetzt habe. »Ich kann mich noch gut daran erinnern, wie nervös du warst, als du Hyeris Handy an dich genommen und es nach weiteren Nachrichten durchstöbert hast.«

»Dabei ist letztlich alles problemlos abgelaufen, sie hat mir ja quasi die gesuchten Beweise auf den Präsentierteller gelegt.«

»Ich weiß! Unfassbar, oder? Jeder normale Mensch hätte solche Mitteilungen und Fotos längst gelöscht, doch sie hat den ganzen Verlauf behalten. Wie narzisstisch sie sein muss.« Nachdem ich durch Jeremy an die Nachrichten zwischen ihr und Riley beziehungsweise ihr und dem Privatdetektiv gekommen bin, hat plötzlich alles Sinn ergeben. Wie schrecklich Riley gelitten haben muss! Über Wochen hinweg hat sie jeden Tag Drohungen und Bilder bekommen, die sie unter Druck gesetzt und in die Enge getrieben haben. Auch wenn ich sie verstehen kann und an ihrer Stelle, ohne zu zögern, ähnlich gehandelt hätte, tut es weh, von ihr außen vor gelassen worden zu sein.

»Kaum zu glauben, welche Hässlichkeit sich hinter Hyeris so hübschem und liebreizendem Gesicht verbirgt. Es ist ein Wunder, dass sie, außer uns, bisher niemand durchschaut hat«, meint Jeremy und unterbricht ein weiteres Mal meine Gedanken.

»Keine Angst, im Moment halte ich noch still, um das Opfer, das Riley für mich gebracht hat, nicht mit Füßen zu treten. Aber ich werde früher oder später dafür sorgen, dass Hyeri ihre Intrige gegen mich bereut. Jeder soll wissen, was für ein Miststück sie ist.«

Tatsächlich ist dies einer der Gründe, weshalb ich nicht längst zu Riley in die Staaten geflogen und sie auf Knien angefleht habe, uns eine zweite Chance zu geben.

Hätte ich Hyeri damals sofort konfrontiert, wäre all das Leid, das Riley und ich bis dahin schon haben durchmachen müssen, umsonst gewesen. Das Primetime-Drama wäre gefloppt und ich hätte nun einen Haufen Vertragsstrafen am Bein. Denn ich bin mir sicher, Hyeri hätte lieber uns alle zerstört, als ihren Stolz und ihr Gesicht allein zu verlieren.

Doch selbst wenn der Worst Case nicht eingetroffen wäre, hätte sich an der schwierigen Situation zwischen Riley und mir nichts geändert. Immerhin stand ich zu dem Zeitpunkt noch unter dem Vertrag mit der Datingsperre. Außerdem ist mir damals bewusst geworden, dass meine Beziehung – natürlich abgesehen von der vertraglichen Regelung - nur angreifbar gewesen ist, weil ich meinen Platz und Wert als Celebrity noch nicht richtig gefestigt hatte.

Doch nun, nachdem das Drama ein Erfolg war, ich mich vor Aufträgen nicht retten kann und es sogar geschafft habe, mir ein solides zweites Standbein mit meiner Musik zu schaffen, bin ich dem Wohlwollen der Gesellschaft nicht mehr so ausgeliefert, wie ich es als Neuling gewesen bin. Davon abgesehen habe ich meine Schulden abbezahlt, unterliege keinen Vertragsklauseln mehr, die in mein Privatleben eingreifen, und habe auch keine Werbeverträge abgeschlossen, die durch die Bekanntgabe einer Beziehung beeinflusst werden könnten. Also ja, die letzten Monate waren aus vielerlei Gründen die Hölle, doch ich kann zumindest endlich ein kleines Strahlen in der Dunkelheit erkennen. Plötzlich erschöpft schließe ich die Augen und bin Sekunden später dabei, einzuschlafen.

»JJ, schläfst du?«

Ich seufze. Die Fahrt bis zum Flughafen dauert noch eine halbe Stunde, und ich habe gehofft, noch ein wenig Schlaf zu bekommen, bevor ich in den Flieger nach Phoenix steige, um dort meinen ersten US-amerikanischen Auftritt bei den *Phoenix Lights* zu haben. Ich habe es zwar nicht in das Line-up vom *Coachella* geschafft, aber dafür sehr überraschend eine Anfrage des Elektrofestivals von Arizona erhalten. Allein der Gedanke, mich mit Riley auf demselben Kontinent zu befinden, löst Aufregung in mir aus. Ein Gefühl, das ich immer wieder zu bekämpfen versuche. Ich kann mir keine Fehler leisten, nicht wenn ich so kurz davor bin, all meine Ziele zu erreichen. »Nein, also sag schon, was du willst.«

»Du hast eine Anfrage von *F.Sound* bekommen, sie wollen einen Artikel über dich veröffentlichen.«

Aufgeregt fahre ich aus dem Sitz hoch und reiße ihm das Tablet aus der Hand, um die Mail mit eigenen Augen zu sehen.

Ich kann es nicht fassen! Das Schicksal spielt mir ein weiteres Mal in die Hände und bedeutet mir, dass es an der Zeit ist, mir Riley zurückzuholen.

Ich hätte niemals erwartet, dass unser Wiedersehen so schnell und auf diese Weise passieren würde. Doch das ist egal. Die Hauptsache ist – es wird passieren! Und zwar schon sehr bald.

Kapitel 20

Im Mustang über die Interstate 10 von Los Angeles nach Phoenix. Etwas, das wie ein tolles Abenteuer klingt, ist für mich eine regelrechte Höllenfahrt.

Warum ich überhaupt nach Phoenix fahre? Die Frage kann man auf zwei verschiedene Arten beantworten. Der Grund, wieso ich dorthin reise, ist, dass Max mich kurzfristig zu einem Shooting mit Jae-Joon geschickt hat. Weshalb ich in meinem nagelneuen Mustang sitze und die Minimum fünfeinhalbstündige Fahrt in Kauf nehme, statt bequem mit meinen Kollegen zu fliegen? Weil ich auf der Interstate jederzeit umdrehen und zurück nach Los Angeles fahren oder den Highway verlassen kann, falls mich eine Panikattacke überkommt. Denn das habe ich – Panik! Ich habe Panik vor dem Wiedersehen mit Jae-Joon.

Gleichzeitig weiß ich, dass ich den Auftrag nicht ablehnen konnte und tief in meinem Inneren auch nicht wollte. Mir ist bewusst, dass das Aufeinandertreffen mit ihm die Hölle sein wird, aber noch viel mehr wäre es die Hölle, die Chance verstreichen zu lassen und ihn nicht gesehen zu haben. Ich sollte ihn inzwischen nicht mehr so sehr vermissen, tatsächlich nimmt die Sehnsucht nach ihm jedoch jeden Tag weiter zu, sodass auch jetzt mein Herz wieder schwer wird.

Die letzten neun Monate sind wie im Flug vergangen. Was jedoch allein daran liegt, dass ich mir nicht erlaubt habe, mich hängen zu lassen. Im Gegenteil, in dem Dreivierteljahr gab es keinen Tag, an dem ich mir Ruhe gegönnt habe, denn Ruhe hätte bedeutet, Zeit zu haben, während der ich an Jae-Joon denken und mich in meinem Schmerz verlieren könnte. Eigentlich müsste ich mich darüber freuen, was ich erreicht habe, und stolz drauf sein, dass Max mich die meisten Shootings für *F.Sound* machen lässt und ich generell immer wieder so viele Aufträge angeboten bekomme, dass ich gar nicht mehr weiß, was ein Zuhause ist, weil ich nur unterwegs bin. Man kann sagen, meine Karriere ist steil bergauf gegangen, so steil, dass ich mich sogar regelmäßig Anfragen aus Südkorea und anderen asiatischen Ländern erreichen. Müsste ich also nicht glücklich sein?

Meine Hände verkrampfen sich ums Lenkrad, und ich merke, wie ich automatisch noch mehr Gas gebe - die Landschaft an mir vorbeifliegt. Und dennoch, egal wie schnell ich fahre, wie sehr ich mich bemühe, vor meinen Gefühlen zu flüchten, sie holen mich jedes Mal ein. Wieder und wieder versuche ich, meine Gedanken zu fokussieren, schaffe es aber nicht. In den vergangenen Monaten ist mein Leben an mir vorbeigezogen, während ich auf Autopilot funktioniert habe. Das Einzige, dessen ich mir bewusst bin, ist die Tatsache, dass ich richtig gehandelt habe, als ich Jae-Joon verlassen habe und er dadurch all seine Ziele und Träume erreicht hat und glücklich ist – mit Hyeri.

Plötzlich ist der Druck auf meiner Brust so groß, dass ich nicht mehr atmen kann. Was ist, wenn sie ihn in die Staaten begleitet hat und ich mit eigenen Augen sehen muss, dass sie am Ende nicht nur gewonnen hat, sondern auch diejenige ist, die es geschafft hat, Jae-Joon glücklich zu machen? Der Schmerz in meinem gebrochenen Herzen ist so heftig, dass ich ihn in meinem gesamten Körper spüren kann und vom Highway abfahren muss, um mich auf dem Parkplatz einer Tankstelle zu beruhigen. Tatsächlich muss ich sogar aussteigen und mich ans Auto lehnen, erst danach komme ich stockend wieder zu Atmen.

Mute ich mir zu viel zu? Hätte ich den Auftrag ablehnen sollen? Ich schließe die Augen und versuche, mich zu sammeln. Doch statt mich zu fassen, tauchen verschiedene Bilder aus meinen Erinnerungen auf, die Hyeri und Jae-Joon zusammen zeigen. Ich habe versucht, alle Medien und Berichte zu ignorieren, doch mit Jae-Joons Erfolg sind auch die Artikel über ihn mehr geworden, und selbst wenn ich es mir verboten habe, sie zu lesen, habe ich alles, was ich über ihn erfahren konnte, in mich aufgesogen. Sogar die schmerzhaften Gerüchte über die Beziehung zwischen ihm und Hyeri. Bisher wurde kein offizielles Statement abgegeben, aber ihrer beider absichtlich unkonkreten und ausweichenden Antworten auf diese Frage sowie die Bilder, die im Internet von ihnen beiden zusammen kursieren, unterstreichen die Spekulationen über eine Beziehung. Ob ich Jae-Joon vorwerfe, so schnell mit Hyeri zusammengekommen zu sein? Ja, aber nur aus dem Grund, weil er sich von ihr täuschen lässt. Wäre es eine andere Frau, könnte ich es besser ertragen. Immerhin habe ich ihn verlassen, um ihm eine Chance auf sein Glück zu geben.

Es dauert eine Ewigkeit, bis ich mich gefangen habe, gleichzeitig stelle ich fest, dass ich nur noch eine knappe Stunde vom Ziel entfernt bin. Doch statt mich wieder auf den Weg zu machen, entschließe ich mich dazu, eine Kleinigkeit zu essen und so Zeit zu schinden. Ich habe Hemmungen, meinen Weg fortzusetzen, weil das bedeutet, dass der Moment, in dem ich Jae-Joon wiedersehen werde, unweigerlich näher kommt.

Irgendwann finde ich aber keine Ausflüchte mehr und setze mich wieder hinters Steuer, sodass ich um kurz nach sechzehn Uhr im Hotel einchecke und eine weitere Stunde später die für das Shooting am Folgetag reservierte Suite betreten kann. Während ich durch die Räume streife und im Kopf verschiedene Motive durchgehe, festigt sich ein spezielles Bild immer mehr in meinem Kopf. Ich muss das Wassergott-Thema aus seiner Vergangenheit und in seinem Namen aufgreifen.

»Du bist schon da?«, fragt mich Mason, der seit einiger Zeit mein Assistent ist und von unseren anderen zwei Kolleginnen begleitet wird.

»Vor knapp zwei Stunden angekommen. Und ihr? Hattet ihr einen guten Flug?«, erwidere ich und klinge selbst in meinen Ohren erschöpft.

»Wir hätten viel früher hier sein sollen, es gab aber Probleme bei der Gepäckausgabe.« Mason schaut sich um. »Max ist ein Location-Meister. Mich wundert es ehrlich gesagt, dass er trotz des Festivals so schnell die Zimmer bekommen hat. Generell frage ich mich, weshalb Max so dringend wollte, dass wir herfliegen, immerhin ist für die kommende Ausgabe bereits ein anderes Interview geplant. Ich habe von diesem Narius sowieso noch nicht viel gehört und wusste nicht, dass er Teil des *Phoenix Lights* Line-ups sein würde. Kennst du ihn? Er soll in Asien schon lange bekannt sein.«

Beflissen ignoriere ich seine Frage und antworte: »Soweit ich weiß, hat Max ihn vor einem Jahr kennengelernt und ihn im Auge behalten. Max hatte schon immer ein gutes Gespür für aufstrebende Künstler und wollte wohl die Chance für ein Interview nutzen, solange J… Narius noch nicht mit Interviewanfragen überhäuft wird. Nachdem er spontan zugesagt und seinen Aufenthalt hier vorgeschlagen hat, musste Max schnell handeln. Ihn ein andermal einfliegen zu lassen oder uns Flüge nach Korea buchen zu müssen, wäre für *F.Sound* am Ende teurer geworden.«

»Trotzdem, weshalb ist Max so versessen auf ihn, dass er ihn auch noch im Magazin haben will? Immerhin haben *SuperM* als koreanische Künstler schon die Titelstory bekommen«, bohrt Mason weiter, und ich merke, dass meine Selbstbeherrschung an einem seidenen Faden hängt.

In diesem Moment wird mir klar, dass ich, selbst wenn

ich mich unglaublich nach Jae-Joon sehne, noch nicht bereit dazu bin, ihn zu sehen. Werde ich ihm überhaupt jemals in dem Wissen, dass es nie mehr ein Uns geben wird, ohne Schmerz und Wehmut begegnen können?

»Hast du ihn dir mal angeschaut? Er ist heiß!«, antwortet Irene, die das Interview führen wird. »Park Jae-Joon ist einer der aufsteigenden Stars und spielt die Hauptrolle in dem Drama, das ich aktuell schaue. Vorher kannte ich ihn bereits aus einer anderen Sendung, wusste allerdings nicht, dass er auch ein talentierter DJ ist. Du kannst dir nicht vorstellen, wie aufgeregt ich bin, ihn persönlich zu treffen.«

»Behalte die Contenance, wir sind nicht zum Spaß hier«, rutscht es mir schnippisch heraus und ich bereue sofort meine Worte. Doch die Situation geht mir so sehr an die Nieren, dass ich für einen Augenblick die Fassung verloren habe. Um nicht noch mehr meiner Gefühle an meinen Kollegen auszulassen, verlasse ich den Raum, höre jedoch Irene und Mason darüber tuscheln, was mit mir los sei.

»Alles okay?«, fragt Jenny, die Stylistin und vierte Person, die von Max hierhergeschickt wurde, und sieht mich besorgt an.

Allein diese Frage bringt mich den Tränen so nah, dass ich nur wortlos mit dem Kopf nicken kann. Mit allerletzter Kraft schaffe ich es, die Vorbereitungen für morgen zu beenden, und verschwinde danach grußlos auf mein Zimmer. Ich weiß nicht, ob es wegen der anstrengenden Fahrt oder aus Selbstschutz ist, doch sobald ich zurück in meinem Hotelzimmer bin und mein Kopf die weichen Kissen auf dem Bett berührt, schlafe ich ein und wache erst am nächsten Tag durch Mason wieder auf.

»Was ist los mit dir? Warum reagierst du nicht auf Anrufe?«, fragt er, nachdem ich ihm verschlafen die Tür aufgemacht habe und ihn ins Zimmer lasse. »Hast du

… etwa in deinen Klamotten geschlafen?«

»Sorry. Die Fahrt war so anstrengend. Ich habe mich nur kurz hinlegen wollen und bin dann offensichtlich nicht mehr aufgewacht.«

»Ich will dir nicht zu nahetreten, aber ich arbeite jetzt seit über einem halben Jahr mit dir zusammen und weiß, wann du dich komisch verhältst, und das tust du gerade. Hast du irgendetwas? Ist etwas passiert?«

Im ersten Moment will ich Mason anfahren, stattdessen schüttele ich den Kopf. »Ich hatte einige anstrengende Monate, du weißt am besten, wie viel ich gearbeitet habe. Wahrscheinlich werde ich krank und bin deshalb so gereizt und müde.«

Ich sehe deutlich, dass er mir widersprechen will, am Ende lässt er meine Antwort aber im Raum stehen. »Ich habe dir Kaffee, Obst und Toast bestellt. Deinen Morgen-Work-out wirst du nicht mehr schaffen, aber du kannst dich in Ruhe fertig machen und frühstücken. In der Zeit bereiten Jenny und ich das Shooting vor. Hast du spezielle Wünsche?«

»Die üblichen Vorbereitungen reichen, richte aber bitte fünf Szenen her. Um die passenden Kleidungsstücke kümmere ich mich selbst.«

»Alles klar. Brauchst du sonst noch etwas?«, fragt er und schaut mich weiterhin prüfend an.

»Nein«, antworte ich einsilbig und füge dann hinzu: »Danke, Mason. Du bist ein wirklich guter Assistent, ich werde Max um eine Gehaltserhöhung für dich bitten.«

Mason muss überrascht sein, denn für einige Sekunden fehlen ihm die Worte. »Vielen Dank, das ist nett von dir.«

»Keine Ursache«, gebe ich zurück und verschwinde im Badezimmer, um mich fertig zu machen. In der Hoffnung, dass es mir dabei hilft, einen klareren Kopf zu bekommen, stelle ich das Wasser der Brause auf kalt.

Doch das tut es nicht, im Gegenteil, als ich eine Stunde später die Suite betrete und auf meine Kollegen treffe, stehe ich nicht nur komplett neben mir, sondern bin auch das reinste Nervenbündel.

Wortlos steuere ich auf die Kleiderstange mit einer Auswahl an Kleidungsstücken zu und beginne, Teile auszuwählen, von denen ich weiß, dass sie an Jae-Joon gut aussehen werden. Noch während ich meine Zusammenstellung ordne, spüre ich, wie er den Raum betritt.

Seine Anwesenheit zu fühlen, seine Stimme und sein Lachen zu hören, lässt mein Herz höherschlagen und es gleichzeitig schmerzen. Ich habe ihn so sehr vermisst! Nach einer Ewigkeit habe ich zum ersten Mal wieder das Gefühl, mein Umfeld wirklich wahrzunehmen und fokussieren zu können. Ich wünsche mir nichts sehnlicher, als Jae-Joon endlich wieder zu sehen, traue mich aber nicht, aufzublicken, sondern beschäftige mich weiterhin mit den Stoffen zwischen meinen Händen.

»Und dort vorne steht Riley Evans, die Fotografin. Sie spricht fließend Koreanisch. Das hat sie zuletzt bei *SuperM* Pluspunkte sammeln lassen. Kennen Sie die Jungs?«, höre ich Mason nach einiger Zeit sagen, während ich aus dem Augenwinkel sehe, wie sie auf mich zukommen und Jae-Joon irgendetwas antwortet.

Der Moment, in dem ich ihn nicht länger ignorieren kann, ist gekommen, sodass ich mich aufgeregt, ängstlich, aber vor allem voller Sehnsucht zu ihm umwende. Ich weiß nicht, was ich erwartett, wie ich mir das Wiedersehen vorgestellt habe. Eins ist jedoch klar: Ich habe nicht damit gerechnet, dass mich meine Gefühle wie eine Lawine überrollen würden und ich unter ihnen begraben würde, sobald ich Jae-Joon nach neun Monaten wieder in die Augen sehe.

»Oraenmaniya, Riley«, begrüßt er mich und lässt seine Worte wie eine sanfte Liebkosung klingen. »Jaljinaesseo?«

Von der Frage, wie es mir ergangen sei, überfordert, bringe ich nur ein Nicken zustande.

»Yeppeoda …« *Hübsch*, meint er zu meiner Überraschung, und ich nehme wahr, wie seine Hand zuckt und offenbar nach mir greifen will. Weiterhin auf Koreanisch bemerkt er: »Du trägst deine Haare jetzt kürzer, das steht dir gut.«

Dieses Mal ist es meine Hand, die zuckt und an meine Locken fassen will, welche inzwischen nur knapp meine Schultern berühren. Meine Haare abzuschneiden, war damals das Erste, was ich gemacht habe, als ich zurück in die Staaten gekommen bin. Ich weiß nicht genau, was mich dazu bewogen hat. Ich gehe aber davon aus, es war die Erinnerung daran, wie sehr Jae-Joon es geliebt hat, sich dicke Strähnen meines Haares um die Finger zu wickeln und liebevoll an ihnen zu ziehen. Manchmal, um mich zu necken, manchmal, um meine Aufmerksamkeit zu bekommen, und manchmal, um mich direkt danach zu küssen. Dass er mich nun ausgerechnet auf sie anspricht, trifft mich so überraschend und hart, dass ich den Blick abwenden muss.

»Wir sollten keine Zeit vergeuden und uns auf das Shooting vorbereiten. Jenny, kommst du und kümmerst dich um das Styling?«, frage ich auf Englisch und wende mich von Jae-Joon ab.

Ihm so nahe zu sein, dass ich seinen vertrauten Duft einatmen kann, und gleichzeitig zu wissen, dass wir niemals zu dem Punkt zurückkehren können, an dem ich meine Nase an seinem Hals vergraben und die Mischung aus ihm, seinem Duschgel und seinem Aftershave in mich gesogen habe, ist so schlimm, dass ich das Gefühl habe, zu sterben. Zu meinem Schrecken bemerke ich, wie meine Nase zu kribbeln anfängt und meine Augen zu brennen beginnen.

Ohne eine Antwort abzuwarten oder noch etwas zu

sagen, wende ich mich von den beiden Männern ab und gehe in die Ecke des Raumes, in der Mason das erste Set aufgebaut hat. Während ich die Lichteinstellung noch mal prüfe, atme ich flach gegen den Kloß in meinem Hals an und versuche, das Zittern meiner Finger zu ignorieren. Wäre mir bewusst gewesen, wie schrecklich schmerzhaft seine Nähe sein würde, wäre ich nicht … Nein. Zu behaupten, ich wäre nicht nach Phoenix gekommen, ist eine Lüge. Aber ich hätte zumindest versucht, mich besser vorzubereiten – mich besser gegen den Schmerz zu wappnen, sodass meine Emotionen jetzt nicht so verrückt gespielt hätten.

»Sieht er in Wirklichkeit nicht noch viel heißer aus als im Fernsehen?«, schwärmt Irene ausgerechnet vor mir. »Er ist unglaublich groß und echt gut gebaut. Weißt du, was ich mich schon seit einer Ewigkeit frage? Glaubst du, die Gerüchte über ihre Be…«

»Irene, tu mir den Gefallen und hal…« Zischend atme ich aus und schlucke die gemeinen Worte, dass sie die Klappe halten solle, hinunter. »Tu mir bitte den Gefallen und stell die Klimaanlage etwas höher, ich finde es sehr heiß hier.«

»Ist irgendetwas? Du siehst krank aus«, fragt sie besorgt und greift mir an die Stirn. Erst in diesem Moment bemerke ich, dass mir kalter Schweiß die Schläfe entlangläuft.

»Ich möchte einfach nur das Shooting hinter mich bringen.« Das will ich wirklich. Sosehr ich mich auch nach Jae-Joon sehne, vor ihm zu stehen und zu wissen, dass er einer anderen gehört, ist so schrecklich, dass mein gesamter Körper nur aus Schmerz zu bestehen scheint und jede Bewegung wehtut. Am liebsten würde ich mich im Bett verkriechen und nie mehr aufstehen. Da das aber nicht geht, versuche ich, alles um mich herum zu ignorieren, und nehme meine Kamera aus der Tasche. Sobald ich das Leder des Gurtes berühre, wird mir klar, dass Jae-Joon ihn wiedererkennen wird. Oder hat er die Erinnerung an unsere gemeinsame Zeit durch Erinnerungen mit Hyeri ersetzt, genau wie mich selbst?

Mein Inneres ist so sehr in Aufruhr, dass mir schlecht wird. Nun auch noch gegen Übelkeit ankämpfend, hebe ich die Kamera vors Gesicht und mache Probeaufnahmen, um zu testen, ob die Einstellungen stimmen. Sobald auch das geprüft ist, habe ich nichts mehr zu tun. Dafür spüre ich, dass inzwischen gleich zwei paar Blicke auf mir ruhen. Jae-Joon ist die eine Person, die mich seit geraumer Zeit nicht aus den Augen gelassen hat. Zu erkennen, dass auch sein Manager Jeremy mich beobachtet, beunruhigt mich ein wenig. Noch mehr wühlt es mich auf, dass er auf mich zukommt und mir eine Flasche Wasser reicht.

»Gamsahamnida«, bedanke ich mich bei ihm und bin tatsächlich dankbar. Nicht nur, weil ich etwas habe, um meine zitternden Finger ruhig zu halten. Sondern auch, weil ich damit versuchen kann, den plötzlichen Kloß in meinem Hals hinunterzuspülen.

»Ich habe bereits viel von Ihnen gehört und war gespannt, wie Sie in echt sind«, meint er und bringt mich damit zum Husten. Was weiß er über mich und Jae-Joon? »Wussten Sie, dass sie mittlerweile immer öfter in unseren SNS Thema sind? Zuletzt durch Kai und Baekhyun.«

Sofort entspanne ich mich ein wenig. Er hat nicht von meiner Beziehung zu Jae-Joon gesprochen. »Ich habe sie vor zwei Tagen für ein Shooting in Los Angeles getroffen.«

»Dann wird JJ zusammen mit ihnen in der nächsten Ausgabe erscheinen?«

»Ich nehme es an«, antworte ich und bin dankbar für die Ablenkung.

»Ihr Koreanisch ist übrigens ausgezeichnet und die Aussprache sehr sauber.«

Dieses Kompliment bringt mich tatsächlich dazu, mich ein wenig weiter zu entspannen. »Danke, das freut mich sehr zu hören.«

Offenbar habe ich mich ein wenig zu sehr entspannt, sodass ich zusammenzucke, als Jae-Joon neben Jeremy auftaucht und fragt: »Worüber redet ihr?«

»Ich habe Mi-So gesagt, wie gut ihre Aussprache ist«, antwortet Jeremy und mein Kopf ruckt zu ihm herum. Hat er mich gerade Mi-So genannt? Woher weiß er von meinem Spitznamen? Fragend schaue ich zu Jae-Joon und treffe auf den Blick seiner schokobraunen Augen. Da er jedoch keine Miene verzieht, sondern mich nur ruhig mustert, nehme ich an, mich verhört zu haben.

»Ja, ihr Koreanisch ist ausgezeichnet.«

»Habsida sijaghaja! Fangen wir an«, meine ich in beiden Sprachen und ignoriere Jae-Joons Lob. Was soll ich auch darauf erwidern? Außerdem verletzt es mich, zu sehen, wie gut er im Vergleich zu mir mit dem Wiedersehen klarkommt. Ihm scheint es in keiner Weise etwas auszumachen. Bedeutet das wirklich, dass er bereits über mich hinweg ist, während ich ihn keine Sekunde lang vergessen konnte?

Zu meiner Erleichterung verläuft die nächste halbe Stunde gut und ich kann ruhig und professionell mit Jae-Joon zusammenarbeiten. Ich konzentriere mich tatsächlich so sehr auf die Arbeit, dass ich für einige Augenblicke meinen Schmerz vergesse, selbst wenn ich mir Jae-Joons Anziehungskraft durch die Kameralinse noch bewusster bin. Die vergangenen Monate haben ihm gutgetan, er sieht verdammt attraktiv und männlich aus und scheint noch durchtrainierter zu sein als zuvor.

Nachdem ich die ersten Aufnahmen gemacht habe, schicke ich ihn zum Kleidungswechsel und muss erkennen, dass die blaue Anzughose zusammen mit dem dunklen Hemd ausgezeichnet an ihm aussieht.

»Stell dich bitte ans Fenster und nimm eine nachdenkliche Pose ein. Den Blick richtest du nach draußen«, weise ich ihn an und fixiere ihn durch den Sucher der Kamera. Irgendetwas stört mich jedoch, sodass ich die Spiegelreflex sinken lasse. »Dein Arm muss ein wenig höher, und dreh den Oberkörper mehr in meine Richtung.«

Wie ein Profi kommt er meinen Anweisungen nach, dennoch nimmt er auch nach zweimaliger Korrektur nicht die gewollte Pose ein.

»Nein«, seufze ich und bin, bevor ich es bemerkt habe, zu ihm getreten, um ihn selbst zu korrigieren. Sobald meine Hand die warme Haut seines Unterarms berührt, zucke ich zurück.

Wie jeher prickeln meine Fingerspitzen und mein gesamter Körper brennt, am meisten brennt jedoch immer noch der Schmerz in meiner Brust. Ich kämpfe die Tränen in meinen Augen zurück und gehe wieder an meinen Platz. Dieses Mal bietet er mir das perfekte Motiv.

Doch bereits bei der nächsten Pose wiederholt sich das Ganze. Es geht sogar so weit, dass Jae-Joon Wege findet, mich ebenfalls zu berühren – rein zufällig natürlich. Selbst nachdem er ein zweites Mal die Kleidung gewechselt hat, setzt er das Spielchen fort. Es kostet mich so viel Kraft, nicht die Beherrschung zu verlieren, dass meine Nerven innerhalb von eineinhalb Stunden komplett blank liegen. Stellt er sich absichtlich dumm, um mich dazu zu zwingen, ihn zu korrigieren und dadurch anfassen zu müssen?

Ich weiß nicht, wie ich es am Ende schaffe, das Shooting so weit voranzutreiben, bis nur noch das Wassergott-Motiv fehlt.

»Machen wir dreißig Minuten Pause und danach mit den letzten Aufnahmen weiter«, verkünde ich, und mein Team nimmt meine Worte zum Anlass, um der angespannten Stimmung zu entfliehen.

Kraftlos lasse ich die Arme sinken. Noch nie habe ich es so sehr gehasst, in Bezug auf meine Bilder so perfektionistisch zu sein. Es ist ein regelrechter Zwang, seine Posen immer wieder so lange zu korrigieren, bis ich zufrieden bin.

»Jae-Joon, ich will zum Schluss die Bedeutung deines Namens aufgreifen. Dafür wirst du nass werden und dich gegebenenfalls ausziehen müssen, wäre das okay?«

»Ich hätte nicht gedacht, dass du mich so schnell nackt vor dir stehen haben willst«, meint er mit einem frechen Grinsen und ist dabei so nah an mich herangetreten, dass ich seinen Atem an meiner Schläfe fühlen kann.

Ich weiß nicht, was er mit seinem Verhalten erreichen will. Mich so lange reizen, bis ich zusammenbreche? Wenn ja, dann hat er sein Ziel erreicht, denn das tue ich im nächsten Moment, sodass erste Tränen über meine Wangen rinnen.

»Macht es dir Spaß, mich zu quälen? Ist das die Strafe dafür, dass ich dich verlassen habe?« Trotzig wische ich die Tränen weg, doch es fließen nur noch mehr, und ich beginne innerhalb von Sekunden, haltlos zu schluchzen.

Wortlos zieht er mich in seine Arme, umgibt mich mit seiner Körperwärme und ich gönne mir für einige Augenblicke das Gefühl von Frieden. Bereits im nächsten Moment winde ich mich jedoch aus seiner Umarmung und wende mich abermals von ihm ab.

»Lass das, wir sind kein Paar mehr«, schniefe ich und blicke mich verstohlen um, doch auch Jeremy scheint die Suite verlassen zu haben.

»Wenn es nach mir gegangen wäre, hätten wir uns nie getrennt«, erwidert er und zieht mich an meinem Arm zu sich herum.

»Ja, ist das so? Warum bist du dann mit Hyeri zusammen?«, frage ich mit erhobener Stimme und kann gleichzeitig nicht verhindern, dass sie zittert.

»Ist das dein Ernst? Du machst mich wirklich wahnsinnig! So habe ich mir das alles nicht vorgestellt!« Ich sehe dabei zu, wie Jae-Joon sich mit beiden Händen durchs Gesicht fährt und erkenne, dass es ihm wohl doch nicht so gut geht, wie es die ganze Zeit geschienen hat. »Glaubst du eigentlich, es wäre ein Witz gewesen, als ich dir gesagt habe, dass ich dich liebe? Denkst du, dass für mich Gefühle austauschbar sind und ich in der Lage wäre, plötzlich mit Hyeri zusammen zu sein? Warum hast du so wenig Vertrauen in mich? Nicht nur jetzt in diesem Moment, sondern auch damals? Denkst du wirklich, dass nur andere es wert sind, dass man Opfer für sie bringt, und du nicht? Oder vielmehr, dass ich nicht bereit wäre, alles für dich zu geben? Wieso hattest du nicht genügend Vertrauen in mich? Habe ich dich nicht fühlen lassen, wie sehr ich dich liebe und dass du das Wichtigste in meinem Leben bist? Hast du auch nur einen Augenblick darüber nachgedacht, dass ich gerne selbst entschieden hätte, wie es mit meiner Karriere weitergeht? Oder dass wir gemeinsam eine Lösung für Hyeris Erpressung hätten finden können? Nein, du hast mir einfach die Entscheidung abgenommen und bist gegangen – hast mich aus heiterem Himmel verlassen und dafür gesorgt, dass meine gesamte Welt zusammengebrochen ist. Du kannst dir wahrscheinlich noch nicht mal vorstellen, was ich in den letzten Monaten durchgemacht habe! Ich hatte das Gefühl, zu sterben!«

Sprachlos öffne ich den Mund und schließe ihn wieder. Er weiß über die Erpressung Bescheid?

»Während ich dir nie abgekauft habe, dass du mich wirklich verlassen wolltest, es für den Moment aber akzeptieren musste, hast du angenommen, dass ich einfach zur nächsten Frau – und dann auch noch Hyeri – ziehen konnte?« Schwer atmend schaut er mich an. »Es hat mir den Boden unter den Füßen weggezogen, als ich erfahren habe, dass du dich von mir getrennt hast, weil Hyeri dich erpresst hat! Ich weiß, warum du es getan hast, ich kann es auf eine gewisse Weise sogar nachvollziehen, weil ich wahrscheinlich auch nicht anders gehandelt hätte, dennoch war es die Hölle!«

»Du liebst mich immer noch?«, frage ich stotternd und bin von der Masse an Erkenntnissen, die auf mich einströmen, überfordert.

»Was für ein Glück, dass du das Wichtigste verstanden hast!« Zu meiner Überraschung zieht er mich im nächsten Moment erneut an sich und sorgt dafür, dass sich unsere Lippen zu einem Kuss treffen.

Dieses Mal lasse ich mich fallen, schlinge die Arme um seinen Hals, dränge mich an ihn und erwidere die zärtlichen Berührungen seines Mundes so gierig, als würde mein Leben davon abhängen. Tatsächlich fühlt es sich so an, als könnte ich endlich wieder leben.

Leider viel zu schnell löst sich Jae-Joon wieder von mir. »Wir haben noch einiges zu klären, aber für den Moment sollten wir versuchen, unsere Emotionen zu zügeln und professionellen Abstand zu halten. Ich weiß nicht, wie lange uns noch bleibt, bevor die anderen zurückkommen. Lass uns die Arbeit beenden, danach haben wir alle Zeit der Welt.«

»Jeremy weiß über uns Bescheid, oder?«

»Ja, er ist auf unserer Seite«, bestätigt Jae-Joon, wischt mir die restlichen Tränenspuren weg, küsst mich ein letztes Mal kurz und verspricht: »Ab jetzt wird alles gut.«

Und das wird es, das weiß ich nun.

Nachdem Jae-Joon und ich die Gelegenheit hatten, fürs Erste für klare Verhältnisse zu sorgen, aber beschlossen haben, die Aussprache auf den Abend zu verschieben, fühle ich mich unendlich erleichtert, kann jedoch nicht glauben, dass wir eine zweite Chance bekommen werden. Dennoch bin ich so glücklich, dass ich nicht anders kann als zu lächeln.

»Es tut gut, dich lächeln zu sehen. Dich in den letzten Stunden hilflos dabei beobachten zu müssen, wie du leidest, war schrecklich für mich«, meint Jae-Joon mit so rauer Stimme, dass ich erkenne, wie sehr er ebenfalls gelitten haben muss.

»Es tut mir leid, dass ich so gereizt reagiert habe und unfair zu dir gewesen bin.«

»Muss es nicht, zum Teil habe ich es ja herausgefordert«, gibt er zu und haucht mir einen verstohlenen Kuss auf die Wange.

»Du hast das mit den Posen absichtlich falsch gemacht, oder?«

»Zu Beginn nicht, als ich dann aber gemerkt habe, dass dein Ehrgeiz es nicht zulässt, auf das perfekte Bild zu verzichten und dies die einzige Möglichkeit ist, dir nahe zu sein, habe ich es vorsätzlich getan, ja. Ich weiß, dass es mir leidtun sollte, aber das tut es nicht, denn genau das hat dazu beigetragen, dass du dich mir endlich geöffnet hast.«

Bevor ich antworten kann, kommen Mason und Jenny zurück in die Suite und stellen zwei Becherhalter mit verschiedenen Getränken auf den Tisch. »Wir haben euch zwei Eiskaffee mitgebracht.«

»Danke«, rufe ich ihnen zu und wende mich wieder Jae-Joon und dem Kleiderständer zu. »Möchtest du ein Hemd tragen oder oberkörperfreie Bilder machen?«

»Du weißt, dass ich es hasse, mich oberkörperfrei zu zeigen«, meint er auf Koreanisch und fügt dann noch mit leiser Stimme hinzu: »Der Anblick soll nur dir vergönnt sein.«

»Du hast in den letzten Monaten viel trainiert, oder?«, frage ich mit einem Lächeln und bin versucht, meine Hand um seinen deutlich gewachsenen Bizeps zu legen.

»Training, Arbeit und Musik. Diese drei Dinge haben

meine Tage gefüllt und mir ermöglicht, uns eine gemeinsame Zukunft zu sichern.« Jae-Joon legt unauffällig seine Hand auf meine und streichelt über meine Finger. »Bogo sipeo, Riley.«

»Nado bogo sipeo.« Unsere Blicke saugen sich aneinander fest, und für einen Moment ist es so, als lägen nicht neun lange Monate voller Leid und Unglück zwischen uns.

Plötzlich verlegen, wende ich mich erneut der Kleiderstange zu, hole ein weißes Hemd hervor und drücke es ihm in die Hand. »Nimm dieses hier, die Hose kannst du anlassen.«

Die Stimmung hat sich inzwischen so sehr ins Positive geändert, dass die letzten Bilder schnell im Kasten sind und Jae-Joon sich abtrocknen und danach ein letztes Mal für das Interview fertig machen kann. Nachdem ich auch von dem Interview Fotos gemacht habe, packe ich meine Kamera weg und überlasse Mason den Rest des Abbaus.

Neugierig lausche ich Irenes perfekt gewählten Fragen und muss mir bei einigen von Jae-Joons Antworten ein Grinsen verkneifen. Sein Humor hat sich trotz der schweren Zeit nicht geändert.

»Er hat die letzten Monate sehr gelitten und hart für eure gemeinsame Zukunft gekämpft«, meint Jeremy, der plötzlich neben mir steht.

»Können wir wirklich zusammen sein?«, frage ich und schaue ihn hoffnungsvoll an.

»JJ wird dafür sorgen, dass ihr es könnt.«

Wenn selbst sein Manager eine gemeinsame Zukunft für uns sieht, müssen wir es am Ende schaffen.

»Das Lied, das Sie an die Spitze der asiatischen Charts gebracht und auch für internationalen Erfolg gesorgt hat, trägt den Namen *Track No. 1*. Was steckt hinter diesem Titel, hat er eine besondere Bedeutung?«, fragt

Irene und weckt damit mein Interesse.

»Nein, ich wollte nur den wahren Titel bisher nicht preisgeben.«

»Und weshalb?«

»Weil die Frau, die ich liebe, ihn als Erste erfahren sollte.«

»Also ist er immer noch geheim?«

Mit einem Lächeln blickt Jae-Joon mich an. »*Your Smile* heißt er und ist der erste Track aus meinem bald erscheinenden Album *Mi-So*.«

Die Bedeutung seiner Worte nimmt mir den Atem. Das Lied, mit dem er den internationalen Durchbruch geschafft hat, handelt von mir? Nicht nur das, er widmet mir sogar ein ganzes Album?

Ich bin so gerührt, dass mir erneut Tränen in die Augen schießen - dieses Mal jedoch aus Freude, Aufregung und Glück. Am liebsten würde ich ihm in die Arme fallen, aber das geht nicht, daher begnüge ich mich für den Moment damit, dass ich ihn anlächele und seinen Worten folge. Gleichzeitig kann ich immer noch nicht fassen, dass wir uns gemeinsam in einem Raum befinden.

»Wollen Sie uns auch diesen Titel erklären?«

»Mi-So ist ein Spitzname, steht aber ebenso für das Wort *Lächeln*.«

»Klingt fast schon wie eine Liebeserklärung. Heißt das, Sie sind in festen Händen?«

»Ja, seit eineinhalb Jahren«, meint er und blickt mich dabei unverwandt an. »Selbst wenn sie sich vor neun Monaten von mir getrennt hat, habe ich unsere Beziehung nie als beendet betrachtet.«

»Also stimmen die Gerüchte, die um Sie und Ihre Kollegin kursieren?«, bohrt Irene weiter, scheint jedoch von Jae-Joons Erklärung irritiert zu sein.

»Nein, wir stehen in keiner romantischen Beziehung zueinander – haben wir nie und werden wir auch nie.«

»Sind das offizielle Antworten?«

»Es sind Antworten, die längst überfällig, bisher aber unmöglich gewesen sind.«

Zunehmend verwirrt, blickt Irene zu mir. Ich kann deutlich an ihrem Gesichtsausdruck erkennen, dass sie sich fragt, ob er sie vielleicht nicht richtig verstanden hat. Anders hätte ich mir an ihrer Stelle seine kryptischen Worte auch nicht erklären können.

»Es wäre besser, wenn Sie das Interview an einem anderen Punkt fortsetzen und vergessen, was er gerade gesagt hat«, schlägt Jeremy vor, macht dabei aber auf freundliche Weise klar, dass eine Diskussion darüber aussichtslos wäre. Was das Beste ist. Solange Jae-Joon und ich noch nicht alles geklärt haben, sollten wir uns zurückhalten.

Ohne zu zögern, kommt Irene der Bitte nach und stellt Jae-Joon noch weitere drei Fragen, bevor sie das Interview mit Small Talk beendet.

»Es war mir eine Freude, das Interview mit Ihnen führen zu dürfen, ich bin ein großer Fan«, höre ich, wie sich Irene bedankt und dann fragt: »Könnten wir vielleicht noch ein Foto machen?«

»Klar«, antwortet Jae-Joon.

»Vielen Dank.«

Sosehr ich mich vorhin über Irenes Schwärmerei aufgeregt habe, gerade ist ihre Euphorie ansteckend.

»Möchte sonst noch jemand ein Bild mit mir, ansonsten würde ich gerne eins mit der Fotografin haben.« Da Jeremy uns zuvor subtil zur Zurückhaltung aufgefordert hat, lässt Jae-Joon es nun so aussehen, als wollte er das Gleiche wie alle anderen Stars vor ihm – eine Erinnerung an das internationale Shooting mit mir. Da auch Mason und Jenny auf ein Foto mit Jae-Joon erpicht sind, dauert es einige Minuten, bis ich neben ihm stehe und er endlich den Arm um meine Taille legen kann – auch wenn es für den Moment nur eine Pose für das

Foto ist.

»Wann geht dein Flieger nach Hause?«, fragt er auf Koreanisch, nachdem er sich widerwillig von mir gelöst hat.

»Ich bin mit dem Auto hergekommen«, antworte ich ebenfalls in seiner Muttersprache und stelle so sicher, dass uns außer Jeremy, der ja ohnehin eingeweiht ist, niemand verstehen kann. »Was ist mit euch, wann reist ihr ab?«

»Das mache ich von dir abhängig. Jeremy hat meinen Rückflug storniert, sobald ich von dem Interview erfahren habe. Er wird deshalb heute Abend ohne mich zurückfliegen. Ich möchte die Staaten allerdings nicht verlassen, bevor wir nicht alles, was zwischen uns steht, aus dem Weg geräumt und geklärt haben.«

Da ich davon ausgehe, dass wir Aufmerksamkeit auf uns ziehen und keine Ruhe haben werden, wenn wir im Hotel bleiben oder gemeinsam zu Jae-Joons gehen, schlage ich vor: »Schick mir später die Adresse von deinem Hotel, ich hole dich dort ab, sobald hier klar Schiff gemacht ist. Von dort aus können wir dann zusammen Phoenix verlassen und alles Weitere danach entscheiden.«

»Gute Idee. Fährst du ein tolles Auto?«, erkundigt er sich und bringt mich mit dieser total überraschenden Frage zum Lachen.

»Ich habe versucht, meinen Liebeskummer mit einem nagelneuen Mustang zu begraben.« Zu meiner Verwunderung ist der Schmerz in meiner Brust verschwunden, einzig ein Hauch Angst, Jae-Joon wieder zu verlieren, ist geblieben. »Geholfen hat es zwar nicht, aber wenigstens ist er nützlich.«

Gemeinsam mit Jae-Joon trete ich auf Jeremy und die anderen zu. »Gute Arbeit«, lobe ich alle und verabschiede die beiden zusammen mit meinen Kollegen.

Sobald ich mit dem Team allein bin, kommt Irene auf

mich zu. »Hast du verstanden, was er vorhin über seine Freundin gesagt hat? Ich nämlich nicht. Eigentlich ist sein Englisch perfekt, aber das war … wirr?«

»Irene, du bist blind«, meint Mason und schaut mich schelmisch grinsend an.

»Lass einfach den Part weg«, fordere ich und weiche Masons wissendem Blick aus.

»Aber was ist, wenn wir damit ein exklusives Statement bekommen haben und die Chance vergeuden, wenn wir nichts darüber schreiben?«, fragt Irene weiter.

»Ich verspreche dir, dass unsere Redaktion einen exklusiven Beitrag schreiben wird, okay?«

»Wie willst du das …«

»Riley hat ihn heute nicht zum ersten Mal gesehen«, gibt nun auch Jenny Irene einen Hinweis. »Hast du nicht gemerkt, wie komisch sie war?«

Immer noch irritiert blinzelnd schaut Irene mich an. »Dann bist du …?«

»Ja«, gebe ich zu, »aber die Sache ist kompliziert. Also versprecht mir bitte, dass nichts nach außen dringt. Im Gegenzug werde ich euch alles erzählen, sobald die Details geklärt sind.«

Irene will noch etwas sagen, doch Mason zieht sie von mir weg. »Komm, wir haben noch einiges zu tun. Wenn wir unseren Flieger nicht verpassen wollen, müssen wir uns beeilen.«

Aufgeregt, aber vor allem erleichtert vor mich hin grinsend, helfe ich beim Zusammenpacken. Ich bin so glücklich, dass selbst der Gedanke an Hyeri und die Frage, ob sie uns wirklich nichts mehr anhaben kann, mein Gefühlshoch nicht dämpft. Mich damals Jae-Joon nicht anvertraut zu haben, war möglicherweise der größte Fehler meines Lebens, daher sollte ich ihm zumindest jetzt vertrauen.

»Was soll ich Präsident Yang sagen, wenn er fragt, wann du zurück sein wirst?«, will Jeremy wissen, während wir auf dem Weg zu unserem Hotel sind.

»Zu den Studioaufnahmen«, verspreche ich, allerdings nur widerwillig. Ich würde gern noch mehr Zeit mit Riley verbringen, weiß aber auch, dass selbst diese zwei Tage nicht in meinen engen Terminplan passen und Jeremy Probleme haben wird, alle versäumten Pflichten zu kompensieren. Zusätzlich die Studioaufnahmen zu verpassen, würde nicht nur den Zeit-, sondern auch den Kostenrahmen sprengen.

»Was wirst du jetzt machen? Auf lange Sicht, meine ich.«

»Ich weiß es nicht.« Tue ich wirklich nicht. Da ich zu Beginn meines Planes niemals damit gerechnet hätte, Riley so schnell wiederzubegegnen oder sie gar überzeugen zu können, dass wir nun endlich eine Chance auf eine unbelastete Beziehung haben, sind die nächsten Wochen arbeitstechnisch vollgestopft. »Zuerst einmal müssen Riley und ich die Geschehnisse der letzten neun beziehungsweise zehn Monate aufarbeiten. Danach schaue ich weiter. Und davon werde ich auch abhängig machen, inwiefern ich Hyeri noch für all das Leid büßen lasse.«

Das Wiedersehen mit Riley war unglaublich schmerzhaft. Ich habe bereits geahnt, wie schlecht es ihr geht, aber dann zu sehen, dass sie in einer noch viel schlechteren Verfassung ist als erwartet, war die Hölle für mich. Zumal ich die ganze Zeit hilflos bei ihrem inneren Kampf zusehen musste und sie wegen ihrer Kollegen nicht mal in Ruhe ansprechen konnte.

Zugegeben, sie im Laufe des Shootings absichtlich zu reizen, war nicht unbedingt richtig, für mich allerdings die einzige Möglichkeit, sie aus der Reserve zu locken.

Doch ganz egal, wie schwer die vergangenen Stunden für uns beide waren, in Rileys Nähe sein zu dürfen, ist für mich wie nach Hause zu kommen. Ich habe das Gefühl, endlich wieder atmen zu können, denn sosehr mich ihr schmerzerfüllter Gesichtsausdruck bekümmert hat, ist Riley für mich die schönste Frau, der ich je begegnet bin! Sie ist das Wichtigste in meinem Leben.

Bei der Erinnerung an unser Wiedersehen muss ich mir an die Brust fassen, so intensiv spüre ich immer noch meine körperliche Reaktion auf sie. Mein Herz hat mir bis zu den Ohren geschlagen und für einige Sekunden ausgesetzt, als ich sie mit den viel kürzeren Haaren entdeckt habe. Ein wenig wehmütig bin ich deshalb schon, gleichzeitig wirkt sie durch die neue Frisur jünger, zu meinem Erstaunen auch weiblicher, aber vor allem zerbrechlicher. Was mir einmal mehr zeigt, dass ich sie damals besser hätte beschützen müssen und kläglich versagt habe. Allein aus diesem Grund darf – wird - mir das kein zweites Mal passieren!

Zwei unendlich lange Stunden später, während denen ich fast irre geworden bin, weil ich kaum erwarten konnte, Riley endlich wiederzusehen, räume ich mein Gepäck in den Kofferraum ihres beeindruckenden Wagens und steige zu ihr ins Auto.

Plötzlich fühle ich mich befangen, da Riley jedoch sofort vom Gelände des Hotels fährt und sich in den Verkehr einfädelt, bleibt mir ein wenig Zeit, um mich zu sammeln.

»Habe ich dir erzählt, dass Owen auch einen Mustang hatte? Allerdings keinen neuen, sondern einen Oldtimer … Fühlt sich gerade ein bisschen wie damals an, nur dass du wesentlich besser aussiehst als er.« Als Riley lacht, weiß ich, dass ich mich zum Idioten gemacht habe, doch ihre Erheiterung ist es mir wert.

»Ich wäre enttäuscht, wenn du Owen attraktiver finden würdest«, neckt sie mich, und ich muss ebenfalls lachen, sodass meine Anspannung verpufft.

»Danke.«

»Wofür?«, fragt sie, weiß aber genau, weshalb ich mich bedankt habe.

»Wochenlang habe ich jede Nacht davon geträumt, endlich wieder bei dir zu sein, und jetzt, wo ich es bin, ist es … kann ich es nicht fassen.«

»Ich weiß, was du meinst. Mir geht es nicht anders. Ich bin unglaublich erleichtert und glücklich, dass du hier bei mir bist, aber ich habe trotzdem Angst. Können wir dieses Mal wirklich zusammen sein?«, fragt Riley, und das Zittern in ihrer Stimme zeigt mir, wie verunsichert und erschüttert sie immer noch ist.

»Ja, ich werde nicht noch mal zulassen, dass uns etwas trennt.« Um meine Worte zu unterstreichen, nehme ich ihre Hand in meine und küsse ihre Fingerspitzen.

Zu meiner Besorgnis beginnt nun Rileys Unterlippe zu beben, und ich sehe, wie sie mehrmals schluckt, um sich zu fangen. Sie sollte nicht um Fassung ringen müssen, gleichzeitig fühle ich, dass es mir nicht viel anders geht und all die angestauten Emotionen und Ängste ebenfalls in mir aufsteigen. »Es wird alles gut, das verspreche ich dir!«

»Das muss es! Dich noch mal zu verlieren, würde ich nicht überleben«, schnieft sie.

»Ich auch nicht. Die letzten Monate ohne dich waren die Hölle«, gebe ich zu und muss schlucken.

Einige Sekunden nehmen wir uns die Zeit, uns wieder zu fangen, doch dann meint Riley mit einem schiefen Lächeln: »Ich habe ein Hotel ein paar Meilen außerhalb entdeckt. Wenn die Verkehrslage so bleibt, sollten wir in zwanzig Minuten dort ankommen.«

»Das klingt gut.« Das tut es wirklich, denn das Bedürfnis, Riley im Arm zu halten oder wenigstens endlich über alles zu sprechen, ist so groß, dass ich das

Gefühl habe, zu platzen. Dennoch ist mir bewusst, dass, wenn unsere Emotionen in diesem Moment hochkochen würden, Riley dann vielleicht nicht mehr in der Lage wäre, weiterzufahren.

»Wie war das Festival?«, fragt sie und will mit diesem unverfänglichen Thema wohl die Zeit bis zur Ankunft am Hotel überbrücken.

»Aufregend. Ich weiß allerdings nicht genau, ob es das war oder ob ich wegen des Shootings und dem Wissen, dass wir uns endlich wiedersehen werden, durch den Wind gewesen bin.«

»Ich freue mich, dass du diesen Traum leben kannst.«

Für einige Sekunden schweige ich. Hat sie wirklich nicht verstanden, dass Erfolg nie mein Traum, sondern ein Mittel zum Zweck gewesen ist? »Erst durch dich habe ich wieder angefangen, zu träumen. Nicht davon, berühmt und reich zu werden, sondern davon, genügend Geld zu verdienen, um schuldenfrei zu sein und eine Zukunft gemeinsam mit dir haben zu können.«

Weil Riley nicht sofort etwas erwidert, schaue ich zu ihr und sehe, wie sie um Fassung ringt, bevor sie dann leise meint: »Wenn ich mich nicht von dir getrennt hätte, hättest du am Ende vielleicht nichts davon erreicht.«

»Aber ich hätte wenigstens dich gehabt«, erwidere ich ebenso ruhig. Der Vorsatz, unsere Ankunft im Hotel abzuwarten und erst dann zu reden, hat nicht lange gehalten.

»Weißt du, weshalb ich dich verlassen habe? Nicht weil ich Angst hatte, dass du mich nicht liebst, sondern aus Angst, dass du mich irgendwann hassen würdest. Drei schreckliche Wochen lang habe ich mich gequält und überlegt, was ich machen soll. Mich gefragt, ob wir es trotz der Erpressung schaffen könnten und was passieren würde, wenn du wirklich wegen mir in einen Skandal verwickelt würdest. Ganz egal, wie ich es gedreht und gewendet habe, ich bin immer zum selben

Schluss gekommen: Hyeri hatte zwar nie das Ziel, dir zu schaden, sie wollte dich bloß für sich. Dennoch hätte sie am Ende bestimmt keine Sekunde gezögert, die Bilder an die Presse zu geben, wenn ich mich nicht von dir getrennt hätte und zurück in die Staaten gegangen wäre. Was daraus für mögliche Konsequenzen resultiert hätten, weißt du am besten. Im harmlosesten Fall wären nicht alle deine Verträge aufgelöst worden, aber immer noch so viele, um großen finanziellen Schaden anzurichten. Einen Schaden, der dich wahrscheinlich in den Ruin getrieben hätte, denn zusätzlich zu den entstandenen Kompensationszahlungen wäre, wegen des Verstoßes gegen die Klausel, auch noch die riesige Vertragsstrafe auf dich zugekommen. Außerdem hättest du deine restlichen Schulden sofort zurückzahlen müssen. Selbst wenn ich dich in diesem Fall niemals mit allem allein gelassen hätte, konnte und wollte ich die Verantwortung, deine Karriere möglicherweise auf dem Gewissen zu haben, nicht tragen. Vielleicht hätte sich die Lage irgendwann beruhigt, ja, aber was wäre gewesen, wenn nicht? Du hättest möglicherweise nie wieder die Chance gehabt, Fuß zu fassen, sodass der Schuldenberg und der Druck am Ende wahrscheinlich so sehr auf dir und auch mir gelastet hätten, dass jedes Glück und am Ende sicher auch unsere Liebe unter ihnen begraben worden wären.«

Riley realisiert nicht, wie fest sie inzwischen meine Hand umklammert, sondern sie schaut stur auf die Straße und konzentriert sich auf ihre Worte. Offensichtlich ist es nicht verkehrt, dass wir bereits während der Fahrt zu reden begonnen haben. Zumindest habe ich das Gefühl, ihr fällt es leichter zu sprechen, wenn sie mich dabei nicht anschauen muss. Die Tatsache, dass wir laut Navi vor einigen Minuten von der Interstate hätten abfahren müssen, untermauert meine Vermutung, dass sie noch nicht dazu bereit ist, mir beim

Sprechen in die Augen zu sehen, und deshalb weitergefahren ist.

»Verstehst du? Ich habe dich nicht verlassen, weil ich dich nicht mehr geliebt habe, sondern aus Liebe. Vor neun Monaten war dies das Einzige, was ich für dich tun konnte. Ich hätte mir niemals verziehen, wenn ich der Grund für dein zerstörtes Leben gewesen wäre.«

Für einige Augenblicke lasse ich ihre Worte auf mich wirken. Zum größten Teil hatte ich mir ihre Beweggründe bereits zusammengereimt; sie nun bestätigt zu hören, hinterlässt quälende Schuldgefühle in mir. Ich weiß, dass sie recht hat, sogar mit der Vermutung, dass mein unweigerlich entstandener Karriereabsturz am Ende ein möglicher Grund für eine Trennung gewesen wäre. Trotzdem tut es nicht weniger weh, selbst wenn ich weiß, dass ich an ihrer Stelle die gleiche Entscheidung getroffen hätte.

»Ich weiß, weshalb du so gehandelt hast, und hätte letztlich genauso entschieden. Dennoch habe ich mich oft gefragt, welchen Sinn mein Leben hat, wenn du nicht mehr in ihm vorhanden bist. Sogar jetzt tut die Erinnerung an die letzten Monate und das Leid unglaublich weh«, wiederhole ich meine Gedanken. »Ich weiß, dass ich mein Lebensglück nicht von dir abhängig machen sollte, aber du bist nun mal das Wichtigste für mich. Ich habe dich trotz des Stresses und der vielen Arbeit so sehr vermisst, dass ich gedacht habe, verrückt zu werden. Gleichzeitig warst allein du mein Antrieb, um durchzuhalten. Ohne die Hoffnung, dich vielleicht doch noch zurückgewinnen zu können, hätte ich diese Höllenmonate nicht überlebt. Hyeri und den anderen vorzuspielen, es wäre alles okay, hat mich so viel Kraft gekostet, dass ich im Nachhinein nicht mehr weiß, wie ich es bis heute überhaupt ausgehalten habe.«

»Seit wann weißt du von Hyeris Erpressung?«, fragt Riley. Meine Worte scheinen zu ihr durchgedrungen zu sein, denn nun ist sie es, die meine Hand beruhigend streichelt.

»Knapp fünf Monate. Falls du dich fragst, weshalb ich dich nicht schon früher kontaktiert habe, kann ich es dir erklären. Spätestens dann wirst du es verstehen, aber dafür würde ich gerne etwas weiter ausholen.« Ich öffne den Mund, füge Sätze im Kopf zusammen und will mit dem Sprechen beginnen, finde aber nicht die richtigen Worte. »Ich habe mir in den letzten Stunden Tausende Male überlegt, was ich dir alles sagen will, und jetzt weiß ich nicht, wo ich anfangen soll.«

»Vielleicht damit, weshalb du der Welt und mir vermittelt hast, dass Hyeri nicht nur auf dem Bildschirm deine Freundin ist?«, fragt Riley, und mir wird klar, dass sie angenommen hat, ich wäre in der Lage gewesen, unsere Beziehung innerhalb weniger Wochen hinter mir zu lassen.

Diese Erkenntnis tut weh, dennoch muss ich zugeben, dass ich an ihrer Stelle wahrscheinlich die gleichen Schlüsse gezogen hätte. »Es ist eine PR-Taktik von unseren Managements gewesen. Aber davon abgesehen hatte ich bis zu dem Moment, in dem ich herausgefunden habe, dass sie all das verschuldet hat, auch nicht die Kraft, mich mit ihr oder irgendwem anders auseinanderzusetzen. Ich habe einfach nur gemacht, was von mir verlangt wurde, nichts hinterfragt und schon gar nicht wegen irgendetwas angefangen zu diskutieren. Allein das hat mich die erste Zeit überleben lassen — jeden Tag bis zur Erschöpfung zu arbeiten und dann in einen tiefen traumlosen Schlaf zu fallen.«

Ich schaue auf die Autos, die vor uns fahren, und weiß jetzt, weshalb Riley nicht vom Highway abgefahren ist. Zu reden, ohne die Emotionen und vielleicht auch Vorwürfe in Rileys Augen sehen zu müssen, macht es mir ebenfalls leichter, ihr alles zu erklären. »Wieso ich sogar danach diese Scharade bis heute weitergespielt habe? Aus verschiedenen Gründen. An besagtem Tag war ich mit Jeremy und Hyeri beim Mittagessen. Irgendwann ist sie kurz vom Tisch aufgestanden und hat ihr Handy zurückgelassen. Es muss Schicksal gewesen sein, denn im selben Moment ist eine Nachricht von ihrem Privatdetektiv aufgetaucht, der ihr ein Update über dich geschickt hat. Natürlich wollte ich sie sofort zur Rede stellen, wusste aber auch, dass eine übereilte Reaktion zu einer Szene in der Öffentlichkeit und somit letztlich zu einem Skandal geführt hätte. Da eine Konfrontation also ausgeschlossen war, habe ich Jeremy kurz darauf in alles eingeweiht und ihn dazu gebracht, sich Hyeris Handy genauer anzuschauen. Meine Hoffnung war, die Nummer des Privatdetektivs herauszufinden, aber da sie alle Konversationen und Fotos behalten hat, hat sie uns einiges an Arbeit erspart.

Sie weiß bis heute nicht, dass ich hinter ihre Intrige gekommen bin. Jeremy und ich haben hingegen viele Beweise sammeln können, die nur noch darauf warten, verwendet zu werden. Nun weißt du schon mal, wie ich erfahren habe, was sie uns angetan hat. Wieso ich nichts unternommen, sondern weiterhin ahnungslos getan habe, selbst nachdem ich all die Beweise gegen Hyeri hatte? Wegen dir! Ich habe endlich verstehen können, weshalb du mich verlassen hast, und wusste, dass alles umsonst gewesen wäre, wenn ich Hyeri zu diesem Zeitpunkt darauf angesprochen oder sie in der Öffentlichkeit bloßgestellt hätte. Ich wäre zwar nicht der Böse in der Geschichte gewesen, aber die Folgen wären dennoch verheerend ausgefallen: Das Drama wäre gefloppt, weil man Hyeri und mir die Lovestory nicht länger abgenommen hätte, zudem wäre am Ende unsere – deine und meine – Beziehung doch noch in den Schlagzeilen gelandet. Was vielleicht nicht dazu geführt hätte, dass ich karrieretechnisch abgestürzt wäre, aber die Vertragsstrafen wären auf mich zugekommen.

Durchzuhalten und gute Miene zum bösen Spiel zu machen, war daher die einzige Chance, um dorthin zu gelangen, wo ich jetzt bin. Ich bin schuldenfrei, habe ein Polster angespart und bin nicht nur als Schauspieler, sondern auch als Model, Variety-Show-Star und Musiker erfolgreich. So erfolgreich, dass ich dir inzwischen eine sichere Zukunft bieten kann. Dazu war ich vorher nicht in der Lage. Natürlich werden mir einige Fans den Rücken kehren, sollten wir uns dazu entscheiden, unsere Beziehung öffentlich zu machen, aber es wird kein Weltuntergang sein, zumindest nicht für mich persönlich. Ich habe bei den Neuverhandlungen meines Vertrages die Karten in Bezug auf meine Pläne für uns auf den Tisch gelegt, und Präsident Yang ist darauf eingegangen.«

Ich lege eine kurze Pause ein, und Riley nutzt diese Chance, um noch mal nachzuhaken: »Du hast deinem Management von uns erzählt?«

»Ja, auch dass wir bereits einige Monate zusammen gewesen sind, bevor du dich von mir getrennt hast. Da aber nie etwas davon bekannt geworden ist, habe ich gegen keine Klauseln verstoßen. Ich weiß nicht, weshalb Präsident Yang eingelenkt und mir seine Unterstützung zugesagt hat, sollte es Probleme wegen unserer Beziehung geben. Im Grunde ist es mir aber auch egal. Für mich zählt einzig und allein, dass wir zusammen sein können.«

»Das will ich mehr als alles andere, aber ich kann hier nicht …«

»Vergiss das Aber. Im Moment ist nur wichtig, dass wir beide nie aufgehört haben, einander zu lieben, und immer noch eine gemeinsame Zukunft wollen. Die Details können wir mit der Zeit beschließen, dir sollte aber klar sein, dass ich niemals fordern werde, dass du für mich etwas aufgibst. Allerdings sollst du wissen, dass ich die nächsten zwei Monate einen engen Terminplan habe. Da unser Wiedersehen wesentlich früher stattgefunden hat, als ich mir je hätte erträumen lassen, habe ich mein neues Album noch nicht aufgenommen und werde im Anschluss an die Aufnahmen direkt auf Promotour müssen.«

»Du hast zuvor im Interview gesagt, dass du an einem Album arbeitest. Wird es wirklich den Titel *Mi-So* tragen?«, fragt Riley und scheint sowohl erfreut als auch verlegen zu sein.

»Du hast Track No. 1 – *Your Smile* - noch nie gehört, oder?«, stelle ich fest. Wäre das der Fall, würde sie wissen, dass das Lied eine einzige Liebeserklärung an sie und an keine andere Frau ist.

»Nein, an diesem Punkt hat meine Selbstzerstörung aufgehört. Allein immer wieder die Artikel über dich zu lesen, war schrecklich. Ich habe es mir jedes Mal verboten und mich doch nie daran gehalten.«

»Sobald wir irgendwo eine Pause machen, werde ich es dir vorspielen«, verspreche ich. Auch wenn ich es während des schwierigen Gespräches vorgezogen habe, sie nicht anschauen zu müssen, will ich unbedingt ihre Reaktion sehen, wenn sie das Lied zum ersten Mal hört.

»Okay, das klingt gut.« Kurz entsteht Stille. »Was hast du in Bezug auf Hyeri vor?«

»Am liebsten will ich sie für all das Leid, das wir wegen ihr erfahren mussten, büßen lassen, gleichzeitig wünsche ich mir einfach nur, dass alles schnell vorbei ist.«

»Wird es nicht Rache genug sein, wenn sie sieht, dass sie uns am Ende nicht auseinanderbringen konnte?«, gibt Riley zu bedenken. »Ich will unsere Beziehung nicht bekannt geben und sie direkt durch die Offenlegung von Hyeris Intrige und das damit verbundene Chaos belasten.«

»Sollen wir sie überhaupt bekannt geben?«

»Die Entscheidung überlasse ich dir. Mach das, was

nicht nur für uns, sondern auch für deine Karriere am besten ist. Ich möchte nur mit dir auf Dates gehen können, ohne Angst oder das Gefühl haben zu müssen, dass wir in den Augen der Medien und deiner Fans etwas Verwerfliches tun.«

»Wie kannst du nach allem, was passiert ist, weiterhin so viel Rücksicht auf mich nehmen wollen und verständnisvoll sein?«, frage ich ehrlich gerührt. Natürlich bin ich froh, dass unsere Aussprache problemlos verlaufen ist, trotzdem hätte ich mit Vorwürfen gerechnet. Stattdessen ist sie immer noch die verständnisvolle und liebenswürdige Frau, in die ich mich damals Hals über Kopf verliebt habe.

»Ich will seit jeher nur dein Glück, denn deins ist auch meins. Alles, was zählt, ist, dass wir zusammenhalten und uns kein zweites Mal auseinanderbringen lassen. Nicht von Hyeri, nicht von deinem Management und auch nicht von der Presse oder deinen Fans.«

»Das wird nicht wieder passieren«, verspreche ich.

»Gut«, antwortet Riley. Erneut hängen wir unseren Gedanken nach, erst dann fragt sie: »Wie geht es … unseren Freunden? Wissen sie … von allem?«

»Ja, Nam-Doo und Min-Ho tat ihr Verhalten dir gegenüber unglaublich leid«, verrate ich ihr und füge zögernd hinzu: »So-Ra leidet sehr darunter, dass du auf Nachrichten nie reagiert und den Kontakt komplett abgebrochen hast.«

»Ich weiß, ich auch, aber es ging nicht anders.« Während sie die ganze Zeit die Fassung gewahrt hat, kommen ihr bei der Erwähnung unserer Freunde die Tränen.

Zärtlich streiche ich sie ihr von der Wange und verspreche: »Ganz egal, was noch passieren wird, wir werden alles schaffen.«

Kapitel 21

Riley

Herzklopfen.
Vorfreude.
Aufregung.

Fast ein Jahr nachdem ich Seoul verlassen habe, setze ich erneut meine Füße auf den Boden der südkoreanischen Hauptstadt und fühle genau die gleichen Emotionen wie bei meiner allerersten Ankunft. Jedoch mit dem Unterschied, dass ich dieses Mal mit Sicherheit weiß, dass der Mann, der mich liebt, auf mich wartet.

Seit unserer Aussprache und der Entscheidung, dass wir ohneeinander nicht leben wollen – nicht können -, sind zwar keine weiteren neun Monate vergangen, aber dennoch neun lange Wochen voller Sehnsucht. Nur die täglichen Bilder und Nachrichten sowie viele Telefonate haben uns die Tage bis zu unserem Wiedersehen überstehen lassen. Da Jae-Joons neues Album und auch die Promotiontour unglaublich gefragt sind, wurden seinem Terminplan einige Städte und Fernsehauftritte hinzugefügt. Wenn ich nicht einen Auftrag von einem koreanischen Modelabel angenommen hätte, würden wir uns noch länger nicht sehen.

Gut gelaunt summe ich den Refrain von *Your Smile* und kann immer noch nicht fassen, dass Jae-Joon mir ein Lied – genau genommen ein ganzes Album – gewidmet hat, welches eine einzige romantische Liebeserklärung an mich ist.

Even when you were hurt, please stay with me
I don't want you to become a memory
Because I need you, I love you
But if you have to go, please smile at me

Even when you were hurt, please stay with me
Without you I'll be alone, forever alone
But even when you leave, I'll be here waiting for you
It's my selfishness that can't let you go
Because you are my smile, my love, my destiny

Niemals hätte ich gedacht, dass ein Lied, das dem Genre Electronic zuzuordnen ist, mein Herz so sehr berühren könnte. Wahrscheinlich ist genau dies der Grund, weshalb Jae-Joon mit seinem Album aktuell so erfolgreich ist. Seine Lieder laden zum Tanzen *und* zum Träumen ein. Jedes Mal, wenn ich *Your Smile* erneut abspiele, empfinde ich die gleichen Gefühle wie beim ersten Hören - pure Freude, Ergriffenheit, aber ebenso schmerzende Wehmut. Auch wenn Jae-Joon das Lied nicht selbst gesungen hat, spüre ich in jeder Zeile sein Leid und seine Liebe. Schon als ich dem Beat und dem Text damals gelauscht habe, konnte ich nicht anders, als zu lächeln – ihn noch mehr zu lieben und zu weinen, während ich ihn endlich wieder küsste.

»Wer, hast du gesagt, holt uns ab? Dein heißer Superstarfreund?«, fragt Mason neckend und schiebt seinen Koffer rumpelnd neben meinen, sodass ich zurück in der Realität lande.

Genau genommen ist Mason zwar ausschließlich bei *F.Sound*-Shootings mein Assistent, da ich inzwischen jedoch mit niemandem außer ihm zusammenarbeiten möchte, habe ich ihn eingeladen, mit mir nach Korea zu reisen und an dem Auftrag zu arbeiten. Gleichzeitig ist mir bewusst, dass Mason bei seinem Talent nicht mehr allzu lange mein Assistent bleiben wird. Aber das ist okay, zumal ich mir sicher bin, dass sich mein Leben ebenfalls schon bald ändern wird. Selbst wenn ich meine Karriere kein zweites Mal für einen Mann – auch nicht für Jae-Joon – aufgebe.

Da er jedoch sehr deutlich gemacht hat, dass er so eine Entscheidung von mir ohnehin nicht akzeptieren würde und lieber andere Lösungen finden möchte, ist weder meine noch seine Karriere ein problematisches Thema in unserer Beziehung. Ja, wir werden uns oft über mehrere Tage und auch Wochen nicht sehen, aber das wird nichts im Vergleich zu dem sein, was wir bereits durchstehen mussten und gemeistert haben. Immerhin wissen wir, dass wir - ganz egal was auch passiert – immer zueinander zurückkehren.

»Nein, meine Freundin So-Ra. Jae-Joon kommt erst morgen aus Busan zurück.«

»Ist sie Single?«, fragt er und wackelt mit den Augenbrauen.

»Nein, tut mir leid, sie ist mit einem guten Freund von mir liiert. Sollte es allerdings dabei bleiben, dass wir uns heute Abend mit meinem alten Team treffen, wird die eine oder andere Singlelady anwesend sein.«

»Das klingt vielversprechend. Ich bin gespannt, wie sie so drauf sind. Was ich dich übrigens die ganze Zeit schon fragen wollte, sprechen alle von ihnen so gut Englisch wie JJ?«, will Mason wissen, und ich bemerke, dass ich ihm darüber keine Auskunft geben kann.

»Ehrlich gesagt kann ich dir das gar nicht beantworten. Ich bin mir nur sicher, dass Min-Ho und Nam-Doo Englisch können. Aber keine Angst, ab einer gewissen Menge Soju und Bier musst du nichts mehr verstehen, um dich zu verständigen.«

Am Ende des langen Tages sollte ich recht behalten, sodass Mason, allein wegen des anstrengenden Fluges, innerhalb von kürzester Zeit im Soju-Himmel schwebt. Auch ich merke, dass meine Alkoholtoleranzgrenze in den vergangenen Monaten niedriger geworden ist. Ich falle zwar nicht wie Mason in Tiefschlaf, aber mit meinen Freunden kann ich definitiv nicht mehr mithalten und bin deshalb so schlau, mit dem Trinken aufzuhören, sobald ich angeheitert bin.

»Riley, ich habe dich so vermisst!«, ruft So-Ra ein wenig zu laut und will uns noch zwei Shots einschütten, doch Min-Ho nimmt ihr die Sojuflasche und auch das bereits gefüllte Glas ab.

»Ihr hattet schon genug, ich bin ab jetzt euer schwarzer Ritter«, kündigt er an und bezieht sich darauf, dass er jeden Drink aus den folgenden Runden für uns übernehmen wird, was nicht verkehrt ist, da unsere Gruppe zu Trinkspielen übergegangen ist. An mich gewandt fügt er hinzu: »Ich bin auch froh, dich wiederzusehen. Du hast uns allen gefehlt.«

»Am meisten hast du aber immer noch mir gefehlt«, meint eine vertraute Stimme hinter mir und ich spüre bereits im nächsten Moment das Gewicht zweier Hände auf meinen Schultern.

»Oppa!« Durch den Alkohol ein wenig langsam und unkoordiniert, wende ich mich zu Jae-Joon um und blicke endlich in das Gesicht, das ich nicht nur vermisst habe, sondern mehr liebe als alles andere auf der Welt. »Ich dachte, du kommst erst morgen nach Seoul zurück.«

»Wie kann ich eine weitere Nacht in Busan verschwenden, wenn ich weiß, dass uns nur noch wenige Kilometer und Stunden voneinander trennen?« Grinsend setzt er sich neben mich und nimmt meine Hand in seine.

Der Blick, mit dem er mich betrachtet, ist so zärtlich und sehnsuchtsvoll, dass ich regelrecht spüren kann, wie gern er mich in den Arm nehmen und küssen würde. Wären wir nicht in der Öffentlichkeit, würde er mit Sicherheit keine Sekunde zögern. Auch nicht, wenn wir in den Staaten wären, doch hier ist es unangebracht.

Mit einem Lächeln zeige ich ihm ein Finger Heart und schenke ihm danach einen Drink ein. »One shot!«

Sofort kommt er meiner Forderung nach und leert das Glas in einem Zug. Als Nächstes lässt er sich von mir mit den dazu gereichten Früchten füttern. Für einen kurzen Moment frage ich mich, ob es okay ist, meine Zuneigung zu ihm so offen zu zeigen. Da wir uns jedoch in einem abgeschiedenen Bereich des Lokals befinden und unter uns sind, verwerfe ich jeden weiteren Gedanken daran.

Jae-Joon und ich haben bereits geklärt, dass er ein offizielles Statement abgeben wird - abhängig davon, wie lange es dauert, bis man uns zum ersten Mal zusammen sieht und die richtigen Schlüsse zieht. Was eigentlich nicht allzu lange dauern dürfte, zumindest nicht, wenn uns immer noch Hyeris Privatdetektiv im Nacken sitzt. Generell ist es verwunderlich, dass Hyeri sich aktuell so still verhält.

»Was ist mit deinem Kollegen?«, fragt er und deutet mit dem Kopf auf Mason, der mit dem Oberkörper auf dem Tisch liegt und schläft.

»Zu viel Soju und zu wenig Schlaf«, erkläre ich und Jae-Joon reagiert mit einem wissenden Nicken. »Lass uns noch ein bisschen bleiben und dann abhauen. Auf dem Weg nach Hause können wir Mason in seinem Hotel absetzen.«

Nach Hause. Diese zwei Worte lassen mich verstehen, dass ich wirklich wieder zu Hause bin, aber nicht in Seoul oder der Wohnung, in der Jae-Joon und ich lange gemeinsam gewohnt haben, sondern bei ihm. Zuhause ist kein Ort, Zuhause ist an seiner Seite.

»Hier hat sich nichts verändert«, stelle ich fest, nachdem wir daheim ankommen sind und ich im Wohnzimmer stehe. Genau wie bei meiner Ankunft wenige Stunden zuvor, streiche ich mit den Fingern über eine weiche Decke, die ich damals zurückgelassen und nie von Jae-Joon zurückbekommen habe. Sogar mein Fläschchen

Nagellack steht immer noch auf einem Brett im Regal.

»Ich konnte mich von keinen deiner Sachen trennen und habe sie für einige Wochen eingelagert. Sobald ich die Wahrheit erfahren habe, ist alles wieder an seinen Platz zurückgekehrt. Es ist albern, ich weiß, aber allein dadurch hatte ich vor Augen, dass auch du wieder an meine Seite kommen wirst.« Jae-Joon tritt von hinten an mich heran, schließt die Arme um meinen Oberkörper, vergräbt seine Nase an meinem Hals und küsst die empfindliche Haut unter meinem Ohr. »Ich habe dich unglaublich vermisst.«

Die Berührung seiner Lippen, sein warmer Atem auf meiner Haut und seine Worte lösen eine wohlige Gänsehaut bei mir aus, die meinen gesamten Körper überzieht. »Ich dich auch.«

»Ich habe ein Willkommensgeschenk für dich«, meint Jae-Joon plötzlich und schiebt mich in Richtung Musikanlage. Dort angekommen, greift er nach einer CD mit der Aufschrift *Your Smile 2.0*, legt sie ein und spielt sie ab. Sofort erklingt das Lied, das ich seit Wochen immer und immer wieder höre und von dem ich wahrscheinlich nie genug bekommen werde.

Even when you were hurt, please stay with me
I don't want you to become a memory
Because I need you, I love you
But if you have to go, please smile at me
Just one last time

Even when you were hurt, please stay with me,
Without you I'll be alone, forever alone
But even when you leave, I'll be here waiting for you
It's my selfishness that can't let you go
Because you are my smile, my love, my destiny

Ich kenne das Lied inzwischen so gut, dass ich es selbst

dann noch hören kann, wenn gar keine Musik ertönt. Dennoch braucht es einen Moment, bis ich die neue, abweichende Strophe bemerke. Jae-Joon dreht mich zu sich herum und drückt mir ein großes Glas mit Schraubdeckel in die Hände. Zu meiner Überraschung sehe ich etwas zwischen einem Haufen Origamisterne baumeln.

Every time I think about you – think about us
I can't imagine a future without you
Your smile is the last thing I want to see
So please, please marry me
Because you are my smile, my love, my destiny

Im gleichen Moment, in dem ich das *Marry me* in dem Lied höre, realisiere ich, dass das baumelnde Etwas in dem Glas ein Ring mit einem großen und glitzernden Swarovski-Kristall ist.

»Kannst du dich daran erinnern, was ich dir damals gesagt habe? Ich würde dir ein einziges Mal einen Ring schenken und dieser würde ein Verlobungsring sein? Ich trage ihn bereits eine ganze Weile mit mir herum, wollte ihn dir aber erst geben, wenn ich weiß, dass ich wirklich mein Leben an deiner Seite verbringen kann. Dieser Moment ist jetzt. Während der nächsten knapp fünf Wochen habe ich noch Verpflichtungen in Südkorea, aber danach werde ich mir eine Auszeit vom Fernsehen nehmen. Ich will mich weiter auf meine Musik konzentrieren … und zu dir nach Los Angeles ziehen.«

Jae-Joon nimmt mir das Glas ab, schraubt den Deckel ab und löst den Ring von dem Band, an dem er hängt. Sobald er alles außer ihm weggelegt hat, umfasst er meine linke Hand mit seiner und hält sie zwischen uns hoch. »Ich liebe dich mehr als alles andere auf der Welt. Willst du mich heiraten? Mein Lächeln, meine Liebe, mein Schicksal sein?«

Überrascht schaue ich Jae-Joon einige Sekunden lang an, doch dann wird mir klar, dass der Moment, auf den ich nach unserer Trennung vor fast einem Jahr nicht mehr zu hoffen gewagt habe, nun doch noch eintritt. Überwältigt und immer noch sprachlos, kann ich letztlich nur heftig mit dem Kopf nicken. Tränen der Freude rinnen plötzlich in Sturzbächen über meine Wangen.

Jae-Joon, der während seines Antrags absolut gelassen gewirkt hat, wird nun von seinen zitternden Händen verraten. Er ist so aufgeregt, dass er zwei Anläufe braucht, bis er mir den Ring an den Finger gesteckt hat. Danach kann ich ihm endlich lachend und weinend um den Hals fallen. Ich drücke mich dicht an seinen Körper und küsse ihn, als würde allein diese zärtliche Berührung mich am Leben erhalten.

Mir wird klar, meine Entscheidung, Jae-Joon zu verlassen, ist damals richtig gewesen. Die harten Wochen und Monate danach durchzustehen, war die Probe, die wir bestehen mussten, um von nun an auf ein glückliches und gemeinsames Leben blicken zu dürfen. Natürlich werden wir auch zukünftig hin und wieder schwere Zeiten haben. Aber nichts wird unserer Liebe etwas anhaben können, weil wir bereits wissen, wie es ist, wenn das Schlimmste passiert und wir versuchen müssen, ohneeinander klarzukommen. »Ich liebe dich auch, ich will mein Leben mit dir verbringen. Ich will dein Lächeln, deine Liebe, dein Schicksal sein.«

Kapitel 22

Riley

»Warum hast du mich nicht davor gewarnt, wie schlimm so ein Soju-Kater sein kann?«, fragt Mason und reibt sich den Kopf. »Was ist gestern überhaupt noch passiert? Ich kann mich an kaum etwas erinnern.«

»Viel hast du nicht verpasst. Jae-Joon ist überraschend dazugekommen, hat ein paar Drinks mitgetrunken und ist dann mit uns gefahren. Einer von uns musste ja sicherstellen, dass du heil im Hotel ankommst und heute früh rechtzeitig einen Weckruf bekommst«, meine ich und reiche Mason einen Katerdrink, zusammen mit Schmerztabletten, während wir von dem Parkplatz der Tiefgarage auf die Aufzüge zusteuern. Dankbar nimmt er beides an, hält jedoch inne, sobald er den Ring an meinem Finger entdeckt.

»Eine wichtige Sache habe ich definitiv verpasst. Ist es das, was ich denke?«

Immer noch vollkommen High vor Glück nicke ich und halte ihm die Hand unter die Nase.

»Alter Schwede, wie viel muss er mit seinem Album verdient haben, dass er dir so ein dickes Ding an den Finger stecken konnte? Bei der Größe und offensichtlichen Reinheit sicher ein fünfstelliges Sümmchen.«

Erschrocken ziehe ich die Hand zurück und betrachte den Stein. »Du verarschst mich doch? Da-das ist ein Diamant?«

»Die Frau mit dem ausgeprägten Sinn für Schönheit kann den Unterschied zwischen einem Diamanten und einem Swarovski-Kristall nicht erkennen?« Amüsiert lacht Mason auf, muss sich jedoch direkt an den schmerzenden Kopf fassen.

Immer noch schockiert steige ich mit Mason in den Aufzug des Studios und tippe eine Nachricht an Jae-Joon in mein Handy: *Du hast mir einen echten Diamanten geschenkt?*

Ich sagte dir doch, dass ich dir nur ein Mal einen Ring kaufen werde, deshalb muss er für die Ewigkeit halten, ist seine simple Antwort. Inklusive eines zwinkernden Smileys.

»Ich fasse es nicht.«

»Und ich fasse nicht, dass du das wirklich nicht erkannt hast«, zieht Mason mich weiter auf. Sobald wir jedoch aus dem Fahrstuhl steigen und von der PR-Managerin des Unternehmens und einer Assistentin in Empfang genommen werden, reißt er sich zusammen. Gleichzeitig weiß ich, dass er später noch jede sich bietende Chance nutzen wird, um mich zu necken und über Jae-Joon auszuquetschen.

Auch wenn die Zusammenarbeit mit dem asiatischen Modelabel generell gut läuft, ist es anstrengend. Was nicht nur an der kaputten Klimaanlage und der koreanischen Frühsommerhitze liegt, sondern vor allem daran, dass die Designerin ebenso perfektionistisch veranlagt ist wie ich und von ihren Vorstellungen nicht abweichen will, sodass die Models sowie Mason und ich stark gefordert werden. Letztlich muss ich zugeben, dass die Visionen der Fashion Artist kreativ und individuell sind und meine eigenen Ideen perfekt ergänzen - sogar meine Fantasie anregen.

Dennoch müssen wir nach drei Stunden eine Pause machen. Die Ventilatoren laufen zwar auf Hochtouren, reichen aber irgendwann nur noch aus, um die warme Luft von der einen Seite des Raumes zur anderen zu pusten.

»Okay, lasst uns eine Pause einlegen«, verkünde ich. Ich kann die Erleichterung aller Beteiligten regelrecht spüren und sehe grinsend dabei zu, wie sich alle fleißigen Arbeitsbienchen auf den Weg nach draußen machen.

»Hast du etwas dagegen, wenn ich frische Luft schnappen gehe?«, fragt Mason und massiert sich den Nacken.

»Nebenan ist ein Starbucks, geh dir da einen Iced Americano kaufen, der dürfte dich abkühlen und dir ein wenig Energie liefern«, schlage ich vor, werde selbst jedoch im Studio bleiben und die ersten Bilder sichten.

»Willst du auch einen?«

»Lieber einen geeisten Tee, Pfefferminz oder etwas Fruchtiges wäre super.« Bereits auf die Fotos konzentriert, ziehe ich einen Zwanzigtausend-Won-Schein aus meiner Hosentasche und halte ihn in die Richtung, in der ich Mason vermute. Ich nehme zwar wahr, wie er ihn mir aus der Hand nimmt, sich bedankt und mir ein »Bis später!« zuruft, bin in Gedanken jedoch schon bei der Vorauswahl der Bilder.

Mason ist wahrscheinlich eine Viertelstunde weg, als mein Handy auf dem Tisch vibriert. Zu meiner Überraschung entdecke ich nicht nur einige verpasste Anrufe, sondern auch eine Vielzahl von Nachrichten auf dem Display. Augenblicklich überkommt mich ein ungutes Gefühl.

Mit klopfendem Herzen entsperre ich den Bildschirm und kann nun die neueste Mitteilung lesen: *Letzte Chance, komm sofort in die Tiefgarage oder ich platze ins Studio. Dann wirst du erst recht bereuen, dich zurückgetraut zu haben!*

Auch ohne sie abgespeichert zu haben, erkenne ich, wessen Nummer über der Nachricht prangt - Hyeris. Ich habe mich zwar bereits gefragt, weshalb sie in den vergangenen Wochen Jae-Joons Nähe nicht mehr gesucht und sich auch in Bezug auf die Gerüchte um sie beide ruhig verhalten hat, dennoch oder gerade deshalb bin ich darüber erschrocken, dass sie nun mich kontaktiert und sogar meine neue Handynummer herausgefunden hat. Da ich zwar grundsätzlich keine Angst vor

Hyeri habe, aber auch keine Szene an meinem Arbeitsplatz haben möchte, entschließe ich mich dazu, ihrer Forderung nachzukommen. Zur Sicherheit schreibe ich jedoch eine kurze Info an Mason.

Sobald ich mich dann im Aufzug auf dem Weg in die Tiefgarage befinde, rast plötzlich mein Herz und ich muss meine feuchten Hände an meinen Shorts abwischen. Was will sie von mir?

Kaum bin ich unten angekommen und gehe zu den Parkplätzen, entdecke ich Hyeri, die augenblicklich auf mich zustürmt. Ich sehe deutlich ihre Wut, was ich jedoch nicht kommen sehe, ist der Schlag, der mich im nächsten Moment ins Gesicht trifft. Die Wucht ist so heftig und unerwartet, dass ich das Gleichgewicht verliere und gegen ein geparktes Auto pralle.

Erschrocken blicke ich in Hyeris vor Zorn und Wahnsinn verzogene Fratze. Als sie ein zweites Mal ausholt, gelingt es mir, ihren Arm abzublocken und sie von mir zu schubsen, sodass ich endlich aufstehen kann.

»Micheosseoyo?«, frage ich schwer atmend und immer noch fassungslos.

»Ob *ich* verrückt bin?«, fragt sie mich zu meiner Überraschung auf Englisch. »*Du* bist verrückt, dich ein zweites Mal zwischen Oppa und mich zu stellen! Habe ich dir damals nicht deutlich genug zu verstehen gegeben, was passiert, wenn du nicht sofort verschwindest? Willst du schuld sein, wenn ich dafür sorge, dass Oppa die meistgehasste Person im ganzen Land wird?«

Dieses Mal überkommt mich Wut. »Hast du dir vielleicht mal Gedanken darüber gemacht, dass Jae-Joon deine Gefühle niemals erwidern wird, egal was du tust? Im Gegenteil, dass er dich sogar hasst? Du hast uns für einige Zeit mit deinen Intrigen, miesen Spielchen und der Erpressung auseinanderbringen können - dafür gesorgt, dass ich ihn verletzen musste und mich von ihm getrennt habe. Aber du konntest trotzdem keinen

Einfluss auf unsere Liebe füreinander nehmen!«

»Natürlich konnte ich das, er ist glücklich mit mir!«, meint sie gehässig.

Ungläubig lache ich auf. »In welcher Fantasiewelt lebst du? Hast du, nachdem er sein Album veröffentlicht hat, wirklich gedacht, dass du noch eine Chance bei ihm hast? Hast du nicht verstanden, dass es in den Liedern um mich geht und nicht um dich?«

»Das ist eine Lüge! Er liebt mich! Wir sind in wenigen Monaten ein Jahr zusammen! Hast du es nicht in den Medien gehört? Wir sind ein Traumpaar«, brüllt sie, versucht, mich zu verunsichern und zu provozieren.

»Wenn er dich wirklich lieben würde, würde er dann nicht längst zu eurer Beziehung stehen – so wie er zu mir stehen wird?«, erwidere ich mit einem ruhigen Lächeln und streiche mir absichtlich mit der linken Hand eine Haarsträhne aus dem Gesicht – so langsam und betont, dass Hyeri deutlich meinen Diamantring sehen kann. »Und zwar spätestens dann, wenn er unsere Verlobung bekannt gibt.«

Wütend kreischt sie auf: »Du lügst, du lügst, du lügst! Warum sollte er dich wollen, wenn er mich haben kann?«

»Jae-Joon hat immer nur mich gewollt. Er weiß, dass du mich erpresst und gezwungen hast, ihn zu verlassen. Jae-Joon weiß es bereits seit Monaten und hat dich die ganze Zeit ertragen, damit er seinen Plan umsetzen konnte, zu mir zurückzukommen.«

»Er kann unmöglich wissen, dass ich dich erpresst habe. Ich hätte es ihm angemerkt, so gut kann er sich mir gegenüber nicht verstellen!«

»Wusstest du nicht, dass echte Liebe dafür sorgt, dass man über sich hinauswächst? Ihm war klar, dass er dich aushalten musste, um mit mir zusammen sein zu können.«

»Aber ich habe alles für ihn getan! Du hättest sein Leben zerstört!«, kreischt sie zusammenhanglos weiter.

»*Du* hast fast unser Leben zerstört!«, schreie ich zurück und verliere langsam die Geduld. »Ich sage es dir ein einziges Mal: Leg dich noch mal mit mir an und es wird dir leidtun, dass *du* Jae-Joon und mich nicht in Ruhe gelassen hast! Versteh endlich, dass du nie eine Chance hattest und auch nie eine haben wirst.«

»Ihr werdet das alles noch bereuen! Ich sorge dafür, dass ihr niemals glücklich werden könnt! Wenn ich Jae-Joon nicht haben kann, wirst du ihn auch nicht haben, das verspreche ich dir!«

Zu meiner Überraschung, aber auch Erleichterung stürmt Hyeri davon und steigt in ihren Wagen, mit dem sie lautstark wegrast.

Zitternd lasse ich mich an der Wand hinter mir nieder. Für einen kurzen Moment wird mir sogar schlecht. Doch dann beruhige ich mich mit der Tatsache, dass Hyeri im schlimmsten Fall Lügen über sich selbst, Jae-Joon und mich verbreiten kann, diese jedoch durch die gesammelten Beweise widerlegt werden können.

»Ist alles okay bei dir?«, fragt Mason und taucht plötzlich vor mir auf.

»Ja«, versuche ich, ihn und auch mich zu beruhigen.

»Ich vermute, das war die böse Hexe?«, stellt er fest und hält mir meinen Becher mit Tee vor die Nase.

Dankbar nehme ich ihn entgegen und trinke einige Schlucke. Sofort fühle ich mich wegen des Zuckers und der abkühlenden Wirkung des Getränks besser. »Ja.« Auch wenn ich weiß, dass sie uns nichts anhaben kann, nagen Zweifel an mir. »Was hast du mitbekommen?«

»Genug, um zu wissen, dass sie zwar aussieht wie ein Engel, aber die mieseste Bitch ist, der ich bisher begegnet bin.«

Der trockene Ton, mit dem Mason es sagt, bringt mich zum Lachen. »Komm, lass uns hochgehen, die anderen warten sicher schon.«

Nickend reicht er mir die Hand und zieht mich zurück auf die Beine. »Geht es dir gut?«

»Ja«, antworte ich geistesabwesend und halte mir den kalten Becher an die Wange.

Am liebsten würde ich Jae-Joon anrufen und ihm von allem erzählen, aber das würde uns beiden im Moment nicht weiterhelfen. Daher schreibe ich ihm nur eine Kurzfassung per Messenger. Außerdem, dass es mir gut gehe und ich weiterarbeiten müsse.

In wenigen Stunden werden Mason und ich das Shooting hinter uns haben, und dann habe ich immer noch genügend Zeit, um mir Sorgen zu machen.

Während ich also versuche, das ungute Gefühl abzuschütteln und das Shooting zu beenden, merke ich, wie sich kurz vor Schluss plötzlich die Stimmung im Studio ändert. Handys vibrieren und das Getuschel beginnt. Auch mein Smartphone summt seit einiger Zeit in meiner Hosentasche. Da ich jedoch vermute, dass es Jae-Joon ist, habe ich es bisher ignoriert.

Auch wenn meine eigene Unruhe immer weiter zunimmt, bringe ich das Fotoshooting wie ein Profi zu Ende. Erst als ich meine Kamera an Mason abgebe und von der Leiter steige, wird mir bewusst, dass alle Augen im Raum auf mich gerichtet sind und wegen irgendetwas über mich getuschelt wird.

»Gute Arbeit«, lobe ich alle und komme endlich dazu, auf mein Handy zu schauen. Die meisten Nachrichten sind von Jae-Joon, es sind aber auch welche von jedem einzelnen unserer Freunde dabei.

Ich höre, wie mehrere Personen aufkeuchen, und erkenne bereits im nächsten Augenblick, weshalb.

»Warum geht keiner von euch an sein Handy?«, fragt Jae-Joon gereizt und stürmt auf mich zu.

»Was machst du hier?«, stottere ich und erhasche im selben Moment einen Blick auf den Screenshot, den So-Ra mir geschickt hat. *Hyeri und Park Jae-Joon haben sich*

Erschrocken schnappe ich nach Luft. Ich weiß, dass es eine Lüge ist, die wir widerlegen können, dennoch treffen mich die Schlagzeile, ebenso wie die intimen Bilder, die uns im Singapur-Urlaub zeigen, hart.

Bestimmt nimmt Jae-Joon meine Hand und zieht mich aus dem Raum, während er Mason zuruft, dass er sich um alles kümmern und sich danach melden solle. Gleichzeitig werden immer mehr Handys auf uns gehalten, die uns filmen.

»Was ist passiert?«, frage ich mit bebender Stimme, sobald wir im Aufzug sind.

»Das spielt für den Moment keine Rolle, wir müssen jetzt erst mal die Reportermenge überwinden.«

»Reportermenge?«, wiederhole ich ungläubig.

Als sich jedoch die Fahrstuhltüren öffnen und ein Blitzlichtgewitter auf uns niederprasselt, weiß ich, was er meinte. Mithilfe von Jeremy und den Sicherheitsleuten des Unternehmens schaffen wir es in Jae-Joons Minivan. Erst als wir sitzen und Jeremy mit dem Wagen aus der Tiefgarage gefahren ist, kommen wir zu Atem.

»Warum ignorierst du dein Handy?«, beginnt Jae-Joon zu meckern, sieht dann jedoch, dass ich zittere, und fragt gleich wesentlich sanfter: »Geht es dir gut? Bist du verletzt?«

»Mir geht es gut«, verspreche ich, obwohl ich mir da nicht wirklich sicher bin.

»Was ist zwischen dir und Hyeri passiert? Wegen ihr sind die Medien voll mit Bildern, die der Privatdetektiv in Singapur von uns geschossen hat. Ich fasse nicht, wie sie so dumm sein kann. Die Fotos sind eine Sache, aber mir Untreue andichten zu wollen ...?«, fragt er aufgebracht und reibt sich mit den Händen durchs Gesicht. »Kannst du dir vorstellen, was ich mir nach deiner Nachricht für Sorgen gemacht habe? Vor allem, nachdem du anschließend stundenlang nicht ans Handy gegangen bist? Es hat ewig gedauert, herauszufinden, wo du bist.«

»Es … es tut mir leid«, stottere ich und beginne, vor Erschütterung zu weinen.

Als Jae-Joon mich direkt darauf an seine Seite zieht und mich tröstend streichelt, schluchze ich noch heftiger und weiß gar nicht genau, weshalb.

»Atme durch, JJ. Du verstörst Riley mit deiner Besorgnis!« An mich gewandt, meint Jeremy: »Beruhige dich, es ist alles okay. Die Situation ist aufregend und gerade sieht es schlimm aus, aber wir haben Beweise dafür, dass Hyeri lügt. Also wird alles wieder in Ordnung kommen.«

»Ich habe nichts falsch gemacht?«, frage ich schniefend.

»Nein. JJs Nerven liegen blank, er hatte wegen der Reporter Angst um dich und war besorgt, dass sie dich kalt erwischen und belagern könnten.«

»Das hat sie«, erwidere ich und bekomme einen Schluckauf.

Liebevoll öffnet Jae-Joon eine Flasche Wasser für mich und reicht sie mir.

»Tut mir leid, ich wollte dich nicht verängstigen, aber die vielen Artikel und Bilder so unerwartet zu sehen, haben mir einen Schrecken eingejagt.« Mehrmals atmet er tief durch und fragt dann: »Erzähl mir noch mal in Ruhe, was passiert ist.«

Zögernd komme ich seiner Bitte nach, berichte ihm von der Begegnung mit Hyeri und lasse dabei kein Detail aus – nur die Tatsache, dass sie handgreiflich geworden ist, erwähne ich bewusst nicht. Jae-Joon soll sich nicht noch mehr aufregen. »Als sie ging, drohte sie mir, dass wir beide es bereuen werden.«

»Dieses Miststück!«, ruft Jae-Joon. »Ich habe mir gedacht, dass es genau auf diese Situation hinauslaufen wird. Aber dass sie so schnell sein und sogar die Bilder an die Presse weiterleiten würde, habe ich nicht erwartet. Woher wusste sie überhaupt, dass du wieder in Seoul bist und wo du das Shooting hattest?«

»Ich schätze, von ihrem Privatdetektiv. Sofern meine Informationen stimmen, ist Hyeri heute nach zweimonatigen Dreharbeiten aus Griechenland zurückgekommen. Wahrscheinlich war sie bereits seit einiger Zeit darüber informiert, konnte aber wegen ihrer Abwesenheit nicht in Aktion treten«, mutmaßt Jeremy. Im Grunde spielt es keine Rolle, denn das Ergebnis bleibt das Gleiche.

»Und was machen wir jetzt?« Nur mit Mühe kann ich meine Stimme ruhig halten.

»Wir bringen dich zu Nam-Doo nach Hause. So-Ra und Shi-Ah warten dort auf dich und die anderen werden später ebenfalls kommen. Schick Mason die Adresse, damit er sich ein Taxi dorthin nehmen kann. Während du in ihrer Obhut bist, fahren Jeremy und ich in die Agentur und setzen uns mit der Rechtsabteilung zusammen. Im Grunde macht Hyeri es uns einfach. Da es eine Tatsache ist, dass sie uns beide verleumdet, können wir rechtliche Schritte gegen sie einleiten.«

»Okay«, stimme ich zu und fühle mich plötzlich erschöpft. Wie kann mein Leben innerhalb von wenigen Stunden gleich zweimal komplett auf den Kopf gestellt werden?

Jae-Joon

»Dieses Miststück!«, mache ich meiner Wut Luft, sobald Riley sicher bei Nam-Doo angekommen ist und ich mit Jeremy auf dem Weg zur Agentur bin. »Glaubt sie, dass sie mit alldem durchkommt?«

»Scheint so«, erwidert Jeremy ruhig und konzentriert

sich auf den dichten Straßenverkehr.

Ich bin hingegen außer mir vor Zorn. »Wie kann sie so dumm sein? Selbst wenn ich keine Beweise für ihre Intrige hätte, wie kann sie annehmen, dass ich das alles auf mir sitzen lassen werde?«

»Ich glaube, dass Hyeri ein ernsthaftes psychisches Problem hat. Ihr komplettes Verhalten dir gegenüber ist krankhaft und obsessiv.«

»Obsessiv ist das richtige Wort«, stimme ich nickend zu. »Hast du schon was von Präsident Yang gehört?«

»Er sagte, wir sollen sofort zu ihm kommen, und klang dabei nicht sonderlich glücklich. Du kannst wirklich froh sein, dass du aus dem alten Vertrag raus bist und ihn bereits in die Sache mit Riley eingeweiht hast. Ansonsten dürften wir uns jetzt auch mit ihm herumschlagen. So ist er bloß wütend auf die Verrückte. «

»Wahrscheinlich.« Wir haben nur noch eine kurze Strecke vor uns, daher versuche ich, einen klaren Kopf zu bekommen, kann mich aber einfach nicht beruhigen. »Es wird doch alles gut, oder?«

»Ja, dessen bin ich mir sicher. Im Moment sieht es schlimm für euch aus. Aber noch mal: Wir können beweisen, dass Hyeri ein falsches Spiel gespielt hat. Ich vermute sogar, dass am Ende alle davon beeindruckt sein werden, dass du und Riley, trotz dieser harten Zeit, überhaupt wieder zueinandergefunden habt. Es würde mich noch nicht mal wundern, wenn sich irgendein Sender an eurer Geschichte ein Beispiel nimmt und daraus das nächste Primetime-Drama macht«, scherzt Jeremy und versucht, damit die Stimmung zu lockern, wird aber das meiste ernst meinen.

»Mir ist im Grunde egal, was mit mir und meiner Karriere passiert, ich will nur Riley schützen.«

»Atme durch, alles wird gut«, verspricht Jeremy erneut. »Ich habe für solch eine Ausgangssituation bereits Vorbereitungen getroffen. Sollten wir uns für ein Statement entscheiden, kann ich die Beweise gebündelt an die verschiedenen Redaktionen von Sendeanstalten und Zeitungen schicken. Aber zuerst müssen wir die Details mit der Firma klären und uns durch die sensationsgierige Menge kämpfen.«

Auch wenn das Firmengebäude einen privaten Parkplatz hat, lauern vor dem Eingang der Agentur noch wesentlich mehr Reporter als in der Tiefgarage des Modelabels.

Menschenmengen sind mir nicht unbekannt, wütende Schreie und Beschuldigungen entgegengeschleudert zu bekommen, das ist jedoch eine Erfahrung, auf die ich gut verzichten könnte.

Wie konnten Sie das tun? Was sagen Sie dazu? Schämen Sie sich nicht? All das sind Fragen, die man mir entgegenruft. Am liebsten würde ich stehen bleiben und die Situation sofort aufklären, ich weiß aber auch, dass ich zumindest mit Präsident Yang, dem PR-Team und der Rechtsabteilung gesprochen haben sollte, bevor ich irgendetwas mache, was vielleicht doch noch schädigend für mich ist.

Von unserem Sicherheitspersonal und Jeremy werde ich ins Gebäude und in den Aufzug geschleust, der geradewegs zu der Etage mit Präsident Yangs Büro fährt. Oben angekommen spüre ich deutlich das Adrenalin durch meinen Körper rauschen.

»Da hast du etwas Schönes angerichtet«, stöhnt der Vorsitzende meiner Agentur und reibt sich die Stirn. »Wie konnte die Situation innerhalb weniger Stunden so eskalieren?«

»Ich weiß es nicht«, antworte ich ehrlich.

»Was ist dein Plan?«, werde ich zu meiner Überraschung gefragt.

»Ein offizielles Statement abgeben und die Wahrheit aufdecken.«

»Was ist die Wahrheit? Ich kenne sie bereits, aber wiederhole sie für Anwalt Kim und PR-Agentin Bak.«

Ich erzähle die gesamte Geschichte ein weiteres Mal, und Jeremy untermauert mein Gesagtes durch die Beweise, die wir zusammengetragen haben. Noch während ich berichte, vibriert mein Handy und es wird mir ein Anruf von Riley angezeigt. Aus Sorge, dass irgendetwas mit ihr sein könnte, gebe ich das Wort an Jeremy ab und verlasse den Raum, um das Gespräch anzunehmen.

»Ist alles okay?«, frage ich besorgt.

»Ja, mir geht es gut. Mason ist gerade gekommen. Er hat mir etwas gezeigt, was dir vielleicht helfen wird. Ich habe dir das Video geschickt, es dürfte jede Sekunde bei dir eingehen.«

»Ein Video?«

»Ja, es zeigt mich und Hyeri in der Garage. Mason hatte ein ungutes Gefühl, als ich ihm schrieb, dass ich sie in der Tiefgarage treffen würde, und war deshalb bereits vor mir dort. Als er dann gesehen hat, wie aggressiv sie war, hat er intuitiv das Handy gezückt und uns gefilmt.«

Für einige Sekunden schweigt Riley, und ich bemerke, dass sie mir etwas verheimlicht. »Du verheimlichst mir was.«

»Man kann nicht nur unsere gesamte Konversation verstehen, man sieht auch, wie sie auf mich losgeht und mich so heftig schlägt, dass ich gegen ein Auto falle.«

»Sie hat was?«, explodiere ich augenblicklich und ziehe damit – dank Yangs Vorliebe für Glaswände - die Blicke des Teams auf mich. »Warum zum Teufel hast du mir nichts davon gesagt?«

»Ich wollte dich nicht aufregen«, gibt sie hörbar zerknirscht zu und meine Wut verpufft ein wenig.

»Du hättest mir das nicht verheimlichen dürfen.«

»Ich weiß, aber mir war klar, dass du so wütend reagieren würdest. Und ohne Beweise hätte dir die Info nichts gebracht.«

Ich stöhne. »Du machst mich verrückt!«

»Tut mir leid.«

»Muss es nicht«, beruhige ich sie und höre ein kurzes Piepen, das mir eine angekommene Nachricht ankündigt. »Das Video ist da, ich werde es mir gleich anschauen.«

»Ist bei dir alles gut?«

»Ja, Jeremy und ich erklären gerade, wie wir vorgehen wollen. Kennt außer uns noch jemand das Video?«

»Niemand, der außenstehend ist.«

»Gut, ich schaue es mir an und melde mich später, okay?«

»Okay.«

»Ich liebe dich. Wir schaffen das!«, verspreche ich und beende das Gespräch, sobald mir Riley versichert hat, mich ebenfalls zu lieben.

Jeremy klopft an die Glasscheibe und bedeutet mir, zurückzukommen, doch ich bitte die Gruppe per Handzeichen um eine weitere Sekunde. Aufgeregt und immer noch außer mir, vor allem, nachdem ich erfahren habe, dass Hyeri Riley geschlagen hat, öffne ich die Nachricht mit dem Video und spiele es ab. Der Moment, in dem Riley gegen das Auto fällt, löst einen Kurzschluss in mir aus und ich sehe rot. Bin ich vorher noch gewillt gewesen, die Geschichte einigermaßen friedlich zu beenden, will ich Hyeri jetzt leiden sehen.

Noch während ich zurück in den Raum gehe, verbinde ich mit einigen Klicks mein Smartphone mit dem Laptop, den Jeremy für die gesammelten Beweise nutzt, und starte das Video auf dem großen Fernseher im Büro. Sofort richten sich alle Blicke erst auf mich und dann auf den Bildschirm. Wenige Sekunden darauf werden alle Zeuge davon, wie Hyeri Riley schlägt.

Mit zusammengebissenen Zähnen beobachte ich die Reaktion der Anwesenden. Sowohl Präsident Yang als auch Anwalt Kim wirken gefasst, PR-Agentin Bak ist hingegen genauso schockiert wie Jeremy.

Das Video endet mit den quietschenden Reifen von Hyeris davonfahrendem Wagen. Sofort richten sich wieder alle Blicke auf mich.

»Woher hast du das?«, fragt Jeremy verwundert.

»Rileys Assistent Mason hat zufällig alles aufgenommen.«

Nachdenklich beugt sich Yang vor und nimmt einen Schluck von seinem Tee. »Wir können die Verleumdungen nicht auf sich beruhen lassen. Sie sind falsch und geschäftsschädigend. Ich habe dir meine Unterstützung versprochen, und die wirst du nun auch bekommen. Anwalt Kim, wie ist Ihre Meinung?«

Einige Sekunden wirkt es so, als würde er nicht antworten, doch dann meint er: »Wenn ich das richtig verstanden habe, sind Miss Evans und ihr Assistent Amerikaner?«

»Ja«, bestätige ich und frage mich, was das für eine Rolle spielen soll.

»Das Video ist aus verschiedenen Gründen von Vorteil für uns. Ich sehe das so: Die Erpressung kann ohne Zweifel nachgewiesen werden, da Sie nicht nur die Beweise von Hyeris Handy haben, sondern auch den Nachrichtenverlauf von Miss Evans, richtig?«

»Ja«, bestätige ich ein weiteres Mal.

»Gut. Miss Evans kann also rechtliche Schritte wegen der Erpressung und des tätlichen Übergriffs einleiten. Allerdings können wir aktuell noch nicht nachweisen, dass Sie beide von Hyeri verleumdet wurden. Für Sie und auch uns ist es unter den gegebenen Umständen eine Tatsache, dass Hyeri die Informationen und Bilder weitergegeben hat, jedoch nach dem jetzigen Stand nicht bewiesen. Sie hat eine Drohung ausgesprochen, ja, aber damit ist nicht klar, dass sie an die Presse herangetreten ist. Zumindest nehme ich an, dass sie alle Dateien und Informationen anonym abgegeben hat.

Das heißt, solange wir dafür keinen Beleg haben, können Sie Hyeri in einem offiziellen Statement keine Verleumdung vorwerfen. Das würde nämlich wiederum Sie angreifbar machen. Gleichzeitig bin ich aber optimistisch, die Wahrheit aufzudecken. Sobald wir alle Beweise gesammelt haben, können wir rechtlich gegen Hyeri vorgehen und müssen nichts mehr zurückhalten. Mein Vorschlag wäre daher, dass Sie die Beweise in Bezug auf die Erpressung ausschließlich für die Klage nutzen. Zeitgleich sollten Sie mithilfe von Miss Evans' Assistenten dafür sorgen, dass die Presse das aufgenommene Video von heute Mittag zugespielt bekommt. Dies hat zwei Vorteile: Die Quelle steht in keinem direkten Zusammenhang mit Ihnen und es kann Ihnen nichts vorgeworfen werden.«

»Mason soll das Video an die Presse schicken?«

»Ja. Oder auf SNS veröffentlich. Das ist im Grunde egal. Die Hauptsache ist, dass die Aufnahme viral geht. Sie spricht für sich und wird den Leuten die Wahrheit zeigen, sodass die Situation entschärft wird, ohne dass wir uns bereits öffentlich dazu geäußert hätten. Das hat den Vorteil, dass wir das Statement an die auf das Video folgenden Reaktionen anpassen können.«

Verstehend, aber dennoch überrascht, nicke ich langsam mit dem Kopf. »Dann rufe ich Mason an und bitte ihn um den Gefallen?«

»Tun Sie das. Während wir die Netizens ihre Arbeit machen lassen, können wir den Rest besprechen.«

Bereits wesentlich erleichterter, rufe ich Mason an. Nachdem er sich sofort einverstanden erklärt hat, das Video in den sozialen Netzwerken zu teilen und zusammen mit unseren Freunden dafür zu sorgen, dass es sich verbreitet, beenden wir das Gespräch.

Die folgende Zeit verbringe ich damit, mit Jeremy, dem Anwalt und der PR-Agentin verschiedene Statements vorzubereiten und das Vorgehen gegen Hyeri durchzusprechen. Da jedoch nur Riley Hyeri wegen Erpressung anzeigen kann, kommen wir ab einem gewissen Punkt nicht mehr weiter. Deshalb schlage ich vor, in den nächsten Tagen mit Riley in der Agentur vorbeizukommen und dann alles andere gemeinsam mit ihr zu entscheiden. Als wir irgendwann Schluss machen, ist es bereits Abend und das eingetreten, was der Anwalt prophezeit hat. Das Video ist das Topthema in den Medien.

»Sie wissen also, was Sie zu tun haben?«, fragt PR-Agentin Bak zum Abschluss.

»Ja.«

»Gut, warten Sie mit der Veröffentlichung Ihres Statements noch eine Nacht und lassen Sie uns morgen noch mal sprechen. Bis dahin sollten Sie zu Ihrer Verlobten fahren und sich von dem aufregenden Tag erholen.« Kurz hält sie inne und lächelt dann. »Herzlichen Glückwunsch zur Verlobung. Ich freue mich für Sie, vor allem, nachdem ich nun weiß, was Sie durchstehen mussten.«

»Danke.« Und das bin ich wirklich – dankbar.

Auf dem Weg zu Nam-Doo gehe ich die Berichte in den sozialen Medien durch. Sie haben schon lange nicht mehr so auf dem Kopf gestanden wie heute. Hyeri, ich und auch Riley sind aktuell das Trendthema in der Echtzeitsuche. Während ich noch am Nachmittag die meistgehasste Person in Südkorea war, werde ich inzwischen regelrecht in den Himmel gelobt, sodass ich davon ausgehe, dass Rileys und meine Beziehung von nun an nicht nur anerkannt, sondern auch von den Menschen unterstützt wird. Etwas, das ich so nicht zu hoffen gewagt habe. Im Gegensatz zu uns kommt Hyeri nicht gut weg. Die Wut der Menschen und ihre Kommentare sind in Bezug auf mich bereits hässlich gewesen, gegen Hyeri nehmen sie hingegen ein ganz anderes, viel schlimmeres Ausmaß an. Dennoch kann ich kein Mitleid für sie empfinden, denn im Grunde ist es mir egal, wie sehr sie unter den Hasskommentaren leidet. Immerhin haben wir wegen ihr noch schrecklicheres Leid erfahren müssen.

»Und, wie geht es dir?«, fragt Jeremy.

»Gut. Erleichtert, aber auch müde. Dieser Tag hat mich noch mehr Kraft als die letzten Monate gekostet.«

»Mir geht es nicht anders. Ich bin froh, dass jetzt alles endlich ein gutes Ende nehmen wird. Gleichzeitig fühle ich mich ein wenig wehmütig. Wirst du wirklich eine Pause vom Fernsehen machen und zu Riley ziehen?«

»Ja, aber ich werde regelmäßig in Seoul sein, also keine Angst. So schnell wirst du mich nicht los. Und lass dir nicht einfallen, nicht mehr mein Manager sein zu wollen oder gar einen anderen Klienten lieber zu mögen als mich!«

»Bist du dir wirklich sicher, dass du eine Pause einlegen willst?«

»Ja, ich merke selbst, dass ich total ausgebrannt bin. Die viele Arbeit, der Stress … die Sache mit Hyeri und Riley. Ich möchte ein wenig das schuldenfreie Leben genießen und Musik machen. Songs zu komponieren und zu schreiben, macht mir viel mehr Spaß als die Schauspielerei.«

»Aber du wirst zurückkommen?«

»Klar. Allein, weil Riley Seoul vermisst und gerne wieder hier wohnen würde.«

»Gut«, ist Jeremys Antwort, bevor wir in Schweigen verfallen und erschöpft unseren Gedanken hinterherhängen.

Eine Stunde später haben wir Riley eingesammelt und Jeremy hat uns bei mir zu Hause abgesetzt. Zum ersten Mal nach einer gefühlten Ewigkeit kommen wir in den Genuss von Ruhe. Müde lasse ich mich aufs Sofa fallen und bedeute Riley, sich neben mich zu legen.

»Geht es dir gut? Hast du Schmerzen?«, frage ich besorgt und untersuche, sobald sie sich niedergelassen hat, ihr Gesicht.

»Alles okay. Es sah schlimmer aus, als es war. Sie hat mich unerwartet getroffen, deshalb bin ich gestürzt«, versucht Riley, mich zu beruhigen.

Ich glaube ihr jedoch erst, nachdem ich sie gründlich untersucht habe. Tatsächlich finde ich aber keine blauen Flecken an ihr, auch nicht auf der Körperseite, mit der sie gegen das Auto geprallt ist.

»Mach dir keine Sorgen um mich, ich bin wirklich okay. Ich sollte lieber dich fragen, ob alles in Ordnung bei dir ist. Wie lief das Gespräch mit deinem Management?«

»Gut, eigentlich sogar viel besser, als ich es erwartet habe.« Ich erzähle Riley von den Ereignissen und Besprechungen des Tages. »Wenn die Stimmung der Netizen so bleibt, werde ich morgen auf meiner Webseite ein Videostatement veröffentlichen, in dem ich knapp wiedergebe, wie wir beide uns kennengelernt haben, wie glücklich du mich gemacht hast und dass eine Welt für mich zusammengebrochen ist, als du mich plötzlich verlassen hast, weil ich deine Reaktion nicht nachvollziehen konnte. Danach erkläre ich, wie es mich ein zweites Mal kalt erwischt hat, als ich erfahren habe, dass Hyeri - eine mir nahestehende Person — mein Vertrauen missbraucht und fast mein Leben zerstört hat. Außerdem werde ich klarstellen, dass die Fotos von einem Privatdetektiv gemacht wurden, der dabei geholfen hat, die kurzen, aber wertvollen glücklichen Momente unserer Zweisamkeit zu diskreditieren.«

»Das klingt nach einem guten Plan. Aber bist du dir sicher, dass du ein Video machen willst? Wird dir das nicht schwerfallen? Du hasst so was doch.«

»Ich mag es nicht, ja, aber für uns werde ich alles tun,

was nötig ist. Davon abgesehen verstehe ich, weshalb die PR-Agentin ein Video vorgeschlagen hat. Es ist wesentlich persönlicher und kann Emotionen besser transportieren als eine schriftliche Stellungnahme. Da ich generell keine oder so gut wie keine Videos hochlade, ist es zusätzlich noch mal etwas Besonderes, was viel Aufmerksamkeit auf sich ziehen wird.«

»Stimmt«, gibt Riley zu und beginnt, Muster auf meine Brust zu zeichnen. Eine Geste, die typisch für sie ist und die ich schrecklich vermisst habe.

»Wie ist deine Meinung zu Hyeri? Sollen wir – willst du - rechtliche Schritte gegen sie einleiten?«

»Wegen der Erpressung? Nein, möchte ich nicht. Ich habe mir lange Gedanken darüber gemacht und bin zu dem Schluss gekommen, dass das noch mehr Aufmerksamkeit auf sie und auf uns ziehen würde. Ich will einfach, dass es endlich vorbei ist und wir glücklich sein können. Mir reicht es, wenn die Menschen nach Masons Video und deinem Statement die komplette Wahrheit wissen. Sie sollen über Hyeri richten, das genügt. Ich verstehe aber, dass du und dein Management die Verleumdungen nicht auf sich beruhen lassen könnt, und werde in der Hinsicht voll und ganz hinter dir stehen.«

»Du überraschst mich immer wieder.« Beeindruckt küsse ich ihre Stirn. Wie kann sie Hyeri einfach davonkommen lassen wollen? Okay, genau genommen hat Hyeri ihre eigene Karriere an die Wand gefahren, aber mir persönlich reicht das nicht. Möglicherweise ist es rachsüchtig, aber ich will sie am Boden sehen. »Du bist zu gut für diese Welt, weißt du das?«

»Irgendwie muss ich mir doch das Glück, mit dir zusammen sein zu dürfen, verdienen«, antwortet sie lächelnd und hebt den Kopf, sodass ich sie zart auf die Lippen küssen kann. »Saranghae.«

»Ich liebe dich auch.«

Epilog

Riley

»**A**nnyeonghaseyo, *F.Sound* sajin jagga Riley Evans ibnida«, stelle ich mich als Fotografin von *F.Sound* vor und blicke mit einem Lächeln zu Jae-Joon, der vor mir in die laufende Kamera von *My Life as a Celebrity* gesprochen hat.

Wie es dazu gekommen ist, dass wir hier nun zusammensitzen? Dafür gibt es einen guten Grund. Seit unsere Beziehung öffentlich geworden ist, sind erneut einige Wochen vergangen und viele Dinge passiert. Ich selbst habe mit Hyeri bereits abgeschlossen, Jae-Joons Anwälte schlagen sich hingegen wegen der Verleumdung noch immer mit ihr herum.

Glücklicherweise hat einer der Reporter zugegeben, dass ihm alle Informationen von ihr zugespielt wurden. Außerdem, dass sie ihm während eines Gespräches glaubhaft versicherte, dass sie das Opfer in der Geschichte wäre, und er deshalb von der Wahrheit ihrer Aussage ausgegangen sei. Nach der Wendung im Skandal und der Ankündigung von Jae-Joons Management, rechtliche Schritte gegen alle einzuleiten, die in die Verleumdung involviert sind, hat er Angst vor Konsequenzen bekommen und sich gemeldet. Daher gehen wir davon aus, dass auch in dieser Hinsicht bald ein Ende abzusehen ist und wir Hyeri komplett hinter uns lassen können. Seit ihr die Lügen um die Ohren geflogen sind, hat man sie nicht mehr in der Öffentlichkeit gesehen und auch sonst nichts mehr von ihr gehört.

Jae-Joon und ich hingegen können unsere offizielle Beziehung genießen und auf richtige Dates gehen. Natürlich wird insbesondere er oft erkannt und angesprochen, aber nie auf eine böse Art, ebenso wenig wie ich.

Im Gegenteil, das Interesse an mir als Jae-Joons Verlobte, aber auch als erfolgreiche Fotografin, ist sehr groß. Zu meiner Verwunderung und Freude haben sich sogar einige der Idole, mit denen ich zusammengearbeitet habe, hinter uns gestellt und uns ihren Beistand in ihren SNS-Kanälen zugesagt.

Um all unseren Unterstützern etwas von dieser Zuneigung zurückzugeben, habe ich mich dazu entschlossen, dass ich Teil von Jae-Joons vorerst letzter Folge von *My Life as a Celebrity* sein will. Wenn ich ehrlich bin, mache ich mir zwar immer noch Sorgen, ob seine Entscheidung, zu mir nach Los Angeles zu ziehen, richtig ist. Gleichzeitig kann ich aber seinen Wunsch nach einer Pause nachvollziehen. Dennoch oder gerade deshalb bin ich ihm dankbar, dass ich meine Träume gemeinsam mit ihm leben kann. Für mich steht zwar fest, dass ich zurück nach Seoul ziehen will, jedoch weiß ich auch, dass ich im Moment nicht bereit dazu bin.

Der Sprecher stellt uns einige persönliche Fragen, die wir beantworten, und dazwischen werden immer wieder Aufnahmen von den drei Tagen eingeblendet, in denen uns das Team begleitet hat. Es war zwar ungewohnt, auf Schritt und Tritt von den Kameras verfolgt zu werden, allerdings hat mir die Zeit unglaublichen Spaß gemacht.

Zu meiner Überraschung wird gerade eine Filmsequenz aus einer älteren Folge gezeigt, die damals zwar nicht verwendet, aber ganz offensichtlich aufgehoben wurde. Sie zeigt mich als Teammitglied des Studios im Gespräch mit Nam-Doo. Begleitet wird mein Auftreten von den Worten des Sprechers: *Kein Wunder, dass Jae-Joon sich in sie verlieben musste. Wir sind ebenfalls hingerissen.*

Die Zeit vergeht wie im Flug und ich bin plötzlich traurig gestimmt. Jae-Joon wird für mich dieses wunderbare Team verlassen. Es ist zwar nicht für immer, das wurde bereits, zusammen mit den Details für ein

Los-Angeles-Special, festgelegt, dennoch ist es schade.

Zum Abschluss richtet Jae-Joon seine Worte ein letztes Mal direkt an die Zuschauer. »Nach vier tollen Jahren ist es Zeit, Auf Wiedersehen zu sagen. Wie inzwischen bekannt ist, werde ich mich für einige Zeit auf meine Musik konzentrieren und dafür nach Los Angeles zu Riley und ihrer Familie ziehen. Ich danke euch für eure Liebe und eure Unterstützung. Da auch mir der Abschied schwerfällt, wollen Riley und ich euch mit *My Life as a Celebrity* zu uns nach Los Angeles einladen. Sowohl, damit ihr sehen könnt, wie wir dort leben, aber vor allem, damit ihr Teil unserer Hochzeit sein könnt, die nächsten Januar stattfinden wird, genau zwei Jahre nach unserem Kennenlernen. Vielen Dank für alles«, beendet Jae-Joon seine Abschiedsrede und zeigt mit beiden Händen ein Finger Heart.

Lächelnd mache ich es ihm nach und bin unglaublich stolz auf ihn.

»Okaaay, cut!«, ruft der Producer und beendet die Aufnahmen.

Bevor wir aufbrechen, verteilen wir Abschiedsgeschenke an das gesamte Team und fahren danach zusammen mit Jeremy zum Flughafen, denn heute war nicht nur Jae-Joons letzter Tag bei der Variety-Show, sondern auch unser letzter Tag in Seoul.

Je näher wir dem Gate und dem Zeitpunkt unseres Abflugs kommen, desto unruhiger werde ich.

»Alles gut?«

»Ja, es ist bloß ein komisches Gefühl, Südkorea zu verlassen. Geht es dir nicht auch so?«

»Nein, ich freue mich darauf, zurück in die Staaten zu gehen. Ich habe meine Zeit damals genossen und werde sie mit dir gemeinsam noch mehr genießen.« Tröstend legt er den Arm um mich und drückt mir einen Kuss auf den Scheitel. »Schon vergessen? Du bist mein Lächeln, meine Liebe, mein Schicksal.«

»Du bist so furchtbar kitschig!«, necke ich ihn, kann aber nicht leugnen, dass er ein weiteres Mal mein Herz zum Schmelzen bringt.

»Ich bin furchtbar *verliebt*«, erwidert er und hält mir seine Hand hin. »Saranghae.«

»Nado saranghae.« Lächelnd lege ich meine Hand in seine und verflechte unsere Finger miteinander.

Gemeinsam boarden wir und steigen in das Flugzeug. Keine zwanzig Minuten später bewegt es sich zur Startbahn und hebt ab.

Seoul zu verlassen, erfüllt mich mit Wehmut, ich weiß jedoch, dass es kein Abschied für immer sein wird. Daher werfe ich mit einem glücklichen Lächeln einen letzten Blick aus dem Fenster und betrachte die immer kleiner werdenden Lichter.

Annyeong, Seoul, Stadt, die meine Heimat geworden ist, in der ich meine Zukunft gefunden habe. Und hallo Los Angeles, erster Zwischenstopp in meinem gemeinsamen Leben mit Jae-Joon, dem Mann, der mein Lächeln, meine Liebe, mein Schicksal ist.

Ende 끝

Danksagung

Ich danke dir, dass du die Geschichte von Jae-Joon und Riley gelesen hast. Ich hoffe, du liebst die beiden genauso sehr wie ich und hast nun vielleicht sogar Lust auf K-Dramen und K-Pop – sofern du noch nicht infiziert gewesen bist.

Ebenso geht mein Dank an meine Mädels, die mich immer unterstützt haben. Daher tausend Dank an: „Annyeong Dramatschaland", „Wir stellen nur fest", meine unterstützenden „Instagirls", Jule, die mir mit den koreanischen Parts geholfen hat, Olga, Marina, Carmela, meine Kollegin Emma Snow und natürlich an meine Verlegerin, die mir immer den Rücken freigehalten und mir dieses Herzensbuch ermöglicht hat!

감사해요 그리고 사랑해요.

Autorin

Cheryl Kingston wurde 1990 in einer kleinen nordrhein-westfälischen Stadt geboren und studiert Kommunikations- und Multimediamanagement. Bereits in ihrer frühen Kindheit hat sie die Liebe zu Büchern entdeckt. Die Idee, ebenfalls Geschichten schreiben zu wollen, entwickelte sich in ihrer Jugend und der Zeit des ersten Verliebtseins. Inspiration für ihre Romane findet sie im Alltag und spinnt daraus dramatische und emotionale Liebesgeschichten.